Norbert Gstrein
Der zweite Jakob

PIPER

Zu diesem Buch

Jakob ist ein bekannter Schauspieler, ein Verlag plant eine Biografie über ihn, doch ihn graust es vor dem Kommenden. Da stellt ihm seine Tochter die Frage, die alles sprengt: »Was ist das Schlimmste, das du je getan hast?« Jakob erinnert sich an einen Filmdreh an der mexikanisch-amerikanischen Grenze. Die Morde an Frauen und das Elend dort bekam er bloß distanziert mit – aber zwei Mal war er plötzlich mittendrin. Er schämt sich, ringt mit den simplen Urteilen der Welt und sehnt sich in gleißenden Erinnerungen nach dem Glück. Warum ist er kein Original, sondern stets nur »der zweite Jakob«?

»Heimat, Identität, Schuld und das Spiel mit der Autofiktion – es sind Gstreins gewohnte Themen, die er im jüngsten Roman mit erzählerischer Brillanz aufgreift. ... Der Versuch, ein ganzes Leben in Worte zu fassen, kann nur ein Versuch bleiben. Im Fall von ›Der zweite Jakob‹ ist er geglückt.« *3sat Kulturzeit*

Norbert Gstrein, 1961 in Tirol geboren, lebt in Hamburg. Sein Werk wurde mit zahlreichen Preisen ausgezeichnet, u. a. dem Alfred-Döblin-Preis, dem Uwe-Johnson-Preis, 2019 mit dem Österreichischen Buchpreis für »Als ich jung war« und zuletzt mit dem Thomas-Mann-Preis. »Der zweite Jakob« stand auf der Shortlist für den Deutschen Buchpreis 2021.

Norbert Gstrein

DER ZWEITE JAKOB

Roman

PIPER

Mehr über unsere Autorinnen, Autoren und Bücher:
www.piper.de

Wenn Ihnen dieser Roman gefallen hat, schreiben Sie uns unter Nennung des Titels »Der zweite Jakob« an *empfehlungen@piper.de*, und wir empfehlen Ihnen gerne vergleichbare Bücher.

Von Norbert Gstrein liegen im Piper Verlag vor:
Als ich jung war
Die kommenden Jahre
Der zweite Jakob

Das Motto stammt aus: »Losing my religion«, Musik & Text: William Thomas Berry, Peter Lawrence Buck, Michael E. Mills, John Michael Stipe, © Night Garden Music / Universal Tunes / Universal / MCA Music Publishing GmbH

Zitiert wird aus: Juan Carlos Onetti, *Das Gesicht des Unglücks*. Aus dem Spanischen von Wilhelm Muster, in: Juan Carlos Onetti, *Gesammelte Werke*. Band 5. Sämtliche Erzählungen.
© Suhrkamp Verlag Berlin 2015

Ungekürzte Taschenbuchausgabe
ISBN 978-3-492-31770-2
Piper Verlag GmbH, München 2022
August 2022
© 2021 Carl Hanser Verlag München GmbH & Co. KG, München
Umschlaggestaltung: zero-media.net, München
nach einem Entwurf von Peter-Andreas Hassiepen, München
Umschlagabbildung: Peter-Andreas Hassiepen, München
Satz: Greiner & Reichel, Köln
Gesetzt aus der Sabon
Druck und Bindung: CPI books GmbH
Printed in the EU

DER ZWEITE JAKOB

That's me in the corner,
that's me in the spotlight.
R.E.M., Losing my Religion

Erster Teil

SAG IHNEN, WER DU BIST

ERSTES KAPITEL

Natürlich will niemand sechzig werden, jedenfalls nicht als Jubilar, und natürlich will niemand, der bei Sinnen ist, ein Fest, um das auch noch zu feiern, aber obwohl ich alles darangesetzt hatte, es zu verhindern, war ich in die erwartbaren Abläufe geschlittert und musste mich am Ende vielleicht wirklich als bedeutender Künstler, verdienter Bürger, und was dergleichen sonst für Würdigungen kurz vor dem Grabstein und kurz vor dem Vergessen stehen, ganz nach dem Geschmack des Publikums wie ein Pfau ausstopfen und vorführen lassen. Gewöhnlich begann der Unsinn erst zehn oder fünfzehn Jahre später, doch weil sie in der Provinz sonst kaum jemanden fanden, kam ich ihnen zupass. Ich hatte bereits lange davor mit Luzie verabredet, dass wir in der kritischen Zeit gemeinsam durch Amerika fahren und am 21. Dezember irgendwo an der Westküste ankommen würden, nur sie und ich, Vater und Tochter, vielleicht in San Francisco, genau an dem Tag, an dem das große Ereignis eintreten sollte, aber dann zerschlug sich alles schon Monate davor.

Mein ganzes Leben war ich nicht ein Christkind, sondern nur annähernd eines gewesen, mit erwartetem

Geburtstermin am Heiligen Abend, sofern man das noch sagen kann, doch dann hatte es Komplikationen gegeben, hatten die Wehen eingesetzt, und ich hatte drei Tage Leben gewonnen, Jahr für Jahr drei Tage zu verschenken, an denen ich mit Fug und Recht so tun konnte, als gäbe es mich nicht. Seit ich das begriffen hatte, waren es diese drei Tage im Jahr, die ich am meisten liebte, weil ich mir zugestand, in diesen drei oder sogar vier Tagen aus der Welt herauszufallen. Es hatte 21., 22., 23. und 24. Dezember in meinem Leben gegeben, von denen ich behaupten würde, dass ich glücklich war wie sonst nie, die kürzesten Tage des Jahres, die längsten Nächte, Nächte voller Lichter. Die Geburtstage im Flugzeug, auf dem Weg irgendwohin, mit weihnachtlich gestimmten Sitznachbarn auf ihrer Reise nach Hause, der Geburtstag in Brighton, meine plötzliche Gewissheit ganz draußen auf dem Pier, dass das Leben etwas Gutes sei, der Geburtstag in Tanger, der Schwindel des Glücks beim Blick hinüber nach Gibraltar, der Geburtstag in Nazaré, nördlich von Lissabon, wo sich die Wellenreiter auf die Saison der Riesenwellen vorbereiteten und ich ihnen bei ihren wilden Ritten zuschaute, ihren Kunststücken, wieder und wieder obenauf zu bleiben und nicht unter dem niederstürzenden Wasser begraben zu werden und sich das Rückgrat zu brechen. Immer musste es das Meer sein mit der Möglichkeit, mich nach dem anderen Ufer zu sehnen oder, wenn ich mich umdrehte und ins Landesinnere blickte, wenigstens meinen Rücken frei zu haben und nicht fürchten zu müssen, dass jemand von hinten kam, ein Feind, ein Widersacher, ein Landsmann oder Freund.

Bereits vor Jahren hatte ich angefangen, wenigstens einmal im Jahr, manchmal zweimal für zwei oder drei Wochen nach Amerika zu fliegen, dort ein Auto zu mieten und zwei- oder dreitausend Kilometer zu fahren. Befriedigend erzählen konnte ich niemandem davon, aber wenn ich die Routen im Atlas verfolgte, ergaben sie ein immer dichter werdendes Netz kreuz und quer über den Kontinent. Ich hatte vor einem halben Leben ein Schuljahr in Montana verbracht, und nur um irgend etwas zu sagen, sagte ich, ich führe diesem Jahr hinterher, weil dieses Jahr für mich das entscheidende Jahr gewesen sei. Denn auf die ewige Frage, warum ich Schauspieler geworden war, konnte die Antwort nur mit der Theatergruppe in Missoula beginnen und mit meinem Freund Stephen, der dort seine Karriere startete und nur wenige Jahre danach schon in einem halben Dutzend großer Filme gespielt hatte und mich später regelrecht in das Geschäft hineinzog. Wir behaupteten beide, wir seien bloß wegen der Mädchen zu dem etwas knöchernen Unterricht gegangen, den ein geradezu trotzig kultiviert wirkender ungarischer Immigrant nach guter Moskauer Tradition hielt, aber in Wirklichkeit stimmte das weder für ihn noch für mich, und was uns hingezogen hatte, war die übliche Mischung aus Langeweile und Zufall gewesen, die einen in der Jugend zu so vielen Dingen verführt, die man genausogut hätte unterlassen können und aus denen man später seine Notwendigkeit konstruiert.

Stephen war kein anderer als Stephen O'Shea, zu dem ich weiter Kontakt hielt, und als er mir zehn Jahre nach unserem gemeinsamen Schuljahr vorschlug, noch einmal für ein paar Wochen nach Montana zu kommen, war er längst eine Berühmtheit und ich erst Student mit bereits einigen Semestern über dem Plan und ungewissen Zukunftsaussichten. Ich dachte mir nicht viel dabei, als er mir anbot, in dem Stück, das er in seiner Heimatstadt bei einem Festival inszenierte, eine winzige Rolle zu übernehmen, und wäre, allein schon weil ich keine Ambitionen in diese Richtung hegte, nie auf die Idee verfallen, dass aus diesem ersten kleinen Auftritt auf der Bühne mein erster nicht mehr ganz so kleiner in einem Film folgen könnte. Spielen musste ich nur einen Barbesucher, nicht mehr als den lebenden Hintergrund für ein im Vordergrund streitendes Paar, einen zufällig Anwesenden, der mit dem Satz »Ich hoffe, du weißt, was du da tust« einschreitet, als der Mann seine Hand gegen die Frau erhebt, weshalb ich nur überrascht sein konnte, dass nach der Premiere ein in einem fort hüstelnder Krawattenträger auf mich zukam, der nicht unbedingt aussah wie jemand aus der Branche, sich jedoch als Regisseur vorstellte, mir seine Visitenkarte überreichte und mich beglückwünschte. Dann sagte er, meine Gelassenheit habe für die Glaubwürdigkeit dieser sonst nicht sehr glaubwürdigen Aufführung gesorgt, so selbstverständlich, wie ich dagesessen sei, müsse erst einmal einer dasitzen, manche Schauspieler brächten das nach einem ganzen Berufsleben nicht zustande, und ein halbes Jahr später besuchte er mich auf seiner Europareise, um mich nicht lange danach aus purer Extravaganz, wie mir schien, für die Rolle von Theodore Durrant in seinem Film über Maud Allan zu engagieren, die berühmte Salome-Tänzerin Anfang des vergangenen Jahrhunderts.

In dessen Gestalt, der Gestalt ihres Bruders, hatte ich meinen Einstand in der Filmwelt ausgerechnet als irrer Frauenmörder, der seine beiden Opfer aufschlitzt und zerstückelt und die eine kaum mehr kenntlich in einer Bibliothek, die andere ausgelegt wie für eine anatomische Untersuchung im Glockenturm der zugehörigen Kirche deponiert. Dafür brauchte ich gar nicht viel zu tun, weil die Morde selbst ausgespart blieben. Ich musste nur in die Haut eines introvertierten Medizinstudenten schlüpfen, der jungen Mädchen nachstellt, und seine klägliche Not im Umgang mit ihnen zeigen, um dann verschlossen im Gerichtssaal zu sitzen, verschlossen im Gefängnis und ebenso verschlossen zu seiner Hinrichtung zu gehen und noch einen letzten wütenden Blick in die Welt zu werfen, bevor ihm die Schlinge um den Hals gelegt wird.

Amerika hatte mir dennoch Glück gebracht, und die Vorstellung, nun zum ersten Mal gemeinsam mit Luzie dorthin zu fahren, war etwas ganz Neues für mich, ich bildete mir ein, ich könnte ihr das Land vor seinem

Sündenfall zeigen, geradeso, als hätte es den im Singular gegeben, als folgte nicht einer auf den anderen und als existierten nicht trotzdem noch da und dort Flecken, die aufzusuchen sich lohnte, weil an manchen Orten noch nicht alles verspielt war. Sie war nach vier Jahren, die sie bei mir gelebt hatte, erst vor etwas mehr als sechs Monaten ausgezogen, und es war für mich auch eine Möglichkeit, sie endlich wieder einmal von Tag zu Tag zu sehen und einen Blick darauf zu haben, wie sie sich machte. Obwohl es noch lange hin war, hatten wir gleich angefangen, Pläne für die Reise zu schmieden, und sie war wieder das Kind gewesen, das nicht aufhören konnte, nach immer neuen Alternativen zu fragen, und die Welt bis ins letzte Detail ausbuchstabiert haben wollte, bevor sie den ersten Schritt in sie hinein wagte. Zwar hatte sie daraus ein Spiel gemacht und gelacht, als sie meinen besorgten Blick sah, aber wir wussten beide, wie wenig es brauchte, dass es kippte und sie sich in ihren Eigenheiten festfraß und nicht mehr aus ihren Verstrickungen herausfand. Sie hatte als Vier-, Fünf- und Sechsjährige und auch danach noch als Schülerin, bevor sie mit dreizehn in das englische Internat ging, die Welt nur als Einzelfall verstanden, und wenn man ihr etwas erklärte, wollte sie Dutzende von Beispielen, die ihr die Erklärung illustrierten und Dutzende von Parallelwelten eröffneten, die nichts miteinander zu tun zu haben schienen, obwohl sie nur in einer geringfügigen Kleinigkeit voneinander abwichen.

»Was bedeutet Liebe, Papa?«

Ich versuchte es ihr zu erklären.

»Wie kann man das sehen?«

Ich sagte, man würde es spüren.

»Gib ein Beispiel.«

Ich sagte: »Wenn zwei sich umarmen«, ich sagte: »Wenn zwei sich küssen, wenn zwei sich an den Händen fassen, wenn sie gern zusammen sind, wenn sie es mögen, sich in die Augen zu schauen«, und sie wollte noch eine Variante und noch eine und hatte immer schon die größten Schwierigkeiten gehabt, mir in die Augen zu blicken, entzog mir die Hand, wenn ich nach ihr fasste, versteifte sich bei einer Umarmung und drehte bei jedem Kuss den Kopf weg.

»Ich liebe dich, Papa.«

Es war Anfang Juli, als sie verkündete, ich müsse die Reise allein unternehmen, sie werde nicht mitkommen. Ich hatte ihr drei Monate davor das Manuskript zu lesen gegeben, das meine Biografie hätte werden sollen, genau zum Geburtstag auf den Markt geworfen, wenn ich sie nicht vor Drucklegung gestoppt hätte, um es einmal so auszudrücken. Wir führten ein Gespräch darüber, bei dem sie sagte, was man daraus erfahre, sei nicht weiter schlimm, schlimm sei ihrer Meinung nach nur die bestürzende Harmlosigkeit des Ganzen, die mich zu einem blassen Zeitgenossen mache, und ich war in der Folge so unvorsichtig, ihr die Frage zu beantworten, was das Schlimmste sei, das ich in meinem Leben getan hätte.

ERSTER TEIL

Ich hatte es zuerst mit Ausweichen versucht, aber sie hatte insistiert, und noch während ich mich hinreißen ließ, wusste ich, dass es ein Fehler war.

»Dass ich bei deiner Geburt nicht dabei war, Luzie.«
»Ich meine, etwas wirklich Schlimmes.«
»Dass ich in deinen ersten Jahren viel weg war.«
»Ach, Papa, wenn du dich hören könntest!«
»Dass wir dich nach England geschickt haben und ich nicht dagegen eingeschritten bin.«
»Du weißt, dass ich nicht das meine«, sagte sie. »Ich meine so etwas wie, ob du jemanden umgebracht oder ihn so weit getrieben hast, dass er sich selbst das Leben genommen hat.«

Sie war damals vor zwei Jahren bis auf einmal immer zugegen gewesen, wenn der Biograf mich aufgesucht hatte, wie anfangs meine stehende Bezeichnung für den jungen Mann war, der mein Leben festschreiben sollte. Ich hatte mich in einem unkonzentrierten Augenblick überreden lassen und einer Reihe von Interviews zugestimmt, die zu führen wären, und eines Nachmittags war er zu einer ersten Sitzung erschienen, nicht weiter auffällig, mit Jeans und Leinensakko und früh beginnender Stirnglatze. Vielleicht war er ein bisschen zu eilfertig, ein bisschen zu beflissen in seiner Halbschüchternheit, so, wie er aus seiner Umhängetasche ein Klemmbrett hervorholte, kaum dass er sich in den angebotenen Sessel gesetzt hatte, und augenblicklich betriebsbereit schien. Er hatte für die Buchserie lokaler Berühmtheiten, für die ich ihm Rede und Antwort stehen musste, bereits einen Herzchirurgen und einen Haubenkoch porträtiert, der zudem an einer Himalaja-Expedition teilgenommen und den Mount Everest bestiegen hatte, und die beiden Bücher, die mir zur Ansicht geschickt worden waren und in die ich nicht einmal hineingeschaut hatte, lagen vor uns auf dem Glastisch.

Wahrscheinlich hätte ich misstrauischer sein müssen, aber das war ganz zu Beginn, alles noch vage in der Verwirklichung, noch so weit weg zudem, dass ich den Biografen nur beobachtete, wie er sich umsah und dabei jeden Blick in meine Augen vermied. Ich wusste, dass er sich den Satz nicht würde verkneifen können, den ich bereits von so vielen anderen gehört hatte: »Schön haben Sie es hier«, aber ich ließ ihn hängen und sagte nicht, was ich sonst oft gesagt hatte, die Wohnung gehöre nicht mir, sie sei mir bloß zur Verfügung gestellt, ich könne sie mir mit meinen Mitteln unmöglich leisten. Man gab sich heutzutage besser nicht als Besitzer von knapp zweihundertfünfzig Quadratmetern mit unverbautem Blick über die Dächer der Stadt in alle Richtungen aus, wenn man nicht Neid und Ressentiment auf sich ziehen wollte, aber er sollte es schlucken. So vermochte ich auch leichter zu verschmerzen, wenn mich Kollegen aus Berlin oder München fragten, ob ich verrückt sei, in Innsbruck zu leben, was die beruflichen Möglichkeiten dort angehe, sei der Nordpol oder der Südpol auch nicht schlechter. Die Aussicht auf die Berge und über den Fluss war wie aus einem Prospekt, und im Winter konnte ich an den Wochenenden den Touristenbombern zusehen, die unaufhörlich ein- und ausflogen und eine Lärmschärpe über das Tal zogen, die mich hinter der doppelten Verglasung kaum erreichte.

Ich lehnte mich in meinem Sessel zurück, als der Biograf meinte, am besten fingen wir damit an, worüber ich alles *nicht* sprechen wolle, und fasste im selben Augenblick den Entschluss, ihm Hürden aufzustellen. Schließlich musste ich mich nicht von einem Dahergelaufenen auf diese Weise angehen lassen, und auch Luzie schien das zu denken. Sie hatte es sich auf einer Couch in der abseitigsten Ecke des Wohnzimmers bequem gemacht, und ich konnte sehen, wie sie bei seinen Worten aufhorchte.

»Man hat mir eine Liste gegeben, was ich Sie besser nicht fragen soll«, sagte er. »Sie wollen sicher nicht wissen, was alles darauf steht.«

Er hielt sich wohl für besonders schlau. Ich bot ihm einen Drink an, er wählte Wasser, und ich stand auf und holte für mich den Weißwein aus dem Kühlschrank, um erst nach ein paar Schlucken überhaupt etwas zu sagen. Natürlich wusste ich, dass ich mit dem Trinken aufpassen sollte, aber wenn ich strikt darauf achtete, würde ein Besucher wie er höchstens ein Ja oder ein Nein aus mir herausbringen oder nicht einmal das, und wir müssten unser Experiment abbrechen, bevor wir begonnen hätten. Als ich mich wieder zu ihm setzte, standen auf dem Blatt, das er in das Klemmbrett eingespannt hatte, schon ein paar Worte. Ich versuchte sie zu entziffern, wann immer er es so drehte, dass die Seite mir zugewandt war, aber es gelang mir nicht, und ich wurde den Gedanken nicht los, er könnte notiert haben, dass ich mitten am Tag bereits Alkohol trank und mir das Glas bis zum Rand vollgeschenkt hatte.

»Wie aufmerksam, dass Sie mir gleich mit den Problemen ins Gesicht springen«, sagte ich. »Machen Sie das immer so?«

»Ich will keinen Fehler begehen.«

»Kommt darauf an, was Sie darunter verstehen.«

Ich musterte ihn ostentativ, während er sagte, ich brauchte keine Angst zu haben, er empfinde sich nicht als meinen Gegner, seine Arbeit an meiner Biografie sei eine Dienstleistung, was auch immer ich ihm erzählte, er werde es mir später zur Bestätigung vorlegen und ich könne im Zweifelsfall alles modifizieren. Er drückte sich in seinen Sessel, wie um darin zu verschwinden, und sah abwechselnd links und rechts an mir vobei, und so, wie er das letzte Wort betonte, ließ tief blicken, wieviel Flexibilität er sich zugute hielt. Dann sprach er von Vertrauen, und allein das klang so süßlich, dass ich ihn unterbrach, bevor er es noch schlimmer machte.

»Entspannen Sie sich«, sagte ich. »Es gibt keine Tabus. Wenn ich über etwas nicht reden will, werden Sie es schon merken. Was steht denn auf Ihrer Liste?«

Jetzt entschuldigte er sich auch noch, und statt zu antworten, sagte er, es sei keine wirkliche Liste, man habe ihm nur ein paar Hinweise gegeben, und fing im nächsten Augenblick an, meine Daten abzufragen wie bei der Einwohnerbehörde oder der Polizei. Ich hatte immer schon das Gefühl gehabt, dass etwas nicht stimmte, wenn ich für meinen Geburtsort, für mein Alter, für die Schulen, die ich besucht hatte, und Ähnliches einstehen musste, aber war es sonst jeweils nur ein vages Unbehagen gewesen, hätte ich diesem jungen Mann gegenüber das meiste am liebsten sofort wieder zurückgenommen, was ich von mir preisgegeben hatte. Dabei war alles mit der Scham behaftet, tatsächlich der und der gewesen zu sein und nicht ernsthaft genug versucht zu haben, ein anderer oder gar Besserer zu werden und jeder Festgelegtheit zu entkommen. Zum Leugnen war es zu spät, aber statt auch nur einen Versuch zu unternehmen, seine Buchhaltung wenigstens zu unterlaufen, was es für eine Rolle spiele, wie viele Geschwister ich hätte, ob es stimme, dass ich nur ein einziges Jahr in den Kindergarten gegangen sei, ob ich in meiner Jugend wirklich davon geträumt hätte, Autorennfahrer zu werden, ergab ich mich viel zu treuherzig meinem Schicksal.

Als er nach diesem ersten Mal gegangen war, sagte Luzie, auf sie hätte ich gewirkt, als würde ich zum Schafott geführt und wollte vorher noch die Beichte ablegen, weshalb ich beim zweiten, dritten und vierten Termin vorsichtiger war, ohne dass es mir wirklich gelang, nicht auch da wieder viel zu viel zu erzählen. Ich beobachtete den Biografen, wie er sich jedesmal selbstverständlicher in der Wohnung bewegte, wie er beim zweiten Mal schon wirkte wie einer, der gar nicht auf die Idee käme, sich zu erkundigen, ob er die Schuhe ausziehen solle, nachdem ich beim ersten Mal gesagt hatte: »Bloß nicht!«, wie er beim dritten Mal aufstand und an mein Bücherregal trat, während ich wieder sein Wasser und meinen Wein holte, wie er beim vierten Mal ohne zu fragen das Fenster öffnete. Es war Sommer, drückend heiß, und er schwitzte so stark, dass sein Hintupfen, wenn er etwas auf dem Klemmbrett notierte, wie schwere körperliche Arbeit erschien. Ich hatte mich dagegen ausgesprochen, dass er das Gespräch aufzeichnete, gleichzeitig aber Luzie gebeten, dass sie zur Sicherheit eine Aufnahme machte, und so lag ohne sein Wissen neben den frischen Blumen, den Büchern und allerlei Krimskrams auch ein kleines Mikrofon auf dem Glastisch. Integriert in den Schlüsselanhänger, konnte es ihm nicht auffallen oder würde, wenn es ihm auffiele, wie eine Attrappe wirken. Ich hatte über die Jahre meine Erfahrungen mit Interviewern gemacht und immer wieder feststellen müssen, dass sie mit fertigen Meinungen zu mir kamen und dann meine Aussagen so schnitten und neu zusammensetzten, dass sie ihre Vorurteile bestätigten und mit dem, was ich gesagt hatte, oft wenig zu tun hatten.

Der Biograf hatte natürlich einen Namen, er hieß Elmar Pflegerl, wofür er nichts konnte, aber wenn ich mir seinen Namen über meinem Namen auf einem Buchcover vorstellte, wurde mir flau, weil ich dachte, diese

»erl«-Endung strahle ungut auf mich aus und mache am Ende mein ganzes Leben zu einem kleinen Leberl. Für mein Ohr gab es keine grässlichere Tortur als all die »Schnitzerl«, »Beugerl«, »Kipferl«, um nur vom Kulinarischen zu reden, in wichtigeren Bereichen war es noch schlimmer, weil diese Verkleinerungsform nicht wie andere nur eine Verkleinerung in den Kitsch, sondern gleichzeitig auch eine in die Halbwelt und in die Korruption bedeuten konnte. Man ließ sich die ungeheuerlichsten Dinge zuschulden kommen und kringelte sich mit solchen Windungen und Wendungen aus dem Ärgsten hinaus, und ausgerechnet dieser Elmar Pflegerl tat sich immer selbstverständlicher in meinem Leben um, weil ich in einer schwachen Sekunde nicht nein gesagt hatte.

»Können wir über Ihre Frauen sprechen?«

Es war seine Formulierung, beim fünften Termin, nachdem er das Thema immer wieder einmal angeschnitten hatte, aber nie auf diese ausdrückliche Weise, und ich hätte mich wehren sollen, weil allein der Plural eine Zumutung darstellte, lächelte ihn aber nur an.

»Sie waren drei Mal verheiratet?«

Ich antwortete wieder nicht, und erst als er sagte: »Ihre erste Frau war Anwältin, Ihre zweite Frau Galeristin ...«, fiel ich ihm brüsk ins Wort, weil er wieder in sein Datensammeln geraten war und es klang wie eine Aufzählung meiner Besitztümer und gerade in der faktischen Richtigkeit den Kern verfehlte.

»Wollen Sie Namen und Anschrift?«

Ich sagte das lauter, als mir lieb war.

»Wollen Sie mit ihnen über mich sprechen?«

»Ich muss gestehen, das ist meine Idee.«

»Sie werden nichts Schlechtes zu hören bekommen.«

Ich hatte überreagiert. Als ich es später in der Aufnahme überprüfte, die Luzie gemacht hatte, konnte ich ihm natürlich eine gewisse Steifheit und Förmlichkeit oder gar Behördenhaftigkeit und womöglich etwas Inquisitorisches im Ton vorwerfen, aus seiner Sicht jedoch hatte er kaum einen Fehler begangen. Ich hatte mich auf die Interviews eingelassen, er hatte gefragt und mit seinen Fragen, so ungeschickt er sie auch vorgebracht haben mochte, keinesfalls eine Grenze überschritten, und das galt auch, als er wenig später sagte, ich hätte in meinen Filmen auffallend oft Bösewichter gespielt und in drei Fällen Frauenmörder. Wir hatten längst über anderes gesprochen, aber weil mich die kleine Irritation immer noch beschäftigte, hörte es sich für mich an, als wollte er einen Zusammenhang damit herstellen, dass ich auch genau drei Mal verheiratet gewesen war, geradeso, als hätte ich für jede Ehe in der Wirklichkeit im Film eine Frau umgebracht oder umbringen müssen oder einmal gleich am Anfang als Theodore Durrant sogar zwei. Er hatte nichts davon nahegelegt und wahrscheinlich auch nichts Großartiges damit im Sinn, aber ich war trotzdem nur um so mehr alarmiert.

»Sie haben schon in Ihrem ersten Film den Bruder

von Maud Allan gespielt«, sagte er. »Würden Sie sagen, das hat einen entscheidenden Einfluss auf alles Weitere in Ihrer Karriere gehabt?«

Ich hatte immer wieder zu Luzie hinübergeschaut, die auch diesmal auf ihrer Couch saß und sich den Anschein gab, sie höre nur mit einem Ohr zu. Nach dem ersten Termin hatte ich sie gebeten, sich in Zukunft weniger freizügig anzuziehen, wenn wir Besuch hatten, aber sie trug nur ein ärmelloses Kleid, fast ein T-Shirt, und keine Strümpfe, war barfuß und hatte ihre Füße auf die Lehne gelegt, als wären wir allein zu Hause. Sie war in diesen Wochen jeden Tag im Freibad gewesen, ihre Arme und Beine waren gebräunt, auf ihrer Nase ein paar Sommersprossen, und ihr ganzer Körper schien die Hitze der Tage aufgesogen und gespeichert zu haben. Jetzt hatte sie abwechselnd auf ihrem Handy herumgetippt und in einem Bildband geblättert, doch plötzlich fiel ihr das Buch aus der Hand und schlug auf den Boden. Der Biograf folgte meinem Blick und beobachtete, wie sie sich danach bückte und im Ausschnitt am Hals der Ansatz ihrer Brüste sichtbar wurde, während er einfach weitersprach.

»Glauben Sie, Sie haben deswegen später bestimmte Rollen bekommen und andere dafür nicht? Manche Schauspieler bleiben in gewisser Weise immer diejenigen, die sie in ihrem ersten Film gewesen sind. Gilt das auch für Sie und Ihr Debüt als Theodore Durrant?«

Ich konnte nicht heraushören, ob er das abfällig

meinte, aber ich erwiderte, ich hätte viele Rollen zurückgewiesen, in denen ich einen Übeltäter, ja, manchmal ein richtiges Ungeheuer hätte spielen sollen. Es war klar, worauf das hinauslaufen musste, und ich hatte es auch kaum ausgesprochen, als er natürlich sofort auf John Malkovich kam und das Stück, eine Art Musical, über einen österreichischen Serienmörder, der in einem bestimmten Milieu eine Weile als Schriftsteller reüssiert hatte. Vor wenigen Wochen erst hatte es seine Premiere in Wien gehabt, und die Geschichte, die mich damit verband, war noch nicht lange publik. Seither definierte sie mich aber in der Öffentlichkeit wie kaum etwas anderes, und natürlich nahm auch einer wie Elmar Pflegerl die erste Gelegenheit wahr, sie ausgiebig zu zelebrieren, als läge darin das Größte, was ich jemals getan hatte.

»Man muss es sich schon leisten können, eine Rolle abzulehnen, die dann ein internationaler Star wie John Malkovich übernimmt«, sagte er. »Bereuen Sie Ihre Entscheidung eigentlich?«

Er hatte jetzt genau die roten Ohren, von denen Stephen immer gesagt hatte, das sei das SOS der Schwächlinge, deren Blut falsch zirkuliere. Wie der Biograf »John Malkovich« aussprach, hörte sich an, als würde er von einem Gott sprechen, und wer wäre dann ich erst, wenn mir eine Rolle angeboten wurde, bevor die maßgeblichen Leute überhaupt nur Wind davon bekamen, und ich sie auch noch ausschlagen konnte? Mehr ging für ihn nicht, doch zugleich musste ich ein Narr sein, der die Chance seines Lebens nicht erkannt hatte, weil er zu dumm oder zu arrogant dafür war.

»Das klingt alles viel beeindruckender, als es in Wirklichkeit gewesen ist«, sagte ich. »Ich habe der Rolle nichts abgewinnen können. Ein Prostituiertenmörder, der im Knast anfängt, ein bisschen zu schreiben, sich Schriftsteller nennt und von anderen Schriftstellern mit kitschigen Safthirnen hofiert wird, die sich erfolgreich für seine Freilassung einsetzen. So etwas hat man damals Literatur der Arbeitswelt genannt.«

»John Malkovich hat sich darum gerissen.«

»Das kann schon sein, aber mir war die Figur einfach zu abstoßend. Nicht, dass es um einen Mörder gegangen ist, sondern sein Schreiben und das ekelhafte Gewese darum. Welche Literatur und welche Arbeitswelt? Die Arbeitswelt und die Literatur eines Würgers? Da nennt sich einer Schriftsteller und soll deswegen gleich über dem Gesetz stehen. Am Ende belehrt er sie alle eines anderen und bringt in rascher Folge fast noch ein Dutzend Frauen um.«

Ich ließ ihn erneut ins Leere laufen, als er noch einmal mit Theodore Durrant anfing und wissen wollte, inwiefern es anders gewesen sei, ihn zu spielen, und behielt Luzie im Blick, die aufrecht dasaß und unverwandt zu uns herüberschaute. Sie hatte damals aus England angerufen, und es war wie ein Blitz durch mich gegangen, ihre Stimme so klein zu hören, dass der geringste Lufthauch sie hätte ersticken können. Wir hatten in der Zeit kaum je telefoniert, und wenn, hatte immer ich mich bei ihr gemeldet, so dass mir, noch bevor sie den ersten Satz formuliert hatte, schon klar gewesen war, dass etwas passiert sein musste. Eine ihrer Mitschülerinnen hatte eine DVD aufgetrieben, und Luzie, die noch so kindlich war, dass sie sich gar nicht richtig vorstellen konnte, dass es auf der Welt überhaupt etwas Böses gab, hatte ihren Vater in jungen Jahren als Mörder zweier Frauen mit blutigen Händen und einem Seziermesser gesehen. Ich hatte am nächsten Tag einen Flug nach London genommen und sie in ihrem Internat besucht, aber obwohl sie natürlich verstand, dass es ein Film war, war sie in den zwei Stunden, die wir hatten, ganz in sich gekehrt gewesen. Wir hatten uns im zugehörigen Park auf eine Bank gesetzt, und wenn sie sonst schon bis auf wenige Ausnahmefälle jede Berührung von mir nur über sich ergehen lassen hatte, war sie da an den äußersten Rand gerückt und aufgestanden, sowie mir bloß in den Sinn gekommen war, nachzurücken. Sie hatte sich bis dahin nie für meine Filme interessiert, immer mit Abwehr reagiert, wenn sich doch einmal die Gelegenheit bot, dass sie mich im Kino hätte sehen können, geradeso, als wäre es für sie, der jedes Im-Mittelpunkt-Stehen peinlich war, das Peinlichste überhaupt, ihren Vater auf der Leinwand zu erleben, weshalb der Schock für sie doppelt und dreifach sein musste. Blass, hell, fast durchsichtig in ihrer dunkelblauen Anstaltsuniform, war sie am Ende in ihrer zappligen Art vor mir hergehüpft, als ich sie zum Tor zurückgebracht hatte, ihren Blick auf den Kies vor sich gerichtet und kaum imstande, die Ungeduld zu verbergen, endlich dem fremden Mann an ihrer Seite zu entkommen, der ihr Vater und ein Monster war. Ich wusste nicht, ob Luzie jetzt an all das dachte, aber ich nahm wahr, dass in ihre Augen ein Ausdruck getreten war, den ich fürchtete, und sah zu, dass ich den Biografen so schnell wie möglich hinauskomplimentierte, sagte ansatzlos zu ihm, er müsse gehen, und machte ihm mit einer harschen Handbewegung die Dringlichkeit deutlich, als er überrascht wissen wollte, ob er etwas Falsches gesagt habe.

Da hatte ich schon länger nicht mehr erlebt, dass Luzie wirklich auffällig geworden war, aber plötzlich wirkte sie, als wäre sie kurz davor, ihren Kopf gegen die Wand zu schlagen oder aufzuspringen und mit beiden Händen an ihrem Gesicht herumzuzerren, als wäre es nur eine Maske, wie sie es früher gemacht hatte, wenn sie ihr Missfallen über etwas kundtun wollte und kein Wort hervorbrachte. Nach meinem Besuch in ihrem Internat in England war sie angeblich drei Tage lang bei jeder sich bietenden Gelegenheit die Treppe zum ersten Stock hinaufgestiegen, indem sie jeweils zwei Schritte vor, einen zurück getan hatte, und hatte sich nach jedem Essen übergeben. Jetzt hatte sie sich auf der Couch aufgesetzt und saß stocksteif da, im Schneidersitz, mit durchgedrücktem Rücken, aber sie hatte mit diesem kaum merklichen Wippen begonnen, das für mich ein Alarmsignal war.

Der Biograf war an der Tür stehengeblieben, und als wollte sie ihn nicht einfach so gehen lassen, sagte sie auf einmal, ein Film sei ein Film und auch ein guter Mensch könne einen Dreckskerl wie Theodore Durrant spielen. Sie sagte es wie ein Kind, sie sagte es in der gleichen Art, wie ich es ihr erklärt hatte, als ich sie in ihrem englischen Internat aufgesucht hatte, aber seither waren Jahre vergangen, und sie war natürlich kein Kind mehr, oder vielleicht doch? In Anwesenheit des Biografen hatte sie bisher immer geschwiegen, und er sah sie jetzt mit wachsendem Entsetzen an, während sie nicht aufhörte mit ihren Tautologien, die nur den gleichen Effekt hatten wie seine allzu beckmesserischen Fragen nach meinem Leben, denn je zutreffender das war, was sie sagte, um so mehr musste er den Eindruck bekommen, dass etwas nicht stimmte.

»Aber ich habe das doch nicht behauptet«, sagte er schließlich, als sie zum dritten Mal wiederholte, ich hätte niemanden umgebracht. »Sollte ich den Anschein erweckt haben, tut es mir leid.«

Damit schlüpfte er hinaus, und das nächste Mal entschuldigte er sich, kaum dass er eingetreten war, als wären seither nicht Tage vergangen, sagte eilfertig, er hätte nicht von den Frauen anfangen dürfen, jedenfalls nicht auf diese Weise. Er war nicht so nachlässig gekleidet wie sonst, ja, er trug sogar einen Anzug, der an den Schultern spannte und den er vielleicht das letzte Mal bei seiner Matura angehabt hatte, und bewegte sich nicht mehr so selbstverständlich durch die Wohnung, saß am Ende mit zusammengepressten Beinen in seinem Sessel. Luzie hatte sich diesmal nicht auf ihrer Couch plaziert, sondern zu uns gesetzt, und dass sie den Kopf immer schiefer legte, während der Biograf lossprudelte, mochte der Grund für seine zunehmende Befangenheit sein.

»Ich hätte mich natürlich allemal daran gehalten, nicht darüber zu reden, worüber Sie nicht reden wollen«, sagte er zu mir. »Das müssen Sie mir glauben.«

Es war wieder diese Behauptung, dass es etwas gab, das er unter allen Umständen aussparen musste, und wieder wich er aus, als ich ihn fragte, worauf er anspiele, aber diesmal kam Luzie mir zu Hilfe, ließ dann nicht locker und nagelte ihn fest, sie wisse genau, was er meine, er solle mit seinen Halbheiten aufhören, nicht länger herumtaktieren und endlich offen sagen, was er auf dem Herzen habe.

»Sie möchten Schmutz hören«, sagte sie. »Geben Sie es zu! Sie wollen eigentlich nach meiner Mutter fragen und trauen sich nur nicht. Dieses Gedrucke bringt Sie aber nicht weit.«

Sie starrte ihn offen feindselig an, als er fragte, wie sie darauf komme, und lachte ihm mit erhobenem Kinn ins Gesicht.

»Die dritte Frau in Ihrer Zählung.«

»Ich habe nichts davon gesagt.«

»Drei Ehen im Leben, drei Mal ...«

»Als ob das meine Worte wären.«

»Die erste Frau, die zweite Frau ... Also wird es auch eine dritte Frau gegeben haben, die zufällig meine Mutter ist. Wie wäre es, wenn Sie es einmal mit dem Namen versuchen würden? Sie heißt Riccarda, mit Doppel-c, und wenn Sie wollen, kann ich Ihnen das gern buchstabieren.«

Dabei schnappte sie zwei- oder dreimal nach Luft, als käme die in unsichtbaren Blöcken angeliefert und sie müsste Stück für Stück davon abbeißen, statt einfach zu atmen. Sie sprach englisch, wie sie es immer tat, sobald sie sich aufregte, und wie sie und ich es längst auch angefangen hatten zu tun, wenn wir unter uns waren. In der fremden Sprache, die in nur zwei Jahren ihre eigentliche geworden war, hatte sie ganz andere Möglichkeiten, war nicht das ängstliche Kind, das kaum ein Wort hervorbrachte, sondern manchmal sogar laut, überdreht und von einem Augenblick auf den anderen nicht wiederzuerkennen. Das machte ihren Ausbruch jetzt nur noch verschrobener, als er ohnehin schon war.

»Es steht sogar bei Wikipedia«, sagte sie. »Was wollen Sie wissen, das Sie dort nicht finden können? Klatsch und Tratsch, den Sie sich wahrscheinlich ohnehin bereits anderswo zusammengeklaut haben und den Sie jetzt bestätigt oder widerlegt haben wollen! Ist es wahr, was man Ihnen erzählt hat, ist es falsch?«

Natürlich waren das Unterstellungen, und natürlich war Luzie ungerecht zu ihm, aber er war noch keine fünf Minuten da, als ich ihn wieder bitten musste zu gehen, wenn ich nicht wollte, dass sie ihm eine richtige Szene machte und nicht allein diese Vorhaltungen. Sie mochten für sich schon ans Groteske grenzen, aber ich kannte ihre Ausfälle, die weit darüber hinausreichten, und war froh, dass ich ihm das nicht zu erklären brauchte und er aufstand und ging, wobei er sich in einem fort entschuldigte. Ich dachte, dass damit das Projekt begraben wäre, und als er wenige Tage später am Telefon war, sagte ich ihm auch, dass ich zu keinen weiteren Interviews zur Verfügung stände, aber er beharrte darauf, schon genug Material gesammelt zu haben, mit den Archiven zu arbeiten und auf jeden Fall eine erste Fassung erstellen zu wollen, die er mir vorlegen werde, ich könne dann immer noch ja oder nein sagen. Der Verlag nahm die gleiche Haltung ein, als ich dort anrief und meine Position klarer formulierte, die Gespräche mit ihm seien gescheitert, und was auch immer er zustande bringen würde, ich würde auf jeden Fall gegen eine Publikation sein, so dass er sich die ganze Mühe am besten spare. Es dauerte dann fast zwei Jahre, bis sein Manuskript in der Post lag, das überhaupt nur zu lesen ich mich da noch weigerte und das Luzie deshalb an sich nahm, um wenigstens einen Blick hineinzuwerfen.

Den beiliegenden Brief konnte man nur als Frechheit bezeichnen. Denn darin schrieb er auf das selbstverständlichste, er habe ein Kapitel nicht abschließen oder genaugenommen gar nicht richtig anfangen können, das er behelfsmäßig tatsächlich »Die dritte Frau« nannte, und es offen gelassen, weil ihm zuviel Information fehle, er erlaube sich aber, mich um ein letztes Treffen zu bitten, von dem das Gelingen des Ganzen abhänge. Ich reagierte nicht darauf, teilte nur vorsichtshalber dem Verlag noch einmal mit, dass alles mit dieser Biografie Zusammenhängende gegen meinen Willen sei, und wunderte mich, woher er den Mut nahm, plötzlich über genau das mit mir reden zu wollen, was er so offensichtlich immer als Tabubereich apostrophiert hatte. Als Drohung empfand ich es nicht, jedenfalls da noch nicht, aber es blieb ein Gefühl nagenden Unbehagens zurück, mit dieser leidigen Geschichte jemanden an mir kleben zu haben, für den die Sache noch nicht abgeschlossen war, zumal ich wusste, dass es keine größere Hartnäckigkeit gibt als die eines Zurückgewiesenen, der sich gegen die Zurückweisung zu wehren versucht.

Das Gespräch mit Luzie hatte ich in dem Restaurant, in das wir zu der Zeit, als sie noch bei mir wohnte, oft gegangen waren, wenn weder sie sich noch ich mich aufraffen konnten, etwas zu kochen. Man kannte uns da und ließ uns in Frieden, keine Bücklinge vor dem ach so berühmten Schauspieler, wie ironisch auch immer sie gemeint sein mochten, kein übertriebenes Gegrüße, keine Anbiederungen, keine Vertraulichkeiten, und als sie hereinkam, setzte sie sich auf diese erwartungsvolle Weise mir gegenüber, mit der sie zeigen wollte, dass ich ihre ganze Aufmerksamkeit hatte. Seit unserem letzten Treffen hatte sie wieder eine andere Haarfarbe, sie hatte von

Blond zu Brünett und wieder zu Blond gewechselt, und ein Piercing in der Oberlippe, auf das ich gegen meinen Willen offensichtlich so lange starrte, bis sie mich fragte, ob es mich störe, sie könne es abnehmen. Ich sagte nein, aber sie hatte sich schon in den Mund gefasst und es mit ein paar flinken Bewegungen entfernt, und jetzt war da eine Stelle, an der sich ein kleines Loch zusammenzog und öffnete, wenn sie sprach, und vor ihr auf dem Tisch lag ein Glitzerstein. Sie hatte das Manuskript gerade zu Ende gelesen und meinte, es sei gut, dass ich die Interviews damals abgebrochen und mich aus dem ganzen Vorhaben zurückgezogen hätte, denn dem Schreiben des Biografen fehle jeder Glanz und jeder Esprit.

»Kein Wunder, dass er vorher einen Herzchirurgen und einen Haubenkoch porträtiert hat«, sagte sie und sprach nach den ersten Worten auf deutsch jetzt schon wieder englisch. »Sein nächstes Opfer wird Friseurweltmeister oder etwas in der Liga sein. Es liest sich, als könnte er durch jedes Leben mit seiner Planierraupe fahren, seine Teilchen sammeln und sie zu einem kläglichen Häufchen zusammenschieben. Am Ende werden alle nach dem gleichen Schema zurechtgestutzt. Nirgendwo Liebe, nirgendwo Abscheu, nirgendwo auch nur der Funke einer Flamme.«

»So schlimm?«

»Viel schlimmer noch. Es könnte der Bericht eines Geheimdienstmitarbeiters sein, der sich bemüht, alles auch nur einigermaßen Interessante wegzulassen oder es so weit herunterzudimmen, dass es nicht mehr interessant ist. Wenn er sich in Zukunft rechtfertigen muss, kann er sagen, er habe mit seinen Denunziationen niemandem geschadet. Knieweich bis zum Erbrechen.«

Das war meine kluge Tochter. Sie konnte nicht anders, als ihre Gedanken um drei Ecken zu führen, weil sie nichts Triviales sagen wollte, und landete so oft bei den verrücktesten und belesensten Verdrehtheiten. Es musste wahr, aber es musste nicht nur wahr, sondern auch originell sein, um ihre Gnade zu finden.

»So, wie er alles einebnet, könnte man meinen, es hätte nichts Schönes in deinem Leben gegeben, Papa«, sagte sie. »Dabei erinnere ich mich an wenigstens einmal, wo du glücklich warst. Wir sind zusammen Karussell gefahren. Wir sind in Southend-on-Sea gewesen und auf die Strandpromenade gegangen. Wir haben Zuckerwatte gegessen. Was weiß der Idiot schon von dir?«

Wenigstens einmal glücklich! Das gehörte in die Abteilung »Britisches Understatement«, die sie sich eingerichtet hatte und mit dem zugehörigen Sarkasmus pflegte, wann und wo immer es ging. Ich hätte na ja sagen müssen und dass es vielleicht noch ein zweites Mal gegeben habe, um dann ein möglichst unspektakuläres Beispiel zu bringen, aber wenn sie gerade noch Spaß gemacht hatte, schwenkte sie plötzlich um, und der Ernst in ihrer Stimme war unüberhörbar.

»Was war das Schönste, das du jemals erlebt hast?«
»Du willst die Wahrheit hören?«

»Ich weiß, was du gleich sagen wirst, Papa«, sagte sie. »Ich bin das Schönste, was du jemals erlebt hast. Das wird schon seine Richtigkeit haben. Ich meine, abgesehen davon und abgesehen von allen anderen Nettigkeiten und Banalitäten.«

Also dachte ich nach, und noch während ich nachdachte, korrigierte sie sich, wir könnten auch am anderen Ende beginnen und damit anfangen, was das Schlimmste gewesen sei, ausgenommen natürlich die ganz und gar unnötigen Begegnungen mit diesem ebenso unseligen wie uninspirierten Herrn Biografen, den sie in Zukunft auch nicht mehr so nennen wolle. Im nächsten Moment schränkte sie es ein von dem, was ich erlebt, auf das, was ich getan hätte. Dann sagte sie noch, vielleicht gebe es ja etwas in meiner Vergangenheit, wofür ich mich schämte, und schon ließ ich mich hinreißen, nach meinen ersten halb spielerischen Ausflüchten gewissenhaft darauf zu antworten.

»Ich habe niemanden umgebracht, und ich habe niemanden so weit getrieben, dass er sich selbst das Leben genommen hat«, sagte ich, als sie nicht aufhörte zu drängen. »Aber ich bin einmal bei einer Sache dabeigewesen, die nicht gut ausgegangen ist.«

Da hätte ich immer noch die Möglichkeit gehabt, einen Punkt zu machen, und der Ausdruck, der in Luzies Augen getreten war, hätte mich warnen müssen, eine Mischung aus Neugier und aufkommender Abwehr.

»Bei einer Sache?«

»Ich glaube nicht, dass du es hören willst.«

»Das kann schon sein«, sagte sie. »Aber jetzt hast du angefangen und musst es zu Ende bringen.«

Halb schien sie immer noch auf einen Scherz zu hoffen, halb darauf, dass ich ihr nur einen Schrecken einjagen wollte und sich alles in Wohlgefallen auflösen würde, und ich zögerte die Fortsetzung hinaus, indem ich versuchte, eine heile Welt zu errichten, und sagte, sie sei damals gerade erst fünf Jahre alt gewesen. Sie sah mich an, als würde ich damit das, was kommen würde, nur schlimmer machen. Ich unternahm eine letzte Ausflucht, blätterte in der Weinkarte herum und spielte den Abwesenden, aber sie wandte einfach nur ihre Augen nicht von mir, bis mir nichts mehr übrigblieb, als damit herauszurücken.

»Ich war Beifahrer bei einem Unfall«, sagte ich. »Eine Kollegin ist gefahren, und es hat eine Tote gegeben.«

»Was soll das heißen, eine Kollegin?«

»Eine Schauspielerin«, sagte ich. »Sie hat auf eine Frau am Straßenrand zu wenig achtgegeben, und ich bin daneben gesessen.«

Das war immer noch nicht die ganze Geschichte, und ich hätte immer noch einen Schwenk machen können, in meinem Erzählen immer noch abbiegen und so heil aus allem herauskommen, aber ihr Blick dirigierte mich, ihr Blick zwang mich weiter, und ich stolperte in mein Unheil hinein.

»Wir haben sie einfach liegen lassen.«

Ich dachte zuerst, der Laut würde von irgendwo unter dem Tisch kommen, aber dann sah ich, wie Luzie sich mit der Hand an den Mund fuhr, und obwohl sie ihre Lippen kaum bewegt hatte, konnte dieses fiepende Wehklagen nur von ihr stammen.

»Ihr habt was, Papa?«

»Wir sind stehengeblieben und zu ihr zurückgegangen, aber es war nichts mehr zu machen.«

»Es war nichts mehr zu machen?«

»Sie war tot, Luzie.«

»Tot, Papa?«

Ich wusste noch nicht, was ich damit angerichtet hatte, aber als sie fragte, wie ich mir da so sicher hätte sein können, und ich es ihr erklärte, und als sie sich dann vergewisserte, ob wir sie wirklich am Straßenrand hätten liegen lassen und niemanden gerufen hätten, weder Polizei noch Rettung, versuchte ich noch einmal nein zu sagen und konnte dann doch nur ja sagen. Seit damals hatte ich es nie jemandem erzählt, gleichzeitig aber so viele Jahre, vierzehn, nein, fünfzehn damit gelebt, dass es zu einem Teil von mir geworden war und ich die Erschütterung, die es auslöste, nicht einzuschätzen vermochte. Natürlich hatte ich immer gewusst, dass ich besser nicht darüber sprach, kein Mensch konnte so etwas billigen oder auch bloß Verständnis dafür aufbringen, wenn ich nur die Umstände erklärte, ich war ein- oder zweimal kurz davor gewesen, es zu tun, und hatte mir dann rechtzeitig die Folgen ausgemalt, nicht so sehr die rechtlichen

Folgen, das erschien mir nach all der Zeit noch das Wenigste, sondern die Folgen zwischen mir und dem oder vielmehr der Eingeweihten, es waren beide Male Frauen gewesen, die Vorstellung, welchen Blick sie dann auf mich gehabt hätten. Ich war bei dem Unfall nicht gefahren, aber natürlich machte mich das nicht unschuldig, natürlich war ich beteiligt gewesen und natürlich hatte ich die Entscheidung mitzutragen, die Tote am Straßenrand liegen gelassen zu haben.

Für Luzie, anders lässt es sich nicht sagen, brach eine Welt zusammen, und es war unsere gemeinsame Welt. Wir hatten in der Zeit, in der sie bei mir wohnte, so viel auseinandersortiert, um ihr begreiflich zu machen, wie man seinen Weg durch das Leben fand, dass es bei so etwas nicht den geringsten Spielraum gab. Man fügte keinem anderen Schaden zu, und wenn doch, versuchte man, ihn wiedergutzumachen, und wenn er nicht wiedergutzumachen war, stand man dafür gerade und tat Buße. Es musste auf einer ihrer ewigen Listen stehen, die sie nach den beiden Jahren in England angelegt hatte, und ihr moralisches Empfinden war so stark, dass der kleinste schwarze Fleck auf der weißen Weste sich für immer auszubreiten drohte in ein verwaschenes Grau, wenn sie ihn nicht sofort zu reinigen versuchte. Sie konnte sich noch nach Wochen bei jemandem entschuldigen, wenn ihr plötzlich einfiel, sie habe ihm unrecht getan, und dann stand sie vor einem und bat einen, ihr etwas zu verzeihen, was in Wirklichkeit allein in ihrem

Kopf existierte, und sei es auch, dass sie nur schlecht von einem gedacht hatte.

Jetzt hatte sie Tränen in den Augen, und es wurde wenig besser dadurch, dass ich noch einmal sagte, es sei nichts mehr zu machen gewesen, und wenn wir den Unfall gemeldet hätten, hätte das die Tote nicht wieder zum Leben erweckt und der jungen Kollegin nur die Zukunft zerstört. Luzie schüttelte den Kopf, als könnte sie nicht glauben, dass ich so daherredete. Sie hätte mir leicht meine eigenen Prinzipien gegen ein solches Scheinargument an den Kopf werfen können, aber sie gab sich nicht einmal die Mühe und stocherte in ihrem Essen herum, wie sie es lange nicht mehr getan hatte, bevor sie es auf ihre Art verzehrte, zuerst das Fleisch, dann die Beilagen, dann den Salat.

»Den Tod feststellen kann nur ein Arzt«, sagte sie schließlich. »Unabhängig von allem anderen bleibt da das Problem, dass ihr womöglich eine Sterbende am Straßenrand liegen lassen habt.«

In den Wochen darauf sprachen wir nicht mehr darüber. Wenn ich sie traf oder mit ihr telefonierte und etwas dazu anmerken wollte, erwiderte sie immer, was es da noch zu reden gebe, es sei alles gesagt. Schließlich erkundigte sie sich doch, ob ich wenigstens herauszufinden versucht hätte, wer die Tote gewesen sei und ob sie Angehörige gehabt habe, und ließ mir meine Unentschiedenheit nicht durchgehen, fragte, ob ich in den Jahren seither nicht auf den Gedanken gekommen sei, dass ich den Hinterbliebenen helfen könnte, und sei es nur mit Geld, wie es meine Art war, sei es anonym. Darauf sagte ich ja, aber für sie blieb dieses Ja ein folgenloses Ja, weil ich dann doch nichts getan hatte, und am Ende bestrafte sie mich dafür.

»Du musst allein nach Amerika fahren, Papa.«

»Aber doch nicht wegen dieser Geschichte!«

»Ich werde nicht mit dir kommen«, sagte sie. »Ich brauche Zeit, um nachzudenken. Mehr kann ich dir nicht sagen. Es ist besser, wenn wir uns eine Weile nicht sehen.«

ZWEITES KAPITEL

Begonnen hatte die Geschichte, die mit der Toten am Straßenrand irgendwo in der Wüste von New Mexico endete, bereits acht Monate eher auf Stephens Ranch in Montana, die er sich ein paar Jahre davor außerhalb von Helena gekauft hatte, weit genug weg von Missoula, dass er nicht von seiner Herkunft erstickt wurde, und doch so nah, dass es noch seine Gegend war. Dort verbrachte er gewöhnlich die Sommer, manchmal auch einige Wochen im Herbst oder im Winter. Er hatte mich schon ein paarmal eingeladen gehabt, ihn zu besuchen, aber es war immer etwas dazwischengekommen, immer hatte es anderes zu tun gegeben, und seit Luzie auf der Welt war, hatte sie als Grund genügt, dass ich nicht konnte. Anders war dieses Mal gewesen, dass er mich nicht nur wieder aufgefordert hatte, endlich über meinen Schatten zu springen, sondern dass das Ganze mit einem Film verbunden war, für den die Dreharbeiten im Frühjahr darauf beginnen sollten, also weniger Privatvergnügen als Arbeit.

Ich hatte seit meinen ersten amerikanischen Erfahrungen mit dem Film und nach einer Ausbildung in Graz vor allem Theater gespielt, auf Bühnen dort, in

Wien und in München, aber nicht nur zu Hause immer wieder Angebote bekommen, daneben für das Kino zu arbeiten, sondern auch aus Amerika. Manches, wahrscheinlich das meiste, hatte ich Stephen zu verdanken, selbst wenn er das leugnete. Er war immer so freundlich zu behaupten, es liege ausschließlich an meinen Qualitäten als Schauspieler, und wenn ich nicht aufhörte, es müsse doch unter den Tausenden von Berufenen oder sich berufen Fühlenden wenigstens einen geben, der meinen Part jeweils übernehmen könne, meinte er lachend, die Leute hätten nun einmal gern einen Österreicher, wenn es darum gehe, die Rolle eines Knochenbrechers zu besetzen, das wirke authentisch. Wenn mir das nicht reichte, sagte er, vielleicht sei der Grund für meinen Erfolg auch mein Englisch mit seinem alpinen Akzent, oder er neckte mich, dass ich in den Spiegel schauen und ihm verraten solle, ob ich sonst noch eine solche Schönheit kennen würde, mit einem solchen Kinn, einer solchen Nase, solchen Augen und einem solchen unwiderstehlichen Spalt zwischen den Schneidezähnen, und spätestens da war es sinnlos weiterzureden.

Wie auch immer es sonst sein mochte, diesmal gab es auf jeden Fall keinen Zweifel, dass er seine Finger im Spiel gehabt hatte. Denn er war mit dem Regisseur befreundet und hatte mich vorgeschlagen, angeblich mit dem etwas peinlichen Hinweis, dass ich jederzeit den harten Kerl hervorkehren, aber dennoch nicht verleugnen könne, dass ich eine Seele von Mensch sei, was mich zur Idealbesetzung für die Rolle mache, und jetzt sollte ein erstes Treffen stattfinden, zu dem er außer mich noch einen weiteren Kollegen und die beiden Hauptdarstellerinnen gebeten hatte, sowie einen Berater, der uns mit den Hintergründen des Films vertraut machen würde. Situiert war dieser im Milieu der amerikanischen Grenzbeamten in Texas, genauer in El Paso und in der Umgebung von El Paso, am Rio Grande, wo auch der größte Teil gedreht werden sollte. Der Regisseur wollte für einen oder zwei Tage zu uns stoßen, und wir würden uns in der fremden Welt zu orientieren versuchen. Wir könnten erste Ideen entwickeln und schauen, ob die Figuren in einem glaubwürdigen Verhältnis zueinander standen und ob es uns gelang, daraus etwas Lebendiges zu schaffen, würden uns näherkommen und die richtige Distanz zueinander suchen, die wir zum Spielen bräuchten, und ansonsten einfach ein paar entspannte Tage auf Stephens Ranch verbringen.

Bereits am zweiten oder spätestens am dritten Tag hätte ich sagen können, dass etwas nicht stimmte. Da tasteten sich alle noch ab, aber mir blieb nicht verborgen, dass Stephen mit der ersten Hauptdarstellerin aus dem kleinsten Anlass in Konflikt geraten konnte, wie mir schon bei der Ankunft nicht entgangen war, dass sie ein Paar sein mussten. Er hatte es mir vorher nicht verraten, er hatte mich nur gefragt, ob mir Xenia James ein Begriff sei, und das keineswegs zweideutig, das entsprach ihm nicht, aber allein die Blicke, die sie am Begrüßungsabend quer über den Tisch wechselten, an dem die Bediensteten auf der Veranda groß aufgedeckt hatten, waren nicht zu übersehen, und an den folgenden Tagen prallten sie nicht nur mehrmals zusammen und war ich nicht nur zweimal Zeuge ihrer Umarmungen, sondern geriet ich immer wieder in eine Situation, in der ich dachte, sie hätten gerade entweder Sex oder Streit gehabt oder beides. Schließlich gaben sie jede Zurückhaltung auf, und alles wurde offensichtlich, die Liebe, ja, und nein, nicht der Hass, der Wahn vielleicht, die Verzweiflung, die schiere Energie, wie man heutzutage sagen würde.

Ich hatte mir vor dem Treffen zwei Filme von Xenia angesehen und in beiden ihr Spiel gemocht, das offensichtliche Risiko, das sie darin suchte, nicht mit allen Mitteln gefallen zu wollen. An die Beschwörungen mancher Kollegen glaubte ich nicht, man müsse einen Pakt mit den Zuschauern eingehen, als würden sie insgeheim jedem einzelnen zuzwinkern und ihm damit das Gefühl geben, nur er sei gemeint und habe Anspruch auf Entschädigung, wenn er nicht zufrieden wäre. Bei der Klarheit von Xenias Darstellung konnte keine Rede von so etwas sein. Eher schien sie sich in einem fort umblicken zu wollen, wie um rundum alle zu fragen, ob jemand wirklich glaube, sie sei für konventionellen Unsinn empfänglich, und die Größe, die sie dadurch bekam, strahlte nicht nur auf ihre Figuren aus, sondern auch auf sie als Person. Ich will nicht sagen, dass Xenia eine Diva war, die Zeit der Diven ist ein für alle Mal vorbei, aber wenigstens konnte man vor gar nicht so vielen Jahren noch nicht jeden oder jede selbstverständlich googlen und fand dann etwas, das es einem schwermachte, an das fragile Konzept von Göttlichkeit zu glauben, und seien es nur ein paar Aktfotos, vor Ewigkeiten aufgenommen, leichtfertig aus der Hand gegeben und von einem sogenannten Freund ins Netz gestellt oder überhaupt von einem elenden Spanner gefälscht, der jeden Kopf auf einen fremden Torso mit gespreizten Beinen und nackten Brüsten setzen konnte und sich so seine eigenen Bilder machte.

Solange alle anderen noch da waren, nahm ich an den gemeinsamen Freizeitunternehmungen nicht teil. Wenn sie ausritten, blieb ich in meinem Zimmer, und auch bei den Schießübungen, ohne die ein Aufenthalt auf einer Ranch in Montana nicht komplett gewesen wäre, ließ ich mich entschuldigen, weil mir seit meiner Zeit beim Bundesheer Leute, die mit geladenen Waffen in der Landschaft herumstanden, unheimlich waren. Außerdem hatte ich zum ersten Mal die kindische Idee, einen Roman zu schreiben, die mich seither alle paar Jahre einholte, und auch wenn das nirgendwohin führte, war ich tagsüber beschäftigt. Ich hatte über die Schreibversuche und mehr noch Schreibergebnisse meiner Schauspielkollegen immer gelästert, hatte sie abwechslnd narzisstische oder neurotische Peinlichkeiten genannt, aber ich musste meine eigenen Patzereien ja niemandem zeigen, und mehrere tausend Kilometer von zu Hause entfernt hatte ich ohnhin Narrenfreiheit. Also saß ich da, vor mir das weiße Blatt, und hörte das Geballere aus dem kleinen Wäldchen in der Nähe des Haupthauses und der beiden Gästegebäude und hatte kaum zwei oder drei Sätze vorzuweisen, wenn die anderen zurückkamen. Dafür waren sie aufgedreht, als hätten sie es mit der Anzahl ihrer Drinks nicht so genau genommen oder sich hinter den Büschen die Nasen gepudert, und rechneten sich gegenseitig unaufhörlich vor, wer von wie vielen Schüssen wie viele ins Schwarze getroffen habe.

Bei den Drehbuchlesungen aber war ich natürlich dabei, die wir, in unsere Korbsessel gefläzt, nur halb ernst und mit nachlässiger Ironie auf der Veranda betrieben, weil die Dialoge noch ziemlich hölzern klangen, und ich war auch an dem Nachmittag dabei, an dem der Berater am Zug war und über seine Zeit als Grenzer erzählte. Er war ein gar nicht so kräftig gebauter Mann mit absurden Kringellocken und einem nervös zuckenden Lid, der vorher an Supermarktkassen und in Warenlagern gearbeitet hatte und sich rechtfertigte, er sei überhaupt nur wegen des Geldes bei der Sache gelandet, überall sonst hätte er mit seinen Qualifikationen nicht einmal die Hälfte, kaum ein Drittel verdient. Angeblich hatte er erst vor einem knappen Jahr aus freien Stücken seinen Dienst quittiert, doch Stephen behauptete, er sei in Wirklichkeit suspendiert worden, weil er ein Alkoholproblem habe und bei der Verfolgung von Verdächtigen zweimal ohne Not seine Waffe gezogen und entweder nur in die Luft oder, wahrscheinlicher, wirklich hinter ihnen hergeschossen habe.

Seine Einstellung zu zeigen hütete er sich, aber wenn er schilderte, wie es war, wenn man in der Wüste auf der Lauer lag, wie es sich anfühlte, wenn ein Bewegungsmelder anschlug oder eine Zielperson in das Sichtfeld einer Kamera trat und man den Befehl bekam einzuschreiten, konnte er nicht verbergen, dass er sich immer noch damit identifizierte, und die folgende Distanzierung klang jedesmal lau. Er meinte, die meisten ließen sich widerstandslos festnehmen, sowie man sie eingeholt habe, und dann trete eine Resignation in ihre Gesichter, die man kaum aushalte, sie würden einen bitten, sie laufen zu lassen, während man ihnen Handschellen anlege und sie nach Waffen und Drogen durchsuche, und nicht wenige würden anfangen zu weinen, wenn sich ihre Träume zerschlügen. Zwischendurch machte er lange Pausen, und immer wieder einmal passierte es ihm, dass er in den Slang verfiel, den er offensichtlich mit seinen Kameraden gebraucht hatte, und sich gleich darauf betreten korrigierte. So sagte er statt »Grenze« in der Regel zuerst »Linie«, als würde dadurch der Spielraum enger, auf zwei Dimensionen beschränkt, und als wäre klarer, dass man eine Linie, wenn sie erst einmal gezogen war, nicht ohne Folgen überschreiten konnte, und er sagte »Körper«, als wären es nicht Lebende, sondern Tote, und meinte die Fliehenden, die er im Ödland gejagt hatte.

Wir hörten ihm zu und stellten am Ende brav ein paar Fragen, und Stephen wollte die Versammlung schon auflösen, damit wir vor dem Abendessen noch eine Stunde für uns hätten, als Xenia sagte, sie könne nicht glauben, was da vor sich gehe. Sie hatte sich aus ihrem Sessel erhoben und stand noch in ihrer Reitkleidung da, resolut mit ihrer etwas stämmigen Figur, die Haare zusammengebunden und ihren Blick auf den Berater gerichtet, der einen Teleskopstift aus seiner Brusttasche gezogen hatte und ihn ausfuhr und wieder zusammenschob, als wäre er ein verkümmertes Überbleibsel eines Schlagstocks. Xenia hatte ihn schon zwei- oder dreimal unterbrochen gehabt, jedesmal noch ungeduldiger, hatte sich erkundigt, ob er sicher sei, jeweils das Richtige getan zu haben, hatte wissen wollen, ob er nicht wenigstens mit den Kindern Mitleid verspürt habe, und attackierte ihn jetzt unverblümt.

»Ich will Sie nicht beleidigen, aber für mich hört es sich an wie die schlimmste Drecksarbeit«, sagte sie. »Wenn wir wirklich einen Film darüber machen wollen, müssen wir eine Haltung entwickeln, und das beginnt mit den richtigen Worten.«

Dabei senkte sie ihren Blick und sah den Berater nicht mehr an, sondern auf seine Füße, auf die Stiefel, die er trug. Man hätte es als plötzliche Verlegenheit interpretieren können, aber das war es nicht. Eher schien sie Maß zu nehmen und ihm zeigen zu wollen, wie klein ihn das alles für sie machte, oder sie visierte den Punkt an, wo sie in einer übertriebenen Filmszene vielleicht hingespuckt hätte.

»Ich habe mitgezählt, wie oft Sie in Ihrem Vortrag Körper gesagt haben. Verfluchte vierzehn Mal! Ich habe jedesmal gedacht, wenn Sie es noch einmal tun, erlaube ich mir, Sie einen Idioten zu nennen, und ich habe es vierzehn Mal nicht getan. Dafür sollten Sie mir danken.«

Der Berater war zusammengezuckt, sein nervöses Lid ein einziges Flattern, hatte gleichzeitig Stephens Blick gesucht und begann jetzt, sich mit dem Teleskopstift rhythmisch auf den Oberschenkel zu schlagen, während er sagte, es sei nur ein Wort, und sie ihm sofort widersprach.

»Glauben Sie das im Ernst?«

Sie zischte vor Ablehnung.

»Wollen Sie so genannt werden? Denken Sie einmal nach! Was würden Sie sagen, wenn es jemandem einfiele, Sie als Körper zu bezeichnen?«

Auf seine hilflose Antwort, es habe sich niemand viel dabei gedacht, lachte sie laut auf und sagte, dann sei es aber höchste Zeit, damit anzufangen, und als Stephen einschritt und sie bat, sich zu beruhigen, hatten sie zum ersten Mal offenen Streit, der damit endete, dass Xenia drohte, noch am selben Tag abzureisen.

»Ich soll mich beruhigen, wenn einer von lebenden Menschen spricht und sie Körper nennt, und ihr sitzt alle auf euren Ohren und lächelt ihn an wie den Weihnachtsmann?«

Währenddessen stand der Berater untätig da und wusste nicht, wohin mit seinen Händen. Er hatte den Teleskopstift eingesteckt und hätte sie in Ermangelung anderer Möglichkeiten allem Anschein nach am liebsten an die Hosennaht gelegt oder mit ihnen Bewegungen wie ein Hampelmann vollführt. Dabei strahlte er ein körperliches Unbehagen aus, das sich eigentlich nur in einem Gewaltakt Abhilfe schaffen konnte, und als ich ihn später am Pool sah, wirkte er immer noch so, als suchte er etwas, das er verbiegen, zerbrechen oder zerschlagen könnte.

Ich hatte mich zum Lesen dorthin gesetzt, als er in einer kurzen, weißen Hose und einem weißen T-Shirt, ausstaffiert wie ein Bademeister, mit Alma del Campo daherschlenderte. Sie war die zweite Hauptdarstellerin, ihr Name ein Künstlername, und hatte während des ganzen Vortrags und des dann folgenden Streits nichts gesagt, nur immer dünner gelächelt und zugesehen, dass sie sich aus der Schusslinie hielt und bald aufstehen und gehen konnte. Dabei tat sie, als könnte sie nur leidlich Englisch sprechen, weshalb ihr manches im Detail zu entgehen schien, aber später stellte sich heraus, dass sie die Sprache beinahe perfekt beherrschte und ihre mangelnden Kenntnisse nur als Vorwand nahm, wann immer sie einen Vorwand brauchte. Noch keine fünfundzwanzig, hatte sie schon seit Jahren eine Rolle in einer Samstagabend-Serie im mexikanischen Fernsehen, war angeblich ein Star, den das ganze Land kannte, und vielleicht auch weil wir anderen das zu wenig würdigten, hatte sie vom ersten Tag an den Pool für sich entdeckt, wo sie jede freie Stunde verbrachte, ausgiebig ihre Lagen schwamm und danach in ihrem Bikini mit weit von sich gestreckten Armen im gleißenden Licht dieser Tage lag. Die Augen dunkel, fast schwarz, hatte sie ein paar hellere Strähnen im Haar, und wenn sie ihr übergroßes Männerhemd anzog und vor der Sonne stand, musste ich achtgeben, sie nicht anzustarren, weil durch den Stoff des Hemdes auch bei geschlossenen Beinen der Abstand zwischen ihren Oberschenkeln deutlich zu sehen war. Jetzt breitete sie ihr Badetuch auf dem Rasen aus und ließ sich in das Wasser gleiten, während der Berater am Beckenrand Platz nahm und zuerst nur ihr zuschaute, dann aber immer mehr mich beobachtete und sich schließlich erhob, wie unabsichtlich näher kam und ohne Umschweife sagte, dass es mich oft hierherziehe.

Er schwitzte so offensichtlich nichts Gutes aus, dass ich nicht antwortete und tat, als würde ich weiterlesen, aber er ließ nicht locker.

»Sie gefällt Ihnen, stimmt's?«

Dabei drehte er sich zum Becken, wo Almas Kopf an der Wasseroberfläche auftauchte, wenn sie Luft holte, und wieder verschwand, und wandte sich dann von neuem mir zu. Er hatte sein T-Shirt ausgezogen, trug nur mehr die kurze, weiße Hose und weiße Plastikschlapfen, und als er sich auch noch herunterbeugte, konnte ich die Schweißperlen sehen, die sich in seinem Brusthaar verfangen hatten. Sie tropften von Härchen zu Härchen und verloren sich im Filz.

»Sosehr ich Sie verstehe, ich wäre vorsichtig bei den mexikanischen Miezen«, sagte er und schien auch noch stolz, das verstaubte Wort aus seiner Mottenkiste hervorgeholt zu haben. »Wenn Sie nicht achtgeben, kann das schlecht für Sie ausgehen.«

Ich legte meine Sonnenbrille ab und sah mich um, ob jemand in der Nähe war, der mir helfen könnte, diesen aufdringlichen und allem Anschein nach absichtlich unangenehmen Menschen loszuwerden, aber ich war allein mit ihm, und Alma schwamm, ohne auf uns zu achten, nur ihr Platschen und Prusten war manchmal zu hören.

»Warum behalten Sie Ihre Weisheiten nicht für sich?« sagte ich schließlich, als er keine Anstalten machte, sich wieder zu entfernen. »Glauben Sie, ich finde das witzig?«

»Ich will Sie nur warnen.«

»Sie wollen mich was?«

Jetzt setzte ich mich auf und betrachtete ihn genauer, aber er hielt meinem Blick stand, und selbst sein nervöses Lid hörte auf zu flattern, als er meinte, bei den Mexikanern gälten andere Gesetze, wenn es um ihre Frauen gehe, und er habe den Eindruck, ich sei mit den Spielregeln nicht recht vertraut.

»Soll ich Ihnen eine Geschichte erzählen?«

Ich sagte nein, aber er war schon nicht mehr zu bremsen und legte los, es sei nur eine kleine Begebenheit aus Acapulco, und leider nicht eine, die von Glanz und Glamour handle, wie es die Dümmsten immer noch erwarteten, wenn sie den Namen hörten.

»Dort kenne ich einen, der unvorsichtig gewesen ist«, sagte er. »Er ist Bauarbeiter und hat von seinem Gerüst aus hinter einer Braut hergewinkt. Eigentlich keine große Sache, nur hat er das Pech gehabt, dass sie die Verlobte von so einem Wichtigtuer war, der keinen Pardon kennt und einen für nichts umbringen kann. Zwanzig Minuten später sind sie gekommen und haben ihn in einen Hinterhof gezerrt. Dann haben sie ihm sein eigenes Stemmeisen hingelegt und gesagt, er solle entscheiden, ob er es selbst tun wolle oder ob sie es tun müssten. Im einen Fall seien zwei Finger dran, im anderen würde es ihn die ganze Hand kosten.«

Ich hatte davor schon gedacht, er könnte noch eine andere Aufgabe haben, als uns zu beraten, so, wie er sich aufspielte, und so, wie er sich die ganze Zeit in Almas Nähe hielt und ihr zu Diensten war, und der Eindruck verstärkte sich, als sie jetzt aus dem Wasser kam, er ihr das Badetuch reichte und sie es nahm, ohne ihm einen Blick zu gönnen. Auf seine halbstarke Geschichte reagierte ich nicht, ob sie nun wahr sein mochte oder eines der zu Legenden ausgewachsenen Klischees, die fast jeder augenblicklich parat hatte, wenn er über Mexiko sprach, eine der Anekdoten, die einem illustrieren sollten, dass man es dort nicht mit gewöhnlichen Verbrechern zu tun hatte, wenn man ins falsche Milieu geriet, sondern mit den Brutalsten der Brutalen, den Bösesten der Bösen, ja, mit wahren Bestien, die nichts Menschliches an sich hatten. Ich sah ihm zu, wie er hinter Alma herscharwenzelte, und mied von da an seine Gesellschaft, hielt mich demonstrativ von ihm fern, um ihm keine Gelegenheit zu bieten, noch mehr seiner schaurigen Spezialitäten bei mir abzuladen.

Dafür wechselte ich mit ihr, die sich bis dahin so verschlossen gegeben hatte, von da an immer wieder ein paar Worte. Sie sagte zu mir, sie habe mich in dem Maud-Allan-Film gesehen, ich sei als Frauenmörder erschreckend gut gewesen, ich sagte zu ihr, ich hätte noch keine Gelegenheit gehabt, ihre Serie anzuschauen, aber Stephen habe mir versichert, sie spiele darin wie eine der ganz Großen. Darauf nannte sie mich einen Schmeichler, ich ließ mich zu einer verunglückten Bemerkung über ihr Aussehen hinreißen, die mich dann die ganze Nacht plagte und die ich jetzt lieber für mich behalte, und der Dummkopf von Berater musste zusehen, wie ich am Tag vor ihrer Abreise mit ihr schwamm und sie mich zu einem Wettschwimmen aufforderte und lachend und ruhig atmend meinte, ich könne sie nicht beeindrucken, wenn ich sie gewinnen ließe, als ich eine volle Körperlänge hinter ihr anschlug und mühsam um Luft rang.

Die Atmosphäre bei dem Abendessen nach dem Konflikt wegen der fragwürdigen Bezeichnung, die der Berater verwendet hatte, war eisig. Xenia saß Stephen nicht wie sonst immer gegenüber, sie hatte sich mit ihrem Abendkleid, in dem sie für den Anlass überangezogen wirkte, und der hochgesteckten Frisur an das andere Ende des Tisches gesetzt, absentierte sich vom Gespräch, hielt das Glas immer wieder mit ausgestrecktem Arm und geschlossenen Augen so weit wie möglich von sich, damit jemand ihr nachschenkte, und brachte den armen William Whistler, den anderen männlichen Darsteller, der auf die Ranch eingeladen war, in Verlegenheit, indem sie plakativ mit ihm flirtete. Er hatte bisher nur einen einzigen größeren Film auf seinem Konto, war der Jüngste in der Runde, der Zahl nach fast noch ein Teenager, wie er selbst sagte, mit einem Gesicht, das auf diese amerikanische Art unfertig und gleichzeitig prototypisch wirkte, und sosehr er sich bis dahin im Hintergrund gehalten hatte, so sehr fand er sich plötzlich im Mittelpunkt eines Geschehens, dessen er nicht Herr war. Denn Xenia wollte provozieren, und nachdem sie halb erfolglose Vorstöße in die und in jene Richtung gemacht hatte, fiel ihr das Platteste ein, was sie tun konnte, und sie zog ihn in eine schlüpfrige Groteske übers Reiten und achtetete darauf, dass Stephen kein Wort entging.

»Es soll Frauen geben, die eine Stunde auf dem Rücken eines Pferdes einer Nacht mit einem Mann im Bett allemal vorziehen«, sagte sie schließlich, als hätten nicht längst alle verstanden, worauf sie abzielte. »Ich werde nicht verraten, ob ich zu ihnen gehöre.«

Sie hatte schon so viel getrunken, dass sie sicher nicht mehr nüchtern war, aber sie spielte auch die Betrunkene, suhlte sich regelrecht in einer ausgestellten Laszivität und Vulgarität und wandte sich plötzlich an Alma.

»Vielleicht kann unsere andere Lady etwas dazu sagen, das ein bisschen Klarheit in die Sache bringt.«

Damit griff sie über den Tisch nach Almas Hand, und als die sich herausreden wollte, dass sie nicht verstanden habe, worum es gehe, setzte sie sofort nach.

»Seit wann ist man in Mexiko so prüde?«

Ich beobachtete Stephen, der seinen Kopf in die Hand gestützt hatte und vor sich hin stierte, und sah dann die anderen an, zuerst den Berater, der kaum zu verbergen vermochte, dass er Gefallen an der Situation fand, dann William, der immer noch vergeblich auf einen Ausweg hoffte, und zuletzt Alma, die so viel Kraft aufwenden musste, um sich loszureißen, dass sie mit ihrem Stuhl fast umgekippt wäre. In ihren Jeans und ihrem T-Shirt hätte sie auf einem ganz anderen Anlass sein können als Xenia in ihrem Prachtaufzug. Sie hatte sich ein Tuch ins Haar gebunden, das im Licht der Kerzen nass aussah, als wäre sie gerade aus dem Pool gestiegen und hätte es nicht getrocknet, und so saß sie mit geradem Rücken da.

»Allem Anschein nach verträgst du den Wein nicht«, sagte sie. »Jedenfalls weißt du nicht, wovon du sprichst.«

Dabei rieb sie sich das Handgelenk, bis alle am Tisch begriffen hatten, dass sie sich nicht so behandeln lassen wollte.

»Wenn ich keine Ahnung von Mexiko hätte, würde

ich nicht davon reden und mich lieber hüten, leichtfertig Behauptungen aufzustellen.«

Das Land nur zu nennen genügte für sie, dass wieder ein unberechenbares Element ins Gespräch kam. Sie sprach es mit einem »ch« aus, dunkel gehaucht, und sah Xenia an, als ginge es darum, millimetergenau die Grenze festzulegen, wo der Spaß endete und der Ernst begann. Dann wandte sie ihren Blick mit einem Ruck ab.

»Man mag von Mexiko halten, was man will, aber ich kann dir versichern, dass man dort weiß, wann es genug ist«, sagte sie. »Sonst gibt es immer jemanden, der einen daran erinnert.«

In diesem Augenblick stand Stephen auf und sagte, ihm reiche es, er gehe spazieren, und während Xenia hinter ihm herrief: »Ja, geh und komm nur nicht so bald wieder zurück!«, sah ich Almas Augen. Es lag alles darin, Verwunderung, Ablehnung, Ironie, vielleicht sogar Verachtung. Sie erhob sich auch und verließ den Raum, und als dann William und ich uns entschuldigten, blieb Xenia ausgerechnet mit dem Berater zurück, der wahrscheinlich der Anlass für den ganzen Aufstand war und am nächsten Tag witzelte, dass er sich in ihrer Gegenwart nicht sicher fühle und niemand von ihm verlangen könne, sich noch einmal allein mit ihr in einem Raum aufzuhalten.

Ich holte Stephen an der Koppel ein. Er stand dort am Zaun und wirkte in seinem karierten Hemd und seinen Cowboystiefeln plötzlich sehr fünfundvierzigjährig, einen Fuß auf der untersten Latte, die Arme schlaff über die oberste hängend, und dabei wäre er der letzte gewesen, von dem ich gedacht hätte, dass ihn sein Alter je erwischen würde. Sein Haar war noch voll, an den Spitzen ergraut, aber an der Statur hatte sich etwas verändert, er schien größer, dabei weniger kräftig. In den vergangenen sechs Jahren hatte er jedes Jahr wenigstens einen Film gedreht, der von Kritik und Publikum gut aufgenommen worden war, wie man so sagt, und er befand sich, in diesem Jargon gesprochen, auf dem Zenit seines Erfolgs. Bei meiner Ankunft hatte er gesagt, je leichter es ihm falle, eine Rolle zu spielen, um so mehr Mühe habe er gleichzeitig, daran zu glauben, er wünsche sich manchmal nichts so sehr wie die Schwierigkeiten und Widerstände des Anfangs, die Unzulänglichkeiten und Fehler bei vollkommener Hingabe, und ich konnte mir vorstellen, dass er manchmal kurz davor war, sich selbst zu Fall zu bringen, um aus dem Fall neue Kraft zu schöpfen. Im Näherkommen hörte ich den Pfiff, mit dem er sein Pferd rief, und sah, wie der grau gescheckte Wallach, den er gewöhnlich ritt, sich aus der kleinen Herde am äußersten Rand des Geheges löste, dann mitten auf der Fläche stehenblieb und zu ihm herüberschaute, aber keinen weiteren Schritt mehr tat.

Stephen hatte mich offensichtlich nicht gehört, und etwas in seiner Stimme ließ mich zögern. Ich war vielleicht fünf oder sechs Meter entfernt, schräg hinter ihm, und hatte von einer Sekunde auf die andere das Gefühl, in eine zu intime Szene eingedrungen zu sein, als er den Namen rief. Das Pferd hieß Clouds, und er schrie ihn regelrecht in die Lüfte und wiederholte ihn dann kaum hörbar. Es war zu spät, mich bemerkbar zu machen, und während ich mich vorsichtig rückwärts entfernte, hielt ich meinen Blick auf ihn gerichtet. Er stand mit verschränkten Armen da, und ein Wind wie aus einem eigens aufgestellten Gebläse zog und zerrte in seinen Haaren, als wollte er ihn mit sich forttragen.

Xenia fuhr am selben Abend noch nach Helena und kam erst lange nach Mitternacht polternd zurück. Sie hatte einen der beiden Pick-ups der Ranch nehmen wollen, aber ein Bediensteter hatte sie gestoppt, sie könne in ihrem Zustand unmöglich fahren, und ein Taxi für sie gerufen. Vorher hatte sie im Haupthaus geschlafen, aber sie gab den Auftrag, bis zu ihrer Rückkehr ein Zimmer in einem der zwei Gästegebäude vorzubereiten, und weil dieses direkt neben meinem Zimmer lag und ich bei offenem Fenster schlief, wurde ich Zeuge einer Szene, die ich mir lieber erspart hätte.

Das Taxi, das sie zurückgebracht hatte, stand noch mit aufgeblendeten Scheinwerfern vor der Tür, und sie rechtete mit dem Fahrer herum, als ich wach wurde.

»Ich habe Ihnen schon hundertmal gesagt, dass mir mein Portemonnaie gestohlen worden ist«, sagte sie mit schwerer Stimme, jedoch bemüht, jede Silbe genau zu artikulieren. »Kommen Sie morgen in der Früh zurück, und Sie erhalten Ihr Geld.«

Sie war ausgestiegen, hielt sich mit einer Hand am Dach des Wagens fest und beugte sich, unsicher auf den Beinen, ihre Frisur derangiert und mit einem großen, dunklen Fleck auf ihrem Abendkleid, das sie nicht gewechselt hatte, zu dem Fahrer hinunter, und jetzt wand auch er sich hervor.

»Tut mir leid, aber ich habe morgen in der Früh keine Zeit«, sagte er. »Bitte haben Sie Verständnis, ich muss auf meine Bezahlung bestehen. Ich kann nicht für nichts hier herausfahren. Sie schulden mir hundertachtzig Dollar.«

»Wollen Sie dafür alle wecken?«

»Ich will nur mein Geld?«

»Wissen Sie, wer ich bin?«

»Das haben Sie mir schon gesagt.«

»Sie wissen es also nicht«, sagte sie und schubste ihn von sich, als er um den Wagen herumkam und sich vor ihr aufbaute. »Sonst würden Sie sich nicht ein solches Verhalten herausnehmen. Was sind Sie überhaupt für ein Mann, mit einer Frau so umzuspringen? Wollen Sie wegen hundertachtzig Dollar anfangen zu heulen? Wissen Sie, was Kinderstube ist? Wenn ich mein Portmonnaie wiederhabe, kaufe ich Ihnen Ihr beschissenes Auto ab, lasse es rundum vergolden und schenke es Ihnen mit einer roten Schleife.«

Der Fahrer, der zurückgetaumelt war und sich nur gerade noch auf den Beinen zu halten vermochte, drohte mit der Polizei, und ich wollte schon einschreiten, als ich sah, dass Stephen aus dem Haupthaus gelaufen kam. Er trug einen gestreiften Pyama und nestelte in einem Handtäschchen herum. Kaum hatte er die beiden erreicht, drückte er dem Fahrer ein paar Scheine in die Hand und bugsierte ihn in seinen Wagen, während er Xenia zu beschwichtigen versuchte, die immer noch zeterte.

»Dieser Kretin weiß nicht, wer ich bin, Stephen.«
»Schon gut, Xenia.«
»Nichts ist gut, Stephen, gar nichts. Sag ihm, wer ich bin, und gib ihm sein verdammtes Geld! Er hat wegen läppischen hundertachtzig Dollar die Polizei rufen wollen.«

Das Taxi war längst verschwunden, als sie immer noch dastanden, Stephen sie in seine Arme schloss und sie schniefte und schluchzte und ich dazwischen hörte, wie er auf sie einsprach.

»Vergiss die Sache doch!« sagte er. »In zwei Stunden wird es hell. Du musst schlafen, Xenia. Lass uns ins Bett gehen.«

Der Streit schwelte in den Tagen darauf weiter und kochte am Nachmittag, an dem der Regisseur kam, noch einmal hoch, weil Xenia wieder davon sprach, dass ihr nicht aus dem Kopf gehe, wie der Berater in einem fort »Körper« gesagt habe, und schließlich verlangte, dass man sich von ihm trenne.

»Ich will nicht sagen, dass ich sonst aussteige«, sagte sie. »Aber ich müsste mir auf jeden Fall Gedanken machen, ob ich mich nicht auf die falschen Leute eingelassen habe.«

Der Regisseur war nur für ein paar Stunden da und hatte andere Sorgen. Er stammte selbst aus El Paso und hatte sich bei den Produzenten mit dem Wunsch durchgesetzt, dass der Film dort angesiedelt und gedreht wurde, obwohl er ursprünglich in Laredo hätte spielen sollen, weiter im Osten von Texas. Für ihn war es eine Herzensangelegenheit, weil er damit auf die Veränderungen reagieren konnte, die er seit wenigen Jahren in seiner Heimatstadt beobachtete. Was dort vor sich ging, war in seinen Augen eine einfache Geschichte. Seit nördlich der Grenze eine Fabrik nach der anderen schloss und ihre Fertigung ein paar Kilometer südlich der Grenze in neu gebauten Anlagen wieder aufnahm, brauchte man die billigen Arbeitskräfte, die man bislang mit offenen Armen empfangen hatte, nicht mehr, im Gegenteil, man musste sie für noch weniger Geld dort halten, wo sie herkamen, und das bedeutete, dass die Grenze, über die lange Zeit Tagelöhner mehr oder weniger ungehindert hin und her gependelt waren, eine richtige, für viele unüberwindliche Barriere wurde.

Das gab den Hintergrund für den Film ab, und was den Regisseur jetzt umtrieb, war vor allem die Finanzierung, die lange gesichert erschienen war und nun auf einmal doch wieder ins Wanken geriet. Er sagte, er sei dennoch zuversichtlich, weil er seit kurzem gute Kontakte zu Ölleuten in Dallas und Houston habe, für die es ein Klacks sei, das nötige Geld aufzutreiben, und da fiel zum ersten Mal auch der Name Dubya, den er mit sichtlichem Genuss so aussprach, dass ich mir zuerst tatsächlich einen arabischen Geschäftsmann dahinter vorstellte. Dabei war der Gouverneur von Texas gemeint, der noch nicht lange im Amt war, und es handelte sich nur um eine Verballhornung seines Mittelinitials, das »W«, schlampig amerikanisch, schlampig texanisch ausgesprochen, dem der Regisseur eine zusätzliche Note verlieh, indem er es regelrecht lallte.

Er war ein gedrungener Mann, mit schulterlangem, schwarzem Haar und einer Boxernase, der wahrscheinlich wusste, dass man auch ihn auf den ersten Blick unterschätzte, und daraus einen Vorteil zog. Man hätte sich ihn mit einer Goldkette um den Hals und einem Goldarmband vorstellen können, und sicher wusste er das und kannte sogar die Witze, die es über ihn gab, den Spott, er sehe aus wie ein Fleischer, wie ein Schläger oder ein Bierkutscher, aber er trug einen hellen Sommeranzug mit auffallend weiten Hosen und stand dann, als wir über das Gelände gingen und Wind aufkam, wie dahingeweht in der Landschaft, trotz seiner ganzen Plumpheit gleich einem grazilen Geschöpf aus dem Malkasten eines Impressionisten. In seinen Argumenten präzise und auf nur noch mehr Präzision bedacht, wenn ihm widersprochen wurde, ließ er keinen Zweifel, dass er sich durchzusetzen wusste, und wie wenig er sich auf Nebensächlichkeiten einlassen wollte, konnte man an der Antwort sehen, die er Xenia schließlich gab. Er war zuerst gar nicht auf ihr Lamentieren eingegangen, hatte nur genickt und gesagt, er verstehe das Problem, er werde darüber nachdenken, um sofort einen Schlusspunkt zu setzen, als sie noch einmal begann.

»Natürlich bist du die Beste für die Rolle«, sagte er. »Aber du solltest nicht vergessen, dass es da draußen Hunderte von Zweitbesten gibt, die sich darum reißen würden, und wenn der Film einmal fertig ist, fragt keiner mehr nach, ob sie die erste Wahl waren oder nicht.«

Zu William sagte er nur William Cuthbert Whistler, »Sieh einer an!«, wobei er den ungewöhnlichen zweiten Vornamen sichtlich genoss, den ich da zum ersten Mal hörte, und zu mir, eine Hand jovial auf meiner Schulter: »Du bringst uns das Publikum in Europa, nicht wahr?«, und es war um so auffälliger, wie er Alma hofierte. Er war zweisprachig aufgewachsen, hatte eine mexikanische Mutter und sprach deshalb spanisch mit ihr, und selbst wenn ich kaum etwas verstand, genügten einzelne Worte, genügte es, wie er immer wieder »honor« sagte, »mucho gusto«, »muchas gracias«. Wenn ich es richtig beobachtete, hatte er den Berater, der wieder um sie herumgetanzt war, mit einer Handbewegung verscheucht und machte immer neue Knickse und Verbeugungen vor ihr.

»Hast du alles, was du brauchst?« sagte er schließlich und verfiel dabei ins Englische, als sollte man ihn auf einmal doch verstehen. »Wenn dir etwas fehlt, lass es mich wissen.«

ERSTER TEIL

Alma saß in einem Schaukelstuhl auf der Veranda und hatte eine Sonnenbrille auf, die sie während des ganzen Gesprächs nicht abnahm, was den Regisseur offenbar nicht störte. Das schien mir ein Hinweis darauf, dass sie sich ihrer Sache sicher war, und ich konnte nicht sagen, dass ich mir nicht meine Gedanken machte, als sie ihn am Ende von einem Freund oder sogar von ihrem Freund in Mexiko grüßen ließ. Dessen Namen verstand ich nicht, aber als der Regisseur den Gruß zurückgab, legte er sich eine Hand aufs Herz und schloss die Augen.

»Schade, dass er keine Zeit gehabt hat zu kommen«, sagte er. »Er wird uns aber bei den Dreharbeiten hoffentlich die Ehre erweisen.«

Vor seiner Abfahrt zog er sich mit Stephen für eine Stunde in das Kaminzimmer zurück, und kaum war das Auto den Kiesweg hinunter verschwunden, hatte Xenia wieder ihren Auftritt. Sie schien nur auf den Augenblick gewartet zu haben. Bei der Verabschiedung hatte sie sich nicht blicken lassen, aber jetzt kam sie hinter dem Pavillon hervor, den Stephen sich hatte errichten lassen, weniger weil er ihn brauchte, als um einen arbeitslosen Freund einen Sommer lang zu beschäftigen, und stürmte die Treppe zur Veranda herauf. Ich hatte mich dort hingesetzt und sie schon von weitem kommen sehen. Sie nahm drei Stufen auf einmal, blieb schwer atmend neben mir stehen und hatte im selben Augenblick Stephen im Eingang entdeckt.

Es war ein heißer Tag, und rund um die Veranda waren alle Fenster hochgeschoben, so dass ich jedes Wort ihres Gesprächs mitbekam. William und Alma waren auf dem Tennisplatz, der Berater wahrscheinlich in ihrem Gefolge, und die beiden kümmerten sich nicht darum, dass ich mithörte. Ich konnte Stephens Betretenheit spüren, als Xenia ihm vorwarf, dass er ihr dem Regisseur gegenüber nicht zur Seite gesprungen sei, und er sich verteidigte, sie hätte doch nie akzeptiert, wenn er es auch nur versucht hätte, sie hätte ihm vorgeworfen, sie damit ihrer Eigenständigkeit zu berauben und zu seinem Anhängsel zu machen.

»Er wird den Berater nicht entlassen«, sagte er schließlich. »Verrenn dich nicht in dieser Sache. Sie kennen sich seit ihrer Jugend, er würde das als Verrat empfinden. Halt dich lieber zurück.«

»Das sagst du mir jetzt!«

»Ich habe gedacht, es spielt keine Rolle.«

»Dann sag mir wenigstens auch, was dieser ominöse Berater sonst noch für eine Funktion hat«, sagte sie. »Er weicht Alma nicht von den Fersen. Ist er ihr Aufpasser, ihr Leibwächter oder einfach nur ein Dummkopf, der immer zur falschen Zeit am falschen Ort aufkreuzt? Und wer ist dann sie, dass sie so einen braucht? Wenn mir die entscheidende Information fehlt, solltest du mich vielleicht aufklären.«

Ich hätte andere Worte gewählt, aber weil ich auch schon in diese Richtung gedacht hatte, klang es für mich nicht unsinnig, und Stephen trug seinen Teil bei, das zu verstärken, so ausweichend, wie er antwortete.

»Einen Leibwächter würde ich ihn nicht nennen.«

»Würdest du nicht?« sagte sie. »Was würdest du dann?«

»Ich würde mir keine Gedanken machen.«

»Du würdest also wieder einmal nur der gute Stephen sein wollen, der allen alles recht machen will«, sagte sie. »Der gute Stephen, den alle lieben, weil er den Mund hält, bevor er es sich mit jemandem verscherzt. Vielleicht geht das aber irgendwann nicht mehr. Vielleicht ist es zu wenig, immer nur der gute, von allen bewunderte und beneidete Stephen zu sein.«

Dann sagte sie, so, wie der Regisseur vor Alma auf die Knie gefallen sei, würde es sie nicht wundern, wenn wir den Film in Wahrheit nur für sie machten, und er widersprach wieder nur halbherzig.

»Warum sollten wir einen Film nur für sie machen?«

»Ja, warum wohl, Stephen?« sagte sie. »Eine Mexikanerin, die hierzulande kein Mensch kennt. Denk einmal nach! Sollte das Geld dafür am Ende auch noch von dort kommen, dann kann sich der gute Stephen aber nicht mehr vormachen, er wisse nicht, welches Geld das ist.«

Bis die anderen abreisten, hatte ich gedacht, die beiden stritten sich nur wegen des Films, Meinungsverschiedenheiten, Missverständnisse, Querelen, wie sie nun einmal vorkamen, verstärkt dadurch, dass sie auch eine persönliche Beziehung hatten, aber von da an gingen mir die Augen auf. Ich hatte mich selbst immer gehütet, mich auf dem Set zu verlieben, oder anders gesagt, ich war fast immer verliebt in die Hauptdarstellerinnen gewesen, mit denen ich aufgetreten war, hatte aber penibel darauf geachtet, dass das folgenlos blieb und sie das Offensichtliche möglichst nicht einmal merkten. Natürlich hatte ich auch mit Regisseuren gearbeitet, die eine solche Verpanschung förderten, eine Weile hatte es ja ganz der herrschenden Ideologie entsprochen, und es hatte diesen Typus gegeben, der es nicht für einen Betriebsunfall hielt, wenn die Schauspieler nach den Proben miteinander im Bett landeten, es eher sogar förderte und zusah, dass er dabei selbst nicht zu kurz kam. Für mich war das immer weniger eine Frage der Moral gewesen als eine Frage der Professionalität. Wenn ich gut spielen wollte, musste ich mich freihalten und zusehen, dass mir das Leben nicht dazwischengeriet, sonst wäre ich Gefahr gelaufen, mitten auf der Bühne aus der Rolle zu fallen und, was auch immer wir gerade gaben, zu meiner Angebeteten zu sagen, wir hätten Besseres zu tun, als diesen Unsinn aufzuführen, hätten keine Zeit für fremde Aufgeregtheiten und fremde Probleme zu verlieren und sollten uns so schnell wie möglich um unsere eigene Geschichte kümmern.

Ich hätte auch Stephen in diesen Dingen für klüger gehalten, aber dann sah ich seinen Blick, als Xenia sich von William verabschiedete. Alma und der Berater waren bereits zwei Stunden davor abgeholt worden, und sie hatte sich wie schon beim Abschied des Regisseurs nicht blicken lassen, als die beiden in das Taxi stiegen, aber William erwies sie um so übertriebener die Ehre. Es war nichts weiter, er umarmte sie, sie umarmte ihn, wie auch immer man es formulieren mochte, und nannte ihn William Cuthbert Whistler, wie wir es alle taten, seit der Regisseur damit begonnen hatte und er dadurch eine Art Maskottchen geworden war, schob ihn von sich und zog ihn noch einmal an sich heran: »Es war mir eine Freude.« Nachdem sie ihm einen Kuss links auf die Wange und einen Kuss rechts auf die Wange gegeben hatte, gab sie ihm jetzt noch einen Kuss auf die Stirn, sehr pointiert, sehr plaziert, in der Übertreibung fast mütterlich. Mit Anfang dreißig war sie mehr als zehn Jahre älter als er und mehr als zehn Jahre jünger als Stephen, ein blödsinniger Gedanke, der mir dabei durch den Kopf ging, als könnte das Problem, wenn es eines gäbe, nur ein arithmetisches sein.

Der Ausbruch kam mit Verzögerung, zwar noch am selben Tag, aber erst ein paar Stunden später, als Stephen Xenia fragte, ob es wirklich nötig gewesen sei, William so viel Aufmerksamkeit zu schenken. Sie hatte sich außer dem einen Abend, an dem sie auf diese ebenso theatralische wie provokante Weise mit ihm über das Reiten gesprochen hatte und dabei wirklich ausfällig geworden war, nicht um ihn gekümmert, aber der Abschied hatte genügt. Wir saßen wie so oft auf der Veranda, und ich versuchte mich davonzumachen, doch Stephen forderte mich auf zu bleiben, es gebe keine Geheimnisse, ich solle ruhig hören, was er zu sagen habe.

Dann meinte er, vielleicht könne ich ihm verraten, wie man diese Dinge in Europa handhabe, und Xenia, die offenbar bereits ahnte, worauf es hinauslaufen würde, bat ihn, mit dem Quatsch aufzuhören. Sie saß im Schatten, und ich nahm den Ernst zuerst gar nicht wahr, weil sie lachte und nach seiner Hand griff, die er ihr aber sofort entzog. Dabei stieß er die Gläser auf dem Tischchen vor sich um, die auf dem Boden zerbrachen, ohne dass ihm das aufzufallen schien.

»Küsst man in Europa zum Abschied jemanden ein-, zwei- oder dreimal?« sagte er. »Und würde man dort zu einem Halbwüchsigen ›Es war mir eine Freude‹ sagen?«

Er sah zuerst mich an.

»Man müsste schon ein verdammter Franzose sein. Ein ausgesuchter Schwachkopf mit Perücke und Gehrock. Sonst würde einem so etwas nicht einfallen.«

Damit drehte er sich abrupt zu ihr.

»Was genau war dir eine Freude, Xenia?«

Es war so absurd, dass ich immer noch nicht begriff, dass er sich wirklich erregte und nicht nur ein stichelndes Spiel trieb, das ihm entglitten war. Seine Stimme klang gepresst, und er sprach bedrohlich leise. Dabei schob er sich auf seinem Sessel so weit vor, wie er nur konnte, und kam ihr derart nahe, dass sie zurückwich.

»Ich lade diesen kleinen Wichser auf meine Ranch ein, und du kommst mir mit einer solchen bodenlosen Scheiße, dass ich vor Ekel vor dich hinkotzen könnte. Es war dir eine Freude, Xenia? Der Kerl hat einen Pelz auf der Brust, schwitzt wie ein Schwein und stößt beim Tennisspielen Brunftlaute aus, als würde er verrecken.«

Sie sagte nichts, schob nur geräuschvoll ihren Sessel zurück, sprang auf und ging mit hoch erhobenem Kopf und abgewandtem Gesicht davon, und am Abend fuhr sie wieder nach Helena. Stephen und ich standen vor dem Haupthaus und schauten ihr zu, wie sie den älteren der beiden Pick-ups, der schon ein bisschen zerbeult war, aus dem Parkplatz manövrierte und in die Allee einbog, die zum Tor hinunterführte, und als sie um halb zwölf nicht wieder zurück war, bat er mich, hinter ihr herzufahren und sie zu suchen, ihr könne es sonst einfallen, sich angetrunken auf den langen Weg nach Hause zu machen. Dazu nannte er mir eine Liste von vier Lokalen, und im dritten fand ich sie vor einem Bier an der Theke, eher melancholisch als unter Alkohol, wie er es offenbar gefürchtet hatte. Er hatte gesagt, er selbst dürfe sie nicht abholen, ihm würde sie vorwerfen, er überwache sie, ihm würde sie eine Szene machen, aber wenn ich es geschickt anstellte, könne ich sie sicher dazu bewegen, ihren Wagen stehenzulassen und mit mir zu kommen. Ich setzte mich neben sie und bestellte zwei Whiskey, und als sie sich zu mir drehte und mit mir anstieß, schlug sie die Augen auf diese Weise auf, wie sie es in einem der beiden Filme tat, die ich von ihr gesehen hatte. Es war in Großaufnahme, und hätte ich es im Kino erlebt, in Leinwandgröße unter Dutzenden von anderen Leuten, die sie in diesem Augenblick genauso bewundert hätten, genauso begehrt, und nicht zu Hause an meinem Videorecorder, hätte ich nicht im geringsten gestaunt, wenn in derselben Sekunde das Licht angegangen wäre und den ganzen Saal ausgeleuchtet hätte, ein solcher Blitz war es, und so sehr hatte ich mich gefragt, was sie wohl sah, was sie wohl dachte, wie es wohl war, in diesem Kopf und in diesem Körper zu leben.

Zwar hätte sie noch fahren können, aber ich brachte sie nach Hause und wurde so eine Art Chauffeur für sie, weil Stephen sagte, am besten führe ich in Zukunft gleich mit, wenn sie für ein paar Stunden von der Ranch wegwolle und es ausgeschlossen sei, dass er sie begleite, dann könne sie auch gefahrlos etwas trinken. Ich hatte sie ungesehen in ihr Zimmer lotsen wollen, aber er hatte vor dem Haupthaus schon auf uns gewartet, in dem er alle Lichter angemacht hatte, war auf der Veranda gesessen und uns ein paar Schritte entgegengegangen. Vorher hatte ich ihn angerufen und ihn beruhigt, und genauso hielt ich es auch die anderen Male, ich rief aus Helena an oder wo wir sonst hingeraten sein mochten, aus Great Falls oder aus Butte, und sagte zu Stephen, wann wir zurück wären, und er erkundigte sich, wieviel sie getrunken habe, bat mich, vorsichtig zu sein, saß dann an seinem Platz und erwartete uns, um drei am Morgen genauso, wie wenn es noch vor Mitternacht war.

Am Ende verbrachte ich volle zwei Wochen mit ihnen allein, aber im nachhinein schien das viel zu wenig Zeit für alles, was sich da ereignet hatte. An einem Tag sah ich sie gemeinsam ausreiten und gemeinsam wieder zurückkommen, an einem anderen Tag, an dem sie auch gemeinsam ausgeritten waren, kam Xenia eine halbe Stunde später ohne ihn dahergaloppiert, schwang sich vom Pferd, ließ es einfach stehen, ohne sich darum zu kümmern, ob es jemand absattelte, und lief in ihr Zimmer, und Stephen fand sich erst lange danach ein, mit hängendem Kopf und offensichtlich niedergeschlagen. Sie konnten einen ganzen Nachmittag auf der Wiese neben dem Pool liegen, ich hörte ihre Stimmen, ich hörte ihr Lachen, und obwohl ich nichts verstand, weil ich mich abseits hielt, waren es für mich die Stimmen und das Lachen von Verliebten, aber beim Abendessen sprachen sie nicht mehr miteinander und saßen sich feindselig gegenüber. Ich hatte sie beim Frühstück in so vielen unterschiedlichen Launen angetroffen, als wollten sie alle Varianten durchspielen, die es zwischen Mann und Frau gab, und wenn bei schlechter Stimmung jede Aufheiterung dauerte, war in den helleren Momenten eine Verdunkelung von einem Augenblick auf den nächsten möglich. Xenia brauchte nur einen anderen Schauspieler zu erwähnen und von einem seiner Filme zu schwärmen und in ihrem Schwärmen vielleicht einen Tick zu weit zu gehen, und Stephen, der gerade noch mitgeschwärmt hatte, starrte sie mit eingefrorenem Gesicht an und wollte nach einer demonstrativen Pause wissen, ob sie diesen Stümper oder Pinsel, oder wie sie ihn sonst nennen mochte, wirklich so außergewöhnlich finde. Da war es meistens schon zu spät, sie ruderte zwar zurück, aber er kreiste sie mit seinen Fragen ein, die immer kleinlicher wurden, immer sinnloser, Xenias Platz immer enger einschränkten und ihr zuletzt nicht einmal mehr Raum zum Atmen ließen.

Wenn die Tage schon turbulent waren, war es nach Einbruch der Dunkelheit ein einziges Drunter und Drüber. Sie schlief in der Regel bei ihm im Haupthaus, aber es konnte auch sein, dass sie wieder das Zimmer neben meinem Zimmer im Gästegebäude bezog, und nicht nur einmal kam sie in den toten Stunden angerannt, ich hörte sie lärmend die Treppe heraufsteigen und wenig später leise wieder hinuntertappen, oder Stephen war ihr gefolgt und klopfte an ihrer Tür oder stand vor ihrem Fenster und flehte sie an aufzumachen. Es gab Nächte, in denen sie zweimal hin und her wechselte, im Haupthaus waren manchmal alle Lichter an, und einmal sah ich sie beide, kaum bekleidet, auf der Veranda, Stephen hatte ihre Hand gepackt, und sie sagte, was Frauen in Hunderten von Filmen gesagt haben, er solle sie loslassen oder sie werde schreien, nur dass es kein Film war.

Meinen Ohren konnte ich schon trauen, und in der Nacht darauf wurde ich wach, als sie versuchte, einen der beiden Pick-ups auszuparken, und gegen den Brunnen hinter dem Parkplatz prallte, noch einmal vorfuhr und dabei die Wand davor erwischte, ob absichtlich oder auch nicht. Stephen war ihr gefolgt und sah ihr untätig zu, und erst nachdem sie minutenlang im Dunkeln auf dem Fahrersitz gesessen war und er offensichtlich wartete, was sie weiter anstellen würde, öffnete er die Tür und zog sie heraus, und sie ließ es geschehen. Ich schaute ihnen zu, wie sie dann lange engumschlungen dastanden, ohne sich zu rühren, und als sie auf das Haupthaus zugingen und unter meinem Fenster vorbei, hörte ich, wie er auf sie einsprach, es werde nie wieder vorkommen, und ahnte, dass etwas Schlimmes vorgefallen sein musste, ahnte, was ihr Schweigen bedeutete, ahnte, dass sie weinte.

Es war nicht immer Alkohol im Spiel, aber nicht nur sie, sondern auch er trank gern, und in der Nacht, als schließlich der Sheriff auftauchte, war vielleicht wirklich »sternhagelvoll« das richtige Wort, das auf beide zutraf. Ich konnte nicht sagen, wer ihn gerufen hatte, ich war es nicht gewesen, obwohl sie sich auf der Veranda derart befetzten, dass ich allen Grund gehabt hätte, vielleicht einer der Bediensteten, die zu der Stunde aus irgendeinem Grund noch auf dem Gelände waren und nicht schon zu Hause, vielleicht Xenia selbst, die es später jedoch bestritt oder sich nicht mehr daran erinnerte. Der Wagen kam wie lautlos, aber mit rot, gelb und blau flackerndem Licht die Allee herauf, und der Sheriff hatte ihn schon geparkt und war ausgestiegen, als sie immer noch so sehr ineinander verkeilt waren, dass sie gar nicht merkten, dass er die längste Zeit schon dastand und sie beobachtete.

Ich sah, wie er die Handschellen von seinem Gürtel löste und die Stufen zur Veranda hinaufstieg. Er legte

Stephen eine Hand auf die Schulter und sagte, er sei gerufen worden, wandte sich mit der Frage an Xenia, ob von ihr, und wollte wissen, ob alles in Ordnung sei. Sie sahen ihn beide an wie eine Erscheinung, und als Xenia zuerst nein sagte und dann nickte und Stephen sich erkundigte, was denn überhaupt los sei und ob das nicht alles bis am nächsten Tag Zeit habe, begann er ihre Daten aufzunehmen.

Dabei stand die ganze Zeit sein Wagen mit dem flackernden Licht, das er nicht ausgeschaltet hatte, vor dem Haus und tauchte die Umgebung in den Schein einer Verbrechens- oder Unfallszene. Der Sheriff fragte Xenia noch einmal, ob er sie wirklich allein lassen könne, ich hörte deutlich, wie er sagte, wenn sie etwas zu sagen habe, sei das jetzt ihre letzte Gelegenheit, und dann warf er einen warnenden Blick auf Stephen und stieg die Stufen wieder hinunter. Er setzte sich in den Wagen, und es dauerte ein paar Augenblicke, bis er losfuhr und in der Allee verschwand, jetzt ohne das wilde Geflacker seines Lichts, aber der Motor wieder fast lautlos, so dass hauptsächlich das Knirschen der Reifen auf dem Kies zu hören war.

Es hatte geregnet und war deutlich kälter geworden, und trotzdem blieben die beiden den Rest der Nacht auf der Veranda. Sie hatten ein paar von den dicken Fleecedecken aus dem Haus geholt, mit denen man selbst im Winter draußen zurechtgekommen wäre, wickelten sich darin ein, drückten sich dicht nebeneinander in ihre

Korbsessel und rauchten. Ich legte mich ins Bett, aber als ich zwei Stunden später wieder wach wurde und hinausschaute, dämmerte es, und sie saßen immer noch da, allem Anschein nach noch näher beisammen. Xenia hatte ihren Kopf auf Stephens Schulter gelegt, und im Licht, das aus dem Inneren des Hauses kam, sah es aus, als würden sie schlafen, aber dann beobachtete ich, wie sie seine Hand nahm und auf ihre Wange legte und ihre Hand auf seiner ließ. So, in genau dieser Stellung, verharrten sie noch, als ich das nächste Mal einen Blick nach draußen warf und es schon hell war und von neuem anfing zu nieseln.

Ich hatte damals zu Hause eine vierjährige Tochter, die mich gebraucht hätte, und verlebte Tage auf einer Ranch in Montana, wo ich nichts Besseres zu tun hatte, als einem Paar beim Streiten zuzusehen. So deutlich ausgesprochen, war es keine gute Bilanz, aber so deutlich zeigten sich mir die Zusammenhänge erst im nachhinein. Schließlich gab es daneben andere Zeiten, während ich in den jeweiligen Situationen zwar nicht wegschaute und weghörte, aber für Stephen und Xenia und am Ende ganz offensichtlich auch für mich selbst nicht anwesend war. Weder er noch sie rechtfertigte sich mir gegenüber jemals oder hielt es für nötig, mir etwas zu erklären, und ich machte es ihnen leicht, weil ich immer mit einem Vorschlag zur Hand war, wenn der Sturm sich gelegt hatte, weil ich sofort ein unverfängliches Gespräch begann oder so tat, als wäre es normal, wenn Stephen sich in eine seiner Verrücktheiten verstieg, die damit endeten, dass er Xenia in die Enge trieb. Er achtete darauf, dass er nicht Zeit mit mir allein verbrachte, wahrscheinlich weil er doch Fragen fürchtete, und sie nutzte andererseits nie die Gelegenheit, mich ins Vertrauen zu ziehen.

Dabei war ich insgesamt Stunden mit ihr im Auto, wenn sie sagte, sie müsse für einen Abend oder einen Nachmittag anderen Wind um die Ohren bekommen. Beflissen sah ich zu, dass ich ein Thema fand, und sie saß neben mir, kurbelte ihr Fenster herunter und schloss müde lächelnd die Augen, während sich die Prärie vor uns auftat. Ich erzählte ihr, wie ich Stephen kennengelernt hatte, und sie sprach von ihren Kindheitssommern an den Ozeanen, eine Hälfte an der Westküste bei ihrem Vater, die andere an der Ostküste bei ihrer Mutter, und auf der Rückfahrt suchte sie gewöhnlich einen Musiksender im Radio, egal, ob sie getrunken hatte oder nicht, und bat mich fast immer, mir Zeit zu lassen, wenn wir uns der Ranch näherten. Vor dem Tor blieb ich manchmal noch stehen, und wir lehnten uns auf unseren Sitzen zurück und schauten in die Dunkelheit. Dann fuhren wir die Allee hinauf, auf das bis in den letzten Winkel erleuchtete Haupthaus zu, wo Stephen sich auf der Veranda eingerichtet hatte und wartete.

DRITTES KAPITEL

Als Luzie endgültig nicht mehr mit mir reden wollte, hatte ich augenblicklich ihren Freund in Verdacht. Zugegeben, sie war auch in den Wochen davor reserviert gewesen, wann immer wir nach meinem ebenso leichtfertigen wie unnötigen Geständnis miteinander zu tun gehabt hatten, aber sie war entgegen ihrer Vorgabe, uns eine Weile nicht zu sehen, wenigstens noch ans Telefon gegangen, hatte mich zum Essen getroffen und sogar das eine oder andere Mal zu Hause besucht. Deshalb war ich überrascht, als ich sie nicht mehr erreichte, nur die Mailbox, und sie auf meine Bitten um Rückruf nicht antwortete. Schließlich gab ich mir einen Stoß und rief bei ihrem Freund an, und mich vor ihm in dieser Rolle wahrnehmen zu müssen beschämte mich, so dass ich am liebsten im selben Augenblick aufgelegt hätte. Er sagte, sie sei nicht da, und fügte nach einer langen, wie sorgfältig gedehnten Pause hinzu, es sei wohl besser, wenn er mir die Wahrheit nicht verheimliche, doch, sie sei da, aber sie wolle nicht mit mir sprechen.

Bis dahin hatte ich mir keine Gedanken gemacht, ob Luzie ihm von dem Unfall in der Wüste von New Mexico erzählen würde, aber jetzt hielt ich es für möglich, dass sie genau das getan hatte und vielleicht sogar auf seinen Rat hin nicht mehr erreichbar für mich war. Dreieinhalb Monate war es erst her, dass sie uns einander vorgestellt hatte: »Das ist Mirko, Papa«, und nach einer Pause: »Das ist mein Papa, Mirko«, und dann war sie zweimal mit ihm bei mir gewesen, und ich hatte mir beide Mal überlegt, ob ich ihm etwas sagen solle, aber weder die Gelegenheit noch die richtigen Worte dafür gefunden. Wie hätte es auch ausgesehen, wenn ich ihn gebeten hätte, vorsichtig mit ihr zu sein, Luzie sei anders? Alle waren anders, solange sie jung waren, natürlich, und was hätte ich erwidert, wenn er mich gefragt hätte, *wie* anders? Hätte ich ihm überhaupt etwas eröffnen können, das er nicht längst wusste oder ahnte, und hatte er sich nicht womöglich genau deshalb in sie verliebt? Sie war so offensichtlich glücklich, es gab kein besseres Wort, ja, sie war glücklich, wenn sie neben ihm saß und ihn in einer Ungeschütztheit anstrahlte, die mir fast das Herz brach, zwischendurch manchmal mich ansah, als wollte sie meine Zustimmung, und dann wieder ihn, so dass sie mir wie ohne Schale, wie ohne Haut vorkam und er schon blind hätte sein müssen, nichts zu merken.

Er war erst ihr zweiter fester Freund, knapp über zwanzig, zwei Jahre älter als sie, studierte und schrieb nicht nur für ein Wochenblatt in Wien, sondern war auch Mitglied einer Aktivistengruppe, die sich gegen den Transitverkehr engagierte, verfolgte mit klarem Blick, was auf der Welt geschah, und glaubte mit einer Dringlichkeit, dass es in seiner Macht stand, Dinge zu verändern, die mich traurig machte, wenn ich dachte, wie passiv ich mein Leben gelebt hatte. Mit seiner altmodischen Höflichkeit und seinen altmodischen Manieren, die nicht zuließen, dass er mich duzte, wirkte er auf mich wie ein Vertreter der Zukunft, der aus einer besseren Vergangenheit kam. Zugleich gab er mir das Gefühl, dass er mich belächelte in meiner Luxuswohnung, in der ich mich verbunkert hatte, in den bald sechs Jahrzehnten angehäufter Existenz, die für ihn nur schauerlich sein konnten, wenn er überlegte, wie viele ausgelöschte Möglichkeiten in jeder Realisierung steckten. Ich wusste nicht, ob er so dachte, aber alles, was er von mir zu sehen bekam, angefangen mit meinen Seidenhemden, den goldenen Manschettenknöpfen mit meinen Initialen und den Wildlederslippern, die ich wie der aufgeblasenste Dandy zu Hause anhatte, bis zum immer kalt gestellten Weißwein, hätte mich in einer anderen Zeit für ihn zwingend in einer falschen Klasse plaziert. Er trug einen Schnurrbart, der auf seiner Oberlippe stand wie ein verrutschter Augenbalken und sein Milchgesicht nur noch milchgesichtiger machte. Angeblich hatte er sich ihn wachsen lassen, um den Leuten ein Balkanklischee von früher zu liefern und so vielleicht mit allen sonstigen Klischees in Ruhe gelassen zu werden. Er war vier gewesen, als seine Eltern mit ihm vor dem Krieg in Bosnien geflohen waren, vierzehn, als sie sich entschieden hatten, dorthin zurückzukehren, und ihn bei einer Pflegefamilie untergebracht hatten, damit er weiter in Österreich die Schule besuchen konnte. Man gab ihm die Hand, und in dem Druck, den er erwiderte, schien all das mitzuschwingen, ein Wunsch nach Verbindlichkeit, eine fragende Unsicherheit bei gleichzeitiger Zusicherung, mit ihm rechnen, auf ihn vertrauen zu können.

Seinen Vorgänger, einen ganz anderen, viel flirrigeren Charakter, hatte ich aus Luzies Leben buchstäblich hinausbezahlt, weil nach jedem seiner Besuche süßliche Rauchschwaden stundenlang in ihrem Zimmer gehangen waren. Sie hatte damals noch bei mir gewohnt, und ich hatte zu ihm gesagt, entweder er nehme fünftausend Euro bar auf die Hand und lasse in Zukunft die Finger von ihr oder ich würde ihm Probleme bereiten, die er sich gar nicht vorstellen könne, ich würde ihm mit Vergnügen eine blutige Nase schlagen, die Polizei rufen und behaupten, er habe mich bedroht, es sei Notwehr gewesen, und das wäre erst der Anfang. Er hatte sich am Tag darauf regelrecht in Luft aufgelöst, aber ich wusste nicht, ob Luzie den Grund kannte, ich hatte ihm auch die Bedingung gestellt, dass er ihr von unserem Gespräch nichts erzählte, und ob er sich daran hielt oder nicht, sie erwähnte ihn nie mehr.

Als ich mich ein paar Tage nach meinem ersten Anruf wieder bei Mirko meldete, beruhigte er mich, das werde sich legen, Luzie brauche Zeit, und es war dieser fast therapeutische Jargon, der mich traf, weil ich plötzlich nicht mehr in der Rolle dessen war, der sie beschützte, sondern einer, vor dem sie beschützt werden musste. Ich sagte zu ihm, er solle mich wissen lassen, wenn sie etwas benötige, worauf er fragte, wie ich das meinte, und mir fiel erst da auf, dass ich von Geld sprach. Sie hatte sich dieses Jahr nach der Matura freigenommen, weil sie sich für kein Studium und auch sonst für nichts entscheiden konnte, kellnerte ein bisschen, arbeitete an einer Kinokasse und erklärte es zur Ehrensache, die paar Scheine zurückzuweisen, die ich ihr bei ihren Besuchen zuzustecken versuchte, rügte mich lachend, sie sei doch nicht eine von diesen Arzt- oder Rechtsanwaltstöchtern von Papas Gnaden, die allein nichts hinbekämen. Deshalb wohnte sie auch in einer WG, hatte nur so viele Kleider, wie in einen Koffer passten, Bücher für ein kleines Regal, in dem die guten immer durch noch bessere verdrängt wurden, bis bloß noch die besten dort ihren Platz hatten, und sosehr mich ihre Sorglosigkeit irritierte, hatte sie recht in ihrem Beharren, dass ihr bei ihren ersten Schritten in ihr eigenes Leben kein toter Krempel im Weg stehen durfte.

Ich hatte mir in den vergangenen Tagen vorzustellen versucht, wie es für mich wäre, wenn ich von jemandem erführe, er sei als Beifahrer bei einem tödlichen Unfall dabeigewesen und habe dann die Unfallfahrerin gedeckt, aber natürlich funktionierte das nicht, denn dieser Jemand war ich, und diejenige, in die ich mich hineinzudenken versuchte, war meine Tochter, die ich selbst so lange vor jedem Unrecht, vor der Hinnahme jedes Unrechts und leider wohl auch viel zu oft vor der Wahrnehmung von Unrecht hatte bewahren wollen, um ihr die Welt schöner darzustellen, als sie war. »Man lügt nicht, Luzie!«, als wäre das für sie auch nur in Frage gekommen ... »Man macht niemanden unnötig traurig!«, und ihr Staunen: »Aber wie kann so etwas denn nötig sein, Papa?«, »Man steht zu seinen Fehlern und sieht zu, sie wieder auszubügeln.« Doch »Fehler« war nicht das richtige Wort. Wenn es lediglich ein Fehler gewesen wäre und ich dann mit meinem Leben und den Prinzipien, die ich ihr predigte, auch nur annähernd für ihn hätte einstehen können! Es war eine Untat, eine solche Tat zu decken, es war ein Verbrechen, und selbstverständlich hatte ich gelogen, selbstverständlich hatte ich jemanden traurig gemacht, die Angehörigen der jungen Frau, die am Straßenrand gestorben war, ihre Freundinnen, ihre Freunde, und die Frage, ob nötig oder unnötig, stellte sich nicht.

Ich bat Mirko, Luzie zu grüßen, hatte mich gerade noch zurückgehalten, ihn zu bitten, ihr zu sagen, dass ich sie liebte, und als er nichts erwiderte, lauschte ich vielleicht zu lange auf sein Schweigen. Wusste er etwas, oder wusste er nichts? Ich konnte wenig dagegen tun, dass ich mich unentwegt räusperte und hüstelte, und dann hielt ich es nicht mehr aus und fragte ihn doch, ob er eine Ahnung habe, warum sie so kategorisch keinen Kontakt mit mir wolle, und handelte mir eine unwirsche Reaktion von ihm ein.

»Woher soll denn ich das wissen?«

Er wurde laut, und als ich ihn drängte, mich wenigstens zu informieren, wenn sich an Luzies Haltung etwas ändere, hielt er mir vor, ich könne beim besten Willen nicht von ihm verlangen, dass er für mich meine eigene Tochter ausspioniere.

»Haben Sie doch ein wenig Geduld mit ihr«, sagte er dann, als würde er selbst über den Verlauf erschrecken, den das Ganze nahm. »Sie können mir vertrauen, dass ich auf sie achtgebe.«

Als ich aufgelegt hatte, ging ich seine Worte Silbe für Silbe durch, kam aber dennoch zu keinem eindeutigen Schluss. Er konnte etwas wissen, aber er konnte genausogut auch nichts wissen. Was wollte er damit sagen, dass ich ihm vertrauen solle, dass er auf Luzie achtgeben werde? Ich vermochte ihn nicht einzuschätzen, und wahrscheinlich war es gerade seine Ernsthaftigkeit, die mich irritierte. Es fiel mir schwer, mir eine Vorstellung zu machen, was es bedeutete, mit vier Jahren aus einem Land weggegangen zu sein, das unmittelbar danach im Krieg versank, ich wusste nicht, was er zu sehen bekommen hatte, woran er sich womöglich sogar erinnerte, was ihm seine Eltern erzählt und was er sich später selbst zusammengesucht hatte über seine Herkunft, aber ich hätte keinen solchen Glauben an das Gute in der Welt erwartet, wie er ihn ausstrahlte, im Gegenteil, ich hätte mich nicht gewundert, wenn er nicht das geringste Zutrauen gehabt hätte, dass jemals noch etwas gut werden könnte.

Ich hätte verstanden, wenn er für immer gegen den sogenannten Lauf der Dinge revoltiert hätte, und musste mich hüten, aber es gelang mir nicht recht, ihm das Klein-Klein seines ganzen Engagements nicht als Schwäche auszulegen, weil er jeden Grund gehabt hätte, ein Leben lang mit allem und allen unversöhnlich zu sein und, wenn schon, dann großen Krach zu schlagen und nicht auf Vernunft, sondern auf die schreiendste Unvernunft zu setzen.

Ich erinnerte mich, wie er bei seinem zweiten Besuch mit Luzie eine Flasche bosnischen Schnaps dabeigehabt und wie er gesagt hatte, bevor wir sie aufmachten, brauche er eine Unterschrift von mir. Dann hatte er eine Liste seiner Aktivistengruppe hervorgezogen, und obwohl ich es bis dahin grundsätzlich abgelehnt hatte, meinen Namen unter irgendwelche Aufrufe zu setzen, war es mir leichtgefallen, ihre Forderung zu unterstützen. Falls man für weniger Schwerverkehr und weniger Verkehr überhaupt kein Einsehen hatte, musste man schon besonders verbohrt sein, auch wenn ich selbst auf dem Besitz eines Autos bestand, weil es für mich ein Fluchtfahrzeug war und ich den Umgang mit anderen überhaupt nur in der Vorstellung aushielt, jederzeit in meinen Wagen steigen und davonfahren zu können. Ich hatte Gläser geholt, und er hatte zuerst halb scherzhaft, schließlich aber ganz ernst gemeint, Luzie bekomme nur einen kleinen Schluck, und wenn sie bei mir gegen einen solchen Satz wütend protestiert hätte, nahm sie ihn von ihm einfach hin. Zwar sah sie ihn erstaunt an, aber als ich ihr einschenken wollte, legte sie zwei Finger über ihr Glas und suchte noch einmal seinen Blick. Ich hatte mit einem Anflug von Eifersucht sein Lächeln registriert, und ganz frei von dem Gefühl war ich auch jetzt nicht, geradeso, als hätte er mir tatsächlich zu verstehen gegeben, dass er bei Luzie in eine Rolle geschlüpft war, in der ich versagt oder die ich jedenfalls nicht wichtig genug genommen hatte.

Es war später Nachmittag, und bei Einbruch der Dämmerung fuhr ich zu seiner Adresse, parkte meinen Wagen mit Sicht auf das Haus und wartete. Ich hätte zu Fuß hingelangen können, es waren nur wenige Minuten, aber wenn ich vor seiner Tür gestanden oder davor auf und ab gegangen wäre, wäre ich aufgefallen, während ich im Auto halbwegs vor Blicken geschützt war. Dabei hätte ich gar nicht sagen können, was ich dort wollte, ich wollte nicht klingeln, ich hätte Luzie auch nicht ansprechen wollen, wenn sie zufällig herausgekommen wäre, und ich hatte keine Ahnung, welche Fenster in dem fünfstöckigen Gebäude, in dem einmal hier, einmal da Lichter angingen, überhaupt zu Mirkos Wohnung gehörten. Während es langsam dunkel wurde, saß ich auf meinem Platz wie ein Stalker der eigenen Tochter, und natürlich wusste ich, dass das verrückt war und dass ich hier nichts verloren hatte, aber ich wusste auch, so falsch das alles sein mochte, es hätte für mich keinen richtigeren Ort auf der Welt geben können.

In dieser Nacht las ich das Manuskript des Biografen, das ich nicht hatte lesen wollen, und mir entging da noch vollkommen, was ich am Tag darauf mit Entsetzen feststellen sollte, nämlich dass er darin Informationen verwendete, die er nur von einer Person haben konnte. Ich kam spät nach Hause, und es lag immer noch da, wo ich es hingelegt hatte, nachdem Luzie damit durch gewesen war. Dem Impuls, es wegzuwerfen, hatte ich widerstanden, und jetzt nahm ich es zuerst unkonzentriert und dann neugierig zur Hand und merkte schnell, dass ihre Einschätzung, es sei der Mühe nicht wert, keineswegs stimmte. Ich war auf alles mögliche vorbereitet, aber nicht darauf, wie sehr Elmar Pflegerl meine Geschichte mit der meines Onkels Jakob verschränkte und wie sehr er das wieder mit Luzie und ihren Schwierigkeiten, ins Leben zu finden, parallel führte, als wäre alles so klar wie die plumpe Psychologie, die er bemühte, und nicht in Wirklichkeit ein einziger unauflösbarer Wirrwarr.

Auf die Spur hatte ich ihn leider selbst gebracht, bei einem seiner Interviews. Ich hatte ihn gebeten, alles über meine Herkunft möglichst knapp zu halten, die Geschichte meines Aufwachsens in einem Wintersportort in den Bergen am besten wegzulassen, aber natürlich war es zu verführerisch für ihn gewesen, die alten Klischees zu bemühen, und ich war also wieder der Enkel und Sohn einer Hotel- und Skiliftbesitzerfamilie oder gar -dynastie, wie er schrieb. Das hatte ich schon so oft über mich gelesen, dass ich es nicht sehen und nicht hören konnte, obwohl es mich längst nicht mehr mit Scham erfüllte, sondern mit Stolz, weil die damit verbundenen Vorurteile so schlicht waren, dass es sich nicht lohnte, dagegen anzugehen. Ich wusste, dass ich deswegen ewig unter einem Verdacht stand, und zur ganzen Folklore, über die Jahre in Dutzenden von Homestories ausgeschlachtet, gehörte auch, dass ich diesen verrückten Onkel hatte, meinen Onkel Jakob, der ganz und gar aus der Art geschlagen war, sich nicht für Geld und Besitz interessierte, stattdessen in den Tag hinein lebte und mit seinen inzwischen bald achtzig Jahren als Hausgespenst in einem der Hotels meiner Familie in einem Kellerzimmer neben der Heizung wohnte. Dort privatisierte er vor sich hin und ging manchmal wochenlang allen aus dem Weg, bis er plötzlich aus der Versenkung auftauchte, trotz seines Alters in einem rauschenden Aufbrausen zwei Nächte lang durch die Bars und Spelunken des Dorfes zog und jedem, der ihm in die Quere kam, den Kopf mit wilden Phantastereien vollredete.

Ich war damit groß geworden, in den zuerst vier, dann fünf und sechs Hotels meiner Eltern, dass sie mich nach diesem Onkel den zweiten Jakob genannt hatten, sooft sie mir sagen wollten, wohin es mit mir führen würde, wenn ich den Kopf nicht aus den Wolken, den Blick nicht aus dem Himmel bekäme. Er war also schon mein Vorläufer gewesen, ich sein Nachfolger, bevor der erste Zeitungsschreiber auf die glorreiche Idee verfallen war, die Verbindung herzustellen, einer dieser großen

Welterklärer, für die das eine nur die Kehrseite des anderen war, hier die Kunst, dort das Irrenhaus, oder noch dämlicher, Genie und Wahn. Niemand brauchte eine Bezeichnung dafür, aber wenn man nach einer gesucht hätte, wären wir im besten Fall Freigeister gewesen, so verschmockt das klingen mochte, im weniger guten verschroben und im schlimmsten und wahrscheinlichsten Fall einfach nur krank.

In meinem Überschwang hatte ich Elmar Pflegerl nicht nur davon erzählt, sondern auch die Anekdote, wie ich gleich bei meinem ersten Film über Maud Allan Vornamen und Nachnamen abgelegt hatte und mich seither Jakob nach meinem Onkel und Thurner nach meiner Großmutter nannte. Der Regisseur hatte gesagt, mit meinem Namen brauchte ich es in Amerika gar nicht erst zu versuchen, mit den vier aufeinanderfolgenden Konsonanten meines Nachnamens sähe er in der Filmbranche kein Licht für mich, die würde man nicht einmal einem Russen abnehmen, geschweige einem Niemand aus der österreichischen Provinz. Daraufhin hatte ich ihm zuerst »Gestirn« angeboten, eine Variation der Buchstaben, wunderschön, aber ich konnte es drehen und wenden, wie ich wollte, »Jakob Gestirn« war des Guten zuviel, und ich entschied mich für Thurner, um auch so der Hotel- und Skiliftbesitzerdynastie zu entkommen, während ich mich von Jakob nicht mehr abbringen ließ.

Für mich hatte ich damit ein Bekenntnis abgelegt, aber was für mich galt, musste nicht für meine Tochter gelten, und bisher hatte ich es immer geschafft, Luzies Eigenheiten nicht mit denen meines Onkels Jakob zusammenzubringen, eine bewusste Entscheidung, um das allzu Naheliegende zu vermeiden, ein Willensakt. Sie war zwölf gewesen, als ich ihr von ihm erzählt hatte, nicht lange bevor sie nach England gegangen war. Davor war ich überhaupt nur zweimal mit ihr ins Dorf gefahren und hatte es später vermieden, sie dorthin zu bringen, weil ich die Blicke auf sie deutlich wahrgenommen hatte, wenn sie, ohne etwas zu sagen, mit den anderen am Tisch gesessen war und immer zu Boden geschaut oder nur mich angesehen hatte. Das Verdikt über sie war gefällt, noch ehe wir richtig angekommen waren, weil sie sich die ganze Zeit hinter mir versteckt und an mir gezerrt hatte und dann auf Zehenspitzen auf und ab gelaufen war, und ich wollte sie davor bewahren, dass auch bei ihr die Worte ausgesprochen wurden, mit denen ich hatte leben müssen, dass auch bei ihr einer sagte, sie sei genau wie mein Onkel Jakob, genau gleich fremdelnd, genau gleich leutescheu, und es werde nicht gut mit ihr enden, eine Prophezeiung, die sie dann nie wieder loswürde, eine Verdammung, ein letztinstanzliches Urteil.

Der Biograf kannte da natürlich keine Rücksicht und zielte mit wenigen Sätzen auf den Kern der Sache. Ihm genügte es, zu schreiben, Riccarda und ich hätten Luzie weggegeben, als wir sie in das englische Internat gesteckt hatten, wie meine Großmutter eine halbe Ewigkeit davor meinen Onkel Jakob weggegeben hatte, und schon entstand ein Zusammenhang. Es lag an demselben Wort, und er musste es gar nicht betonen, es schwang auch so mit, man gab ein Kind weg, vermeintlich weil mit ihm etwas nicht in Ordnung war, oder vielmehr, weil man das glaubte und es deshalb los sein wollte, und setzte mit dem Weggeben in Wirklichkeit erst alles in Gang. Ich konnte nicht sagen, ob bei dem Biografen Dummheit dahintersteckte, Perfidie oder beides, unterlaufen konnte es ihm kaum sein, aber beim Lesen schnürte sich mir die Kehle zu, und ich hatte ein Engegefühl in der Brust, als wäre ich selbst wieder der ewige Sünder, der allein schon durch seine Existenz Strafe verdiente, und müsste mich Tatsachen stellen, die ich zu lange verleugnet hatte.

Die Geschichte, wie sie Jakob weggegeben hatte, hatte mir meine Großmutter nach einem für mich ganz und gar unerwarteten Auftritt im Keller einer Bank in Innsbruck erzählt. Dorthin hatte sie mich eines Tages, vier Jahre vor ihrem Tod, mit der Ankündigung gelotst, sie habe eine Überraschung für mich, und dann stand sie mir vor einem Schließfach gegenüber und drückte mir ein halbes Dutzend Sparbücher in die Hand, öffnete ein anderes, größeres Fach, deutete auf die Bündel, die darin lagen, Stapel für Stapel je hundert Tausender zusammengefasst, noch in der Schillingzeit, und sagte, die seien für mich. Sie hatte über die Jahre und Jahrzehnte in den Hotels, die sie schon mit meinem Großvater bewirtschaftet hatte, ansehnliche Summen beiseite geschafft und meinte jetzt, ich könne damit tun, was ich wolle, solange ich nur meine schützende Hand über Jakob hielte und, wo auch immer auf der Welt ich mich gerade herumtriebe, ein Auge auf ihn hätte und für ihn sorgte, wenn sie nicht mehr am Leben wäre.

Wir hatten die Bank verlassen und saßen uns in einem Café gegenüber, als sie sagte, sie habe mit Jakob einen Fehler begangen, der kaum mehr wiedergutzumachen gewesen sei. Sie hatte ihn als Sieben- oder Achtjährigen einem Arzt anvertraut, der Winter für Winter zum Skifahren ins Dorf gekommen war und dem seine Schüchternheit und Zurückgezogenheit aufgefallen sein mussten, seine Schwierigkeiten, mit anderen etwas anzufangen, sein Drang, möglichst für sich zu sein, jede Gesellschaft zu meiden oder, wenn er unversehens doch in eine geriet, alles zu unternehmen, um ihr sofort wieder zu entkommen. Der Arzt hatte ihr gesagt, das lasse sich kurieren, es gebe Heime, in denen man sich um ihn kümmern werde, und so war Jakob im zweiten oder dritten Kriegsjahr zuerst nach Innsbruck und dann nach Wien gelangt, für das Kind, das er war, und noch dazu in dieser Zeit, eine fast unvorstellbare Reise.

Meine Großmutter hatte vor sich eine Flügelmappe liegen, die sie in dem Schließfach unter den Geldbündeln hervorgezogen hatte und jetzt aufschlug. Darin waren die wenigen Zeilen von Jakob, die er aus Wien nach Hause geschrieben hatte, wie schön es dort sei und wie gut es ihm gehe, ein paar Zeichnungen von ihm und die amtlichen Dokumente, ein unheilvoll mit Briefkopf und

Stempel in der sattsam bekannten Geometrie versehener Bericht, in dem es hieß, er spreche mit niemandem, sitze apathisch auf seinem Bett, habe sechs Kilo abgenommen und rühre das Essen oft nicht einmal an, würde verhungern, wenn man es ihm nicht buchstäblich eintrichterte. Dazu kam der Befund, der in wenigen Worten zusammengefasst war, »welt- und lebenstraurig«, und in den Zuschreibungen »gemütsarm«, »gemeinschaftsfremd« und »gemeinschaftsschädigend« gipfelte, womit er behördlich verbrieft hatte, was mit ihm los war.

Ich hatte meine Großmutter sonst nie weinen gesehen, aber als sie davon erzählte, was es bedeutet hätte, wenn ihr nicht in allerletzter Sekunde doch Bedenken gekommen wären, weinte sie noch fünfzig Jahre später, saß in dem Innsbrucker Café und wischte sich nicht einmal die Augen ab, als ihr die Tränen über die Wangen liefen. Sie hatte damals von einem Hotelgast zufällig gehört, dass über das Heim, in dem Jakob untergebracht war, hinter vorgehaltener Hand nur allzu deutlich geredet würde. Offenbar häuften sich unter den Kindern dort die Todesfälle, es war kein Geheimnis, welchem Zweck das diente, und meine Großmutter sagte, jemanden da wieder herauszuholen sei keine Kleinigkeit gewesen und überhaupt nur gelungen, weil man die richtigen Leute gekannt habe.

All das war mir gegenwärtig wie lange nicht, als ich Elmar Pflegerls Manuskript am Morgen noch einmal durchblätterte. Natürlich war es mir nicht neu, aber schwarz auf weiß war es dennoch etwas anderes, insbesondere wenn ich dachte, dass Luzie es gelesen hatte. Ich hatte mit ihr nie darüber gesprochen, und Elmar Pflegerl hatte dieses Wissen auch nicht von mir, aber jetzt waren ihre zwei Jahre in dem englischen Internat wie unauflösbar mit der ungeheuren Verschickung meines Onkels Jakob verknüpft, und ich war ganz von der Vorstellung besetzt, was es für sie wohl bedeutete, dass ihr Leben unter einem schicksalhaften Vorzeichen gesehen wurde, für das sie nichts konnte.

Daneben musste sich die Erkenntnis, dass allem Anschein nach ausgerechnet Luzie mit dem Biografen hinter meinem Rücken gesprochen hatte, erst Bahn brechen. Ich hatte meinen Blick beim Lesen nur dafür gehabt, in welche Abgründe er sie mit seinem Geraune über ihre Probleme gestürzt haben mochte, so dass ich mich gar nicht gefragt hatte, woher er gewisse Dinge eigentlich wusste. Bei vielem war es klar, aus dem Dorf, ja, von Schauspielkollegen, von Bekannten, aber dann gab es doch so manches, für das nur sie in Frage kam, und ich wunderte mich, dass mir das nicht sofort ins Auge gesprungen war. Denn einen böseren Schlag hätte sie mir kaum versetzen können, als sich mit ihm zu verständigen, und als ich die Tatsachen nicht mehr von mir wegzuschieben vermochte, saß ich wie benommen da. Ich hatte weder auf die Frage, warum sie das getan hatte, noch auf die Frage, warum sie mir, wenn schon, nichts davon gesagt hatte, eine Antwort. Sie konnte doch nicht denken, dass es mir verborgen bleiben würde, auch wenn sie manchmal ihre Aussetzer hatte und sich ihrer eigenen Logik verschrieb.

Ich erinnerte mich, mit welchem Furor sie nach seinem letzten Besuch bei mir über Elmar Pflegerl hergezogen war, und wenn man nur an einen Rest von Konsistenz glaubte, ergab das keinen Sinn. Er hatte eine Eau-de-Toilette-Wolke hinterlassen, und sie hatte ostentativ darin herumgeschnuppert und gesagt, es helfe alles nichts, er rieche, wie er rieche. Da hatte ich ihn noch verteidigt, er tue nur seine Arbeit, aber jetzt fragte ich mich, ob sie ihn angerufen hatte, was eigentlich unvorstellbar war, oder er sie, ob sie am Telefon gesprochen oder ob sie sich irgendwo getroffen hatten, und wenn ich ihn mir allein mit ihr vorstellte, brachte mich das sofort gegen ihn auf, und das bisschen Sympathie, das ich noch für ihn denkbar fand, war augenblicklich verflogen.

Obwohl ich vor Aufregung keine ruhige Minute hatte, wartete ich bis zum mittleren Vormittag, ehe ich von neuem versuchte, Luzie anzurufen, ich erreichte aber wieder nur ihre Mailbox, und auch Mirko ging diesmal nicht dran. Es war mir unangenehm, ich brauchte eine volle Viertelstunde, die Nummernerkennung zu unterdrücken, und als ich es dann noch einmal bei ihm klingen ließ, nahm er zuerst nicht ab und antwortete bei meinem nächsten Anlauf, bevor es öfter als ein einziges Mal geklingelt haben konnte. Ich hörte nur seinen Atem und dachte, er würde nichts sagen, würde mich anfangen lassen zu sprechen, aber dann sagte er so, dass es paradoxerweise für jeden und gleichzeitig bloß für mich gelten konnte, er wisse, wer ich sei, und hatte in derselben Sekunde schon aufgelegt, während ich mich bis auf den Grund meiner Person durchschaut und bloßgestellt fühlte.

Für Mittag war ich mit Friederike verabredet, und das traf sich gut. Denn sie wusste nicht nur von der geplanten Biografie, sie war zudem eine glänzende Literaturwissenschaftlerin, leitete die Germanistik an der Universität, als Deutsche über den Trübsinn des lokalen Mittelmaßes erhaben, und hatte meinen Vorbehalten Argumente und, mehr noch, eine richtige Theorie als Unterfutter gegeben. Sie hatte behauptet, nach einem jüdischen Sprichwort sterbe der Mensch nicht nur einmal, sondern zweimal, das erste Mal seinen physischen Tod, das zweite Mal, wenn er aus der Erinnerung verschwinde, aber die Wahrheit sei, dass es Leute gebe, die ein drittes Mal stürben. Es seien diejenigen, die noch zu Lebzeiten eine Biografie bekämen, egal, ob sie von talentlosen oder sogar böswilligen Schreibern umgebracht würden oder in die Finger von wohlmeinenden Akademikern gerieten, die eine besonders perfide Art hätten, ein Leben zu Asche zu machen. Damit hatte sie natürlich auch ihr eigenes Bild von Elmar Pflegerl, und dort konnte ich gut ansetzen.

»So etwas wie Anstand erwarte ich von ihm ja gar nicht«, sagte ich, nachdem ich ihr von meinem Verdacht erzählt hatte, der mehr als nur ein Verdacht war. »Aber dass er meine Tochter für seine Verirrungen benutzt, geht mir entschieden zu weit.«

Ich hatte Friederike schon öfter wegen Luzie um Rat gebeten, und sie war die Richtige dafür, weil ihr Spektrum dessen, was sie als normal empfand und als normal bezeichnete, fast grenzenlos war. Sie hatte sie manchmal bei sich aufgenommen, wenn ich für ein paar Tage nicht in der Stadt gewesen war, und in den letzten beiden Schuljahren hatte Luzie es sich zur Gewohnheit gemacht, mittags nicht gleich nach Hause zu kommen, sondern zu Friederike ins Institut zu gehen, um gemeinsam mit ihr zu essen, in der Bibliothek ihre Hausaufgaben zu machen oder eine Weile vor einem der Panoramafenster zu sitzen und welt- und selbstvergessen auf die Berge zu schauen. Luzie ließ sich von ihr mit Büchern ausstatten, nahm die Empfehlung an, sie solle die Französinnen lesen und dabei nicht vergessen, selbst die Augen offen zu halten, und wenn sie tagelang in ihrer Lektüre versank und kaum wieder daraus hervorkam, meinte Friederike, es sei doch alles zum besten mit ihr und ich brauchte mich nicht um sie zu sorgen.

»Was sie getan hat, scheint mir ziemlich harmlos zu sein«, sagte sie auch jetzt. »Ich weiß nicht, was du überhaupt hast. Vielleicht hat sie mit dem aufdringlichen Kerl gesprochen, aber na und? Ich würde mir an deiner Stelle keine Gedanken darüber machen.«

Sie trug Männeranzüge und hatte mit über fünfzig ein Elfengesicht, das ihr einen immerzu verwunderten

Ausdruck verlieh, den sie in dieser Situation doppelt hervorkehrte. Wir saßen in dem Restaurant in der Nähe der Universität, das wir gewöhnlich wählten, wenn sie nur ein oder zwei Stunden Zeit hatte, und sie versuchte mich zu beruhigen. Ich war kurz davor gewesen, ihr zu verraten, was ich ursprünglich für den Grund von Luzies Abkehr gehalten hatte, und ihr von dem Unfall in der Wüste von New Mexico zu erzählen, hatte es aber zu guter Letzt doch nicht getan und mich auf die Biografie und den Biografen beschränkt und klagte jetzt, dass meine Tochter mich hintergangen habe.

»Sie hat kein gutes Haar an ihm gelassen«, sagte ich. »Wie kommt sie dann dazu, Dinge vor ihm preiszugeben, von denen nur sie und ich wissen?«

Ich hatte Friederike früher schon von den Geschenken erzählt, die ich Luzie nach England geschickt hatte, aber als ich jetzt noch einmal damit anfing und sagte, dass in Elmar Pflegerls Manuskript eine Aufzählung davon stehe, die ich in ihrer Detailliertheit nur als Provokation und perverses Signal an mich empfinden könne, unterbrach sie mich.

»Das ist doch gewiss kein großer Verrat.«

Ich war anderer Meinung.

»Kein großer Verrat, Friederike?« sagte ich staunend, dass sie es so leicht nehmen konnte. »Als wüsstest du nicht, wie wichtig die Geschenke für mich waren.«

Sie wusste auch von dem Schwarzgeld meiner Großmutter. Ich hatte ihr einmal anvertraut, welche Freiheit und welche Unabhängigkeit es für mich in meinen ersten erfolglosen Bühnenjahren bedeutet habe, aber ich hatte ihr bisher nie gesagt, was für ein überwältigendes Erlebnis es gewesen sei, die Sparbücher nach und nach aufzulösen. Das tat ich erst jetzt und erinnerte mich wieder, in welche Euphorie es mich versetzt hatte, die Schilling in Euro umzutauschen und einen Teil des Geldes, das für meinen Onkel Jakob gedacht war, bei diesen Gelegenheiten für Luzie auszugeben.

»Immer wenn ich in einer Bank gewesen bin, habe ich etwas für sie gekauft«, sagte ich. »Vielleicht war ich übervorsichtig, als die neue Währung gekommen ist, aber ich habe auf Nummer sicher gehen und alles bis auf den letzten Groschen oder meinetwegen nunmehr Cent in bar horten wollen. Um die Scheine zu wechseln, bin ich durch das ganze Land gefahren und habe in einer Woche hier ein Bündel in eine Filiale getragen, in der darauffolgenden dort eines. Danach habe ich jedesmal eine Kirche aufgesucht und für meine bigott fromme Großmutter eine Kerze angezündet oder ein paar Münzen in den Opferstock gesteckt, als teilte ich ihren Aberglauben. Es ist nur ein kleiner Obulus gewesen, dass auch Luzie dann etwas bekommen hat.«

Die Befriedigung darüber erfüllte mich noch jetzt.

»Ich habe die Sachen aufwendig verpacken lassen und gleich aus dem nächsten Postamt unter genauer Angabe von Ort und Datum an ihre englische Adresse geschickt.«

Tatsächlich war mir mein Tun so selbstverständlich erschienen, dass ich mir nie Gedanken gemacht hatte, wie Luzie darauf reagieren würde, als sie eine Zeitlang Woche für Woche ein oder zwei Päckchen von mir bekam, und konnte mich nur wundern, von Friederike jetzt zu hören, dass meine Tochter überfordert gewesen war.

»Sie sagt, du hast sie mit deinen Geschenken regelrecht bombardiert«, sagte sie. »Sie hat die Hälfte an ihre Mitschülerinnen weitergeben müssen, weil sie sonst darunter erstickt wäre. Angeblich hast du jedesmal ein Kärtchen beigelegt, auf dem gestanden ist, dass du sie liebst. Sie ist erst dreizehn gewesen, und du hast ihr damit einiges auf die Schultern geladen.«

Ich lachte verlegen.

»Hat Luzie sich darüber beklagt?«

Friederike schien zu zögern.

»So weit wäre sie nie gegangen«, sagte sie dann. »Aber stell dir vor, dein Vater belagert dich so.«

»Sind das ihre Worte?«

»Nein«, sagte sie. »Etwas anderes ist es jedoch nicht gewesen. Versetz dich selbst einmal in die Lage, Jakob. Du hättest auch keine Luft mehr bekommen.«

Das konnte gut sein, aber nicht das bedrückte mich, sondern das Gefühl, dass Elmar Pflegerl plötzlich in allem seine Finger drin hatte. Für mich war es, als wäre er immer dabeigewesen und hätte mir über die Schultern geschaut, wenn ich eine Buchhandlung oder ein Spielzeuggeschäft betrat, um etwas für Luzie auszusuchen, ja, als hätte er alles schon begrapscht und begrabbelt gehabt, bevor ich es nur in die Hand nehmen sollte. Das hatte mir eine solche Freude gemacht, dass der Verdacht, unter dem er es nun sah, mir noch im nachhinein das Ganze vergällte, und ich konnte die Unterstellung nur von mir weisen, ich hätte es bloß aus schlechtem Gewissen getan, weil wir unsere Tochter weggegeben hatten.

»Wenn er noch einen Schritt weitergegangen wäre, hätte er allen Ernstes die Behauptung aufgestellt, ich hätte versucht, sie mit meinen Geschenken zu kaufen.«

Damit war es auf den Punkt gebracht, und wie um jeder Frage zuvorzukommen, betonte ich, dass Luzie nichts von meinem Ritual mit dem Geldwechseln gewusst habe.

»Sie hätte es nicht verstanden«, sagte ich. »Ja, sie wäre zurückgeschreckt, wenn ich ihr gesagt hätte, woher die Beträge auf den Sparbüchern gekommen sind.«

Es wäre nicht Friederike gewesen, wenn sie das nicht angezweifelt hätte, und dazu passte, dass sie noch einmal die beiden Träume erwähnte, von denen Luzie ihr erzählt hatte. Der eine war, dass sie eine Lehrerin umarmte und dafür einen Verweis erhielt und es sogleich bei einer zweiten versuchte, die ihr noch strenger mitteilte, eine Lehrerin zu umarmen sei eine sehr ernste Sache, sie solle sich lieber vorsehen, sonst werde sie mit dem Jugendamt zu tun bekommen und die Strafe sei schrecklich. Im anderen ging es um ein Kind, das dreimal hintereinander überfahren wurde, und allein der Hinweis genügte, dass mich der gleiche Schreck packte, der schon in mich gefahren war, als sie zum ersten Mal davon gesprochen hatte, und ich zudem an den Unfall in der Wüste von New Mexico dachte.

»Ich weiß nicht, was du mir damit sagen willst«, sagte ich abwehrend. »Es ist mit Sicherheit das Schlimmste, was mir jemand von meiner Tochter erzählt hat.«

Ich fing ihren skeptischen Blick auf. Sie hatte mich damals gebeten, Luzie bloß nicht zu sagen, dass sie mich eingeweiht hatte, und schien sich jetzt zu fragen, ob ich es nicht doch getan haben könnte. Gleichzeitig machte sie deutlich, dass es keine Kunst war, die Gedanken zu erraten, die mir augenblicklich durch den Kopf gingen.

»Du glaubst, dass du in dem Traum der Fahrer warst?«

Ich wollte sagen, dass es vielleicht drei waren, und nicht immer derselbe, aber sie hatte das schon berücksichtigt.

»Du glaubst, dass es jedesmal du warst?«

»Was weiß ich«, sagte ich. »Allein das zu träumen … Beim ersten Mal ist es ein Auto, beim zweiten Mal ein Reisebus, beim dritten Mal ein Lastwagen, und das Kind steht dazwischen immer wieder auf, als hätte es jeweils noch nicht genug. Gründlicher könnte es kaum sein.«

Man musste von Traumdeutung nicht viel verstehen, um für das Kind Luzie und für den Fahrer oder die Fahrer mich ins Spiel zu bringen, und ich sagte mir wieder einmal, wie wenig ich von meiner Tochter wusste. Es war in unserer besten Zeit gewesen, im zweiten Jahr nachdem sie aus England zurückgekommen war. Ich spielte in München, und obwohl ich dort eine kleine Wohnung hatte, fuhr ich meistens auf ihren Wunsch nach der Aufführung nach Innsbruck heim, nahm die eineinhalb Stunden in Kauf, um am Morgen, bevor sie zur Schule musste, für sie dazusein. Wir hatten ein Au-pair-Mädchen und, sooft es ging, Besuch, damit Luzie unter Leute kam. Wenn sie aus dem Unterricht zurückkehrte, fragte ich sie jeden Tag, ob sie mit anderen gesprochen habe, und am Abend hatten wir manchmal eine richtige Tafel. Bei den Gästen war ich nicht wählerisch, ich führte am Vormittag im Café mit jemandem ein Gespräch und bat ihn zum Essen, ich traf einen alten Bekannten auf der Straße, ich lud einen Kollegen vom Landestheater ein, und sie ließen sich alle gern von mir bewirten und reagierten, je nachdem, verwirrt oder entzückt, wenn Luzie nichts sagte oder nur englisch mit ihnen sprach. Ich fragte sie danach jedesmal, ob es ihr gefallen habe, und sie sagte ja, ich fragte sie, ob sie lieber allein gewesen wäre, und sie sagte nein, und als ich schon dachte, alles sei gut, sie hätte ihre Bedenken endlich abgelegt, ob sie nicht doch besser im Internat geblieben wäre, hatte sie plötzlich diesen Traum gehabt. Ich hatte mir Vorwürfe gemacht, und als ich das jetzt zu Friederike sagte, schüttelte sie nur den Kopf und meinte, ich könne mich nicht auch noch in Luzies Schlaf einmischen und ihr vorschreiben, was sie träumen dürfe und was nicht.

ERSTER TEIL

Ich ging mit einem Gefühl drohenden Unheils von ihr weg. Ich hatte wenig zu essen bestellt und, was ich bestellt hatte, in Eile hinuntergeschlungen, und als wir schon auf der Straße standen, bat ich Friederike, sich für mich bei Luzie zu verwenden. Sie sollte sie anrufen und fragen, wie lange sie mich hängenlassen wolle.

»Das mache ich«, sagte sie. »Aber du versprichst mir, dass du wieder zu dir selbst findest. Was willst du jetzt eigentlich an deinem Geburtstag tun? Vielleicht ist es nur das, was dir so zusetzt.«

Sie wusste natürlich längst, dass Luzie nicht mit mir nach Amerika kommen wollte. Ich hatte Friederike bereits gesagt, dass ich allein auch nicht fahren würde und noch keine anderen Pläne hätte. Das war nach wie vor der Stand der Dinge, und ich konnte es nur wiederholen.

»Mir wird schon etwas einfallen«, sagte ich schließlich. »Sonst kann ich mich immer noch rechtzeitig erschießen.«

Ich ahnte, dass sie jetzt mit dem Ehrendoktor kommen würde, der uns schon öfter aus der Patsche geholfen hatte. Bereits vor zwei Jahren hatte sie gesagt, sofern ich auf dieses Zeug stände, könne sie zusehen, dass sie in der Fakultät eine Kommission zusammenbekäme, die mich zu meinem runden Geburtstag mit Handkuss promovieren würde, und seitdem stand das als große Peinlichkeit und kleiner Running Gag zwischen uns. Wir wetteiferten spielerisch, wer von uns jeweils noch weniger an den Sinn der Sache glaubte, und darauf spielte sie an.

»Du bist gut«, sagte sie. »Dich erschießen! Mit solchen Kindereien wartest du lieber noch ein bisschen. Du weißt, dass ich da etwas in petto habe.«

Dabei verfiel sie in den gelangweilt nasalen Beamtenton, in dem wir diese Gespräche gewöhnlich führten, und legte ihre Stirn in Falten.

»Etwas Dümmeres könnte dir nicht einfallen.«

Sie hielt mir ihre Unterarme über Kreuz entgegen, als würde mich das vor Abwegen bewahren, blickte zuerst wie beschwörend darauf und dann in meine Augen.

»Wenn du erst deinen Doktor hast, kannst du dir das ja noch einmal überlegen, aber wahrscheinlich lebt es sich mit einem Titel nicht nur in Österreich, sondern auch in der Hölle besser.«

Ich gab ihr einen Kuss, und sie stand, diesmal ohne ihren üblichen Pferdeschwanz, wie wehrlos mit offenem Haar da, als ich mich ein Stück entfernt hatte und nach ihr umdrehte, ihr Gesicht plötzlich das einer Fremden, die mich schon aus ihren Gedanken verbannte. Wir waren am Anfang zwei- oder dreimal zusammen ausgegangen und dann, ratlos, wie es weitergehen solle, einmal vor ihrem Haus, einmal vor meinem gestanden, bis sie gemeint hatte, wir könnten uns küssen, wenn es sein müsse, wir könnten miteinander schlafen, wenn ich nur nicht darauf bestände, neben ihr den Tag zu beginnen, wir könnten es genausogut aber auch vergessen und für immer so tun, als hätten wir alles noch vor uns. Trotz ihrer Vorbehalte war sie am Ende doch einmal über Nacht bei mir geblieben und schon wach gewesen, als ich die Augen aufgeschlagen hatte. Ihren Kopf hatte sie ganz nah an meinem gehabt, und ich hatte direkt in das bläuliche Grau oder Grün ihrer Iris geblickt, mit dem dunkleren Gesprenkel darin, und jetzt beim Davongehen erinnerte ich mich daran, wie sie geflüstert hatte: »So also ist das mit dir. Verstehe, Jakob! So also ist das mit einem Frauenmörder.« Dann hatte sie sich für das Wort entschuldigt und gesagt, wir sollten es in Zukunft besser unterlassen, jedenfalls dieses Kinderglück, wenn wir nicht den Verstand verlieren wollten, und ich hatte genickt, obwohl alles in mir dagegen revoltierte. Zwei Wochen später hatte sie mich in einen Hauseingang gedrückt und umstandslos an meine Hose gefasst, und noch einmal zwei Wochen später hatte ich mein Auto am Straßenrand geparkt und genauso umstandslos ihr Kleid hochgeschoben, das sie ausnahmsweise trug, und alles, was wir von da an mit unseren Körpern taten, hatte etwas gewollt Technisches, ja, geradezu die Sachlichkeit und Kälte eines gegenseitigen ärztlichen Eingriffes, den wir aneinander vornahmen, um eine Immunisierung zu erreichen gegen alle nicht erfüllbaren und falschen Sehnsüchte, die Zeit und Unsterblichkeit gebraucht hätten.

Zu Hause angekommen, blätterte ich wieder in Elmar Pflegerls Manuskript und las mich an der Stelle fest, in der er die Behauptung aufstellte, Leute, die mir zum ersten Mal begegneten, würden mich als kalt empfinden. Vom zweiten, dritten und vierten Mal stand nichts da, aber er hatte sicher seine Gewährsmänner und Gewährsfrauen, auf die er Bezug nehmen konnte, war ein erfahrener Biograf von Herzchirurgen und Haubenköchen und musste es wissen. Ich überflog auch noch einmal die Zeilen, in denen es darum ging, warum ich Schauspieler geworden war. Im nachhinein hörte sich jede Erklärung wenigstens halb plausibel an, steckte womöglich im größten Unsinn ein Körnchen Wahrheit, aber abgesehen davon, dass es wahrscheinlich am Geld meiner Großmutter lag, die mir auch das Schuljahr in Montana bezahlt hatte, an meiner Teilnahme an der Theatergruppe in Missoula, meinem Zusammentreffen mit Stephen und an noch ein paar Zufälligkeiten, hatte die Kollegin aus Graz etwas erfasst, die mit der Aussage zitiert wurde, erst das Theater habe es mir möglich gemacht, mit anderen Menschen zusammenzusein, womit sie mich, ohne das zu wissen, in meiner angeblichen Verschlossenheit und meiner Art, mir selbst im Weg zu stehen, exakt zwischen meinen Onkel Jakob und Luzie plazierte.

Dabei stimmte natürlich, dass ich auf der Bühne nicht viel falsch machen konnte, ich konnte gut oder schlecht spielen, ja, aber das änderte nichts am Prinzip, auf der Bühne hatte ich klare Anweisungen, was ich zu tun hatte. Dort hatte nicht nur ich einen Text und musste mir nicht überlegen, was ich sagen sollte, auch alle anderen, auf die ich traf, hatten einen, und es war nicht weiter bestürzend, wenn sie nur das Absehbare sagten wie die meisten Leute im wirklichen Leben, bei denen ich in der Regel vorher schon wusste, was kommen würde. Ich hatte mich immer auf meine Auftritte gefreut, aber ich hatte mich noch mehr auf das Danach gefreut, die Stunden, wenn ich sie hinter mir hatte und in mein Hotel ging oder mit dem Auto nach Hause fuhr. Das Glück war ein Glück in der Vorzukunft gewesen, die Vorfreude auf das Alleinsein in meinem Zimmer, als hätte ich nicht nur eine Prüfung bestanden, sondern einmal mehr vor Publikum den Beweis erbracht, dass ich ein Mensch war oder zumindest zwei oder drei Stunden lang so tun konnte, als wäre ich einer, und keinen Verdacht erregte.

Beim ersten Mal, als Luzie mich in einem Stück gesehen hatte, war ich ihr so fremd erschienen, dass sie zu weinen begonnen hatte. Sie war fünf gewesen, ein paar Monate nach meiner Rückkehr aus El Paso, und mit Riccarda in der vordersten Reihe gesessen, und ich hatte die Tränen auf ihren Wangen schon bemerkt, bevor sie ihrer Mutter aufgefallen waren. Das Kind hatte sich in seinen Sitz gedrückt und mich zum ersten Mal richtig angesehen, zumindest war es mir so vorgekommen, nicht an mir vorbei, mit diesen schwammig nach links und rechts verrutschenden Augen, als wäre ich nur ein Hindernis, das ihr die Welt verstellte, und hatte beide Fäuste an den Mund gepresst, wie um jeden Laut zu ersticken. Es konnten nur ein paar Sekunden gewesen sein, bis Riccarda es wahrnahm, ich hatte meinen Blick nicht von Luzie gelassen, war aber in meinem Text fortgefahren, und wenn das Reden von einer vierten Wand, das im Theater eine

Zeitlang so gebräuchlich war, jemals einen Sinn ergeben hatte, dann an jenem Abend. Denn ich hätte das Spiel vielleicht einfach abbrechen, zu ihr hinuntergehen und sie umarmen sollen, und vielleicht wäre es mir gelungen, die gläserne Barriere, die auch sonst zwischen uns stand, durch diesen Akt zu zertrümmern. Doch schon im nächsten Augenblick war Riccarda aufgesprungen und hatte sie hinter sich her zum Ausgang gezogen, und ich war so allein wie sonst nie auf der Bühne gestanden, in allen möglichen Welten nichts als eine Fehlbesetzung.

Luzie musste Elmar Pflegerl auch von unseren innigsten Augenblicken erzählt haben, immerhin ins Positive gewendet. Denn nur von ihr konnte er wissen, dass wir in unseren vier Vater-Tochter-Jahren nach ihrer Rückkehr aus England an den Sonntagen manchmal bis in den Nachmittag hinein unsere Schlafanzüge nicht ausgezogen hatten. Sie hatte mir vorgelesen, ich hatte mit ihr meine Rollen fürs Theater eingeübt und sie mit mir die ihren für die Wirklichkeit, für das Leben, um von einem Tag in den anderen zu gelangen. Ich erinnerte mich wieder, wie ich mit ihr jedes mögliche Gespräch geprobt hatte, in das sie gezogen werden könnte, und wenn wir am Ende lachend auf dem Boden gelegen waren, wenn wir ihr ewiges »Was könnte er oder sie antworten, wenn ich dies oder das sage?« so lange auf die Spitze getrieben hatten, bis sämtliche Eventualitäten ausgelotet waren und wir vor Erschöpfung nicht mehr konnten, blickte sie mir manchmal in die Augen. Dann ließ sie es auch zu, dass ich ihr eine Hand auf den Arm legte, und alle paar Wochen kam sie mitten in der Nacht zu mir ins Bett, mit fünfzehn, sechzehn, siebzehn Jahren, legte sich auf ihrer Seite ganz an den Rand und vermied jede Berührung, bis sie glaubte, dass ich wieder eingeschlafen war, und ich merkte, dass sie mit ihren Füßen nach meinen Füßen tastete und nicht aufhörte mit ihrem Versuch, unsere Zehen ineinander zu verschlingen, als wären es Finger.

Es waren Stunden vergangen, als ich das Manuskript beiseite legte. Ich war ein fast sechzigjähriger Mann mit einer Biografie, die ich nicht haben wollte, und einer Tochter, die sich von mir abgewandt hatte und die gleichzeitig der einzige Mensch war, dem ich mich wirklich verpflichtet fühlte. Auf ihre Unbedingtheit war ich immer stolz gewesen, auf ihr Beharren darauf, dass ich es mir nicht so einfach machen solle, zu sagen, es gebe bei allem zwei Seiten, und musste jetzt fürchten, dass ich genau diese Sicht für mich bei ihr nicht in Anspruch nehmen konnte. Gegen das Urteil, das sie über mich fällen würde, hatte ich keine Argumente, und wenn ich von ihr behauptete, sie sei anders, würde sie mir kaum glauben, dass ich damit etwas Schönes, etwas Gutes meinte, weil ich dann nie zugestimmt hätte, sie wegzugeben.

Ich war froh, dass im Theater Sommerpause war und meine nächsten Auftritte erst wieder in zweieinhalb Monaten sein sollten, was mir Zeit gab, die Dinge in Ordnung zu bringen. Im Augenblick konnte ich mir nicht vorstellen zu spielen, und zum ersten Mal nahm ich den Gedanken ernst, überhaupt damit aufzuhören, und nicht nur damit aufzuhören, sondern die Spuren, die von mir in der Welt existierten, zu verwischen, ja, wenn möglich, auszulöschen, so schwierig sich das gestalten würde. Ich hatte damals in El Paso von dem Wüstenfuchs gehört, ob ein reales Tier oder ein mythisches Wesen, das sich auf seinen Wegen so bewegte, dass es mit den Hinterpfoten auf die Abdrücke der Vorderpfoten trat und damit eine Fährte zurückließ, die eher einem Zweibeiner als einem Vierbeiner entsprach und alle, die hinter ihm her waren, nur verwirren konnte. Mich verfolgte niemand, aber dass die Natur es vielleicht so eingerichtet hatte, erfüllte mich mit einer stolpernden Sehnsucht, und ich hätte gern die Chance gehabt, noch einmal in die Stapfen meines Lebens zu treten oder eher darüber hinwegzuschweben und sie mit den Flügeln, die mir dann sicher gewachsen wären, unsichtbar zu machen, mehr ein Vogel als ein Mensch.

VIERTES KAPITEL

Der Empfang fand am sechsten Tag unserer auf vier Wochen anberaumten Dreharbeiten in El Paso und Umgebung statt, und weil er nicht nur für den Regisseur, sondern auch für alle anderen Beteiligten eine große Sache war, konnte in diesen ersten fünf Tagen von richtiger Arbeit nicht die Rede sein. Der Gouverneur von Texas war ja schließlich auch nicht irgendwer, und tatsächlich hatte Dubya, wie ihn hier viele liebevoll, andere herablassend nannten, wobei die liebevollen Kommentare bei weitem überwogen, sich kurzfristig angesagt. Das war ein Zugeständnis an die Geldgeber, die Ölleute aus Dallas und Houston, denen er angeblich verpflichtet war und damit einen Gefallen tat. Er würde mit seiner Frau kommen, und nicht nur das Filmteam war zu einem Abendbankett mit den beiden eingeladen, es sollten auch Honoratioren der Stadt dabeisein, ausgewählte Gäste von so weit weg wie Tucson im Westen, Albuquerque im Norden und Midland oder Odessa im Osten sowie eine Abordnung von wirklichen Grenzern, echten Agenten, die in der Wüste am Rio Grande entlang Dienst taten und ihren Dienst nicht nur spielten wie wir.

Ich hätte mir zu der Zeit nie vorstellen können, wie

sehr meine Teilnahme an diesem Bankett nur vier oder fünf Jahre später mein Leben beeinflussen sollte, wie sehr ich darauf festgenagelt werden würde, dass ich daran teilgenommen hatte und was das angeblich über mich hieß. Nicht, dass man mich im Theater eine Weile vollkommen schnitt, aber ich merkte, dass die Engagements ausblieben, dass mir weniger Rollen angeboten wurden und dass ich ganz allgemein gesprochen selbst von den feigsten Gesellen scheel beäugt wurde, die das aus eigenem Antrieb nie gewagt hätten und nur wagten, weil sie die Masse hinter sich wussten. Zu tun hatte das mit dem Foto, auf dem ich mit Dubya zu sehen war und das ich unvorsichtigerweise einer Zeitung zum Abdruck überlassen hatte, aufgenommen bei dem Empfang, aber es hatte natürlich noch viel mehr damit zu tun, dass Dubya dann zum Präsidenten der Vereinigten Staaten gewählt wurde und das für acht Jahre bleiben sollte.

Selbstverständlich hätte ich es mir einfach machen können, als noch vor den Wahlen die ersten Anfragen kamen und Journalisten meine Meinung zu ihm hören wollten. Ich hätte gar nichts sagen oder ich hätte ihnen nach dem Mund reden können, aber je mehr ich merkte, dass sie von mir nur bestätigt haben wollten, was sie schon zu wissen glaubten, um so mehr hielt ich dagegen. Um vor ihnen zu bestehen, hätte ich Dubya diffamieren müssen, aber das war von mir nicht zu haben. Ich war kein Befürworter seiner Politik, ganz und gar nicht, ich sah die magere, unschöne Bilanz, die er bereits als

Gouverneur von Texas in seiner Zeit im Amt hinterlassen hatte, aber das bedeutete für mich nicht, dass ich aus ihm einen grenzdebilen, speicheltriefenden Idioten machen musste, wie die Schreiber es sich wünschten, dass ich ihn auf ihr Begehren hin als Barbaren bezeichnete, der keine Tischmanieren und natürlich Mundgeruch und ohne Zweifel Schweißfüße hatte und dessen verkniffene Südstaatlerhöflichkeit den Frauen gegenüber in Wirklichkeit nur die Kehrseite seines kaum unterdrückten Wildwestmachotums war.

Die Wahrheit ist, ich hatte kein Wort mit ihm gesprochen, war auch nur zufällig auf dem Foto abgebildet, aber ich hatte seine Unsicherheit gesehen, seine Dauerverlegenheit, sein später viel geschmähtes, hilfloses Grinsen und hatte ihn charmant gefunden und allen, die das Gegenteil hören wollten, genau das gesagt. Ich war nicht naiv, aber Naivität war noch der mildeste Vorwurf, der mir gemacht wurde. Denn ich bekam zu hören, dass ich ein Verharmloser sei, ein Parteigänger, eine Schande, und als ich schon dachte, dass es sich nicht lohnte, sich gegen diesen selbstgerechten Mob zu stellen, hatte ich ein Erlebnis, das mich in allem bestätigte und mich dazu brachte, Dubya wider besseres Wissen mit nur um so größerer Verve zu verteidigen und sogar Geschichten zu erfinden, die nicht den geringsten Bezug zur Realität hatten und mir nur noch mehr schadeten, offensichtlichen Humbug, er habe mich in die Gouverneursvilla nach Austin eingeladen, wir hätten zusammen Golf gespielt und seien seither in losem Kontakt.

Es war bei einem Abendessen in Berlin, ein paar Freunde, als der dreizehnjährige Sohn einer Freundin mit der Frage ins Gespräch platzte, warum ihn eigentlich niemand einfach umbringe, Dubya wäre nicht der erste amerikanische Präsident, der einem Mordanschlag zum Opfer fiele. Nun gut, es war ein Kind, selbstverständlich hochbegabt, mit einer ganzen Palette von früh erkannten Nachteilen und ebenso früh erwirktem Nachteilsausgleich in der Schule, und das hier war Deutschland nach der Jahrtausendwende, wo so etwas schon einmal vorkommen konnte. Doch noch während er sprach, beobachtete ich seine Mutter, eine ansonsten besonnene Frau, die natürlich nie etwas falsch gemacht hatte, weil sie auch nie versucht hatte, etwas richtig zu machen, und als ich den Stolz in ihren Augen sah, einen solchen Bastard auf die Welt gebracht zu haben, der in Zukunft hoffentlich genau wissen würde, wem er das Messer ansetzte, faltete ich wortlos meine Serviette zusammen, stand auf und ging.

In diesen ersten fünf Tagen der Dreharbeiten fuhren wir jeden Vormittag von unserem Hotel im Zentrum in die Wüste hinaus, in das Staub- und Steppenland nördlich der Stadt, wo ein Zelt- und Trailerlager aufgebaut war, eine mobile Grenzerstation, in der einige unserer Aufnahmen gemacht werden sollten. Ich hatte Stephen und Xenia seit unseren gemeinsamen Sommerwochen auf seiner Ranch außerhalb von Helena nicht gesehen, und ihnen nun in dieser ganz anderen Situation gegenüberzustehen ließ die Tage in Montana unwirklich erscheinen, dass ich mich manchmal fragte, ob ich mir nicht nur einbildete, dass sie sich dort so sehr bekriegt hatten. Sie hatten sich seither verlobt und gingen wenigstens am Anfang vorsichtig miteinander um wie zwei buchstäbliche Highschool-Sweethearts bei ihren allerersten Tapsern. Vielleicht half die Tatsache, dass sie auch im Film ein Paar waren und ihre Kämpfe jetzt in dieser neuen Realität austrugen, und Anspannung zwischen ihnen war nur erkennbar, wenn Stephen es nicht und nicht lassen konnte, von Xenia als der zukünftigen Mrs O'Shea zu sprechen, eine unnötige Aufdringlichkeit, die sie schließlich damit quittierte, dass sie sagte: »Die zukünftige Mrs O'Shea kann schneller, als du denkst, eine ehemalige Mrs O'Shea werden, noch bevor sie jemals eine wirkliche Mrs O'Shea gewesen ist.«

Am Drehbuch war in den vergangenen Monaten noch kräftig herumgeschrieben worden, aber die Geschichte blieb die Geschichte. Es war ein Melodrama im Grenzermilieu mit nicht gerade berauschenden Entwicklungsmöglichkeiten, und der Einfachheit halber behielten wir alle unsere wirklichen Namen. Stephen, ein Grenzer, war mit Xenia verheiratet, und Xenia war meine Schwester, William, der jetzt überhaupt nur mehr Cuthbert genannt wurde, mein Halbbruder, auch Teil einer Grenzerfamilie, ich ein Grenzer, William ein Grenzer und vor allem unser Vater einer, wie schon sein Vater einer gewesen war.

Gespielt wurde er von Walter Mandelli, der als junger Mann Auftritte in mehreren Western gehabt hatte und es jetzt ganz offensichtlich genoss, sich noch einmal einen Revolvergürtel unter seinen Hängebauch zu schnallen und seine Bärbeißigkeit hervorkehren zu können. Er hatte gerade irgendwo am Red River, zwei Autostunden von Dallas, an einem Jagdausflug teilgenommen und schwärmte auf eine Weise davon, wie er von einem Helikopter aus auf Wildschweine geschossen hatte, dass es entweder pure Provokation war oder zeigte, dass man ihn würde bändigen müssen, wenn man in seiner Figur nicht das allerroheste Klischee eines Rednecks, der sich um Feinheiten nicht kümmerte, auf der Leinwand haben wollte. Der auf dem Set anwesende Drehbuchschreiber wurde von ihm auf jeden Fall so traktiert, seine Stellen zu verschärfen, dass er schließlich resigniert sagte, er sei von Borderline bis Paranoia für alles zugänglich, wenn man ihm nur diesen Verrückten vom Leib halte, und das blieb dann über die Wochen unser Wahlspruch.

Ich hatte unterschätzt, welche Mühe es mir bereiten würde, die Grenzeruniform zu tragen. Von Schauspielern, die damit hausieren gingen, dass sie unter einer Rolle litten, hielt ich wenig, und die Zuschreibungen in der Kritik, dass einer Mut zum Alter habe, Mut zur Hässlichkeit, wenn das eben von einer Figur verlangt wurde, fand ich nur erbärmlich. Der größte Mut wäre dann der Mut gewesen, einen Toten darzustellen. Dabei machte man bloß seinen Job, man spielte, und wer sich mit etwas identifizieren wollte, sollte sich damit identifizieren, aber den Mund halten und, wenn er unbedingt leiden musste, still in sich hineinleiden und nicht dem Publikum die Laune verderben, das sich von ihm nur wünschte, dass er die Sätze sagte, wie sie auf dem Papier standen. Ich hatte vor Jahren einmal eine kleine Aufregung verursacht, als ich ausposaunt hatte, es wäre für mich nicht das geringste Problem, Hitler oder Stalin zu spielen, wenn es von mir gewünscht würde, der eine sei wie der andere für mich, und eigentlich bestehe nur in ihren Schnurrbärten ein Unterschied, den die Maskenbildnerinnen aber wohl hinbekommen würden, zwischen der Lächerlichkeit eines lächerlich kleinen und der Lächerlichkeit eines lächerlich großen. Meiner Unabhängigkeit in diesen Dingen war ich so sicher gewesen, dass ich nicht vorbereitet war auf den Schock, plötzlich im Grenzgebiet zwischen Texas und New Mexico in der windverblasenen Einöde zu stehen, einen Revolver an der Hüfte, Schlagstock, Handschellen, Pfefferspray und ein Funkgerät am Gürtel, und wahrnehmen zu müssen, wie sich augenblicklich die Trennlinie zwischen Wirklichkeit und Fiktion auflöste. Denn rundum im Gelände waren sicher, ununterscheidbar von uns, die echten Kollegen auf Patrouille, so dass jemand, der uns in die Hände liefe, uns auf den ersten Blick wirklich nicht von ihnen unterscheiden könnte, und als am dritten Tag auch noch zwei Grenzer zu Pferde vorbeikamen, real wie nur sonst etwas, abstiegen und uns offensiv gelangweilt bei unseren Bemühungen zuschauten, löste sich endgültig alles in einer diffusen Bedrohlichkeit auf.

Wir drehten gerade die Szene, in der Xenia Stephen mit seinem Doppelleben konfrontierte. Sie hatte erfahren, dass er auf der anderen Seite der Grenze nicht nur eine Geliebte hatte, sondern eine richtige Schattenfamilie mit zwei Kindern, einem Mädchen und einem Jungen, und stellte ihn zur Rede. Man konnte in der Ebene von weitem den Jeep sehen, mit dem sie auf die mobile Station zufuhr, eine Staubwolke hinter sich herziehend, und kaum hatte sie das Fahrzeug am Eingang zum eingezäunten Bereich abgestellt und war herausgesprungen, ein wilder Lockenwirbel, Cowboystiefel, Jeans, eine schulterfreie Bluse, lief sie auf genau geplantem Weg schreiend durch das Lager.

»Wo ist die Drecksau? Wenn euch euer Leben lieb ist, sagt mir, wo das Schwein sich versteckt hält! Ich bringe die Drecksau um.«

William und ich standen als Film-William und Film-Ich vor unserem Pick-up, mit dem wir gerade unsere Patrouillenfahrt beginnen wollten, und sahen ihr zu, wie sie von Zelt zu Zelt eilte und einen Blick hineinwarf und, als Stephen aus dem Trailer mit den Computern trat und sie beschwichtigen wollte, ihm ansatzlos ins Gesicht schlug.

»Du mieses Schwein!«

Ich beobachtete, wie die beiden echten Grenzer, die ihre Pferde an den Zügeln hielten, sich mit den Ellbogen anstießen und lachten, während sie auf Stephens Brust einhämmerte.

»Du fickst eine Drecksmexe. Wie kannst du es nur wagen? Du hast sie schon bei unserem ersten Date gefickt.«

Sie schlug ihm wieder ins Gesicht, und er ließ es geschehen, ohne auch nur zurückzuzucken.

»Du fickst eine ungewaschene Bohnenfresserin und glaubst, mir einen Heiratsantrag machen zu können, du Schwein«, schrie sie. »Wie ficken diese dummen Hungerleider überhaupt?«

Er hatte noch kein Wort hervorgebracht, und als er schließlich nur »Xenia« sagte, hielt sie sich mit beiden Händen die Ohren zu und trat mit den Stiefeln auf ihn ein.

»Erlaub dir nur nicht, meinen Namen noch einmal in den Mund zu nehmen! Du hast zwei Kinder mit der dreckigen Nutte. Willst du mir etwas von unbefleckter Empfängnis erzählen, du Schwein? Wenn du noch ein Wort sagst, bringe ich dich um!«

Er sah sie flehentlich an, doch sie ließ sich nicht rühren, legte im Gegenteil die größte Verachtung in ihre Stimme.

»Hältst du es für eine gute Idee, dass du mich mit deinem Dackelblick zu erpressen versuchst? Ich fasse es nicht! Das kannst du bei deiner Drecksmexe tun, aber nicht bei mir.«

Es ging noch eine Weile so, Schreien, Schläge ins Gesicht, Schreien, bis der Regisseur abbrach und meinte, es sei in dieser Form doch eindeutig zu drastisch, es müsse alles ein bisschen zurückgedämmt werden, sonst verpuffe bereits in dieser Einstellung die ganze Energie. Dann trat er auf die beiden echten Grenzer zu, die plötzlich den Eindruck erweckten, als würden sie auf ihren Einsatz warten, und sprach eine Weile mit ihnen. Im Wind war kein Wort zu verstehen, aber als sie sich gleich darauf auf ihre Pferde schwangen und davonritten und er sich wieder Xenia und Stephen zuwenden konnte, wirkte er zufrieden.

»Wir dürfen die Realität nicht zu übertrumpfen versuchen«, sagte er gewichtig. »Eher sollten wir sie als etwas begreifen, das wir erst beiseite räumen müssen, um im Freien dahinter unsere Bilder zu finden.«

Beim nächsten Take blieb nur die »Drecksmexe«, das andere rassistische Zeug wurde gestrichen, aber die Geschichte war auch so mit ungeheurer Gewalt in Gang gesetzt. In der Szene darauf sollte der Patriarch der Familie von der Schande erfahren, und bevor wir auch nur das Geringste zu sehen bekamen, wussten wir natürlich, wie sehr es Walter Mandelli genießen würde, mit zusammengekniffenen Augen unter seinem Hut in die Ferne zu blicken und zu mir und William zu sagen, die Nutte müsse weg. Wir würden verstehen, was er meinte, aber doch nachfragen, weil im Film dann die Möglichkeit bestände, ein paar schicksalhafte Augenblicke verstreichen zu lassen, vielleicht mit einem langen Schwenk in die Wüste, bevor unser Film-Vater deutlich machen sollte, dass er diese Schmach nicht auf sich sitzenlassen wolle, und uns zu verstehen geben würde, was wir zu tun hätten.

Das klang wie ein Todesurteil für Stephens Schattenfrau auf der anderen Seite der Grenze, die von Alma gespielt wurde. Diese hatte an dem Tag keinen Auftritt, aber sie war mit auf das Set gekommen und hatte die Szene mit der schreienden Xenia beobachtet. Ihr Gesicht war ausdruckslos, doch die bösen Worte konnten in ihrer Wucht gar nicht so sehr in der Filmwelt verankert sein, dass sie nicht ihren Weg in die Wirklichkeit fanden. Man mochte noch so oft sagen, es sei Fiktion, aber »Drecksmexe«, »ungewaschene Bohnenfresserin« und »Wie ficken diese Hungerleider überhaupt?« konnte sich für eine Mexikanerin ganz einfach nicht gut anhören, und wie schon in Montana rettete sie sich in genau den Augenblicken, die sie vielleicht am meisten betrafen, in eine stoische, beinahe archaische Abwesenheit. Sie hatte für ihre Rolle keine helleren Strähnen mehr im Haar, es war jetzt schwarz wie das finsterste Statement, wie ein Bekenntnis, zu wem sie gehörte und zu wem sie gehören wollte, und sie stand, die Arme in die Hüften gestützt, sehr aufrecht in der Landschaft. Manchmal wischte sie sich mit dem Schweißband, das sie an einem Handgelenk trug, über die Stirn oder blies sich, die Unterlippe vorgeschoben, ihren Atem ins Gesicht und wandte sich zu ihrem Begleiter.

Der war, seit sie nach El Paso gekommen war, an ihrer Seite, ein kleiner, vielleicht fünfzigjähriger, drahtiger Mann in einem cremefarbenen Anzug, der trotz der Hitze nie seine Jacke ablegte und von dem es hieß, dass er in Mexico City ein ganzes Firmenimperium besaß und jederzeit bereit war, als Geldgeber für den Film einzuspringen, sollten die etwas zaghaften Ölleute aus Dallas und Houston im letzten Augenblick doch noch Bammel bekommen. Er zog alle Vorurteile, die man gegen ihn haben konnte, auf sich und schien das nicht nur zu wissen, sondern zu genießen. Wer wollte, konnte ihn gern für Almas Liebhaber halten, und vielleicht war er das auch, wer wollte, konnte in ihm einen Drogenbaron sehen, obwohl er sich dann kaum so selbstverständlich nördlich der Grenze aufgehalten hätte, er würde auf keinen Fall etwas dementieren, sondern alles nur verstärken. Er hieß Enrique Brausen und wurde wegen seines Namens, den irgendein Vorfahre ins Land gebracht hatte, El Alemán genannt, und über welche Möglichkeiten er verfügte, zeigte sich darin, dass der Berater, den Alma auf der Ranch in Montana kaum abzuschütteln vermocht hatte, auf den kleinsten Fingerzeig von ihm reagierte, sein unruhiges Lid in anhaltendem Zittern.

Sie sprachen hauptsächlich spanisch, aber nach Xenias rasendem Auftritt verkündete Alma absichtlich auf englisch und in einer Lautstärke, dass alle es hören konnten, für ihren Geschmack habe die Gute den ganzen Schmutz ein bisschen zu sehr genossen.

»Lass sie«, sagte er. »Wenigstens hat sie Feuer. Das ist keine Selbstverständlichkeit für eine von denen. Was würdest du machen, wenn du erfahren würdest, dass dein Mann auf der anderen Seite der Grenze eine blutarme Gringa fickt?«

»Das würde er nie tun.«

»Natürlich würde er es nie tun, wenn er dich hat. Er müsste schon ein gottverdammter Hurenbock sein, Alma. Aber wenn er einer wäre …«

»Dann hätte ich ihn nicht geheiratet.«

Der Mann kostete es jetzt offensichtlich aus.

»Aber wenn doch, Alma!« sagte er. »Wenn doch …«

»Ich würde ihn umbringen, Enrique.«

»Du würdest keinen Moment zögern, Alma, stimmt's? Du würdest den Schwachkopf umbringen, wenn er sich einbildet, er muss eine blutarme Gringa ficken, und ich würde dir dabei helfen. Ich würde meine Mittel haben, dass er sich bis zu seiner letzten Sekunde erinnert, was er an dir gehabt hat.«

Es war ein Spiel, das sie trieben, sie nahmen die Klischees der anderen auf und zahlten es ihnen mit ihren eigenen Klischees heim, und als wir am Abend in einer Bar nur zwei- oder dreihundert Meter von der Grenze saßen, fing auf einmal Stephen damit an, dass Xenia die Ohrfeigen, die sie ihm verpasst habe, ruhig ein bisschen sanfter hätte ausfallen lassen können. Ansonsten ganz mit sich im reinen, saßen sie Hand in Hand da, Stephen spießte eine Olive auf und steckte sie Xenia zwischen die Lippen, und sie hielt seine Hand fest und knabberte sich bis zu seinen Fingern vor. Auch William war mitgekommen, und er und ich gaben das Publikum ab, als Stephen sie dann in den Nacken küsste und Xenia die Augen schloss und dabei gerade so viel Hingabe zuließ, dass sie real sein konnte, aber genausogut auch das ewige Spiel, das Schauspieler und Schauspielerinnen nun einmal spielten. Die Intensität, die wir uns in jedem Augenblick abverlangten, verkehrte die Wirklichkeit manchmal zur Parodie, weshalb jeder ernst gemeinte Satz ein Risiko barg und Stephen vielleicht besser nicht gesagt hätte: »Ich liebe dich, Xenia«, und Xenia vielleicht besser nicht: »Ich liebe dich, Stephen.«

Alma und Enrique Brausen waren nicht in der Runde, und William nutzte die Gelegenheit, sein Unbehagen über ihn auszudrücken, und legte eine Forschheit an den Tag, die man ihm nicht zugetraut hätte.

»Werdet ihr aus dem Kerl schlau?« sagte er. »Er tritt auf wie ein übler Bursche, als würde genau das beweisen, dass er keiner ist. Was für eine Idiotenlogik soll das bitte sein? Dann nennt er sich auch noch El Alemán, als wäre er eine blöde Comicfigur. Wenn das ein Witz ist, verstehe ich die Pointe nicht.«

Er hatte sich die ganze Zeit bemüht, Xenia gar nicht anzusehen, aber plötzlich wandte er sich direkt an sie. Wir wussten inzwischen, woher er seinen Cuthbert hatte, Stephen hatte ihn gefragt, und er hatte gesagt, er sei weitschweifig mit einem Schriftsteller verwandt, dessen ersten und dessen zweiten Vornamen er trage, und als er dann auch noch sagte, welcher Schriftsteller, blieb zumindest mir der Mund offen stehen, und mit dem Witzeln war es vorbei. In den Monaten seit unserem Aufenthalt in Montana hatte er sich die Haare in den Nacken wachsen lassen und sah mit seiner kastanienbraunen Welle aus, wie viele junge Schauspieler aus der zweiten oder dritten Kategorie in Hollywood aussahen, die nicht in erster Linie wegen ihrer Begeisterung und ihres Talents, sondern tatsächlich wegen ihres Äußeren zum Film gekommen waren. Man tat ihnen nicht unrecht, wenn man sagte, sie sähen aus wie Porno- oder vielleicht auch nur Softpornodarsteller, ob sie es nun waren oder nicht, und seit ich William zugeschaut hatte, wie er auf dem Set in aller Seelenruhe nacheinander drei schon gepellte, hartgekochte Eier aus einer Plastikdose verspeist hatte, wie man sie hier an Tankstellen kaufen konnte, wartete ich nur darauf, was er wohl noch alles von sich preisgeben würde. Denn vielleicht war er doch nicht ganz so ohne Arg, wie er wirkte, und was er zu Xenia über Enrique Brausen sagte, hätte man mit nicht weniger Recht über ihn selbst sagen können.

»Als Frau würde ich eine Gänsehaut bekommen, wenn ich von einem solchen Typen auch nur in den Blick genommen würde.«

»Du hast zu viele schlechte Filme gesehen, William.«

»Hast du nicht gehört, wie er mit Alma spricht?«

»Wie spricht er denn?«

»Du hast es also nicht gehört«, sagte er. »Es mag vielleicht altmodisch sein, aber ich habe meine Probleme, wenn ein alter Knacker einer jungen Frau am liebsten in jedem zweiten Satz schmutzige Worte hinwirft. Da kann er noch so sehr den Geschäftsmann hervorkehren. Irgend etwas ist nicht ganz in Ordnung mit ihm.«

Jetzt war es Stephen, der ihm widersprach.

»Was hat das damit zu tun, ob er ein alter Knacker ist oder nicht?« sagte er. »Glaubst du, es klingt nur einen Deut besser, wenn es ein Junger die ganze Zeit tut?«

Seit wir in El Paso waren, hatte ich bei jedem Zusammentreffen der beiden erwartet, dass Stephens alte Eifersucht aufflackern würde, aber weil es bisher gut gegangen war, war ich überrumpelt, mit welcher Brutalität er plötzlich über William herfiel.

»Du denkst wohl, du selbst könntest es tun, ohne dass es gleich hässlich klingt, und tust es natürlich trotzdem nicht, weil du ein Gentleman bist.«

Er stieß ihn grob in die Seite.

»Versuch es doch wenigstens einmal mit deinen schmutzigen Worten«, sagte er, seine Zähne beim Sprechen auf groteske Weise entblößt. »Sei nicht so elendiglich vornehm und sag ›ficken‹!«

Als William zurückzuckte, lachte er nur.

»William Cuthbert Whistler aus Mississippi, der letzte Gentleman. Ich weiß, dass ihr im Süden es vor einer Lady nicht könnt. Du stammst doch aus Mississippi, oder?«

Er beachtete nicht, dass William erbleichte, drückte ihn auf seinen Platz, als er sich erheben wollte, und ließ die Hand auf seiner Schulter liegen.

»Dann habe ich eine einfache Erklärung, warum du vor Frauen so verklemmt und höflich bist«, sagte er, und es war klar, dass er nach einem Weg suchte, seine Beleidigungen noch zu übertreffen, doch mit seiner Wortwahl machte er die auch so schon bösen Provokationen dann endgültig zu einem Eklat. »Wenn man über Jahrhunderte einen Stall voller Negerinnen gehabt hat, an denen man sich nach Belieben hat austoben können, steckt es einem in den Knochen, die eigenen Frauen auf Händen zu tragen, und man braucht sich gar nicht zu bemühen, ein verdammter Gentleman zu sein, weil man in jeder Lebenslage ganz einfach einer ist.«

Ich konnte nicht glauben, dass Stephen das gesagt hatte, aber er hatte es gesagt. Es war so schnell gegangen, dass Xenia mit ihren Einwänden zu spät kam, und als sie ihn jetzt aufforderte, er solle sich sofort entschuldigen, hatte William sich schon losgerissen und war wortlos aus der Bar geeilt. Sie rief noch hinter ihm her, aber er drehte sich nicht um, und Stephen, der endlich merkte, was er angerichtet hatte, versuchte sich hilflos aus der Sache herauszuwinden.

»Mir will einfach nicht in den Kopf, warum er sich für etwas Besseres hält«, sagte er. »Wieso glaubt er, sich mit seinen lächerlichen schmutzigen Worten über den Mexikaner erheben zu können?«

Ich überging das Ganze, und wenn ich mich an dem Abend selbst auch noch für Enrique Brausen einsetzte, dann eher aus einem Reflex, als dass mir etwas an ihm lag oder dass ich mir nicht hätte vorstellen können, dass die Maske, die er in seinen finstersten Partien aufsetzte, womöglich gar keine Maske war. Denn vierundzwanzig Stunden später wäre ich vielleicht nicht mehr für ihn geradegestanden. Da war es Freitag, die Dunkelheit längst hereingebrochen, bald Mitternacht, und wir überquerten mit ihm die Grenze, nachdem wir ein paar Drinks genommen hatten, und schlenderten nach Juárez hinüber, nur Stephen und ich, weil William angeblich eine Freundin traf, in Wirklichkeit aber wohl die nächste Konfrontation fürchtete, der Drehbuchschreiber unauffindbar war, Walter Mandelli und der Regisseur sagten, das sei nichts für sie, und die Frauen erst gar nicht gefragt worden waren, ob sie mitkommen wollten. Der Berater drehte an der Brücke um, als wäre auf der anderen Seite für ihn Sperrgebiet, und dort wartete eine schwarze Limousine mit getönten Scheiben auf uns. Als geschähe es nach einem festgeschriebenen Skript, stiegen wir ein und wurden in einem wilden Zickzack durch die Straßen gefahren, dass ich mich unwillkürlich fragte, warum uns eigentlich niemand die Augen verband. Wir hatten eine Flasche Tequila dabei, die wir drei reihum gehen ließen, und als wir am Stadtrand vor einem großen Betongebäude mit langen, von zuckendem Licht wie aus der Nacht gestanzten Fensterschlitzen hielten, hatte

Enrique Brausen uns nicht nur selbstgedrehte Zigaretten aus einem schweren Silberetui angeboten, sondern sich auch erkundigt, ob er sonst mit etwas dienen könne, seine Stimme auf einmal auf eine Weise dominant und gleichzeitig unterwürfig und schmierig, wie es eigentlich gar nicht möglich war.

Auf dem Platz vor dem Gebäude standen dicht an dicht Autos. Vielleicht war es ein ehemaliges Lagerhaus oder eine ehemalige Fabrik, eine ehemalige Kirche wohl kaum, obwohl auf einem Gerüst nur wenige Meter daneben ein paar Leuchtbuchstaben flackerten, die sich zu einem giftgrünen LA CATEDRAL zusammensetzten, gefährlich in der Nacht. Wir waren noch nicht ausgestiegen, als mich aus dem Inneren der Lärm wie von einem in nächster Nähe startenden Flugzeug erreichte und ich sah, dass sich von allen Seiten über das offene Gelände einzeln oder in kleinen Gruppen Gestalten darauf zubewegten. Es war Brachland, eine Schotterhalde, vermüllt, so weit der Blick im Schein des Vollmonds reichte, standen notdürftig errichtete Behausungen wie im Nichts, Holzbaracken mit nur ein oder zwei Räumen, durch Zeltplanen verstärkt, Wellblechhütten mit vielleicht einer gemauerten Wand, und aus ihnen schien sich dieser unaufhörliche Zustrom zu speisen. Vor dem Eingang staute sich eine lange Schlange, doch ein einziges Wort von Enrique Brausen genügte, dass wir daran vorbeigelotst wurden. Drinnen drängte sich eine stampfende Menge im künstlichen Nebel, das Stroboskoplicht riss mit jedem Blitz einen Raum auf, halb fußballfeldgroß, und ein riesiger Scheinwerfer griff mit seinen Suchfingern immer wieder den Himmel über der Öffnung in der Dachkuppel ab, als könnte jederzeit ein Bomber aus der Nacht auftauchen und seine tonnenschwere Last über der in ihrer Bewegung wie zusammengeschweißten Masse abladen.

Wir hatten gerade einen Platz an der Theke erkämpft, die an allen vier Wänden in voller Länge rundum lief, als die beiden Mädchen plötzlich neben uns standen. Ich vermochte später nicht mit Sicherheit zu sagen, ob das von Enrique Brausen so eingefädelt worden war, aber Zufall konnte es kaum sein, zwei fünfundvierzigjährige Männer, ein halbes Leben über dem Altersdurchschnitt im Lokal, und ohne das geringste Zutun hatten sie zwei junge Frauen zur Seite, vielleicht achtzehn, vielleicht zwanzig, puppengroße Augen, puppengroße Münder, lange, über den Rücken fallende Locken und Kleidchen so dünn, dass sie aus Papier hätten sein können, und Enrique Brausen stand nickend daneben, als wären sie sein persönliches Geschenk an uns. Ich wusste, ich hätte im selben Augenblick gehen müssen, aber schon kamen die Drinks, die sie Crashes nannten, schwere Schwenker mit einer wilden Mischung aus allem, was Prozente hatte, so dass uns wirklich niemand noch eigens etwas ins Glas schütten musste. Dann hatte das eine Mädchen ihre Arme um meinen Nacken geschlungen, mich auf die Tanzfläche gezogen und sich an mich gepresst, ihr

Schambein an meinem, als wollte sie an mir hochklettern, und nicht einmal eine Stunde später war ich draußen mit ihr in der Limousine.

Ich wehrte mich, aber ich wehrte mich nicht richtig, als sie mir die Hose aufknöpfte. Zuerst war Stephen mit dem anderen Mädchen verschwunden, und dann hatte plötzlich sie den Autoschlüssel in der Hand gehabt und hatte mich hinter sich her ins Freie gezogen. Sie sprach kein Wort Englisch, aber trotz des Lärms auf der Tanzfläche hatte ich herausbekommen, dass sie aus Veracruz stammte und in einer Fabrik arbeitete, und jetzt saß ich mit ihr in der Limousine, und sie beugte sich über meinen Schoß. Die beiden Männer in schwarzen Anzügen, die direkt neben dem Wagen gestanden waren, als wir aus dem Lokal traten, entfernten sich ein paar Schritte, behielten aber die Umgebung im Blick, und wenn ich sie gerade noch als Bedrohung empfunden hatte, wurde mir nun klar, dass sie zu unserer Sicherheit da waren. Vielleicht bildete ich mir nur ein, das Mädchen hätte ihnen zugenickt, als sie die Tür zum Fond geöffnet hatte, aber auch beim Schließen hob sie noch einmal den Kopf und schien sich zu vergewissern, ob sie sich an ihrem Platz befanden und uns im Auge hatten.

Es gab nichts zu beschönigen an der Situation, der Alkohol, und welche Substanzen auch immer in den selbstgedrehten Zigaretten gewesen sein mochten, waren nur eine Ausrede, ich wusste genau, was da passierte, was ich tat, was ich passieren ließ, und doch folgten ein paar Augenblicke, die alles viel schlimmer machten. Das war, als ich zuerst eine Hand und gleich auch die andere in das Haar des Mädchens krallte und ihren Kopf mit beiden Händen umfasst hielt. Ich spürte ihren Schrecken, noch bevor sie in ihrer Bewegung zögerte, ich spürte, wie es ihren ganzen Körper durchschoss, und dann wartete sie, eine Sekunde, zwei Sekunden, drei, und fuhr mit ihrem Auf und Ab erst fort, als ich meine Finger von ihr nahm. Ich sagte, sie brauche keine Angst zu haben, aber erstens verstand sie mich nicht, zweitens konnte ein solcher Satz in einer solchen Situation genausogut dazu angetan sein, ihre Angst nur zu verstärken, und als ich vollends begriff, was sie gedacht haben könnte und was sie wahrscheinlich tatsächlich gedacht hatte, und sie trotzdem nicht von mir lassen wollte, schob ich sie und stieß sie grob beiseite.

»Sagrario!«

Sie hatte mir gleich an der Theke ihren Namen gesagt, aber dass ich ihn jetzt aussprach, geschah ohne mein Zutun, und ich schaute sie wie überführt an.

»Que hai pensato?«

Das war kein Spanisch, ich konnte auch kein richtiges Italienisch, aber vielleicht verstand sie, dass ich wissen wollte, was sie gedacht hatte.

»Hai pensato …?«

Ich legte die Hände um meinen eigenen Hals, drückte zu und zeigte dann auf sie.

»Sagrario, hai pensato …? Non hai paura, Sagrario, non hai paura! Dimmi, Sagrario, tu es ok?«

Wieder war es ihr Name, der richtiggehend aus mir hervorstürzte, und sie sah mich nur an, klein gegen die Tür auf ihrer Seite gedrückt, das Kleidchen verrutscht, so dass darunter ihr schwarzer Spitzen-BH zum Vorschein kam, der Lippenstift über das ganze Gesicht verschmiert, die Augen ängstlich geweitet, ein dunkler, feucht schwarzer Blick, und je mehr ich dachte, sie könnte gedacht haben, ich wäre drauf und dran gewesen, ihr meine Hände um den Hals zu legen, um so größer wurde mein Entsetzen, in welche Situation ich mich begeben hatte. In unserem Hotel in El Paso war ein Journalist untergebracht, der für eine Zeitung in Washington einer Serie von mysteriösen, äußerst grausamen Frauenmorden nachging, die es hier in Juárez seit zwei oder drei Jahren gab, und es konnte gar nicht anders sein, als dass eine Frau daran erinnert wurde, wenn sie mit einem unbekannten Mann zusammen war, der sich vielleicht merkwürdig verhielt. Ich knöpfte eilig meine Hose zu, steckte mir das Hemd in den Bund und schaute hinaus zu den beiden Sicherheitsleuten, die gerade noch vom Auto abgewandt gestanden waren und sich uns jetzt zugewandt hatten und im Dunkeln so aussahen, als würde das kleinste Zeichen genügen, dass sie ihre Waffen hevorholten. Mein Kopf war plötzlich vollkommen klar, und obwohl ich selbst der potentielle Übeltäter war, war ich noch nie so glücklich gewesen, dass solche Scheißkerle über uns wachten, die oft genug falsch einschreiten mochten, aber ausnahmsweise vielleicht doch einmal auch richtig einschritten. Es brauchte keine weitere Überlegung, und ich wollte schon die Tür öffnen, um auszusteigen, als das Mädchen mich zurückhielt.

»Un momento, Güero.«

Sie hatte mich die ganze Zeit schon spöttisch so genannt und tat es jetzt, wie um das Einvernehmen wiederherzustellen. Ich wusste da noch nicht, dass das Blonder hieß und hier ein gängiger Ausdruck für die hellhäutigeren Wesen aus dem Norden war. Ich hatte dunkle Haare und einen eher dunklen Teint, aber mit meinem Herkommen qualifizierte ich mich trotzdem dafür.

»Güero, que es?« sagte sie. »Estas ok?«

»Sono ok, Sagrario.«

Ich fasste nach ihrer Hand.

»Ma tu, Sagrario«, sagte ich und konnte sie ohne ihren Namen schon fast nicht mehr ansprechen, weil ihr Name sie vor mir beschützte. »Tu es ok?«

»Más o menos.«

Ich war nicht sicher, ob ich sie richtig verstand.

»Más o menos?«

Sie lachte und versuchte gleichzeitig eine wegwerfende Handbewegung, als wollte sie damit sagen, dass das alles nicht der Rede wert sei und dass sie ganz andere Erfahrungen gemacht habe, von denen ich nicht nur nichts wüsste, sondern nicht einmal eine Vorstellung hätte.

»Estoy ok, Güero, muy ok.«

Dann kramte sie aus ihrem Handtäschchen Stift und Zettel, schrieb ihren Namen, eine Adresse und eine Telefonnummer darauf, überreichte mir das Stück Papier und sagte etwas von »mañana«, das ich so verstand, dass ich morgen wiederkommen solle.

»Mañana, Güero?«

Ich sah den drängenden Ausdruck in ihren Augen, keine Angst, keine Panik, am ehesten eine Mischung aus Hoffnung und Berechnung, und nickte.

»Si, Sagrario«, sagte ich. »Mañana.«

Lachend drückte sie mir den Zeigefinger in den Bauch, eine fast schon geschäftsmäßige Geste.

»Te espero.«

Dann stiegen wir aus, und kaum hatten wir den Club wieder betreten und uns durch den Pulk der Tanzenden an die Theke vorgearbeitet, bestand ich darauf, sofort über die Grenze ins Hotel gebracht zu werden, und antwortete Enrique Brausen nicht, der wissen wollte, was los sei.

»Ich hoffe, es gibt kein Problem«, sagte er. »Wenn doch, sagen Sie es mir, und wir finden eine Lösung.«

Es wurde eine gespenstische Fahrt zurück nach El Paso. Stephen hing apathisch neben mir im Fond, entweder der Alkohol tat endgültig seine Wirkung, oder auch ihm wurde soeben bewusst, was geschehen war und was er vielleicht hatte geschehen lassen. Ich hatte keinen Zweifel, dass er mit dem anderen Mädchen in der Limousine gewesen war und von ihr die gleiche Behandlung erfahren hatte wie ich von Sagrario. Er hielt die Augen geschlossen und schien doch zu spüren, wenn ich meinen Blick auf ihn richtete, weil er sich jedesmal noch ein bisschen weiter weg und dem Seitenfenster zu drehte. Ich hätte ihn gern gefragt, wie er das alles einschätze, aber gleichzeitig war mir klar, dass wir nie ein Wort darüber verlieren würden und ich mir nur selbst den Kopf zerbrechen konnte. Im Grunde genommen unterschieden wir uns nicht von den Betrunkenen zu Hause im Dorf, die nach Mitternacht, wenn die letzten Frauen begriffen hatten, dass es Zeit war aufzubrechen, ein Taxi riefen und auf der Suche nach Professionellen zu viert oder fünft in die Nacht hinausfuhren, richtige Stoßtrupps, die einem angst machen mussten. Zwar war ich nie mitgekommen, aber was auch immer ich mir darauf zugute halten mochte, zerschellte jetzt, und erschwerend kam hinzu, dass diese Kerle sich immerhin hatten einreden können, sie hätten es mit Freiwilligen zu tun gehabt, was für Stephen und mich beim besten Willen nicht galt. Für uns ließ sich vielleicht gerade noch vorbringen, dass wir nicht mit eindeutiger Absicht über die Grenze gegangen waren, aber stimmte das überhaupt? Und hatten wir uns für Enrique Brausen erpressbar gemacht, oder hatte er uns nur einen Gefallen getan, eine sogenannte Kleinigkeit unter Männern, die keine Folgen für unsere Zukunft haben würde? Er saß vorn neben dem Fahrer, unterhielt sich leise auf spanisch mit ihm, und immer wenn einer von beiden lachte oder er sich gar nach uns umwandte, hatte ich das Gefühl, sie sprachen über uns und machten sich lustig darüber, was für unsägliche Dummköpfe wir Gringos doch seien, gleich in die erste Falle hineinzutappen, die man uns stellte.

Die Beamten an der Grenze ließen sich Zeit, als wollten sie uns dafür bestrafen, dass wir unseren fragwürdigen Ausflug überhaupt unternommen hatten, und es war bereits nach vier am Morgen, als ich im Hotel in meinem Zimmer im achten Stock anlangte. Ich trat sofort vor an das Fenster, und obwohl es in El Paso all die Tage gestürmt hatte und einmal mehr, einmal weniger Staub in der Luft gehangen war und auch jetzt Staub in der Luft wirbelte und die Sicht vernebelte, konnte ich die Lichter auf der anderen Seite sehen. Wir waren gewarnt worden hinüberzugehen, und ich hatte den Spruch nicht mehr hören können, dass Juárez nur deswegen eine Stadt Gottes sei, weil sie selbst dem Teufel angst mache und er sie meide wie das Weihwasser. Irgendwo dort drüben, in wahrscheinlich nicht einmal fünf oder sechs Kilometern Luftlinie, war das Catedral, irgendwo dort drüben war Sagrario vielleicht gerade nach Hause gegangen, um wenigstens ein bisschen Schlaf zu bekommen, bevor sie um sieben in ihre Schicht musste, zwölf Stunden am Tag, für umgerechnet drei oder vier Dollar, sechs Tage in der Woche, und irgendwo dort drüben wurden auf bestialische Weise Frauen umgebracht und am Straßenrand oder in der Wüste liegen gelassen wie Müll. Ich zweifelte nicht an, was sie mir erzählt hatte, ich glaubte ihre Geschichte oder vielmehr die Bruchstücke, die sie mir auf der Tanzfläche ausbuchstabiert hatte, und nun selbst wieder in Sicherheit, packte mich das ganze Elend. Denn es blieb ein trauriges Faktum, dass ich mir von einem mexikanischen Mädchen die Hose hatte aufknöpfen lassen, einer Fabrikarbeiterin, die für einen ganzen Tag Arbeit soviel bekam, wie ich für ein oder zwei Bier ausgab, geradeso, als wäre ich nicht intelligent genug zu begreifen, wie alles zusammenhing und für sie eines zum anderen kam und sie so erst in die Lage gebracht wurde, das zu tun oder tun zu müssen, was sie tat, ohne jemals wirklich eine Wahl gehabt zu haben.

Ich suchte nach dem Zettel, den sie mir gegeben hatte. Es war ein aus einem Block gerissenes Stück Papier, und ihre Buchstaben und Ziffern erinnerten an die Schrift eines Kindes. Obwohl nicht die Zeit dafür war, wählte ich die Nummer, die sie mir aufgeschrieben hatte, doch es gab keinen Anschluss. Dann rief ich in der Rezeption an und ließ mir die Vorwahl für Mexiko geben, und als ich es damit noch einmal versuchte, war ein Mann dran, der ein unwirsches »Hola!« in den Hörer brüllte und die Verbindung unterbrach, kaum dass ich ihren Namen gesagt hatte.

Draußen hatte sich der Sturm währenddessen verstärkt, so dass sich die Lichter auf der anderen Seite im Staubwirbel verloren. Ich schaute hinüber, aber sosehr ich mich bemühte, ich konnte nichts mehr erkennen, und auf der Karte hätte jenseits der Grenze genausogut eine riesige weiße Fläche sein können, die sich bis zum Südpol erstreckte wie ein absurdes Sinnbild für ein abgrundtiefes schwarzes Loch. Den Zettel mit der Adresse hatte ich auf dem Nachttischchen abgelegt, und als ich ihn jetzt noch einmal zur Hand nahm, hatten meine Finger die Bewegungen schon ausgeführt, war er in winzigste Fetzchen zerrissen, noch bevor ich darüber nachdachte, und ich ging ins Bad und spülte sie die Toilette hinunter.

Wenige Stunden später befand ich mich schon wieder im Gelände und trug die Grenzeruniform, und an meinen Händen klebte zwar kein Blut, aber der Schmutz würde sich nicht leicht abwaschen lassen. Ich hatte augenblicklich bereut, dass ich mich auf diese Weise davongestohlen hatte, aber als ich Enrique Brausen nach dem Mädchen fragte, tat er, als hörte er den Namen zum ersten Mal, und ließ mir wenig Hoffnung, dass ich sie wiederfinden würde, sollte ich mir die Mühe machen, noch einmal über die Grenze zu gehen. Er sah mich mit kalten Augen an und gab Alma, die neben ihm stand, mit so eindeutig zweideutigen Blicken zu verstehen, wie wenig er von mir hielt, dass es kaum beleidigender gewesen wäre, wenn er es mir direkt ins Gesicht gesagt hätte. Gleichzeitig redete er in einem fort weiter, was für eine phantastische Nacht wir gehabt hätten, und machte so lange Anspielungen, bis Xenia endlich genug hatte und Stephen zur Rede stellte.

Dafür zogen sie sich in einen leeren Trailer ganz am Rand des Geländes zurück, aber wir hörten dennoch ihre Stimmen, zuerst verhalten, dann immer lauter und ganz so, als wären sie allein und weit und breit niemand zugegen. Zu verstehen waren nur einzelne Worte, doch es klang nicht viel anders als ihre Eifersuchtsszene im Film, nur dass Stephen nicht schwieg, sondern sich verteidigte. Als die Tür aufging und Xenia wieder herauskam, blieb sie ein paar Augenblicke auf der obersten Stufe des Treppchens stehen und schaute in die Ferne, wo der Wind richtige Wagenräder von Gezweig vor sich hertrieb. Schon kam sie mit breiten Schritten herunter, wieder in ihren Cowboystiefeln, ihren Jeans und ihrer schulterfreien Bluse, und steuerte auf mich zu. Sie baute sich so dicht vor mir auf, dass ich ihren Atem in meinem Gesicht spürte, und fragte, ob ich ihr etwas zu sagen hätte, während sie mich mit diesem Blick musterte, den ich schon in Montana zu sehen bekommen hatte und der eine ganze Kinoleinwand zum Brennen bringen konnte.

Sie hatte in den vergangenen Tagen nichts von der Vertrautheit spüren lassen, die es noch im Sommer zwischen uns gegeben hatte, wenn wir bei der Rückkehr von unseren Ausfahrten ein paar Augenblicke vor dem Tor zur Ranch stehengeblieben waren und Musik gehört oder nur in die Dunkelheit geschaut hatten, aber jetzt schien sie genau auf diese Nähe zu pochen. Ich hatte gefürchtet, ich könnte wieder die Mittlerrolle zwischen ihr und Stephen einnehmen müssen, und war erleichtert gewesen, zu sehen, dass sie sich vertrugen und offensichtlich Strategien hatten, sich nicht sofort wieder in die Haare zu geraten, wenn etwas nicht ganz nach Plan ging. Das war vorbei, und sie reklamierte mich mit einer solchen Selbstverständlichkeit für sich, dass ich nicht eine Sekunde Zeit hatte, mir zu überlegen, wo ich wirklich stand.

»Ich habe gedacht, ich könnte mich auf dich verlassen«, sagte sie, als ich schwieg, und so weich das klang, vermochte sie doch nicht zu verbergen, dass darunter etwas Forderndes lag, das jederzeit hervorbrechen konnte. »Es scheint ein Missverständnis gewesen zu sein.«

Wir drehten an dem Nachmittag einige Szenen über den Alltag im Lager, und Xenia stand da und beobachtete Stephen in seiner Rolle, als könnte ihr das weiteren Aufschluss geben. Er ging zwischen den Zelten umher, er saß am Computer, er sprach mit William, der ihm zwar die Hand gereicht hatte, ihm nichts nachzutragen, in seiner Gegenwart aber gespannt vorsichtig war, oder wechselte ein paar Worte mit mir, stand an ein Ölfass gelehnt im Freien und rauchte, und sie ließ ihn bei all seinen Verrichtungen nicht aus dem Blick. Eine Einstellung musste verschoben werden, weil sie allen Ernstes von der Seite hereinrief, er solle nicht so scheinheilig tun, als Stephen sich vor einem an einer Zeltstange angebrachten Spiegel rasierte, auf ihren Zuruf die Konzentration verlor und sich in die Wange schnitt.

»So selbstverliebt, wie du dich ansiehst, glaubt dir doch kein Mensch etwas«, sagte sie. »Wenn du auf Dauer verbergen willst, wer du wirklich bist, musst du dich schon mehr anstrengen.«

Am selben Abend gab es den Empfang, und da waren sie wieder ein Herz und eine Seele, wie man sagt, oder taten zumindest so. Es war ein Vergnügen, sie zu beobachten, Stephen in seinem Smoking, der ihm mit seiner Größe eine fast bonzenhafte Stattlichkeit verlieh, und Xenia in dem Abendkleid, das sie bereits in Montana getragen hatte und in dem sie jetzt mit ihren silbernen Ohrringen aussah wie gerade von einem Plakat heruntergestiegen, das einen in einer märchenhaften Vergangenheit in der vornehmsten Ostküstengesellschaft spielenden Film bewarb. Sie kam an seinem Arm und schmiegte sich an ihn, als hätten hundert Jahre Feminismus bei ihr gar nichts bewirkt, und er hatte sein strahlendstes Gesicht, frei von allen Selbstzweifeln, den Blick weit in die Zukunft gerichtet. Das Hotel, in dem das Bankett vorbereitet war, betrat ich gemeinsam mit ihnen, und während sich von allen Seiten die Augen auf sie richteten, wandte sich Stephen, für mich gerade noch zu hören, flüsternd an Xenia.

»Siehst du, wie alle dich lieben.«

Er sagte »Mädchen« dazu, und sie protestierte.

»Hör auf, Stephen!«

»Aber du bist doch ein Mädchen, Xenia.«

»Ich bin eines, Stephen«, flüsterte sie. »Aber nur für dich. Wenn du nicht aufhörst, ziehe ich dich vor allen Leuten aus. Dann können sie zuschauen, wie ich meine kleinen Turnübungen auf dir vollführe, und wenn sie Gage zahlen, mache ich sogar meine Laute für sie.«

Er lachte und drückte sie noch enger an sich.

»Deine kleinen Laute, Xenia?«

»Meine kleinen, süßen Laute, Stephen.«

»Warum machst du sie nicht einfach?«

»Ich mache sie, Stephen«, flüsterte sie, und ihre Stimme war ganz kratzig. »Schließ deine Augen, und du wirst sehen.«

Ich war sicher, dass sie imstande gewesen wäre, einen Skandal zu provozieren, so überdreht, wie sie sich gab, und als sie im nächsten Augenblick vor ihn hintrat, einen Arm um seinen Nacken schlang und ihn küsste, bemerkte wahrscheinlich nur ich, dass sie ihm währenddessen mit der anderen Hand zwischen die Beine griff, weil bei der grandiosen Geste alle Blicke auf ihr Gesicht gerichtet waren. Sofort ließ sie wieder von ihm ab, und dann lächelten sie beide nach links und nach rechts, noch entrückter von allen, noch näher beieinander, deuteten eine Verbeugung an und zeigten sogar mit ausgestreckten Fingern auf jemanden, wie es Politiker und kleine oder große Berühmtheiten in diesem Land taten, wenn sie auf eine Bühne kamen. Das Streichquartett, das sich unter einer ausufernden Topfpalme in dem mehrere Stockwerke hohen Foyer aufgestellt hatte, fing an zu spielen, ich ließ mir sagen, dass es Dvořák war, und es waren weit in die Ferne reichende und gleichzeitig wie weit aus der Ferne kommende Klänge, unter denen die Gäste die Sicherheitsschleuse passierten, die wegen Dubya aufgebaut worden war. Dort befand sich auch eine riesige Messingschüssel auf einem Tisch mit einem hellblauen Tischtuch, und ich sah im Näherkommen, welchem Zweck sie diente. Denn manche der Gäste, zuerst nur Männer, griffen in ihre Jackentaschen oder nestelten an ihrem Hosenbund herum und überreichten dem weiß livrierten Hundertkilomann, der davorstand, ihre Waffen, und als auch einzelne Frauen, alle in prächtigen Abendkleidern, in ihren Handtäschchen herumzukramen begannen und Miniversionen von stupsnasigen Revolvern mit silbernem oder klunkereingefasstem Griff präsentierten, war es um Xenia geschehen.

»Stephen, schau nur!« rief sie ein ums andere Mal. »Warum lässt du mich nackt aus dem Haus gehen?«

Dann wurde sie auf eine ältere Dame aufmerksam, die gerade ihre Waffe überreichte, eine hagere, hochgewachsene Frau mit im Nacken zusammengebundenen Haaren, die ihr in einem langen Zopf über den Rücken fielen, und wollte wissen, was für ein Modell es sei.

»Ein Colt natürlich«, sagte sie. »Mein Vater hat ihn mir zur Hochzeit geschenkt. Das ist jetzt über vierzig Jahre her, und ich habe ihn nie gebraucht, Kind. Aber glaub mir, mein Leben wäre anders verlaufen, wenn ich ihn nicht immer gehabt hätte.«

Als Xenia wissen wollte, wie sie überhaupt sicher sein könne, dass er nach so langer Zeit noch funktioniere, sagte sie, es vergehe kein Wochenende, an dem ihr Mann ihn nicht reinige, zwei- oder dreimal im Jahr fahre er hinaus in die Wüste, um ein paar Schüsse abzugeben, und solange er auf Zimmerdistanz noch seine Dosen treffe, sei alles ok.

»Dabei ist das erste und einzige lebende Ziel, das in Frage kommt, er selbst, und das weiß er natürlich auch. Wenn wir in Streit geraten und es ausartet, brauche ich nur zu ihm zu sagen, hol mir schnell einmal mein Ding, Larry. Er hat sich noch nie geweigert, das zu tun, und wir reden danach immer gleich anders.«

Jetzt musterte sie Xenia und sah dann Stephen an.

»Lass dir auch einen schenken. Wenn dein Mann ein Mann ist, kann er damit umgehen. Es gibt schlimmere Nebenbuhler im Haus als einen Colt.«

Der Mann, der hinter ihr stand, war offenbar schon halb dement und nickte in einem fort, ebenso hager und hochgewachsen wie sie, fast wie ihr leiblicher Bruder. Er holte jetzt seine eigene Waffe aus dem Hosenbund, die eher eine Magnum war, und hielt sie der Frau hin, die sie, ohne ihn anzublicken, an den weiß livrierten Hünen weiterreichte. Dann gab sie ihm einen hauchsanften Kuss auf die Stirn.

»Du musst keine Angst haben«, sagte sie mit einer Zärtlichkeit, die man ihr nach allem, was sie bis dahin von sich hatte hören lassen, nicht zugetraut hätte. »Niemand kann dir etwas tun. Ich passe auf dich auf, Larry. Wir sind sicher da drinnen, und wenn wir herauskommen, gibt man uns die Dinger zurück, und zur Not schießen wir uns den Weg nach Hause frei.«

Der Mann nickte wieder nur, fasste nach ihrer Hand

und sah sie mit Augen an, die vom hellsten Hellblau des jungfräulichsten Eises waren.

»Wir machen alles genauso, wie du sagst, Fay.«

Jetzt erst wurde mir klar, dass sie das absurde Theater nur für ihn aufführte, und ich suchte ihren Blick, während der Mann noch einmal verloren nachfragte.

»Sind wir wirklich sicher, Fay?«

»Ja, Larry.«

»Du lässt mich nicht allein, Fay?«

Er war noch leiser geworden, als er ohnehin schon war, und sie schüttelte kaum merklich, aber für ihn allem Anschein nach deutlich wahrzunehmen den Kopf.

»Nein, Larry, ich lasse dich nicht allein«, sagte sie dann wie zu einem Kind. »Ich bin bei dir, ganz bei dir. Das weißt du doch. Was auch immer geschieht, ich stehe auf deiner Seite.«

Xenia hatte fasziniert zugehört, und während sie sich durch die Sicherheitsschleuse drängte, drehte sie sich zu Stephen um und meinte neckisch, wenn sie sähe, wie die beiden miteinander umgingen, freue sie sich schon darauf, eines Tages ganz das Kommando über ihn zu übernehmen.

»Sofern du dich gut führst, darfst du mich dann noch immer Mädchen nennen«, sagte sie. »Eine Bedingung ist allerdings, dass du mich vorher auch mit einem solchen Ding ausstattest.«

Dubya traf verspätet ein, und als er mit seiner Frau in den Ballsaal mit dem riesigen Kronleuchter kam und als der nächste Präsident der Vereinigten Staaten vorgestellt wurde, erhoben sich alle. Er trat in das Scheinwerferlicht, und bevor er das erste Wort äußerte, war da dieses verlegene Lächeln, das ihm zu einem Grinsen entgleiste und ihn, den Kopf vorgestreckt wie eine Schildkröte, sich mit beiden Händen an dem Rednerpult festhaltend, unsichere Blicke in das Publikum werfen ließ. Ich hatte schon gehört, was über ihn geredet wurde, ein trockener Alkoholiker und ehemaliger Frauenheld, nach einem Saulus-Paulus-Erlebnis seit seinem vierzigsten Geburtstag ein Erleuchteter, ein ewiger Sohn, dem ein Leben lang alles in den Arsch geschoben worden sei und der sich vor Vietnam gedrückt habe, ein großes Kind mit der Aufmerksamkeitsdauer eines Dreijährigen und Vorstellungen von Gott und Teufel wie im Mittelalter, und jetzt sagte er, er sei nicht sicher, ob er überhaupt nach Washington wolle, er gehöre hierher, er liebe Texas und vor allem Westtexas und seine Menschen und habe die größte Abscheu vor den feinen Pinkeln, die aus der Hauptstadt kämen und glaubten, auf ihn und seine Freunde herabblicken zu können. Mehr musste er gar nicht sagen, um die Anwesenden für sich einzunehmen, und als er auch noch seine Frau nach vorn bat und sie ihm einen Blick zuwarf, der von einem verliebten Blick nicht zu unterscheiden war, und erzählte, sie werde den Himmel vermissen, wenn sie wegmüsse, sie werde die Weite vermissen, sie werde die Landschaft vermissen, in der sie jung gewesen sei, sie werde die Sommernächte vermissen, in denen sie auf ihrer Ranch mit ihren beiden Mädchen im Freien schlief und ihnen die Sternbilder erklärte, und schließlich so weit ging zu behaupten, sie werde alles vermissen, was ängstliche Charaktere in Schrecken versetze, wenn sie von Texas nur hörten, Stubenhocker und Besserwisser, von denen sich niemand vorschreiben lassen solle, wie er zu leben habe, war es im Saal längst laut geworden, und alle applaudierten wild. Sie wirkte schüchtern, wie sie sich umblickte, ein Zittern schien durch ihren Körper zu gehen, ein Lächeln trat zuerst auf ihren Mund, dann in ihre Augen, und trotz ihrer buchstäblichen Kampfansage strahlte sie etwas Sanftes und Graziles aus.

Es war natürlich eine Inszenierung, von den beiden hundertmal geprobt und durchgespielt, aber sie funktionierte, zumindest für dieses Publikum, und sie funktionierte an diesem Abend auch für mich. Ohne ahnen zu können, wie sehr das in den kommenden Jahren eine Rolle spielen sollte, glaubte ich zu verstehen, warum man sich für die falsche Seite entscheiden und diese Entscheidung dann wider besseres Wissen verteidigen konnte. Ich musste das Wort »Texas« nur durch das Wort »Tirol« ersetzen, »Washington« durch »Wien« und hatte ein halbes Leben lang meine eigenen Erfahrungen gemacht mit Leuten, die sich für liberal hielten und darum glaubten, mich herablassend behandeln zu dürfen, die unbedingt wollten, dass ich eine Kostprobe im Dialekt gab, den ich in Wirklichkeit gar nicht sprach, oder, weil ich es nicht tat, den Dialekt selbst imitierten, die mich fragten, ob ich jodeln könne, oder nach zwanzig Jahren, in denen ich bis auf die seltenen Besuche zu Hause keinen Fuß nach Tirol gesetzt und auf Bühnen in Deutschland gespielt hatte, mich immer noch mit hämischer Freude den Tiroler Schauspieler nannten, will sagen, einmal Tiroler, immer Provinz und nie willkommen in der großen, weiten Welt. Sie brauchten einen Fußabtreter für ihre Ressentiments, und da war es am besten, man nahm die Rolle an und spielte sie und sah gleichzeitig zu, vor ihnen zu verbergen, wie wenig sie wussten und wie schön ein Leben als Ausgeschlossener sein konnte, wenn man sich immer weniger um ihre Spielregeln und ihre Distinktiönchen kümmerte und immer stolzer wurde auf das, was man war, auf das, was man hatte, auf das, was man konnte, und ja, auch auf das, was man nicht konnte, und sei es nur, sich zu ihrer snobistischen Freude zu verbiegen und zu verbeugen und die von ihnen erwarteten Freundlichkeitsgrimassen zu schneiden.

Dubya zu verleugnen wäre später viel zu leicht für mich gewesen, aber selbst noch als er seine entscheidenden Fehler als Präsident längst gemacht hatte, erinnerte ich mich immer an diesen Abend in El Paso und daran, was ich dabei an ihm wahrgenommen hatte. Vielleicht hätte er nie aus Texas weggehen sollen, dann wäre der Welt viel erspart geblieben, und auch ihm, aber sowenig Bedeutung das für das Weltganze haben mochte, hatte ich damals doch einen anderen Blick auf ihn gehabt.

Ich beobachtete ihn, wie er am Tisch mit Stephen und Xenia saß, ich mehrere Tische entfernt, so dass ich das Gespräch nicht hören konnte, und wie sein Gesichtsausdruck manchmal binnen nur einer Sekunde von Konzentriertheit zu Verlorenheit zu ängstlicher Wachsamkeit wechselte. Man hatte gerade alle Fenster für ein paar Augenblicke geöffnet, weil die Klimaanlage ausgefallen war, und er trat an eines vor, obwohl zwei Agenten mit Ohrknöpfen ihn daran zu hindern versuchten, und schaute hinaus, sein Rücken sicher eine ganze Minute lang dem Saal zugekehrt, seine Brust der Dunkelheit draußen, ungeschützt und verwundbar. Er trug Cowboystiefel zu seinem Anzug, und als er sich wieder umdrehte, war etwas Verschmitztes um seine Mundwinkel, als hätte er soeben gedacht, was ihm in seiner Position alles nicht erlaubt war und dass er das am liebsten der Reihe nach tun würde.

Später schaute ich ihm zu, wie er mit Xenia tanzte, während seine Frau und Stephen die beiden mit ihren Blicken verfolgten. Er hatte seine Jacke abgelegt und bewegte sich mit der Verlegenheit und Ungelenkheit derer, die von sich dachten, das sie nicht tanzen sollten und doch jedesmal wieder ihre Freude daran entdeckten. Zuerst tat er es vorsichtig, aber schon wirbelte er Xenia regelrecht herum, und als sie ihm ihre erhobenen Hände entgegenstreckte, zögerte er nicht lange und legte seine hinein. Sein Hemd war innerhalb von wenigen Minuten schweißnass, und darunter zeichnete sich die dichte Brustbehaarung ab. Für ein paar Sekunden sah er vielleicht nicht glücklich aus, aber immerhin so, als würde er leugnen, dass er der Gouverneur von Texas war, sollte ihn einer daran erinnern, und wenn noch einmal jemand so weit ginge zu prophezeien, er wäre der nächste Präsident der Vereinigten Staaten, würde er entweder gar nicht darauf reagieren oder in lautes Gelächter ausbrechen. Dann würde er sich mit einer Verbeugung vor Xenia zu dem nicht ganz koscheren Kompliment versteigen, es fehle ihm an der Zeit, sich mit solchem Schwachsinn zu beschäftigen, solange er die Aufmerksamkeit einer Dame habe, die so bezaubernd sei wie sie.

FÜNFTES KAPITEL

Die Entscheidung, mich noch einmal an Elmar Pflegerl zu wenden, fiel mir alles andere als leicht, und genau wie ich vermutet hatte, begegnete er mir mit ausgestellter Kälte, als ich ihn anrief, und ließ mich spüren, dass er nicht vergessen konnte, wie ich ihn abgewiesen hatte. Er meinte, er habe gedacht, wir hätten nichts mehr miteinander zu reden, und als ich erwiderte, es sei ein Notfall, lachte er und verkündete, das sei die beste Beschreibung seines eigenen Lebens, ein einziger Notfall, ihm helfe auch niemand. Schließlich versuchte ich es mit Geld, er konterte, ob ich ihn beleidigen wolle, und ganz am Ende sagte ich freiheraus, was ich von Anfang an hätte sagen sollen, nämlich dass ich mir Sorgen um Luzie machte, worauf er einwilligte, mich zu treffen.

»Ich habe mir auch schon überlegt, dass etwas nicht in Ordnung mit ihr ist«, sagte er. »Glauben Sie mir, ich habe mich gewundert, dass sie sich an mich gewandt hat.«

Ich wusste, dass er das nicht erfunden hatte, brauchte aber ein paar Augenblicke, um damit klarzukommen.

»Sie hat sich an Sie gewandt?«

»Meinen Sie, es sei umgekehrt gewesen?« sagte er. »Sie wissen doch, wie sie mich bei meinen Besuchen behandelt hat. Sie hält mich für einen Schmierfink. Wenn sie sich nicht etwas von mir erwartet hätte, wäre sie nie auf die Idee gekommen.«

Ich hatte ihn schon mit Vorwürfen überschütten wollen, wie er sich nur habe erlauben können, ihr nachzustellen, und musste mich jetzt auf diese neue Situation einlassen. Luzie hatte sich also an ihn gerichtet. Aber wozu nur? Um was zu erfahren? Und warum hinter meinem Rücken? Elmar Pflegerl konnte nichts ahnen von dem Unfall in New Mexico, bei dem ich Beifahrer gewesen war, weshalb das als Grund nicht in Betracht kam, die Frage, wieso Luzie sich ausgerechnet mit ihm darüber unterhalten sollte, dass Riccarda und ich sie nach England geschickt und damit weggegeben hatten, ergab auch keinen richtigen Sinn, und ich tappte im dunkeln.

»Was genau hat sie von Ihnen gewollt?«

Ich konnte deutlich hören, wie er den Atem anhielt und vielleicht sogar ein Lachen unterdrückte.

»Fragen Sie im Ernst?« sagte er, und ich war nicht sicher, ob jetzt nicht Verachtung in seiner Stimme lag. »Würde es Sie überraschen, wenn ich sagen würde, dass sie einfach mit mir reden wollte?«

Es war besser, ihn nicht zu provozieren, denn er ließ mich deutlich spüren, dass er in der Situation die Oberhand hatte und sie nicht so leicht abgeben würde.

»Womöglich erinnern Sie sich daran, dass ich der kleine Schmutz bin, der Ihre Biografie geschrieben hat«, sagte er sarkastisch. »Können Sie sich vorstellen, dass Ihre Tochter da ein paar Eingriffe hat anbringen wollen?«

Ich hätte ihn am liebsten ausgelacht.

»Eingriffe?«

»Ja«, sagte er. »So überraschend es für Sie vielleicht kommen mag, sie sieht manche Dinge anders als Sie.«

Er gab mir jetzt deutlich das Gefühl, dass er etwas Kompromittierendes über mich in der Hand hatte, und sie, Luzie, hätte es ihm erzählt. Die aberwitzige Parallele zwischen dem Unfall in New Mexico und ihrem furchtbaren Traum, in dem ein Kind, womöglich sie selbst, dreimal hintereinander überfahren wurde, quälte mich, und während ich auf seinen Atem lauschte, stürzten in meinem Kopf die Bilder ineinander. Ich wusste, dass sich jederzeit ein Therapeut oder sonst ein Scharlatan finden ließe, der eine eindeutige Verbindung herstellen würde, also wäre es auch für einen Schreiber vom Typus eines Elmar Pflegerl kein Problem, sich alles so zu erklären, dass ich diese schuldhafte Geschichte in meiner Vergangenheit hatte und dass Luzie, die zu der Zeit nicht einmal etwas davon ahnte, sie trotzdem in ihren Alpträumen abbüßte, weil ich nicht imstande war, dafür einzustehen. Da konnte ich mir noch so rational sagen, dass das Unfug war, es half mir nicht, mich aus dieser Verstrickung zu befreien, weil ein Wort von ihm genügte und er sie nur erwähnen musste, um alles wieder umzustoßen.

»Im Grunde genommen ist es einfach«, sagte er. »Sie hat nur ihre Mutter vor mir verteidigt. Die dritte Frau … Deshalb hat sie sich an mich gewandt.«

Die Vorstellung, dass Luzie mit ihm über Riccarda gesprochen hatte, brachte mich endgültig ins Wanken. Ich hatte sie erst drei Tage davor in einer Verfassung gesehen, in der kein Vater seine Tochter sehen will. Meine Anrufe sowohl bei ihr als auch bei Mirko waren weiterhin vergeblich geblieben, aber ich war noch das eine oder andere Mal zu seinem Wohnhaus gefahren, immer zu nachtschlafender Zeit, weil ich es tagsüber nicht wagte, hatte das Auto dort abgestellt und in der Hoffnung gewartet, ich könnte wenigstens einen Blick auf sie erhaschen. Einmal hatte ich sie gemeinsam heimkehren sehen, Mirko auf seinem Fahrrad und sie hinten auf dem Gepäckträger, die Arme um seine Hüften geschlungen, ein anderes Mal war er allein aus dem Haus getreten, und das dritte Mal dann hätte ich mir gern erspart.

Es war nach Mitternacht gewesen, und ich hätte meinen Beobachtungsposten schon aufgeben wollen, als ein Taxi auf der anderen Straßenseite hielt und ich Zeuge wurde, wie eine junge Frau ausstieg, in der ich kaum Luzie zu erkennen vermochte, bevor sie sich auf den Gehsteig sinken ließ oder, vielleicht richtiger, einfach hinfiel. Mirko, der gerade noch gezahlt haben musste, kam zu spät, um sie aufzufangen, aber dann konnte ich dabei zuschauen, wie er sich bemühte, sie wieder aufzurichten. Er zog an ihren Händen, umfasste sie an ihrem Oberkörper, um sie hochzuhieven, und begnügte sich schließlich damit, sie sitzend gegen die Hauswand zu lehnen, sich neben sie zu setzen und sie zu stützen. Luzies Kopf sackte stets von neuem entweder nach vorn auf die Brust oder seitlich auf eine der Schultern, und er hielt hilflos ihre Hand und strich ihr ebenso hilflos durchs Haar.

Im ersten Impuls hatte ich sofort zu ihr laufen und mich um sie kümmern wollen, aber dann hielt ich mich zurück, weil das die Situation nur schlimmer gemacht hätte. Ich saß auf der anderen Straßenseite schräg gegenüber im Auto und konnte nichts hören, als ich das Fenster herunterließ, sah bloß die bleichen Gesichter in der vom Schein einer Auslage kaum erhellten Dunkelheit, in der die schwarz gekleideten Gestalten ansonsten fast ganz verschwanden. Mirko sprach jetzt auf sie ein, und ich hatte eine fixe Idee, was er sagte und was Luzie antwortete, als sie schließlich auch zu sprechen begann. Als Kind hatte sie eine lange Phase gehabt, und es konnte auch später immer wieder passieren, dass sie in diese Eigenart verfiel, in der sie alles, was man zu ihr sagte, in eine Frage verkehrte und als Frage mit denselben Worten wiederholte. Das wirkte zuerst so, als hätte sie nicht richtig zugehört, aber dann war schnell klar, dass es ihre Methode war, Festigkeit in der Welt zu suchen, und ich hatte manchmal Minuten gebraucht, um sie daraus hervorzuholen, manchmal noch länger, Augenblicke, in denen ich schon dachte, sie werde überhaupt nicht mehr aus ihrem Stupor herausfinden. Einmal hatte sie mitten auf der Straße nicht weitergehen wollen, die Fußgängerampel war schon auf Rot gesprungen, ich hatte zu ihr gesagt: »Wir gehen jetzt, Luzie«, und sie hatte nur geantwortet: »Gehen wir jetzt, Papa?«, und auf die hupenden Autos gestarrt, ohne sich zu rühren, bis das Rot auf Grün sprang und sie darauf deutete, als wäre nicht sie es gewesen, die den Halt erzwungen hatte, sondern ich. Ich hatte gesagt: »Es ist alles gut, Luzie«, und stellte mir nun vor, dass Mirko genau das gleiche sagte und sie genau gleich antwortete, wie sie damals geantwortet hatte: »Ist alles gut, Papa?«, nur dass sie natürlich nicht »Papa« zu ihm gesagt hätte.

Ich konnte es regelrecht hören, obwohl kein Wort zu mir drang, konnte hören, wie er flüsterte: »Wir müssen stark sein, Luzie«, und wie sie zurückflüsterte: »Müssen wir, Mirko?«, und hätte sie gern in den Arm genommen, wie er sie jetzt in den Arm nahm. Sie verknäulten sich immer mehr ineinander und saßen schließlich reglos da, als ein Polizauto neben ihnen hielt, ein Beamter ausstieg und wissen wollte, ob es Schwierigkeiten gebe. Mirko war sofort aufgesprungen und sagte nein, aber der Polizist deutete auf Luzie, insistierte, was mit ihr sei, und wurde förmlich und kühl.

»Habt ihr Ausweise dabei?«

Ich sah, wie Mirko sie ihm aushändigte, nachdem er sich zu Luzie gebeugt hatte, und wie der Polizist darauf starrte und sich dabei die Stirn massierte.

»Sie ist ja fast noch ein Kind«, sagte er. »Hat sie zuviel getrunken? Etwas geraucht? Andere Substanzen genommen?«

Seine Stimme war scharf geworden, und er ließ Mirko gar nicht zu Wort kommen, oder ich konnte es nur wieder nicht hören.

»Schaff sie so schnell wie möglich von hier fort!«

Darauf brachte Mirko immerhin ein deutliches Ja hervor, gefolgt von einem trotzigen »Wie Sie befehlen!«, in dem schon der Widerstand mitschwang, sich von der Staatsgewalt nicht einfach herumkommandieren zu lassen, und weil das dem Polizisten nicht entging, unterbrach er ihn und sagte, er solle lieber den Mund halten.

»Ich komme in einer Viertelstunde noch einmal hier vorbei, und wenn ich dann etwas von euch sehe, könnt ihr erleben, was es bedeutet, wenn ich Ernst mache.«

Damit fuhr er davon, und jetzt gelang es Mirko ohne viel Mühe, Luzie auf die Beine zu stellen. Ich sah, wie sie sich gegen seine Brust sinken ließ und die Arme um seinen Nacken legte, so dass die Hände über seinen Rücken baumelten. Sie schaute in meine Richtung, und ich konnte von Glück reden, dass ich so umsichtig gewesen war, mir Friederikes Auto auszuleihen, das sie nicht erkannte oder, wenn sie es erkennen würde, auf jeden Fall nicht mit mir zusammenbrächte. Einen Augenblick schien sie trotzdem die Straße queren zu wollen, als hätte etwas ihr Misstrauen geweckt, aber dann zog Mirko sie davon, und sie verschwanden im Eingang.

ERSTER TEIL

Ich hatte seither immer wieder an die Szene gedacht. Der Polizist hatte recht und unrecht gehabt mit seiner Aussage, Luzie sei fast noch ein Kind, und seine Frage, ob sie zuviel getrunken habe, etwas geraucht, andere Substanzen genommen, wollte ich mir lieber gar nicht beantworten. Ich hatte sie in einem Zustand gesehen, in dem alles möglich war, aber dazu brauchte es bei ihr nur wenig, dazu brauchte es bloß, dass jemand etwas Falsches zu ihr gesagt und sie nicht gewusst hatte, was antworten, und aus schierer Angst in eine ihrer Versteinerungen verfallen war.

Beim Gedanken daran wurde mir selbst kalt, und wenn ich dann auch noch dachte, dass Luzie sich mit ihren Problemen ausgerechnet an einen so zwielichtigen Kerl wie Elmar Pflegerl gewandt hatte, kam mir mein Angebot, sie könne jederzeit mit allem zu mir kommen, wie leeres väterliches Geraune vor. Vielleicht musste ich mich damit abfinden, dass jeder x-beliebige, und sei es ein Wildfremder, besser für sie war, wenn es um einen Vertrauten ging, weil wir zu selbstverständlich die Leerstelle geradezu kultiviert hatten, die jetzt mit aller Macht unter dem Titel »Die dritte Frau« ihr Recht forderte und sie wohl mehr beschäftigte, als ich mir eingestanden hatte. Ich hatte Luzie zu Beginn unserer Innsbrucker Zeit immer wieder gefragt, ob sie über ihre Mutter sprechen wolle, und, wenn sie es ablehnte, gar nicht gemerkt, dass sie das vielleicht meinetwegen tat, dass sie dachte, dass *ich* nicht über sie sprechen wollte, und sooft ich geglaubt hatte, Rücksicht auf sie zu nehmen, hatte in Wirklichkeit womöglich sie Rücksicht auf mich genommen. Sie war in der Regel alle zwei oder drei Wochen zu Riccarda nach Berlin gefahren, und wenn sie zurückkam, nach einem langen oder auch nur kurzen Wochenende, und ich mich erkundigte, wie es gewesen sei, sagte sie: »Gut«, und damit hatte es sich. In den Sommerferien war sie drei Wochen bei ihr, und danach brauchte sie in unseren vier Jahren jedesmal ein paar Tage, bis sie überhaupt wieder mit mir sprach, aber ich hütete mich, sie zu fragen, ob sie lieber ganz zu ihr möchte, weil ich Angst vor der Antwort hatte.

Natürlich wusste ich, dass hinter meinem Rücken getuschelt wurde, die Trennung von Riccarda habe mich fast umgebracht, ich kannte die Geschichten, und wenn ich sie nicht kannte, konnte ich sie mir leicht ausmalen, die Leute redeten, ob sie etwas wussten oder nicht. Wenn sich einem die Frau nach mehr als zwölf Jahren Ehe mit dem besten Freund davonmachte, der dazu noch ein Kollege war, glaubten alle zu wissen, dass einen das in die Knie zwingen musste. Dabei hätte ich das Wort »Ehe« selbst nie verwendet, obwohl ich mit Riccarda verheiratet war, und auch mit dem »besten Freund« war es so eine Sache.

Es stimmte, Sascha war bei uns ein und aus gegangen, und wir sprachen jedesmal über ihn, wenn er uns verließ, vielleicht hätte mir das auffallen müssen, Riccardas Vergnügen an diesen Nachbereitungen, auch wenn sie ihn nicht ganz ernst zu nehmen schien und sich immer über ihn lustig machte. Einmal dozierte er einen halben Abend über die Energiewerte seines neuen Kühlschranks, und sie hörte nicht auf zu lachen, als er endlich aufbrach, meinte: »Stell dir vor, ein solches Schaf soll Shakespeare spielen!« Als Schauspieler war er nicht nur mir eine Spur zu akademisch, was er manchmal mit nicht ganz glaubwürdigen Ausbrüchen zu kompensieren versuchte, ein zu lautes Lachen, wo eine Andeutung genügt hätte, zu weit aufgerissene Augen, wo es nur ein Blinzeln gebraucht hätte, und ich sagte zu ihr, ihm fehle die richtige Frau, die ihn erst zur Welt bringen müsse, ein nur so dahingesagter Satz, nicht besonders klug, der mir später jedoch nicht mehr aus dem Kopf ging. Sie nannte ihn ausdrücklich *ein bisschen* harmlos, nicht ich, und fügte hinzu, ein bisschen nur deshalb, weil mehr als ein bisschen bei ihm in keiner Lebenslage drin sei. Dann witzelte sie, er sei einer, der seinen eigenen Namen nur im Flüsterton ertrage, ja, wenn man ihn so sehe in seiner ganzen selbstzufriedenen Saschahaftigkeit, traue man ihm keine großen Emotionen zu, keine bedeutenden Rollen, nicht das leiseste Aufmucken, aber wenige Wochen später explodierte alles, und er bekam die Hauptrolle in ihrem Leben.

Sie sagte mir das an einem Nachmittag, und sie sagte es mir zuerst im Konjunktiv, sei es, um es mir erträglicher zu machen, sei es, um mir die zwingende Logik vorzuführen, dass etwas, das fortan wirklich sein sollte, auch möglich sein und fast sicher gegen alle Bekundungen immer schon möglich gewesen sein musste.

»Und wenn ich einen Geliebten hätte?« sagte sie, als wäre noch nicht jedes Wort an seinem richtigen Platz. »Was würdest du sagen?«

Ich hätte mich in diesem Augenblick gern selbst gesehen, dem Augenblick vor dem Augenblick der Erkenntnis. Wahrscheinlich hatte ich nicht einmal richtig hingehört, und wahrscheinlich reagierte ich müde, mit einem Achselzucken vielleicht, mit einem Heben der Augenbrauen, mit einem Blick, ob das jetzt sein müsse. Es war einer der ersten warmen Frühlingstage, Luzie noch in der Schule, Riccarda hatte zwei freie Stunden, bevor sie wieder in ihre psychiatrische Praxis musste, und wir saßen auf der Terrasse. Wir hatten gerade noch einmal über den Film gesprochen, bei dem ich soeben eine Rolle abgelehnt hatte, lange vor der Sache mit John Malkovich. Darin wurde ein nicht mehr ganz junges Paar, das im Wald campierte, überfallen, und der Mann sah untätig zu, wie seine Frau vergewaltigt wurde. Ich hatte mich zuerst dafür begeistert, weil ich dachte, ich sollte ihn spielen, und dann abgesagt, als es auf den Vergewaltiger hinauslief, und Riccarda hatte eben noch gemeint, die Rolle des Ehemannes wäre eigentlich eine Rolle für Sascha, er predige doch immer Gewaltlosigkeit, komme, was da wolle, und ihn von neuem mit nicht gerade schmeichelhaften Worten bedacht und diesmal nicht nur ein Schaf, sondern ein richtiges Schaf im Schafspelz genannt. Ich hatte es für das übliche Geplänkel gehalten und war deshalb keineswegs überrascht, dass sie ihn jetzt auch ins Spiel brachte, als sie weiter über einen möglichen Liebhaber sprach und konkreter wurde.

»Und wenn es einer wie Sascha wäre?«

Ich glaube, ich lachte. Das war die einzig mögliche Reaktion. Wenn ich nicht lachte, konnte ich mir im nachhinein wenigstens vorstellen, dass ich gelacht hatte, ja, dass ich gelacht haben musste.

»Einer wie Sascha?«

»Was würdest du sagen?«

»Ich würde dir viel Glück wünschen, Riccarda.«

Ich schwöre, dass ich immer noch nicht die geringste Ahnung hatte und deswegen am Ende ins offene Messer lief.

»Und wenn es wirklich Sascha wäre?«

An dieser Stelle lachte ich sicher.

»Ich würde mich aufhängen, Riccarda.«

Es sollte möglichst entspannt klingen, aber ich sah sie jetzt doch neugierig an, auch wenn ich nicht behaupten würde, dass ich beunruhigt war.

»Hast du nicht endlich genug davon?« sagte ich, nachdem ich ein paar Sekunden hatte verstreichen lassen.

»Ich verstehe nicht, was du willst.«

Ihr Blick traf mich von oben und unten zugleich.

»Du verstehst mich wirklich nicht?«

Ich sagte nein, obwohl ich sie von einem Moment auf den anderen verstand und ihre Worte gar nicht mehr gebraucht hätte, aber nicht in der Lage war, sie zu bitten, sie nicht auszusprechen, weil sie mich schon Schlag auf Schlag trafen.

»Wach endlich auf, Jakob, und hör zu, was ich dir zu sagen habe«, sagte sie. »Ich rede von der Wirklichkeit, wenn es so etwas wie die Wirklichkeit für dich überhaupt gibt.«

Wir hatten nicht viel auszuhandeln außer der Frage, was mit Luzie geschehen solle, alles andere war leicht, und so kamen wir überhaupt erst auf die Idee mit dem englischen Internat. Riccarda ging darauf ein, als ich sagte, es würde mich umbringen, wenn Sascha oder genaugenommen einer wie Sascha am Ende mehr Zeit mit unserer Tochter hätte als ich, und ich konnte ihr nicht viel entgegensetzen, als sie das mit dem Hinweis verknüpfte, dass ich mit meinen dauernden Abwesenheiten dann aber auch nicht der Richtige wäre. Wir entschieden über Luzies Kopf hinweg, ein doppeltes Nein sollte für sie ein ungewisses Ja ergeben, die doppelte Unmöglichkeit eines ebenso unmöglichen Vaters wie unmöglichen Ersatzvaters eine neue Möglichkeit in England, in einer neuen Umgebung, in einer neuen Sprache, die ihr dann tatsächlich den Zugang zur Wirklichkeit erleichterten.

Luzie sah ich erst nach sechs Monaten wieder. In der Zeit dazwischen, bis ich meine eigene Wohnung in Innsbruck hatte, nahm Ingrid mich auf, und das erzählte ich später niemandem, weil alle mich nur groß angesehen hätten, wie ich in einer solchen Situation ausgerechnet wieder bei meiner ersten Frau unterschlüpfen konnte. Sie war noch Studentin gewesen, als wir geheiratet hatten, und ich hatte den Fehler begangen, sie zum einzigen Menschen in meinem Leben zu machen, mit der absehbaren Folge, dass über kurz nicht sie mir, sondern ich ihr zu wenig geworden war. Jetzt arbeitete sie in der Rechtsabteilung einer Immobilienfirma, hatte selbst gerade eine Trennung hinter sich und wies mir mit Grandezza ihre Couch zu, sagte, wenn das gut genug für mich sei, sei ich für eine Weile willkommen, aber ich solle mir bloß nicht einbilden, sie sei meine Mutter, wie ich es in unserer gemeinsamen Zeit getan hätte. Sie war den ganzen Tag aus dem Haus, und am Abend meinte sie, wenn ich reden wolle, sei sie bereit, aber ich wollte nicht reden, und wir gingen in der einbrechenden Dunkelheit spazieren, wie wir spazierengegangen waren, als wir noch zusammengelebt hatten, bis sie eines Tages gesagt hatte, sie halte dieses Schweigen nicht mehr aus. Ich hatte mir immer vorgemacht, es sei ganz in ihrem Sinn, aber ich hatte mir auch bei Riccarda vieles vorgemacht, was sich dann als Trugschluss herausstellte, und versuchte jetzt wenigstens, Ingrids Fragen zu beantworten, was denn passiert sei, ohne dass viel dabei herauskam. Am Ende sagte ich nur, solange ich Luzie nicht verlöre, sei nicht alles verloren, und sosehr das wie ein Spruch klang, war es doch keiner.

Ich flog schließlich nach London, und als ich mit dem Taxi vor dem Internat ankam, wartete sie schon in ihrer dunkelblauen Anstaltsuniform am Eingang. Sie bewegte sich nicht, als ich über den Kiesweg auf sie zuging, aber im Näherkommen sah ich, dass sie mich gegen ihre Art unverwandt anblickte. Die Hände hinter dem Rücken versteckt, stand sie da, bis ich ganz an sie herangetreten war, um ihren Mund der Anflug eines Lächelns, doch ich konnte mich täuschen. Sie hatte eine Pagenfrisur, die ich nicht mochte an ihr, war gewachsen und noch schlanker geworden, als sie ohnehin schon war, und sie hielt sich mit durchgedrücktem Rücken aufrecht. Dann sagte sie: »Papa«, und als ich »Luzie« sagen wollte, versagte mir die Stimme, und im nächsten Augenblick hörte ich zum ersten Mal ihr Englisch.

»I've been waiting for you, Papa.«

Ich umarmte sie, und sie ließ es zu.

»I'm glad that you came.«

Ich überlegte nicht lange und sprach auch englisch mit ihr, und von da an arbeitete ich daran, sie zurückzuholen. Alle paar Wochen war ich in London und nahm sie für einen Nachmittag aus dem Internat, und was ich schon an mir selbst festgestellt hatte, nämlich dass ich mit Englisch als Muttersprache viel umgänglicher gewesen wäre, so leicht fiel es mir darin, mit allen zu reden, konnte ich auch an ihr bemerken, in der anderen Sprache war sie ein anderer Mensch. Wir gingen in den Park oder fuhren in die Stadt, und mir schien, als hätte sie mir in den wenigen Stunden mehr von sich erzählt als in all den Jahren davor, auch wenn sie nur von den Büchern sprach, die sie las, und den Mädchenfiguren in ihnen, die sie dafür bewunderte, dass sie genauso waren, wie sie sich selbst immer noch nicht richtig zu sein traute. Ihre Lieblingsheldin wollte Atomphysikerin werden, und noch ganz unter dem Eindruck der Lektüre sagte sie: »Das schafft sie nie, Papa«, und ich sagte: »Doch, Luzie, das schafft sie«, und sie: »Glaubst du wirklich, dass sie es schafft, Papa?«, und ich: »Natürlich, Luzie, warum sollte sie das nicht schaffen?« Dann kam der Tag, an dem sie im Gehen von sich aus meine Hand nahm, sofort mitten im Schritt stehenblieb, darauf schaute, sie losließ und im nächsten Augenblick wieder danach griff, und ich war so überwältigt davon, dass ich sie ohne Umschweife fragte, ob sie zu mir nach Innsbruck kommen, bei mir wohnen und dort die letzten Schuljahre verbringen wolle, und sie sagte ja.

Auch Riccarda war plötzlich offen für diesen Vorschlag, sie gab nur zu bedenken, dass ich dafür sorgen müsse, dass Luzie Freunde habe und nicht nach mir gerate. Das formulierte sie witzelnd, aber mir war klar, dass sie es ernst meinte. Ich willigte ein, ihr jeden Monat schriftlich über Luzies Wohlergehen Bericht zu erstatten, weshalb ich jetzt eine richtige Akte unserer gemeinsamen vier Jahre hatte, und darin zu lesen erfüllte mich mit einer Mischung aus Unbehagen und Schuld.

Ich hatte sie lange nicht mehr aus meinem Schreibtisch hervorgeholt, wo ich sie verwahrte, aber am Abend vor der Verabredung mit Elmar Pflegerl tat ich es und blätterte wahllos darin. Die Eintragungen gingen über das ganze Spektrum von vergleichweise harmlosen Beobachtungen wie der, dass Luzie zwei Freundinnen zu Besuch gehabt und abwechselnd Dialekt und dann wieder englisch mit ihnen gesprochen habe, bis zu besorgniserregenden Notaten wie »Luzie sehr abwesend heute«, »Luzie scheinbar grundlos geweint«, »Luzie den ganzen Tag am Fenster, ihr Blick starr über die Dächer«. Penibel hatte ich aufgeschrieben, wie oft sie verfrüht aus der Schule heimgekommen war, manchmal unter Tränen, und gesagt hatte, sie gehe nie wieder dorthin zurück, ich hatte die Anrufe ihrer Lehrerin verzeichnet, die sich Sorgen machte, weil sie nicht sprach, ich hatte das Datum festgehalten, an dem sie zum ersten Mal unerlaubt über Nacht weggeblieben war, und ich hatte noch hundert andere Dinge vermerkt, die aber nicht dazu angetan waren, eine Kausalkette herzustellen, an deren Anfang unsere Entscheidung stand, Luzie nach England zu schicken, und an deren Ende die Szene in der Nacht, in der sie wie willenlos auf der Straße gesessen war und Mirko sie die längste Zeit nicht dazu hatte bewegen können, aufzustehen und in seine Wohnung zu gehen. Ich konnte mir vorstellen, dass Elmar Pflegerl in diesen Kategorien dachte, und obwohl ich sachlich und objektiv ein solches Denken ablehnte, war es nichts Sachliches und nichts Objektives, der Vater einer Tochter zu sein, und ich landete am Ende bei den sinnlosesten Fragen, angefangen damit, ob ich nicht doch bei Luzies Geburt hätte dabeisein müssen, ob ich ihr nicht den jahrelangen Wunsch hätte erfüllen und ihr einen Hund kaufen sollen und ob es nicht vielleicht der allergrößte Fehler gewesen war, ihren ersten Freund wegen ein paar Joints in die Wüste zu schicken.

Deshalb redete ich am Tag darauf, als ich Elmar Pflegerl traf, auch nicht lange um den heißen Brei herum und fragte ihn unumwunden, ob es wirklich habe sein müssen, dass er ihre Geschichte mit der meines Onkels Jakob so eng verknüpft hatte, dass Luzie denken musste, sie würde vielleicht enden wie er. Zwei- oder dreimal warf ich ihm das Wort »weggegeben« an den Kopf, das er mit solchem Vergnügen sowohl für ihn als auch für sie verwendet hatte, und sagte, wir hätten Luzie nicht weggegeben, wir hätten sie in ein Internat nach England geschickt, weil das zu der Zeit das beste für alle gewesen sei, daraus könne uns niemand einen Strick drehen. Er hatte mir die Wahl des Ortes überlassen, war schon dagesessen, als ich selbst zu früh eintraf, hatte mich mit »Herr Doktor« begrüßt und gemeint, er habe läuten hören, dass ich zu meinem Geburtstag einen »honoris causa« verpasst bekommen solle. Dabei hatte er sich millimeterweise aus seinem Sessel erhoben und den Hauch einer Verbeugung angedeutet, und seither gerierte er sich mit einer Freundlichkeit, als wäre es nicht im besten Fall Abneigung, die uns verband. Mir reichte schon, dass er eine Jacke mit Trachtenelementen am Revers und an den Ärmeln trug, bei der ich vom ersten Augenblick an dachte, er habe sie nur angezogen, um mich zu provozieren. Sollte ich mir eingebildet haben, ich sei der Gülle unserer gemeinsamen Herkunft entkommen, nur weil ich ein paar mittelmäßige Filme in Amerika gedreht hatte und nun auf Bühnen in Deutschland einige Jahre lang mehr geduldet als erwünscht war, würde er mir schon heimleuchten und zeigen, wohin ich gehörte.

Auf jeden Fall wartete er ostentativ, bis ich ausgeredet hatte, und ließ noch ein paar Augenblicke verstreichen, um dann um so mehr zu genießen, in aller Ruhe nachlegen zu können.

»Haben Sie Ihre Tochter einmal gefragt, wie sie das sieht?« sagte er. »Was glauben Sie eigentlich, was sie sagt und welches Wort sie dafür verwendet.«

Jetzt rieb sich der unverschämte Kerl auch noch die Hände und klatschte dann zweimal mit dem Rücken der einen Hand gegen die Innenfläche der anderen. Schon griff er nach dem Klemmbrett, das er vor sich auf dem Tisch liegen hatte, offenbar sein Markenzeichen, das wohl eine Professionalität suggerieren sollte, die er längst aufgegeben hatte. Er tat so, als würde er vom eingespannten Blatt etwas ablesen, legte es im nächsten Augenblick achtlos beiseite und machte eine Pause, um dann seinen Schlag präziser auszuführen, genau zwischen die Augen.

»Sie sagt selbst ›weggegeben‹, Herr Doktor. Ob Sie es glauben oder nicht. Sie sagt, meine Eltern haben mich weggegeben, weil ich eine Komische bin.«

»Eine Komische?«

»Das ist ihr Ausdruck, Herr Doktor.«

»Sie sagt, dass sie eine Komische ist?«

»Genaugenommen sagt sie, dass ihre Eltern sie dafür halten«, sagte er. »Damit müssen Sie wohl leben, Herr Doktor.«

Ich schwankte noch, ob ich ihm zeigen sollte, für was für einen Wicht ich ihn hielt. Allein schon dass er das Wort von Luzie gehört haben musste, schmerzte mich. Selbst darauf gekommen konnte er nicht sein, an einen solchen Zufall glaubte ich nicht, denn sie verwendete es oder hatte es zumindest als Kind verwendet, wenn auch nicht für sich. Zum ersten Mal von ihr gehört hatte ich es nach dem Vorfall im Theater, als sie mich auf der Bühne gesehen hatte und in Weinen ausgebrochen war. Ich hatte meinen Part zu Ende gespielt, als Riccarda sie hinter sich her zum Ausgang gezogen hatte, und war ihnen dann sofort nachgeeilt, und zu Hause angekommen, musste ich sehen, dass sie sich immer noch nicht beruhigt hatte. Ich fragte sie, was los sei, und da sagte sie es: »Du bist ein Komischer, Papa«, woher auch immer sie das haben mochte, und danach hatte ich es noch ein paarmal von ihr vernommen, davon ein weiteres Mal für mich und einmal für meinen Onkel Jakob, als ich ihr von ihm erzählt hatte, aber dass Elmar Pflegerl es in den Mund nahm, war etwas anderes.

»Ich weiß nicht, was Sie damit bezwecken«, sagte ich zu ihm. »Sind Sie jetzt fertig, oder haben Sie noch etwas, das Sie mir um die Ohren schlagen wollen?«

Er lachte nicht einmal, meinte nur, ich wisse genau, dass wir noch gar nicht richtig angefangen hätten, und als ich erwiderte: »So fangen Sie doch endlich an«, ließ er mich ein paar Augenblicke zappeln und betonte dann Silbe für Silbe.

»Ob Sie wollen oder nicht, Sie werden sich in irgendeiner Form mit der dritten Frau auseinandersetzen müssen«, sagte er. »Dabei spreche ich nicht von Ihrer Biografie, sondern von Ihrem Leben. Sie sind es Ihrer Tochter schuldig. Das brauche ich Ihnen nicht zu sagen.«

Dann wurde er von einem Moment auf den anderen sarkastisch, seine Augen lauernd und klein, sein Atem unangenehm hörbar.

»Sie sind ja einmal eine richtige kleine Familie gewesen. Das kann leicht in Vergessenheit geraten, wenn man sich später als Künstler wichtig macht. Dann hält man sich, je nach Geschmack, lieber an die Einsamkeit oder an Vorstellungen von einer Boheme, die es längst nicht mehr gibt, und die Frau im Hintergrund hat ausgespielt.«

Seine Häme musste woanders hersein, konnte nicht nur mit mir zu tun haben. Vielleicht war er einer dieser Zukurzgekommenen, die zwei oder drei unveröffentlichte Romane in der Schublade hatten und ihren Gram damit erstickten, dass sie ihre eigenen Träume noch nach Jahren denunzierten. Er tat mir leid, obwohl er mir nicht leid tun sollte, so, wie er mir jetzt Schmerzen zuzufügen versuchte, die ihm jemand anders vielleicht vorher zugefügt hatte.

»Womöglich gefällt es Ihnen nicht, aber Sie können Frau und Kind nicht einfach nach Belieben ausradieren, wenn Sie sich einmal auf sie eingelassen haben«, sagte er. »Ihre Tochter erzählt, Sie sind manchmal für Wochen verschwunden, wenn es für Ihre künstlerische Entwicklung notwendig war, und haben sie mit ihrer Mutter allein gelassen. Sie haben darauf bestanden, dass sie in der Zeit keinen Kontakt zu Ihnen aufgenommen haben. Es hat die kleinste Rolle in einem kleinen Stück sein können, und Sie haben geglaubt, eine Weile aus der Welt hinausgehen zu müssen, wenn Sie sich vorbereitet haben.«

Ich wusste nicht, was er von mir wollte, aber ich wusste, dass ich ihm keine Rechenschaft schuldete, und wenn einer von künstlerischer Entwicklung sprach und das auch noch ernst meinte, wäre ich ohnehin am liebsten schreiend davongelaufen. Zwar hatte ich mir diese Freiheit genommen, ich war irgendwo in ein Hotel gegangen, hatte ein Zimmer gemietet und hätte nicht einmal erklären können, was ich dort genau tat, vielleicht wirklich mich von »meiner kleinen Familie« erholen, mit meiner Arbeit hatte es wenig zu tun, aber Elmar Pflegerl ging das nichts an. Ich hätte gern die Ausrede gehabt, dass ich ein Doppelleben hatte, doch ich hatte keines, keine Frau, keine Affäre, keinen Mann, ich wollte nur Zeit zum Nachdenken, aber auch das war schon zuviel gesagt, ich dachte nicht nach, ich brauchte die Stunden in den meistens winzigen, spärlich möblierten Räumen ganz einfach für mich, und dafür würde ich mich bei niemandem entschuldigen.

»Wie kommen Sie darauf, mir das vorzuhalten?« sagte ich. »Hat meine Frau Sie beauftragt, oder nehmen Sie sich das von sich aus heraus?«

Ich sprach leise, aber obwohl ich mich zurückzuhalten versuchte, klang es schärfer, als es klingen sollte, und mir fiel erst im nächsten Augenblick auf, dass ich Riccarda meine Frau genannt hatte.

»Ich nehme an, sie hat nicht mit Ihnen gesprochen.«

Dafür hatte ich schon selbst gesorgt, und ich konnte an seinem plötzlich säuerlichen Gesicht sehen, dass er das wusste und wie sehr es ihn wurmte. Ich hatte nach dem letzten Treffen mit ihm sowohl Riccarda als auch Ingrid angerufen und sie gebeten, ihm keine Auskünfte zu erteilen, sollte er sich bei ihnen melden. Von Miriam, meiner zweiten Frau, hatte ich nicht einmal mehr eine Adresse, und sie hätte ihn mit seinem Ansinnen ohnehin nur ausgelacht. Ich hatte sie auf einem Flug nach Denver kennengelernt, und wir hatten bloß geheiratet, weil es das Unnötigste war, was wir tun konnten, und nur eine solche Verrücktheit unserer augenblicklichen Verliebtheit entsprach. Sie hatte eine Freundin in Colorado besuchen wollen, ich war auf dem Weg zu Stephen gewesen, und wir warfen beide unsere Pläne um, mieteten ein Auto und fuhren schnurstracks Richtung Westen. Immer wenn ich die Geschichte jemandem erzählt hatte, war ich damit auf Unglauben gestoßen, aber in Reno, Nevada, genügten die Pässe, zwei Trauzeugen waren schnell auf der Straße gefunden, und Miriam und ich waren auch auf dem Papier Mann und Frau, noch bevor wir den Pazifik erreichten. Sie führte eine Galerie in Bochum, betrachtete es als eine Art Happening und nannte es unsere Disney-Hochzeit, und ich war in diesen Tagen nur darauf aus, jede Exaltiertheit durch eine noch größere zu übertreffen. Als wir nach ein paar Wochen auseinandergingen, einigten wir uns darauf, dass wir uns die ganze Bürokratie, die eine Scheidung bedeutet hätte, besser ersparten, erklärten uns selbst für frei und gaben uns das Ehrenwort, einander in aller Zukunft keine Schwierigkeiten zu bereiten. Das bedeutete aber auch, dass wir nach dem Gesetz, zumindest in Amerika, immer noch verheiratet waren, und beim Gedanken, dass es sich mit einiger Berechtigung auf Miriam und nicht Riccarda bezog, wenn ich vor Elmar Pflegerl von meiner Frau sprach, wusste ich, dass er mir nichts anhaben konnte. Die Wirklichkeit war viel verwickelter, als er sie sich vorstellte, und das gab ich ihm zu verstehen.

»Genaugenommen würde keine meiner drei ehemaligen Frauen jemals mit Ihnen sprechen«, sagte ich. »Die erste nicht, die zweite nicht und die dritte nicht. Was wissen Sie schon? Sie haben Ihre festen Vorstellungen und erlauben sich ein Urteil über mich, ohne dass Sie die geringste Ahnung haben.«

Jetzt ließ ich ihn meine ganze Verachtung spüren, so, wie er in seiner Unscheinbarkeit vor mir saß, die beginnende Stirnglatze schweißglänzend, sein elendes Klemmbrett mit beiden Händen umklammert, ein schwer einschätzbarer Irrläufer in seiner bieder aufgepeppten Jacke.

»Ausgerechnet Sie wollen mir sagen, wie ich mich zu verhalten habe«, sagte ich. »Wollen Sie das wirklich? Dann sollten Sie sehr vorsichtig sein mit Ihren Unterstellungen! Wie verhalten denn Sie sich?«

Ich war drauf und dran, vollends die Beherrschung zu verlieren, und er merkte es und rutschte auf seinem Stuhl hin und her.

»Immer mit der Ruhe«, sagte er. »Ich unterstelle Ihnen gar nichts. Sie wollen sich mit mir über Ihre Tochter unterhalten, und ich erzähle Ihnen nur, was sie gesagt hat. Ich will Ihnen nicht zu nahe treten.«

»Als ob Sie das nicht schon wären«, sagte ich. »Das sind Sie gleich bei Ihrem ersten Auftritt und seither immer wieder. Ich hätte Sie nie über meine Schwelle lassen sollen. Sie leben davon, anderen zu nahe zu treten.«

Spätestens jetzt wäre es an der Zeit gewesen, aufzustehen und zu gehen, aber ich blieb sitzen, als müsste ich Buße tun, und die Buße wäre, mich von ihm beschmutzen zu lassen.

»Drei Frauen im Leben, drei Mal ein Frauenmörder im Film«, sagte ich. »Das ist von Anfang an Ihre Schnapsidee gewesen. Was wollen Sie damit beweisen? Dass ich auch im Leben ...«

»Ich habe nichts dergleichen gesagt.«

»Gesagt nicht«, sagte ich. »Aber gedacht.«

»Ich habe es auch nicht gedacht«, sagte er. »Sie sagen das und fragen sich am besten selbst, warum Sie es sagen.«

Er tat von neuem so, als hätte er ein Wissen über mich, das ich nicht hatte, und ich hasste ihn dafür. Ich konnte mir nicht vorstellen, dass Luzie von allen Menschen auf der Welt ausgerechnet ihm über den Unfall in der Wüste von New Mexico erzählt hatte, doch plötzlich war auch dieser Gedanke wieder da. Etwas ließ ihn denken, dass ich ihm ausgeliefert war, aber das stimmte nur, solange ich mich nicht aus seinen Fängen befreite. Ich würde von ihm nicht mehr über Luzie erfahren, als ich bereits hatte, und wenn ich noch länger sitzen bliebe, würde er das nur dazu nutzen, mich weiter zu verunsichern. Er war errötet, oder vielmehr, es war kein Erröten, sein Gesicht verdunkelte sich, als könnte er seinen Ärger kaum mehr unterdrücken, und wenn ich jetzt nicht begriffen hätte, dass ich gehen musste, wäre mir nicht mehr zu helfen gewesen.

»Sonst noch etwas?« sagte ich. »Wenn nicht …«

Dann verabschiedete ich mich, und als ich betonte, ich würde es schätzen, wenn er in Zukunft seine Finger ganz aus meinem Leben ließe, aus der Biografie werde ja nichts, er kenne meine Meinung dazu und ich hätte die Zusicherung des Verlags, dass ohne meine Zustimmung nichts publiziert werde, machte er mit deutlich, wie sehr ich mich täuschte.

»Wenn Sie das nicht wollen, wird es selbstverständlich keine autorisierte Biografie geben, Herr Doktor«, sagte er.»Sie können es sich noch einmal überlegen. Ehrlich gesagt bin ich kein Freund von unautorisierten Biografien, und ich arbeite auch nicht gern mit den etwas zwielichtigeren Verlagen, die sich darauf spezialisieren. Die Fehler, die einem dabei zwangsweise unterlaufen, lassen sich vermeiden, wenn Sie verstehen.«

Ich hatte noch im Kopf, wie er gleich bei unserem ersten Interview gesagt hatte, er sei nicht mein Gegner, er empfinde seine Arbeit als Dienstleistung, ich könne im Zweifelsfall alles modifizieren, und jetzt versuchte er mich also wirklich unter Druck zu setzen. Am liebsten hätte ich ihn darauf hingewiesen und ihm von den Aufnahmen erzählt, die Luzie von unseren Gesprächen gemacht hatte und in denen alles dokumentiert war, aber ich ließ es sein. Ich hatte außer dem einen Mal unmittelbar nach einem seiner Besuche überhaupt nur bei einer weiteren Gelegenheit hineingehört und erinnerte mich zu deutlich an meine Scham dabei, als dass ich mich damit herumschlagen wollte.

»Eine unautorisierte Biografie?«

»So nennt man das.«

»Ich habe nichts zu verbergen.«

»Natürlich nicht, Herr Doktor. Was sollten Sie zu verbergen haben? Aber wollen Sie das Risiko von Missverständnissen? Sie wissen selbst, dass manchmal eine kleine Ungenauigkeit genügt, und alles ist falsch.«

Ich stand auf, und er erhob sich mit mir, und für ein oder zwei Sekunden blickten wir uns starr in die Augen, als ginge es darum, bloß nicht als erster zu blinzeln oder den Blick abzuwenden. Er sagte, er übernehme die Rechnung, aber ich zog mein Portemonnaie heraus, holte einen Schein hervor und legte ihn mit einer Bestimmtheit auf den Tisch, dass es wie eine Drohung wirken musste. Zu zahlen war für mich in solchen Fällen der Ausdruck größter Geringschätzung, und obwohl er sich bei unserem Telefonat empört gegeben hatte, als ich ihm mit Geld gekommen war, ertappte ich mich doch wieder bei dem Gedanken, was es mich kosten würde, diesen erbärmlichen Kerl zum Schweigen zu bringen, wahrscheinlich, und das machte es noch elender, nicht viel.

»Was zahlt man Ihnen für Ihren Dreck?« sagte ich halb gegen meinen Willen. »Sagen Sie schon, wieviel Sie bekommen?«

Ich mochte den Reflex nicht, den ich aus meiner Kindheit im Dorf hatte, wo einer zum anderen einschüchternd sagen konnte: »Ich kaufe dich«, solange er nur ein einträgliches Hotel oder einen Flecken Grund in guter Lage besaß, und wo tatsächlich Leute gnadenlos aus ihrer Existenz hinausgekauft worden waren, und doch verfiel ich in diese Haltung, wenn ich mich in die Enge gedrängt fühlte. Dann war da nicht nur das schon zu ihren Lebzeiten empfangene Schwarzgeld meiner Großmutter, sondern auch die Hinterlassenschaft nach ihrem Tod, die mich in die Position versetzte, zu klotzen. Ich hatte das Haus, in dem sie aufgewachsen war, geerbt, mehr eine Hütte in den Bergen, zu der ein Sessellift gehörte, der dorthin führte, aber an mich war zudem der Weidegrund gefallen, der an und für sich nicht viel wert war, auf dem aber drei Stützen für die Hauptbahn ins Skigebiet hinauf ihre Fundamente hatten, und beides warf Jahr für Jahr eine beträchtliche Summe ab. Seit sich das Pistennetz ausgedehnt hatte, lag das Haus an einer beliebten Abfahrt, so dass ich es zu Bedingungen verpachten konnte, von denen ich sonst nicht hätte träumen können, und von der Liftgesellschaft bekam ich für die Stützen oder vielmehr für die paar Quadratmeter, auf denen sie standen, eine alle fünf Jahre neu verhandelte Miete, von der allein ich hätte leben können, wenn ich meine Ansprüche entsprechend zurückgeschraubt hätte. Ich war am Ende also vielleicht doch am ehesten das, was mir von manchen Leuten vorgeworfen wurde, ein verwöhntes Kapitalistensöhnchen, das für sein Geld nicht arbeiten musste und das sie dafür verachteten und meinetwegen auch ein bisschen verachten durften, und weil ich es immer liebte, zu verstärken, was gegen mich sprach, kehrte ich es auch noch hervor, trug handgemachte Schuhe und Maßanzüge und leistete mir einen englischen Sportwagen, einen Zweisitzer mit knapp 300 PS. Das verschaffte mir das ebenso lächerliche wie absurde und abstoßende Allmachtsgefühl, Elmar Pflegerl kaufen zu können, und ich tat alles andere, als ihm das zu verbergen.

»Erhalten Sie Zeilengeld, oder erfolgt Ihre Honorierung je nach dem Grad der Verleumdung?« sagte ich. »Ich könnte ohne Zweifel auf jeden Tausender, den man Ihnen zahlt, noch einen drauflegen.«

Wir standen wieder Aug in Aug da, und er versuchte unwillkürlich, einen Schritt zurückzuweichen, und stieß mit dem Rücken an die Wand. Entweder bildete ich es mir nur ein, oder er war wirklich zusammengezuckt, als ich noch einmal »Dreck« sagte. Einen Augenblick wirkten seine Augen, als hätte sie ein zu heller Lichtstrahl getroffen, dann kniff er sie zusammen.

»Sie verlieren Ihre Nonchalance, Herr Doktor«, sagte er. »›Dreck‹ ist ein Wort, das ich mir zweimal überlegen würde.«

»Es ist kein Wort«, sagte ich. »Es ist, was es ist. Sie brauchen sich nicht dümmer zu stellen, als Sie sind. Es ist Dreck.«

Die Folgen waren absehbar. Ich hatte ihn bei seiner Ehre gepackt oder dem, was er selbst so genannt hätte, und das gab er mir auch zu verstehen. Dabei versuchte er das Beben in seiner Stimme zu unterdrücken.

»Nicht so, Herr Doktor, nicht so!«

Er hüstelte in seine geballte Faust.

»Sie müssen mich nicht schon wieder beleidigen.«

»Ich beleidige Sie nicht«, sagte ich. »Ich sage Ihnen nichts als die Wahrheit. Für die würde eher zutreffen, dass sie nur ein Wort ist. Aber anpeilen kann man sie trotzdem.«

Damit hielt ich ihm die Hand hin, doch er nahm sie nicht, und ich erstarrte, als ich hörte, wie er regelrecht zwischen den Zähnen hervorpresste, er hoffe, ich hätte in Zukunft keinen Grund, das zu bereuen.

»Ich will ganz klar mit Ihnen sein«, sagte er, als ich ihn bat, mir das genauer zu erklären. »Sie können noch so lange von der Wahrheit schwafeln. Danach kräht am Ende kein Hahn, wenn Sie eine gute Geschichte haben. Sie müssen nur die Sensationslust der Leute befriedigen.«

Bereits auf dem Heimweg bereute ich meinen großkotzigen Auftritt und hatte wieder diese Empfindung, die mich jetzt fast schon seit der ersten Begegnung mit Elmar Pflegerl begleitete und die wohl die verheerendste Folge dieses ganzen missratenen Biografie-Projekts war. Ich wollte das alles nicht, aber ich wollte es nicht deswegen nicht, weil irgendwer etwas über mich in die Welt setzen könnte, für das ich mich schämen müsste, sondern ich wollte es genausowenig für das, worauf andere vielleicht stolz gewesen wären. Wenn es Scham war, dann eine Scham, die sich auf jede Lebensäußerung bezog, sobald sie registriert wurde. Dass jemand etwas über mich sagen konnte, und sei es das Beste, war das Problem, und nicht etwa, dass dieser Jemand nicht dazu befugt gewesen wäre oder vielleicht ein Dummkopf war. Was ich erlebt hatte, konnte sich genausogut einer ausgedacht haben, und ich hatte es unabhängig davon erlebt, ob es später aufgeschrieben werden würde, so einfach war das.

ERSTER TEIL

Manchmal dachte ich, es liege alles am Namen, ich könne ablegen, was mich angeblich zu dem machte, der ich war, wenn ich meinen angenommenen Namen ablegte und wieder zu meinem alten zurückkehrte, dem ganz zu Beginn meiner Karriere verworfenen Namen mit den zu vielen Konsonanten am Anfang, und hätte, wenn ich die falsch eingegangene Verbindung kappte, nichts zu tun mit dem Leben, das ich gelebt hatte, wäre vielleicht, wie man so sagt, ein unbeschriebenes Blatt.

Zweiter Teil

DU BIST DIESER HIER

SECHSTES KAPITEL

Der Unfall geschah an dem Tag, als die Hubschrauber endlich fliegen konnten. Alle Versuche davor hatten wegen der anhaltenden Sandstürme abgebrochen werden müssen, die tagelang über die Ebene gefegt waren und die Wüste winterbleich und wie bis auf ihr Skelett geröntgt zurückgelassen hatten, wenn sie sich für ein oder zwei Stunden legten. Der Regisseur hatte gesagt, er könne auf das Spektakel ebensogut verzichten, wenn es nur Kosten verursache, es sei ohnehin eine ziemlich plakative Angelegenheit, die da geplant war, aber Enrique Brausen hatte jedesmal darauf bestanden, doch noch zuzuwarten, als wäre ein Film, in dem keine Hubschrauber vorkamen und es nicht irgendwie donnerte und krachte, kein richtiger Film. Er hatte zugesichert, er würde Extraauslagen, wenn sie das Budget überstiegen, zur Not aus seiner Privatkasse bezahlen, und das war immer das letzte Wort gewesen, nach dem wir einen weiteren Tag auf besseres Wetter hofften. Wir drehten währenddessen andere Szenen, aber längst waren wir so sehr auf die Hubschrauberszene fixiert, dass klar war, wir würden am ersten auch nur einigermaßen windstillen Tag alles andere stehen und liegen lassen und uns mit der größten Dringlichkeit auf die kleinste Chance stürzen, sie endlich zu realisieren. Deshalb versetzte allein schon die Ankündigung »Heute können voraussichtlich die Hubschrauber fliegen« beim Frühstück im Hotel alle in Anspannung und Nervosität, auch wenn es dann noch Stunden dauern sollte, bis es wirklich losging, und wir verhielten uns, als hinge das Gelingen unseres ganzen Unternehmens von dieser einen, genaugenommen gar nicht wichtigen Sequenz ab.

Ich war in den vergangenen Tagen auf dem Set auf eine Weise unkonzentriert gewesen, die ich mir sonst nie hätte durchgehen lassen. Wie oft hatte ich in der Vergangenheit meine Berufsehre beschworen, damit nur nichts Privates zwischen mich und meine Arbeit kam, aber die Begegnung mit Sagrario ging mir nicht mehr aus dem Kopf. Ihre Stimme verfolgte mich jetzt regelrecht, ich konnte nicht einmal sagen, ob es eine hohe oder eine tiefe Stimme war, eine zutrauliche oder kalte, doch ihr »Estoy ok, Güero, muy ok«, obwohl in Wirklichkeit in der Situation mit mir für sie gar nichts ok gewesen sein konnte, und ihr »Mañana, Güero«, oder wie sie davor schon auf der Tanzfläche mit genauso angst- wie hoffnungsvoll geweiteten Augen »el norte« gesagt hatte, hatten sich in mir festgefressen. Ich wusste, dass ich es mir sparen konnte, Enrique Brausen noch einmal auf sie anzusprechen, und obwohl auch Alma sich wenig zugänglich gegeben hatte, versuchte ich es in meiner Hilflosigkeit bei ihr, um dann selbst von ihr nur eine Abfuhr zu erhalten.

»Mach dich nicht lächerlich«, sagte sie, nachdem sie den Berater weggeschickt hatte, der wieder einmal an ihrer Seite gewesen war, als Aufpasser, als Wächter, als was auch immer. »Es gibt Hunderte, ja, Tausende wie dieses Mädchen. In unserer Sprache nennt man sie Erdbeeren. Schön anzusehen und zum Vernaschen.«

Es war eine unerwartete Kälte, mit der sie über die jungen Frauen sprach. Keine Rede von Solidarität, wie ich vielleicht erwartet hatte, keine Rede davon, dass sie ihre Schwestern sein könnten, und über Sagrario machte sie sich richtiggehend lustig. Sie sprach ihren Namen aus, als ob eine, die so hieß, nur einer anderen Klasse angehören konnte, wenn sie nicht überhaupt eine Ausgestoßene war.

»Was hast du bloß für Vorstellungen von ihr? Du kannst sie nicht retten. Wozu willst du sie ausfindig machen?«

Das bedurfte kaum einer Erklärung, ich wollte irgendwie wieder ins Lot bringen, was für mich auf eine schiefe Ebene geraten war, indem ich mir in jener unseligen Nacht in Juárez von Sagrario die Hose hatte aufknöpfen lassen.

»Ich könnte ihr wenigstens Geld geben.«

»Damit es ihr irgendein brutales Vieh im nächsten Augenblick abnimmt. Was glaubst du, was sonst damit passiert? Sie wird schon den richtigen Schweinehund an sich hängen haben, der ihr keinen Cent davon lässt.«

Sie lachte nur, als ich sagte, dass ich nicht glaubte, dass Sagrario eine Prostituierte sei.

»Warum braucht ihr Gringos immer eure Unschuld? Soll ich dir übersetzen, was Sagrario bedeutet? Und woher, sagst du, soll sie stammen, aus Veracruz? Erscheint dir das nicht auch ein bisschen zuviel?«

Ich zuckte nur mit den Schultern, weil ich nicht wusste, worauf sie hinauswollte, aber sie achtete gar nicht darauf.

»Es bedeutet Tabernakel«, sagte sie. »Glaubst du, ihre Eltern haben sie so genannt? Sagrario, aus Veracruz. Ich würde eher darauf tippen, dass sie diesen Namen und diese Herkunft von einem zynischen Dreckskerl bekommen hat, der sie damit auf den Strich schickt und sich im Hintergrund die Hände reibt über seine Geschäftstüchtigkeit und Raffinesse. Begreifst du das Spiel wirklich nicht?«

»Aber welches Spiel denn?«

»Sie nennen ein Dreckloch von Puff Catedral, sie nennen eine Nutte Sagrario, und wenn sie einen den Pastor oder das Engelchen nennen, kannst du Gift darauf nehmen, dass er nicht nur im Keller seine Leichen hat.«

Ich verstand ihre Erregung um so weniger, als der zynische Dreckskerl in Sagrarios Fall womöglich Enrique Brausen war, mit dem sie, Alma, den besten Umgang pflegte, aber ich sagte nichts. Natürlich konnte mir das Mädchen auf der Tanzfläche im Catedral mit den paar

Worten, die ich verstand, alles mögliche weisgemacht haben, das nicht stimmte, aber aus irgendeinem Grund glaubte ich ihr unverändert, und sei es nur aus dem, dass ich ihr glauben wollte, was auch immer Alma noch an Gründen aufzählte, es nicht zu tun. Der Punkt war ja, dass unsere Geschichten gar nicht so weit auseinanderlagen, Almas kühler Blick und meine Vorstellung, dass Sagrario nur wenige Jahre davor noch ein Kind gewesen war, mit Eltern, die vielleicht arm waren, sich aber doch etwas anderes für sie erhofft hatten, als dass sie, immer noch nicht richtig erwachsen, für einen Hungerlohn zwölf oder sogar vierzehn Stunden am Tag in einer Fabrik stand und danach noch Fremden aus dem Norden zu Diensten sein musste. So riesig einem der Schritt erscheinen mochte, in dieser Welt war es nur ein winziger, ein Mädchen, das womöglich gerade erst an der Hand von Vater und Mutter in einem weißen Kleid zur Firmung gegangen war, fand sich im nächsten Augenblick mit puppenhaft geschminkten Augen, einem puppenhaft geschminkten Mund und kaum einem Fetzchen von Kleid auf dem Leib an der Theke eines finsteren Schuppens wieder, wo jeder sie sich greifen konnte, der sie sich greifen wollte.

Ich hatte in der Bar unseres Hotels mit dem Journalisten aus Washington gesprochen, der über die Serie von Frauenmorden in Juárez schreiben wollte, die seit über zwei Jahren die Gegend und mehr und mehr auch Leute über die Gegend hinaus in Aufregung versetzte. Er war immer abseits gesessen, wenn ein paar aus dem Filmteam in der Lobby zusammensaßen, und hatte einen neugierigen und, wie mir schien, gleichzeitig distanzierten Blick zu uns herübergeworfen, ein geradezu ministrantenhaft aussehender Mann, wahrscheinlich noch keine vierzig, mit einer militärisch anmutenden Stoppelfrisur, der trotz der Jahreszeit auch nach Sonnenuntergang noch kurzärmelige Hemden trug und sich einen Whiskey Sour nach dem anderen kommen ließ. Ich hatte vom Nachtportier erfahren, zu welchem Zweck er hier war, und als ich mich eines Abends zu ihm setzte, stellte er sich als Casey Beck vor, als müsste jeder seinen Namen kennen, und schien gar nichts anderes zu erwarten, als dass ich mich für die Morde interessierte und ihn ohne Umschweife danach fragen würde.

»Mir brauchen Sie nichts vorzumachen«, sagte er, kaum dass ich Platz genommen hatte. »Ich weiß genau, weshalb Sie meine Gesellschaft suchen.«

Im nächsten Augenblick sprach er mich auch schon darauf an, ob es stimme, dass wir im Catedral gewesen seien, und was sich eben noch wie eine unschuldige Frage angehört hatte, stellte sich im Lauf des Gesprächs nicht gerade als Vorwurf, nicht gerade als Verdächtigung heraus, aber immerhin als Missbilligung, wie man nur so naiv sein könne, auf der anderen Seite der Grenze eine Nacht zu verbringen, ohne darüber nachzudenken, in welche Gesellschaft man sich automatisch begab. Denn nach seinen Recherchen ließ sich beweisen, dass mehrere Frauen nach einem Besuch genau des finstern Clubs umgebracht worden waren, in dem ich Sagrario getroffen hatte. Natürlich hütete ich mich, ihm etwas von ihr zu erzählen, aber das Gefühl des Unheimlichen, das ich mit ihr in Juárez in der Limousine gehabt hatte, packte mich jetzt mit neuer Macht.

»Habe ich richtig gehört?« sagte ich. »Sie sind nach einem Besuch des Catedral ermordet worden?«

»Einige von ihnen«, sagte er. »Bei weitem nicht alle.«

Dabei sah er mich lächelnd an, als hätte er meine Gedanken erraten und wollte mich genau deswegen eine Weile im ungewissen lassen.

»Die Zahl geht längst in die Dutzende, und es scheint ein Muster zu geben. Es sind häufig arme Mädchen, die in den Maquiladoras arbeiten, häufig dunkelhäutige, schlanke Mädchen und häufig Mädchen mit schulterlangem Haar. Natürlich sind sie jung, aber eigentlich kann es alle treffen.«

Ich konnte gar nicht anders, als die Beschreibungen mit Sagrario abzugleichen, ja, sie war höchstwahrscheinlich arm, ja, sie arbeitete in einer Maquiladora, wie die Montagefabriken jenseits der Grenze genannt wurden, und ja, sie war vielleicht dunkelhäutig, je nachdem, wo man mit der Einstufung beginnen wollte, war schlank und passte nur in der Angabe ihrer Haarlänge nicht zu dem Typ. Die Leichen wurden nachlässig abgelegt und kaum zugescharrt in der Wüste, sie wurden mitten in der Stadt in einer Sackgasse, sie wurden auf Müllhalden gefunden, und jede einzelne von ihnen, viele nicht nur vergewaltigt, sondern gefoltert und verstümmelt, schien über ihren Tod hinaus die Botschaft in die Welt zu tragen, dass sie für den oder für die Täter nur Dreck gewesen war, wie Casey Beck angewidert sagte. Dabei schloss er die Augen und wedelte mit seiner Hand vor dem Mund, als müsste er gegen eine Anwandlung von Unwohlsein ankämpfen, und so theatralisch das wirkte, schien es gleichzeitig nur angemessen.

»Lange hat alles auf einen Serienmörder hingedeutet«, sagte er. »Aber dafür sind es einfach zu viele in zu kurzer Zeit, und ich glaube auch nicht, dass man mit einem oder mehreren Nachahmungstätern alles erklären kann. Vielleicht stecken die Drogenleute dahinter, was hier natürlich immer möglich ist, aber welches Interesse sollten die haben, Mädchen aus armen Familien zu ermorden, solange die ihnen nicht in die Quere kommen? Ich glaube, es ist etwas ganz anderes, und die Lösung ist so einfach, dass man zuerst nicht darauf verfällt und dass sie gleichzeitig nicht schrecklicher sein könnte, wenn man sich einmal damit vertraut gemacht hat.«

Er unterbrach sich für eine ausgiebige Pause und schaute zu den Fenstern, hinter denen der unentwegte Sturm dieser Tage sich gelegt hatte, wieder aufgekommen war und sich von neuem legte. Eine weitere Nacht brach an, diesseits und jenseits der Grenze, und die Müdigkeit in seinem Gesicht schien zu verraten, wie leid er die ganze Sache war. Die Dinge würden ihren Lauf nehmen, und am nächsten Morgen könnte alles gut gegangen sein, oder es würde eine neue Tote geben, wie im Vorbeigehen am Straßenrand oder in einem Hinterhof entsorgt, wie man es nicht einmal mit dem Kadaver eines Tieres getan hätte. Er hatte tiefe Falten auf der Stirn, die sich beim Sprechen auf unvorhersehbare Weise bewegten und ihm von einer Sekunde auf die andere einen angespannten Ausdruck geben konnten. Dabei war er im einen Augenblick ruhig und sachlich, im nächsten wie aufgekratzt, um schließlich in einen Defätismus zu geraten, aus dem er dann lange nicht mehr hervorkam.

»Die Mädchen werden umgebracht, weil man sie umbringen kann. Es braucht gar keinen anderen Grund. Sie werden umgebracht, weil es keine große Sache ist.«

Obwohl mir der Atem stockte, konnte ich doch nicht anders, als seine Worte zu wiederholen. Es war so ungeheuerlich, dass ich mir am liebsten die Ohren zugehalten hätte, und schien doch nicht nur für die Fälle hier in der Gegend zu gelten, sondern eine der fürchterlichsten ewigen Wahrheiten zum Ausdruck zu bringen, etwas Archaisches, das stets unter der Oberfläche schwelte und sich jederzeit an den unerwartetsten Orten Bahn brechen konnte. Ich wusste, wovon er sprach, ich glaubte es jedenfalls zu wissen, und ich wusste es nicht nur, weil ich bereits in meinem ersten Film einen Frauenmörder gespielt hatte.

Bloß wenige Tage davor hatte ich meine Finger in Sagrarios Haar gehabt, während sie ihren Kopf über meinem Schoß auf und ab bewegt und in der Auf-und-ab-Bewegung jäh innegehalten hatte, und wieder war es allein der Gedanke, was sie gedacht haben könnte und was sie wahrscheinlich gedacht hatte, der mich vor Schreck zurückfahren ließ. Ich hielt Casey Becks Blick stand, als er sagte, die Aufklärungsquote tendiere gegen null, es sei die schiere Straflosigkeit, die immer noch einen weiteren Scheißkerl denken lasse, er werde damit durchkommen, es sei nichts Besonderes, eine Frau umzubringen, wenn so viele andere es auch täten, ohne dass es geahndet werde und ohne dass sich jemand darum kümmere, weil die Frauen oft nicht einmal Angehörige hätten, die sie vermissten, und dadurch buchstäblich zu Freiwild würden. Dann meinte er, wenn es so weitergehe, habe er keinen Zweifel, dass es sich in den nächsten Jahren zu einer wahren Epidemie auswachsen werde, und er war jetzt aufgebracht, und seine Aufgebrachtheit richtete sich plötzlich gegen mich.

»Wie ich höre, haben Sie eine phantastische Nacht in Juárez gehabt«, sagte er. »Ich will Ihnen Ihre schönen Erinnerungen nicht rauben, aber Sie sollten wissen, dass alles seinen Preis hat.«

Beim Gedanken, dass er womöglich ausgerechnet mit Enrique Brausen darüber gesprochen hatte und vielleicht von Sagrario wusste und womöglich sogar, dass ich mit ihr in der Limousine gewesen war und was ich dort mit ihr getan hatte oder mit mir hatte tun lassen, wurde mir übel. Es hörte sich an, als hätte er das ganze

Gespräch darauf angelegt, mich am Ende damit zu brüskieren. Auch Enrique Brausen hatte von einer phantastischen Nacht geredet, in genau der gleichen Wendung, und wie Casey Beck diese Worte jetzt aufgriff und mir an den Kopf warf, konnte kein Zufall sein.

»Wenn Sie ein schlechtes Gewissen haben, können Sie sich das sparen«, sagte er. »Ein schlechtes Gewissen hilft niemandem.«

Er lachte laut meckernd.

»Genausogut können Sie beten, aber ganz Mexiko betet, und ich wüsste nicht, wem das dort jemals etwas gebracht hat.«

Ich stand betreten von dem Gespräch auf, das mich an all den Tagen danach verfolgte und mich im Griff einer finsteren Stimmung hielt, und vielleicht war auch ich deshalb froh, als die Hubschrauber endlich in der Luft waren. Es war spät am Nachmittag, da es vor ihrem Abflug noch eine technische Panne gegeben hatte, und wir mussten schon fürchten, dass sich wieder alles zerschlagen würde, weil es keine drei Stunden mehr hell wäre. Sie kamen aus dem Süden angeflogen, waren auf dem Flughafen außerhalb von El Paso gestartet und wischten im Tiefflug nebeneinander über die Ebene, gerade hoch genug, dass sie mit ihren Propellern keinen Staub aufwirbelten und sich nicht gegenseitig die Sicht behinderten, und allein ihr Tosen weckte in mir die Hoffnung, dass sie alles durcheinanderbringen und neu auf die Beine stellen würden.

In der Szene, die wir drehen wollten, sollten sie über einem Punkt in der Wüste kreisen und dann wie Raubvögel über ihm stehenbleiben, die sich zu keinem Sturzflug entschließen konnten. Das wäre die Markierung für den Fleck, wo sich zwischen zwei langen Reihen von Agaven eine Gruppe von Flüchtlingen versteckt hielt, die gerade über die Grenze gekommen war, und William und ich hatten die Aufgabe, in unseren Pick-up zu steigen, in Höllentempo darauf zuzusteuern und sie zu stellen. Entlang der Strecke waren mehrere Kameras aufgebaut, eine Spezialität des Regisseurs, der auf solche Extravaganzen setzte, um seiner Vorstellung von Realismus Genüge zu tun, und am Ende sollte ich aus dem noch fahrenden Wagen stürzen, hinter einem davonlaufenden Mann herrennen und ihn mit einem Hechtsprung zu Boden bringen. Er sollte Widerstand leisten, es würde eine Kampfszene zwischen uns geben, bei der ich ihn in den Schwitzkasten nehmen und ihm schließlich Handschellen anlegen würde, und die Hubschrauber über unseren Köpfen, der eine tiefer, der andere höher am Himmel, mit dem wilden Flappen und Klatschen ihrer Propeller, sollten die Szene zu einer richtigen Actionszene machen.

Wir waren gerade in den Pick-up gestiegen und wollten losfahren, als plötzlich noch ein Hubschrauber am Himmel war. Er kam aus nordwestlicher Richtung, wahrscheinlich aus Las Cruces, das schon in New Mexico lag, während wir uns noch auf texanischem Gebiet befanden, flog lange auf die Stelle zu, an der die beiden anderen gerade ihre Endposition erreicht hatten, und machte dann einen Schwenk an ihnen vorbei Richtung Grenze. Im Sonnenlicht glänzte seine Metallhaut, und es dauerte eine Weile, bis ich die Farben erkannte, Weiß und Grün, und dass es auch ein Grenzhubschrauber war, nur dass wir ihn nicht für unsere Szene bestellt hatten. Er musste echt sein, und kaum gab es keinen Zweifel mehr, richtete sich alle Konzentration auf ihn. Die Distanzen waren auf der weiten Ebene schwer einzuschätzen, aber er kreiste jetzt in vielleicht zwei Kilometer Entfernung südöstlich von uns so über einer Stelle, wie unsere Hubschrauber über ihrer Stelle standen. Es vergingen nur ein paar Augenblicke, bis der Regisseur schrie: »Wir müssen unsere sofort herunterholen!«, und dann sprach er in das knatternde Funkgerät: »Aktion abbrechen!«, wiederholte es zweimal und geriet außer sich: »Verdammt, holt sie endlich herunter!«, und unsere beiden Hubschrauber gingen nur wenige Sekunden später zu Boden.

Wir durften das Lager auf keinen Fall verlassen, solange eine echte Aktion im Gang war und wir sie mit unseren wirklichkeitsechten Uniformen und unserer wirklichkeitsechten Ausrüstung nur gestört hätten. Also schauten wir untätig zu, wie alles so vonstatten ging, wie wir es für unsere Szene geplant hatten. Von zwei Seiten näherten sich Jeeps der Stelle, Staubfontänen hinter sich herziehend, über der in der Ferne kaum hörbar der Hubschrauber jetzt in der Luft stand. Was dort am Boden geschah, war für uns nicht einsehbar, weil es sich hinter einer Kuppe verbarg, aber da nur ein paar Minuten später einer der Busse folgte, mit denen gestellte Flüchtlinge entweder zurück an die Grenze oder in ein Auffanglager gebracht wurden, konnten wir sicher sein, dass die Intervention von Erfolg gekrönt gewesen war. Der Hubschrauber landete, erhob sich aber gleich wieder in die Lüfte und flog in die Richtung davon, aus der er gekommen war, sein Lärm jetzt im gedrehten Wind an- und abschwellend, und nicht lange danach tauchte der kleine Konvoi auf, ein Jeep vorn, ein Jeep hinten, beide mit aufgeregt flackernden Lichtern, und dazwischen der Bus, und bewegte sich mit der Langsamkeit eines Trauerzugs über die in alle Himmelsrichtungen, durchbrochen nur von den letzten Ausläufern der Rocky Mountains, sich scheinbar endlos erstreckende Ebene.

Der Regisseur gab die Anweisung, noch zu warten, bis sie ganz aus unserer Sicht verschwunden wären, und dann unsere Hubschrauber noch einmal aufsteigen zu lassen, und sein Assistent griff schon nach dem Funkgerät, um den Befehl zu erteilen, als Xenia plötzlich schimpfend und zeternd aus dem Versorgungstrailer hervorschoss. Ihr Auftritt wirkte wie das Déjà-vu eines Déjà-vu einer Szene, ob aus unserem Film oder der Wirklichkeit, und war schon gar nicht mehr ernst zu nehmen, weil sie zu allem Überfluss auch noch schrie: »Diesmal ist es wirklich zu Ende. Du kannst dir deine Mrs O'Shea in einem Bordell oder in einem Kloster suchen, du Dreckschwein. Mich hast du gesehen.« Stephen trat hinter ihr in die Tür, blieb dort schwankend stehen und rieb sich ausgiebig das Kinn, während sie zu der Stelle lief, an der wir unsere Autos abgestellt hatten. Sie hatte ihren Wagen erreicht, als sie sich noch einmal umdrehte, zu ihm zurückeilte und sich vor ihm aufbaute.

»Wo hast du den Schlüssel?«

Er hielt sie an den Schultern fest und versuchte sie zu beschwichtigen, indem er sanft auf sie einredete.

»Aber Xenia!«

»Nimm deine Hände von mir und gib mir den Schlüssel, du Schwein!« schrie sie. »Ich will keine Sekunde mehr hierbleiben.«

»Ich bitte dich, Xenia. Wo willst du in deinem Zustand hin? Es tut mir leid, und ich kann dir alles erklären.«

»In meinem Zustand?« schrie sie und duckte sich unter seinen Griffen weg. »In welchem Zustand?«

Damit schnappte sie ein paarmal nach Luft, jetzt tatsächlich so, als gäbe es rund um sie Luftlöcher, in denen sie nicht genug zu atmen bekäme, und wurde nur noch lauter.

»Den Schlüssel, du Schwein! Und hör auf zu jammern! Wenn es dir leid tut, hättest du dir das früher überlegen müssen, und auf deine Erklärungen kann ich pfeifen.«

Alle auf dem Set konnten sehen, wie sie zuerst seine Jackentaschen durchsuchte, dann in seine Hosentaschen fuhr, Zigaretten und Feuerzeug und schließlich triumphierend den Schlüssel hervorzog, und als sie sich wieder auf den Weg zum Auto machte, brauchte ich den Wink von Stephen gar nicht, um ihr zu folgen. Ich lief hinter ihr her und war fast gleichzeitig mit ihr bei ihrem Wagen. Sie öffnete die Tür und stieg ein, startete den Motor und wollte schon losfahren, als ich die Beifahrertür aufriss.

»Hau ab!« schrie sie, während ich mich neben sie auf den Sitz fallen ließ. »Ich will allein sein.«

»Du kannst nicht einfach in die Wüste hinausfahren.«

»Und ob ich das kann«, schrie sie. »Steig aus!«

Dann schien sie zu überlegen.

»Wer sagt dir überhaupt, dass ich in die Wüste will?«

Dabei hatte sie den Wagen schon vom Standplatz manövriert und fuhr jetzt quer über den Sand Richtung Schotterpiste, die zu der befestigten Straße wenige Kilometer weiter führte. Nur die Geschwindigkeit schien die Reifen vor dem Versinken im schwammig weichen Untergrund zu bewahren, und wann immer sie auf etwas Härteres stießen, fluchte sie, während die ganze Karosserie erzitterte. Beide Hände am Lenkrad, saß sie mit gestreckten Armen weit zurückgelehnt in ihrem Sitz, verschwand fast darin und erwiderte meine besorgten Blicke nicht. An dem Tag hatte sie keinen Auftritt gehabt und trug trotzdem die Kleidung, die sie auch in ihrer Rolle getragen hätte, die immer gleichen Cowboystiefel und immer gleichen Jeans zu einer schulterfreien

Bluse, dazu ein Sweatshirt um den Hals geschlungen. Sie fuhr ruckig, trat für ein paar Augenblicke auf das Gas und nahm sofort wieder den Fuß vom Pedal, und im gleichen Rhythmus wetterte sie vor sich hin, ein Schwall Worte, plötzliches Schweigen, als hätte sie sich anders besonnen, wieder ein Schwall.

»Dieses Schwein glaubt mir Vorschriften machen zu können, mit wem ich reden und mit wem ich nicht reden soll«, sagte sie. »Ich muss mir von so einem nichts sagen lassen. Alma hat mir erzählt, was ihr in Juárez gemacht habt. Du kannst meinetwegen tun, was du willst, aber er soll gefälligst vor der eigenen Tür kehren, wenn er sich schon nicht entblödet, über die Grenze zu fahren und einem armen Mädchen seinen schmutzigen Schwengel in den Rachen zu schieben.«

Ich sagte nichts, aber es gab auch nichts zu deuten, und nicht die Worte waren das Problem, sondern die Tatsachen, für die sie standen. Xenia hatte recht, wenn sie nicht lange herumredete. Ich wandte meinen Blick ab, und als ich wieder zu ihr hinsah, bemerkte ich, dass sie an der Lippe blutete, aber als ich sie darauf ansprach, lachte sie nur.

»Ob er mich geschlagen hat?«

Sie warf den Kopf in den Nacken, als könnte sie ihn gar nicht hoch genug heben, um das richtige Maß für ihre Verachtung zu finden.

»Ich lasse mich von einem solchen Schwein nicht schlagen«, sagte sie. »Der ist doch nicht einmal dafür

Manns genug. Schau dir morgen nur sein Auge an. Dann weißt du, wer mehr abbekommen hat.«

An der ersten Tankstelle hielt sie, klappte das Sonnenschild herunter und tupfte mit einem Taschentuch vor dem kleinen, eingelassenen Spiegel ihren Mund ab, bis das Bluten gestillt war. Dann öffnete sie das Handschuhfach, holte ein Täschchen hervor und zog sich mit dem Lippenstift, den sie darin fand, in wilden Schwüngen zwei rote Schmierer ins Gesicht. Ich sah ihr fasziniert zu, wie sie daran herumkaute und nach weiterem Getupfe einen mörderischen Mund vorzuweisen hatte, feuerrot, ein einziges Fauchen. Schon sprang sie aus dem Wagen, und ich nutzte die Gelegenheit, meine Grenzerjacke auszuziehen, in der ich außerhalb des Sets in keine Polizeikontrolle geraten wollte, und stattdessen Stephens alten Pullover überzustreifen, den ich auf der Rückbank fand. Er hatte ein auffälliges Norwegermuster und war mir zwei Nummern zu groß, und als Xenia mich in dem neuen Aufzug sah, meinte sie mit einem Blick auf meine Uniformhose, ich hätte gleich das alte Zeug anlassen können, denn so, wie ich jetzt aussähe, würden mich die Leute für einen entsprungenen Häftling aus einem der Gefängnisse rundum halten, der auf der Flucht war, seine Anstaltskluft abgelegt und nicht Besseres gefunden hatte. Sie hatte zwei Sixpacks Bier, Chips und Schokoriegel gekauft, als wären wir überdrehte Teenager bei ihrer ersten Ausfahrt im Auto der Eltern, drückte mir eine Dose in die Hand, nahm sich selbst eine und sagte, ich solle ruhig sein, es sei ihre Sache, als ich sie fragte, ob sie nicht wenigstens lieber mich ans Steuer lassen wolle.

Wir fuhren nach Norden, und war es gerade noch Tag gewesen, brach schon die Dämmerung herein, türkis, hellblau und violett über der Wüste, ein irisierendes Flackern. Die ganze Ebene schien noch nach Jahrzehnten verstrahlt von den Atombombentests, die irgendwo hier oder jedenfalls nicht weit entfernt stattgefunden haben mussten, und die Abfahrten zu da einer Air Base oder dort einem militärischen Sperrgebiet samt Bombenabwurfgelände deuteten darauf hin, dass in der Gegend immer noch Dinge vor sich gingen, von denen man sicher nicht alles wusste und vielleicht auch gar nicht wissen wollte. Xenia hatte ihr Fenster heruntergekurbelt, der Wind fasste immer wieder in ihr Haar, und als ich fragte, wohin sie wolle, sagte sie, keine Ahnung, Santa Fe liege in der Richtung, Colorado, dann Wyoming, dann Montana, dahinter irgendwo die kanadische Grenze, und wenn sie sich dort immer noch nicht beruhigt hätte, könnten wir ihretwegen auch gern bis Alaska vorstoßen. Dabei schien sie den Streit schon halb vergessen zu haben und nur das Tempo zu genießen, die Beschleunigung auf gerader Strecke, bis der Tacho fast am Anschlag stand, wenn hinter uns und vor uns kein anderes Auto zu sehen war. Ich langte auf die Rückbank, wo sie die Sixpacks hingeworfen hatte, und reichte ihr das zweite und später das dritte Bier, und als ich sie wieder bat, mich fahren zu lassen, nahm sie die Hände vom Lenkrad, trat auf das Gas und meinte, wenn mir das nicht genug sei, um ihre Fahrtüchtigkeit zu beweisen, könne sie auch noch die Augen schließen. Die Dunkelheit hatte uns jetzt umfasst, und die Sterne waren nicht nur über uns, sondern vor uns und hinter uns, sie waren zu beiden Seiten des Autos, und als wir über eine Anhöhe kamen, von der aus sich die Nacht in alle Himmelsrichtungen ausbreitete, schienen sie auch unter uns zu sein und fielen und fielen, ganze Myriaden, die funkelnd und glitzernd am Horizont verschwanden.

Wir befanden uns auf der Rückfahrt, als der Unfall passierte. Davor waren wir an Schildern vorbeigekommen, die im Abstand von wenigen Kilometern die Grenze zu Colorado ankündigten, und schließlich bei einem Diner stehengeblieben, um etwas zu essen. Beim Verlassen des Lokals war ein unerwarteter Regenguss über uns niedergegangen, und ich hatte Xenia wieder angeboten, wenigstens jetzt das Steuer zu übernehmen, weil wir uns eine Flasche Wein geteilt hatten und sie mehr darauf ansprach als ich, aber wieder vergeblich, und wir waren vielleicht eine Stunde gefahren und noch knapp eineinhalb Stunden von El Paso entfernt, als sie aus einer Laune heraus auf eine nicht asphaltierte Nebenstrecke umschwenkte und wir dort nach zwanzig oder dreißig Kilometern im Nirgendwo auf ein am Straßenrand abgestelltes Auto stießen.

Es war unbeleuchtet, doch im Mondlicht sahen wir eine Frau, die daneben stand, und Xenia verminderte die Geschwindigkeit auf fast Schritttempo und blieb schließlich keine fünfzig Meter von ihr entfernt stehen. Sie blendete das Licht auf, und als die Frau in dessen Kegel geriet, hielt diese sich die eine Hand vor die Augen und winkte uns mit der anderen zu, während sie mitten auf die Fahrbahn trat, sich ein paar Schritte auf uns zubewegte und sich dann wieder zu ihrem Wagen zurückzog. Ihr Haar offen, trug sie einen knöchellangen Parka, eingemummt wie gegen arktische Kälte, und hätte in ihrem wattierten Raumanzug gerade erst von einem anderen Planeten in dieser ausgesetzten Landschaft gelandet sein und sich noch nicht richtig zurechtgefunden haben können.

»Was sollen wir tun?«

Xenia war in einen argwöhnischen Ton verfallen und tastete unwillkürlich nach meinem Arm.

»Es sieht nach einer Panne aus, aber wir müssen vorsichtig sein. Siehst du die Büsche? Wenn es eine Falle ist ...«

Das Auto der Frau stand tatsächlich neben einem im Mondlicht wie in einem Nachtsichtgerät aufscheinenden Buschwerk, das sich ein paar Meter den Straßenrand entlangzog.

»Wenn sie nicht allein ist ...«

Xenia drehte den Kopf zu mir und wartete, während ich die Frau beobachtete, die im Licht unserer Scheinwerfer an ihrem Wagen lehnte und selbst unschlüssig zu sein schien, was sie von uns halten sollte. Nachdem sie sich gerade auf uns zubewegt hatte, wirkte sie jetzt eher wie jemand, der nach einem Fluchtweg suchte. Ihre Arme hinter sich auf die Motorhaube gestützt, war sie drauf und dran, sich rücklings über sie davonzumachen, wobei sie uns keine Sekunde aus den Augen ließ. Sie war zu weit entfernt, und es war zu dunkel, als dass ich wirklich etwas erkannt hätte, aber allein aus ihrer Körperhaltung glaubte ich schließen zu können, dass sie unmittelbar davor war, in Panik auszubrechen.

»Wir können sie unmöglich hier allein lassen, ohne uns zu vergewissern, ob sie keine Hilfe braucht«, sagte ich. »Stell dir vor, du wärest in einer solchen Lage und niemand hält an.«

»Aber sie steht genau vor dem Gebüsch. Du glaubst doch nicht, dass das Zufall ist. Es ist über viele Kilometer die einzige Stelle, wo sich jemand verbergen könnte. Sonst ist überall der Blick frei.«

Sie hatte recht, wenn sich jemand einen Ort für einen Hinterhalt aussuchen wollte, dann wäre es in großem Umkreis genau diese Stelle gewesen, aber wir durften es uns nicht so einfach machen.

»Ich steige aus, gehe zu ihr vor und spreche mit ihr«, sagte ich. »Du lässt den Motor laufen und wartest, bis ich dir ein Zeichen gebe, dass du nachkommen kannst.«

Ich hatte schon die Tür geöffnet, als Xenia noch einmal sagte, sie traue der Sache nicht, und mich bat, sitzen zu bleiben.

»Hinter den Büschen hat sich etwas bewegt.«

»Unsinn!« sagte ich. »Du siehst Gespenster.«

»Doch!« sagte sie. »Schau nur!«

Ich schaute genauer hin, aber es gab kein Anzeichen einer Bewegung. Bloß wirkte die Frau jetzt noch ängstlicher. Sie lag buchstäblich auf der Motorhaube, ihre Augen im Scheinwerferlicht wie die eines Tieres, das gebannt auf seine Verfolger starrte, nur ein paar Schritte in die Dunkelheit machen müsste, um ihnen zu entwischen, aber nicht mehr fähig dazu war und das längst gesprochene Todesurteil auf sich nahm. Sie konnte uns in unserem Wagen nicht sehen, und dass wir sicher schon mehr als eine Minute lang dastanden und nichts weiter geschehen war, als dass ich die Tür geöffnet und wieder geschlossen hatte, ließ sie ohne Zweifel das Schlimmste fürchten.

»Wir müssen etwas tun«, sagte ich. »Wir machen ihr angst. Entweder wir fahren an ihr vorbei oder halten bei ihr an und erkundigen uns, was los ist. Einfach so stehenbleiben können wir nicht länger.«

Xenia hatte den Ganghebel in die Drive-Position geschoben, und unser Auto rollte jetzt mit dieser unerträglichen Langsamkeit los, die es eigentlich nur in amerikanischen Filmen gibt. Die Frau schien immer noch wie erstarrt zu sein, aber dann ging alles so schnell, dass ich mir im nachhinein Schritt für Schritt zusammensetzen musste, was davor geschehen war und was danach. In meiner ersten Erinnerung hätte ich geschworen, dass die Frau sich zunächst noch einmal Richtung Fahrbahnmitte bewegte und dass Xenia davon so erschrak, dass sie auf das Gas trat, aber in Wirklichkeit war es genau umgekehrt gewesen, Xenia war in plötzlichem Schreck auf das Gas getreten, und die Frau hatte sich dann mit erhobenen Armen vor den losschießenden Wagen geworfen, um uns am Vorbeifahren zu hindern. Es gab einen dumpfen Knall, gar nicht einmal so laut und gar nicht einmal so heftig, aber doch einen sehr spezifischen Knall, von dem ich eine Zeitlang, als ich den Vorfall nicht und nicht aus meinem Kopf zu tilgen vermochte, nicht abzubringen war, dass er anders geklungen hätte, wenn er von einem Tier gekommen wäre und nicht von einem Menschen. In der Stille danach waren wir schon hundert Meter gefahren, bevor Xenia auch nur daran dachte, auf die Bremse zu steigen, oder bevor ich die Idee hatte, mich umzudrehen und zurückzuschauen, und als das Auto endlich zum Stehen kam, saßen wir ein paar Sekunden lang da und wagten nicht uns anzusehen.

»Sag, dass das nur ein Alptraum war«, sagte sie schließlich flüsternd und auf eine Weise, als würde sie die Worte, die sie aussprach, gleichzeitig wieder einsaugen und damit ungesagt machen wollen. »Sag, dass es nicht geschehen ist.«

Ich öffnete die Tür, und die Wüste war pötzlich voller Leben, ein Rascheln, Schaben und Scharren unter dem Sternenhimmel, ein Fiepen und Greinen, das aus allen Richtungen kam. Als ich aussteigen wollte, versuchte Xenia mich zurückzuhalten, aber ich schüttelte ihre

Hand ab. Ich umarmte sie, spürte ihr Zittern, und dann stand ich draußen neben dem Wagen und vermochte mich kaum gegen den Eindruck zu wehren, von einem Sog erfasst zu werden, der mich mit sich in die Leere fortriss, bis ich mich umdrehte.

Der Schein der Hecklichter reichte bloß ein kleines Stück zurück, und nur weil ich wusste, wo das Auto stehen musste, konnte ich seine Umrisse vor dem Gebüsch mehr erahnen als tatsächlich sehen. Es kam kein Laut von dort, kein Laut von der Frau, was sofort bedrohlich wirkte, sie hätte schreien oder wehklagen müssen, und kein Laut auch von irgendwelchen Leuten, die ihr sicher längst zu Hilfe geeilt wären, hätte es mit dem Hinterhalt je etwas auf sich gehabt. Ich bewegte mich wie auf schwankendem Boden, als ich auf sie zuging, setzte einen Schritt vor den anderen, jederzeit zur Flucht bereit, als müsste ich achtgeben, dass niemand auf mich aufmerksam wurde, und erst die allerletzten Meter, während ich schon den leblosen, seltsam verdrehten Körper auf dem Boden liegen sah, rannte ich schließlich.

Noch bevor ich mich vergewissert hatte, dachte ich, dass die Frau tot war. Ich kann nicht sagen, warum, aber es war etwas an der Neigung ihres Kopfes, ein falscher Winkel, wie er auf die Schulter hing, etwas an ihrem Körper, als könnte er selbst im Liegen nicht verleugnen, dass die Knochen ihm keinen Halt mehr boten, etwas an der Gesichtsfarbe, das Bleiche, Fahle im Mondlicht, oder an der Konsistenz, das Wächserne, und gerade das dünne, ganz und gar unspektakuläre Rinnsal Blut an ihrem Mundwinkel. Trotzdem beugte ich mich zu ihr hinunter und stupste sie an der Schulter an wie eine Schlafende, unsicher, ob ich sie überhaupt wecken wollte, und dann heftiger und noch heftiger, weil ich erst jetzt richtig begriff, dass sie nicht mehr reagieren würde. Schließlich kniete ich mich neben sie und nahm ihr Handgelenk, um ihren Puls zu fühlen, knöpfte ihren Parka auf, um besser an ihr Herz zu kommen und es vielleicht doch noch zu massieren und sie zu beatmen, und sah, dass sie darunter nichts anhatte als einen BH und einen Slip, beide rüschenbesetzt, und sonst nackt war.

Obwohl ich wusste, dass es sinnlos war, legte ich ihr meine Hände auf die Brust und drückte ein halbes Dutzend Mal fest zu, presste meinen Mund auf ihren Mund, mehr ein verzweifelter Kuss als etwas, das ihr vielleicht geholfen hätte, und hielt die Luft an, bevor ich den Parka wieder zuzuknöpfen begann. Dabei bemerkte ich, dass sie an den Füßen nur Flip-Flops trug, ganz und gar ungeeignet gegen die zunehmende Kälte, und verspürte den Drang, sie zu bedecken, nur ihre Zehen, während mich ihr Gesicht mit den leer in die Nacht starrenden Augen nicht störte. Dann richtete ich mich auf und stand neben ihr, und ehe ich wusste, was ich da tat, hatte ich angefangen zu beten, meine Hände vor dem Kinn, den Kopf in den Himmel erhoben.

Ich hatte nicht gemerkt, dass Xenia mir in einigem Abstand gefolgt war, aber jetzt trat sie vor mich hin, und das Entsetzen, das sich in ihrem Gesicht breitmachte, war nicht Entsetzen über die reglos daliegende Frau, sondern über mich.

»Ist sie …?«

Sie packte meine Hände, die ich zwar nicht gefaltet hatte, die auf sie aber wie gefaltet wirken mussten, und riss sie auseinander.

»Was soll das?« sagte sie. »Sie ist doch nicht …«

Sie hatte die Frau noch gar nicht richtig angesehen, aber jetzt beugte sie sich zu ihr hinunter, die Arme merkwürdigerweise hinter dem Rücken verschränkt, und inspizierte sie wie ein Ausstellungsstück.

»Wie kann sie uns so etwas antun?«

Sie richtete sich ganz langsam wieder auf.

»Ich habe sie doch kaum gestreift!«

Dann drehte sie sich zu mir, legte mir ihre Hände auf die Schultern und rüttelte mich, als brauchte es nur ein Wort von mir, um alles ungeschehen zu machen.

»Warum unternimmst du nichts?« sagte sie. »Das kann doch nicht wahr sein! Was stehst du so herum? Sag doch wenigstens etwas!«

Damit warf sie sich an meine Brust und schluchzte laut los, und im selben Augenblick sah ich über sie hinweg hinter einer leichten Anhebung in der Ferne die Lichter eines Autos auftauchen. Zuerst war es nur ein unsicherer Strahl in der Nacht, und ich dachte noch, ich könnte mich getäuscht haben, es könnte mit dem Wetter zu tun haben oder tatsächlich immer noch mit den

Atombombentests, die mir nicht aus dem Kopf gingen und die für mich auch nach Jahrzehnten die verrücktesten atmosphärischen Phänomene in einem weiten Umkreis erklärten, so dass ich mich keineswegs gewundert hätte, wenn golden und silbern glitzerndes Lametta aus dem Himmel gefallen wäre, aber da wurden schon die beiden Scheinwerfer sichtbar, und es gab keinen Zweifel. Der Wagen musste uns in wenigen Minuten erreicht haben, und doch löste ich mich lange nicht aus der Umklammerung, in der Xenia mich jetzt umfasst hatte, und schaute nur hin.

»Da kommt jemand«, sagte ich schließlich kaum hörbar und immer noch reglos. »Wir müssen die Frau zur Seite schaffen.«

Ohne auch nur eine Sekunde nachzudenken, hatte ich damit alles vorgegeben. Der Wagen kam aus der Gegenrichtung und würde zuerst Xenias Auto erreichen, und weil sie die Scheinwerfer angelassen hatte, allem Anschein nach sogar aufgeblendet, würden wir im Dunkeln dahinter für die Insassen lange nicht zu sehen sein. Ich streifte Xenias Arme ab, und was ich von da an tat, hätte nach dem exakten Drehbuch eines Films geschehen können, und ich konnte es mir im nachhinein nur damit erklären, dass ich auf die Unwirklichkeit der Situation als Schauspieler reagierte, der die Rolle spielte, die von ihm erwartet wurde. Jedenfalls lief ich zu ihrem Auto vor, setzte mich hinein und fuhr im Rückwärtsgang bis zu dem Wagen der Frau zurück. Dort sprang ich heraus und sagte zu Xenia, sie solle einsteigen, sich flach auf die Rückbank legen und sich nicht rühren, bis ich Entwarnung gäbe. Dann packte ich die in der Kälte bereits stark abgekühlten Hände der Frau und zog den Körper hinter die Büsche am Straßenrand. Es waren nur ein paar Meter, und doch war der Widerstand auf dem Sand- und Schotteruntergrund so groß, dass ich ins Keuchen geriet. Der sich nähernde Wagen war nur mehr ein paar hundert Meter entfernt, als ich damit fertig war und an die Tür von Xenias Auto gelehnt wartete, bis er mich erreicht hatte.

Mit seinem überdimensionierten Motor grollte und donnerte er zitternd aus mindestens acht Zylindern, als er neben mir hielt, ein richtiges Schlachtschiff aus der Straßenkreuzerzeit, und während der Fahrer das Fenster herunterkurbelte, flog mir der würzige Geruch entgegen, der mir sagte, dass er im Zweifelsfall wahrscheinlich selbst einiges zu verbergen hätte.

»Alles in Ordnung?«

»Ja«, sagte ich. »Ich habe mich nur über das Auto gewundert, das hier verlassen in der Dunkelheit steht.«

»Kein Fahrer?«

»Soweit ich sehen kann, nein«, sagte ich und blickte mich um, als müsste jederzeit einer auftauchen. »Nicht die geringste Spur von ihm.«

Viel hätte nicht gefehlt, und ich hätte »von ihr« gesagt, so dass ich im nächsten Augenblick vor Schreck einen Fehler beging, indem ich es verkrampft ausbuchstabierte.

»Ich nehme an, wir tun niemandem unrecht, wenn wir davon ausgehen, dass es sich um einen Mann handelt.«

Damit deutete ich vage in die Ferne.

»Wo auch immer er steckt, er scheint sich auf jeden Fall davongemacht zu haben.«

Der Mann sah mich lauernd an, ein knapp sechzigjähriger, allem Anschein nach dickleibiger Kerl, der jetzt sogar den Kopf herausstreckte, eine spiegelglatte Glatze mit einem traurigen Haarkränzchen, und sich vor- und zurückdrehte, als hätte er einen grundsätzlichen Verdacht, der sich erst konkretisieren müsse. Ich konnte nur hoffen, dass Xenia auf der Rückbank sich nicht rührte, weil ich sonst sein Misstrauen sicher nie wieder zerstreuen könnte, und was er auf *seiner* Rückbank hatte, vermochte ich durch die getönten Scheiben nicht zu sehen und wollte ich mir auch lieber erst gar nicht vorstellen, weil mir sonst sicher als allererstes zwei richtig üble Brüder mit Pumpguns auf dem Schoß eingefallen wären. Wenn er auf die Idee kam, pinkeln zu müssen, und sich dafür einen Platz hinter den Büschen suchte, war ohnehin alles aus, aber im Grunde genommen brauchte er nur auszusteigen und würde trotz der Dunkelheit die Schleifspur quer über die Straße sehen.

»Sie sind vielleicht witzig«, sagte er. »Wohin sollte sich hier einer davonmachen? Sie können ohne jedes Ziel gehen, solange Sie wollen, und es sieht überall gleich aus. Was ergibt das für einen Sinn?«

»Aber er kann sich ja nicht in Luft aufgelöst haben.«
»Sind Sie da sicher?« sagte er. »In der Wüste verschwinden immer wieder Leute. An solchen Orten kommt manchmal einen ganzen Tag lang niemand vorbei, und wenn doch, ist es garantiert der Falsche. Bis zum nächsten Nest sind es über zwanzig Meilen, und die einzigen, die hier draußen leben, sind ein junger Rancher und seine Frau mit ihren beiden Kindern. Es könnte ihr Auto sein.«

Das schien ihn auf eine Idee zu bringen, und er streckte seinen Kopf noch weiter vor, dass ich schon Angst hatte, er werde wirklich aussteigen, aber dann besann er sich anders, fragte mich, wo ich herkäme, und lachte, als ich erwiderte, wie er das meine.

»Sie müssen meine Frage nicht beantworten. Dafür habe ich Verständnis. Wenn wir es metaphysisch betrachten, wissen wir alle nicht, woher wir kommen und wohin wir gehen. Aber rein faktisch ist es nicht besonders intelligent, in dieser Gegend den Schlaumeier zu spielen. Also kommt man aus dem Norden und will in den Süden, oder man kommt aus dem Süden und will in den Norden. Verstehen Sie?«

Ich wusste, dass ich ihn jetzt nicht weiter ärgern durfte, aber es war gar nicht schwer, ihm willfährig zu sein, weil ich ahnte, worauf er abzielte. Wirkliche Information wünschte er wahrscheinlich gar nicht. Was er wollte, war Entgegenkommen, also brauchte ich mich nur für eine der angebotenen Alternativen zu entscheiden, auch wenn sie noch so nichtssagend waren, und das tat ich dann auch.

»Ich komme aus dem Norden und will in den Süden.«

»Warum nicht gleich?« sagte er. »Ich komme aus dem Süden und will in den Norden. So viel kann man einem Fremden schon anvertrauen, ohne sich sofort gemein mit ihm zu machen. Ich wünsche Ihnen eine gute Fahrt.«

Er schien zu überlegen.

»Sie sollten im übrigen ein bisschen vorsichtiger sein, einfach so in der Landschaft herumzutappen«, sagte er dann. »Erst vor ein paar Tagen haben sich nicht weit von hier zwei Pumas über einen menschlichen Leichnam hergemacht. Haben Sie überhaupt ein Gewehr dabei? Wenn die einmal auf den Geschmack gekommen sind ...«

Dann tippte er mit zwei Fingern an seine Schläfe und setzte den Wagen wieder in Bewegung, ein feucht gurgelndes und röhrendes Geräusch, und ich stieg selbst ein, fuhr los und sagte gerade zu Xenia, die Luft sei rein, sie könne sich aufrichten, als ich im Rückspiegel sah, dass er anhielt, vielleicht zwei- oder dreihundert Meter von dem ohne Licht in der Dunkelheit stehenden Auto entfernt.

»Was macht der Verrückte? Ich kann es nicht glauben. Warum fährt er jetzt noch einmal zurück?«

Er fuhr tatsächlich rückwärts, was nur bedeuten konnte, dass er seinem unbestimmten Verdacht nachgehen und sich das unbeleuchtete Auto genauer ansehen wollte, und das schloss ein, dass er seinen eigenen Wagen verlassen würde, und damit die Gefahr, dass er auf die Schleifspur und auf die Leiche hinter den Büschen stieß. Ich zögerte keinen Augenblick und beschleunigte zuerst langsam, kaum merklich, damit er nicht meine plötzliche Panik wahrnahm, sollte er mich im Auge behalten, dann immer schneller, bis ich schließlich das Gas durchtrat und den Wagen schlitternd wie auf einer Luftkissenunterlage über den Schotter trieb. Zunächst war nichts zu sehen im Rückspiegel, nur die Dunkelheit, aber als ich schon aufatmen wollte, erschienen weit hinten seine Vorderscheinwerfer, und es gab keine andere Erklärung, als dass er alles entdeckt und nur wenige Sekunden gebraucht hatte, um sich einen Reim darauf zu machen, und jetzt die Verfolgung aufnahm. Ich drosselte das Tempo ein bisschen, jedoch bloß so weit, dass ich mir leisten konnte, die Lichter auszuschalten, und schon fuhr ich mit ausgeschalteten Lichtern in die unter dem Sternenhimmel im Mondschein auf einmal viel heller wirkende Nacht, in der die Straßenbegrenzung erstaunlich gut zu erkennen war.

Viel Vorsprung hatte ich nicht, im besten Fall gerade genug, doch wenn ich ihn geschickt nutzte, konnte ich vielleicht entwischen. Ich überlegte schon, das Auto einfach in den Sand hinauszusteuern und zu sehen, wie weit ich kam, bevor es steckenblieb, aber da erhaschte ich im Vorbeifahren im allerletzten Moment den Blick auf eine Abzweigung, setzte eilig zurück und rollte in den Weg hinein, der sich vor mir auftat und nach etwa hundert Metern an einem sinnlos im Nichts stehenden schmiedeeisernen Tor endete. Dort wendete ich und wartete mit laufendem Motor, bereit, aus der Sackgasse wieder hervorzubrechen, sollte es notwendig sein, und dann sah ich zu, wie die Lichter des Wagens sich schnell näherten und an der Weggabelung vorbei in der Ferne verschwanden, zwei zitternde Kegel in der Nacht.

Ich ließ ein paar Augenblicke vergehen, bevor ich zu Xenia sagte, es sehe ganz danach aus, als wären wir den Kerl endgültig los, und erst da wurde mir vollständig klar, was ich getan hatte, erst da erkannte ich deutlich, dass ich jede einzelne meiner Handlungen seit dem Unfall darauf angelegt hatte, ihr Unannehmlichkeiten zu ersparen, ohne dass sie mich auch nur darum gebeten hätte. An die Polizei hatte ich gar nicht gedacht, aber es würde jetzt nicht lange dauern, bevor die ersten Wagen mit flackernden Lichtern auftauchten, und bis dahin mussten wir uns aus dem Staub gemacht haben. Gefahndet werden würde nach einem Mann in den mittleren Jahren, der einen Pullover mit auffälligem Norwegermuster trug, weshalb ich mich als erstes davon befreite und überlegte, die Grenzerjacke wieder anzuziehen, dann jedoch lieber in Uniformhemd und Uniformhose blieb, die natürlich ihr eigenes Risiko bargen, wenn wir angehalten würden. Ich sagte zu Xenia, die immer noch auf der Rückbank saß, sie solle nach vorn kommen, und kaum dass sie sich neben mich gesetzt hatte, fragte sie, ob ich sicher sei, dass ich das alles machen wolle, dem Anschein nach ganz ruhig, geradeso, als würde sie nichts davon betreffen, aber sie konnte bereits im nächsten Augenblick die Tränen nicht mehr zurückhalten.

»Du musst das nicht tun«, sagte sie und vermied es, zu mir herüberzublicken. »Ich bin gefahren.«

Ich fragte nur, ob sie sich nach einer Flasche Wein und all dem Bier davor der Polizei stellen wolle, und fuhr dann nicht hinter dem in der Nacht verschwundenen Wagen her, sondern in die Gegenrichtung, zurück zu der Stelle, wo das unbeleuchtete Auto vor den Büschen stand, wieder mehr wie ein Schauspieler als wie jemand, der wirklich Entscheidungen traf. Ich wusste, dass Xenia immer ein Desinfektionsmittel bei sich hatte, und jetzt erbat ich es von ihr, stieg aus und machte mich daran, der toten Frau mit meinem desinfizierten Taschentuch die Finger abzuwischen. Ob das etwaige Spuren beseitigte, konnte ich nicht sagen, aber ich war so versessen darauf, dass ich nicht daran dachte, dass ich sie nicht nur an ihren Händen berührt hatte. Sie fühlten sich auch durch den Stoff eiskalt an, und es gab nicht den geringsten Zweifel, dass die Frau nicht mehr am Leben war. Ich sah in ihr Gesicht, das im Mondlicht größer wirkte, glatt und alabastern, und die offenen Augen starrten in den Himmel über ihr, als gäbe es ganz weit weg im Weltraum einen Punkt, auf den sie sich noch fokussieren könnten.

ZWEITER TEIL

Xenia nahm meine Hand, kaum dass ich wieder eingestiegen war. Sie sagte lange nichts, als ich losfuhr, und eine Weile wurde das Geräusch des Motors von dem von neuem heftiger aufkommenden Wind übertönt, der Sandböen vor uns herfegte und richtige Wächten aufblies. Nach etwas mehr als einer Viertelstunde erreichten wir die asphaltierte Straße, ohne dass uns ein einziges Auto entgegengekommen wäre, und gleich darauf an einer Kreuzung eine Tankstelle, ein Motel und ein Diner. Es war zu nah, als dass wir stehenbleiben konnten, ohne uns verdächtig zu machen, sobald die Nachricht von dem Unfall bis hierher drang, oder uns wenigstens dem Risiko auszusetzen, dass sich jemand an uns erinnerte, wenn in den folgenden Tagen ein ganzes Aufgebot von Sheriffs und Hilfssheriffs die Gegend durchkämmte und alle fragte, ob ihnen in der Nacht etwas aufgefallen sei, aber ich merkte mir den Ort mit seinem hoch über den Dächern der kleinen Ansiedlung im Himmel prangenden roten Stern, der sich in der Dunkelheit drehte.

Wir hielten erst eine halbe Stunde weiter auf der Hauptstrecke, wo wir im ständigen Kommen und Gehen nur zwei von Hunderten von Passanten waren, die jeden Tag dort durchkamen, und kaum auffielen. Ich bat Xenia zu tanken und einen Kanister mit Benzin zu kaufen, während ich im Auto sitzen blieb, damit ich in meinem Uniformhemd und meiner Uniformhose möglichst von niemandem bemerkt wurde, aber während sie ins Tankstellenhäuschen ging, um zu zahlen, konnte ich es dann doch nicht lassen und stieg aus, um die Frontpartie des Wagens zu untersuchen. Der Scheinwerfer auf der Beifahrerseite war zersplittert und das Blech rundum eingedellt, ein nicht sehr auffälliger Schaden, aber ich schaute mich sofort um, als müsste jeder, der ihn zufällig entdeckte, augenblicklich über alles Bescheid wissen. Dann fiel mir ein, die Kennzeichen zu kontrollieren, und ich stellte erleichtert fest, dass sie nach dem Regenguss, in den wir schon vor dem Unfall geraten waren, und der Fahrt durch die Sandsteppe genauso verdreckt aussahen, wie ich erhofft hatte, vorn und hinten vollkommen unleserlich, und dass sich im schummerigen Licht nicht einmal die Farbe des Autos mit Sicherheit feststellen ließ.

Ich konnte es nicht erwarten, bis Xenia zurückkam und wir den Ort so schnell wie möglich wieder verließen, und wir waren noch keine zehn Kilometer gefahren, als ich unter einer Brücke über ein ausgetrocknetes Flussbett stehenblieb. Dort nahm ich Stephens alten Pullover von der Rückbank, legte ihn neben eine Metallverstrebung, goss den Kanister Benzin darüber aus und warf ein brennendes Streichholz in den Haufen. Die Flammen schlugen in die Luft, und wir waren schon wieder auf der Straße, als Xenia sagte, ich machte das ja wie ein richtiger Profi, und wissen wollte, ob es mein erstes Mal sei oder ob ich noch andere Leichen hätte.

Als wir endlich vor unserem Hotel in El Paso ankamen, weinte sie wieder, und ich zögerte einen Augenblick, aber dann führte ich genau das aus, was wir vorher abgesprochen hatten. Ich sagte, sie solle sich festhalten, und fuhr den Wagen so gegen die Umfriedungsmauer des Parkplatzes, dass es genau die Frontpartie auf der Beifahrerseite traf und niemand wissen konnte, dass der Scheinwerfer dort davor schon zersplittert, das Blech eingedellt gewesen war. Es sollte aussehen wie die unglückliche Heimkehr von einer wilden Ausfahrt, und wir wollten, jeder eine Dose Bier in der Hand, aussteigen und lärmend auf den Eingang zugehen, so dass kein Mensch auf die Idee kam, wir hätten etwas zu verbergen. Der Aufprall war jedoch derart hart, dass Xenia mit dem Kopf gegen das Armaturenbrett schlug und ein paar Augenblicke vornübergebeugt und heftig atmend dasaß, bevor sie sich aufrichtete und ich im Licht der Parkplatzbeleuchtung den Cut auf ihrer Stirn sah, der sich rasch mit Blut füllte.

Ich hielt ihr das Taschentuch hin, mit dem ich der toten Frau die Hände abgewischt hatte, und Xenia presste es wortlos gegen ihren Kopf. Einen Augenblick verharrten wir schweigend, bevor ich sie fragte, ob es gehe, und wir waren gerade erst ausgestiegen, als ich Casey Beck entdeckte, der aus dem Hotel getreten war und offensichtlich alles mitbekommen hatte und sich gar nicht den Anschein gab, als wollte er unsere Privatheit respektieren, weniger ein Journalist als ein richtiger Schnüffler. Er stand lachend und leicht vornübergebeugt da und ließ seinen Blick zwischen Xenia und mir hin- und herschweifen.

»Was machen Sie denn für Sachen?« sagte er schließlich. »Das hat eben ausgesehen, als wären Sie absichtlich gegen die Mauer gefahren.«

Es war zwei Uhr am Morgen, und er hatte offensichtlich den einen oder anderen Whiskey Sour zuviel, so dass auf sein Gerede nichts zu geben war, aber natürlich horchte ich auf und wies ihn in seine Schranken.

»Was reden Sie da? Fällt Ihnen nichts Besseres ein, als dumme Scherze zu machen? Sehen Sie nicht, dass die Frau blutet?«

Er hüstelte, ganz unzweideutig betrunken.

»Natürlich sehe ich das. Wenn ich Ihnen bei Ihrem Manöver nicht zugeschaut hätte, müsste ich annehmen, Sie hätten sie geschlagen. Vielleicht sollten Sie das besser im Krankenhaus untersuchen lassen.«

Jetzt sagte Xenia, es sei nur eine Lappalie, und er beharrte nicht weiter darauf und gab sich stattdessen feixend seiner Neugier hin.

»Wo kommen Sie überhaupt her?«

Ich überlegte nicht lange.

»Aus Marfa.«

Das lag in einer ganz anderen Richtung, war ein sogenannter touristischer Hotspot, und auf dem Set hatten alle davon gesprochen, irgendwann vielleicht dorthin zu fahren, so dass es nur natürlich gewesen wäre, wenn wir es tatsächlich getan hätten, aber wieder reagierte er, als glaubte er mir nicht.

»So, so«, sagte er. »Ein romantisches Dinner?«

»Ein Dinner«, sagte ich so bestimmt, wie ich nur konnte. »Ob romantisch oder nicht, kann Ihnen egal sein.«

»Und was soll dieser Aufzug?«

Beim Aussteigen hatte ich mir meine Grenzerjacke über die Schulter gehängt, und er deutete abwechselnd darauf und auf meine Uniformhose.

»Ich habe mich nach der Arbeit nicht umgezogen«, sagte ich. »Aber ich wüsste nicht, warum Sie sich dafür interessieren sollten.«

Davon ließ er sich nicht im geringsten aus der Ruhe bringen, im Gegenteil, er machte einfach weiter, als hätte ich ihn nicht zurückgewiesen.

»Sie sehen damit ja auch nicht schlecht aus.«

Das begleitete er mit einem sauren Lachen.

»In Marfa gibt es auf jeden Fall ein wunderbares Restaurant, wo man jeden Tag frischen Fisch aus dem Golf bekommt«, sagte er dann. »Ich habe mir sagen lassen, dass Leute von weit her dorthin fahren, wenn sie ihr tägliches Fleisch nicht mehr sehen können.«

Ich glaubte ihm seinen Konversationston nicht, aber andererseits konnte er natürlich nichts wissen, und es lag wohl nur an seinem professionellen Misstrauen. Bei unserem Gespräch in der Bar des Hotels hatte ich ihn nicht als regelrecht unsympathisch empfunden, aber jetzt in Begleitung von Xenia schien er mir alles zuzutrauen und alles unterstellen zu wollen, und seine saloppe Anspielung, ich könnte sie geschlagen haben, war nur der plakativste Ausläufer. Er hatte bei seinen Recherchen in Juárez sicher Erfahrungen gemacht, die ihn Männern gegenüber grundsätzlich mit Argwohn erfüllten, aber es war nicht der Ort, und es war nicht die Zeit, mich von ihm in ein solches Gespräch ziehen zu lassen.

»Wenn Sie etwas zu sagen haben, sagen Sie es«, sagte ich. »Wenn nicht, halten Sie den Mund und lassen uns in Frieden.«

Ich bereute es im selben Augenblick, weil er ostentativ beiseite trat und uns nachblickte, während Xenia und ich auf den Eingang zugingen, geradeso, als wäre für ihn in der Sache noch nicht das letzte Wort gesprochen. Er hatte mir zugeschaut, wie ich das Auto von der Mauer zurückgesetzt und auf einem freien Parkplatz abgestellt hatte, und war sich nicht zu blöd gewesen, sich im spärlichen Licht über die Motorhaube zu beugen, den Schaden lange zu begutachten und schließlich zu sagen, das werde wohl teuer kommen. Ich hätte ihn am liebsten am Nacken gepackt und seinen Kopf gegen das Blech geschlagen, aber ich musste ihn gewähren lassen und konnte mir nur Xenia gegenüber Luft machen.

»Wie kann jemand bloß so aufdringlich sein!« sagte ich. »Er nimmt uns kein Wort ab, aber das ist nicht unser Problem.«

Wir wohnten auf derselben Etage, und als wir den Aufzug verließen, zögerte Xenia, und dieses Zögern ging mir noch Monate später nach. Sie stand fröstelnd da, rieb sich mit beiden Händen die Oberarme, und obwohl es keinen Sinn ergab, erinnerte mich etwas an ihrem Blick an den Blick der toten Frau, so weit in der Ferne schienen ihre Augen zu suchen. Sie sagte: »Gute Nacht«, und ging immer noch nicht, und dann dankte sie mir und machte keine Bewegung, und wenn ich im nachhinein daran dachte, dachte ich immer, dass sie drauf und dran gewesen war, mich zu fragen, ob ich bei ihr schlafen könne. Ich mochte mich täuschen, schließlich lag ihr Zimmer direkt neben dem von Stephen, und es wäre der schiere Wahnsinn gewesen, wenn er uns ertappt hätte, aber es war nicht nur, dass sie den Anschein erweckte, das Alleinsein nicht auszuhalten, es war mehr, und das ließ mich erschauern. Es war, als wollte sie sich hingeben und mich durch ihre Hingabe binden, ein Pakt, der uns noch fester zusammenschloss, als wir durch den Unfall je sein konnten, der längst kein Unfall mehr war oder jedenfalls nicht nur, sondern eine Straftat mit zwei Tätern, die auf gegenseitiges Schweigen angewiesen waren.

In meinem Zimmer angekommen, stellte ich mich ans Fenster und schaute nach Juárez hinüber, und wenn ich den ganzen Tag nicht an Sagrario gedacht hatte, überfielen mich die Gedanken jetzt wieder. Ich konnte nicht verhindern, dass sich ihre Geschichte für mich auf unheilvolle Weise mit der Geschichte der toten Frau verband, die wir am Straßenrand zurückgelassen hatten. Zu der Zeit stand sie vielleicht noch im Catedral, wieder mit nichts auf dem Körper als ihrem papierdünnen Kleidchen, Augen und Mund zu einem Puppengesicht geschminkt, und wenn sie wenigstens von mir in dieser Nacht nichts zu fürchten hatte, musste sie sich hüten, mit dem falschen Mann in die Finsternis hinauszugehen, und wahrscheinlich war jeder, der sich dort aufhielt, ein falscher, weil es in ihrer Situation den richtigen nicht gab.

Der Nachtportier hatte mir erzählt, dass während der mexikanischen Revolution manche Hotels in der Stadt Aussichtsplätze vermietet hätten, von denen man die Kämpfe auf der anderen Seite der Grenze hatte beobachten können, aber ich sah jetzt von meinem Platz im achten Stock nichts, weil die neuen Kämpfe im Verborgenen stattfanden und erst im ersten Licht des Tages sichtbar wurde, was in den Stunden davor geschehen war, wenn sich wieder ein lebloser Körper am Ende einer Sackgasse oder auf einer Brachfläche fand. Die Dunkelheit war irritierend ruhig, kein Staub in der Luft, wie ich es in dieser Durchdringung in der Zeit unseres Aufenthalts noch nie erlebt hatte, eine Klarheit, in der die Lichter jenseits des Flusses zum Greifen nah waren. Ich öffnete das Fenster einen Spalt, und der Lärm setzte mit Verzögerung ein, das übliche Rauschen und Brausen einer Stadt, das nie aufhörte und aus dem sich dann einzelne Laute hervorhoben, das Aufheulen vielleicht eines Motorrads, das Schrillen einer Polizeisirene, das von irgendwoher näher kam und sich dann in der Ferne verlor, das Flappen und Tosen eines über die Dächer jagenden Hubschraubers. Bei der Vorstellung, was da draußen alles im Gang war, wurde mir schwindlig, es half nicht, die Augen zu schließen, aber wenn mir jemand gesagt hätte, dass es bloß ein Alptraum sei, wie es Xenia gleich nach dem Unfall getan hatte, hätte ich trotzdem wenig entgegenzusetzen gehabt und vielleicht sogar zu unser aller Glück und Segen zugestimmt, als wüsste ich nicht, dass sich hinter dem Wort manchmal nur ein anderer Name für die Wirklichkeit verbarg.

SIEBTES KAPITEL

Als ich erfuhr, dass Luzie versucht hatte, sich die Pulsadern aufzuschneiden, dachte ich im selben Augenblick zwei Dinge. So klar, wie ich das jetzt sage, war es wohl nicht, aber die Worte brachten wenigstens ein bisschen Ordnung in meinen Kopf, in dem es keine Ordnung mehr gab. Zuerst wehrte ich mich, überhaupt nur den Ernst der Sache zu akzeptieren, weil es einfach nicht sein durfte, und ich konnte auch später noch manchmal in die verharmlosende Formulierung verfallen, die sie selbst dafür gebrauchte, sie habe an ihren Handgelenken herumgeschnippelt, doch dann fiel mir als erstes der Satz ein, den ich vor wenigen Wochen zu ihr gesagt hatte, als wir darüber gesprochen hatten, was das Schlimmste sei, das ich in meinem Leben getan hätte. Das Schlimmste war gerade geschehen, ob ich es getan hatte oder nicht, und ich erinnerte mich merkwürdigerweise daran, wie ich damals ausweichend und zu meiner Verteidigung erklärt hatte, ich hätte niemanden umgebracht und ich hätte niemanden so weit getrieben, dass er sich selbst das Leben genommen habe. Das hatte damals schon nur halb gestimmt, weil ich damals schon nicht nur die Tote am Straßenrand in der Wüste von New Mexico, sondern auch meine Geschichte mit Sagrario gehabt hatte, von der ich nicht sagen konnte, was ihre Erfahrung mit mir und solchen wie mir für sie bedeutet hatte und ob sie noch lebte, aber es stimmte angesichts von Luzies Selbstmordversuch jetzt nicht einmal mehr halb.

Das zweite, was mir augenblicklich in den Sinn kam, war eine weitere Rolle, die zu spielen ich abgelehnt hatte und von der ich jetzt unsinnigerweise dachte, sie hätte mich vielleicht auf die Situation vorbereiten können. Sie war mir erst vor zwei Jahren angeboten worden, der Monolog eines Vaters, dessen Tochter sich das Leben nimmt, aber ich hatte nein gesagt, weil es sich bei dem Vater um den bosnisch-serbischen General handelte, der hauptverantwortlich für das Massaker von Srebrenica war und in dessen Haut und, noch mehr, in dessen Hirn ich nicht schlüpfen mochte, ganz abgesehen davon, dass ich nicht einmal seinen Namen erwähnen wollte. Ich kannte diese Berührungsängste als Schauspieler sonst eher nicht, aber bei ihm, vielleicht auch weil er zu der Zeit noch auf der Flucht war, hatte mich mehr und mehr der Ekel gepackt. Seine Tochter, das kam aus der Wirklichkeit, war Studentin und hatte sich mit seiner Dienstpistole erschossen, angeblich weil sie von seinen Greueltaten erfahren hatte, und das Stück lässt den Alten, der gerade noch Tausende Menschen in den Tod geschickt hatte, mit seinem Schicksal richten und rechten und lotet die Frage aus, inwieweit ein solches Unglück selbst ein Monster wieder zu einem Menschen macht oder inwieweit man selbst einem Monster in einer solchen Tragödie menschliche Züge zugestehen will, aber das war banal, weil nur ein Mensch ein Monster sein kann und weil jedes Monster, es sei denn, es wäre erfunden, zuallererst ein Mensch ist. Ich hatte das Manuskript anfänglich mit Bewunderung für den Mut des Autors, dann mit zunehmender Abscheu gelesen, weil es zu guter Letzt doch darauf hinauslief, dass man einen Schlächter um seinen Augenstern und um sein ein und alles jammern ließ. Am Ende kniet er in einer Kirche und muss zusehen, wie die Toten, die auf seinen Befehl umgebracht worden sind, seine Tochter in ihren Kreis aufnehmen und für immer als eine der Ihren reklamieren, Fleisch von seinem Fleisch, das jetzt einer anderen Welt angehört und ganz denen, die er zu seinen ärgsten Feinden erklärt hat.

Ich machte mich gerade zum Ausgehen bereit, als Mirko mich anrief und sagte, es sei ein Unglück geschehen. Es war früher Abend, ich hatte den Nachmittag mit Nichtstun verbracht, lange gelesen und dann ein Bad genommen, eineinhalb Stunden in der Wanne mit Blick auf die Berge, und weil ich auch noch eine Flasche Weißwein zur Hälfte oder eher zu zwei Dritteln oder genaugenommen fast ganz ausgetrunken hatte, war ich halb benommen und nahm die Nachricht mit Verzögerung auf. Dazu kam, dass Mirko erst herumdruckste, er müsse mir etwas mitteilen, das er mir lieber ersparen würde, und dabei auch noch auf eine Art flüsterte, die ich von ihm nicht kannte und die es mir zusätzlich erschwerte, ihn zu verstehen.

»Es geht um Luzie«, sagte er schließlich, als könnte es einen anderen Grund geben, dass er sich bei mir meldete, und als hätte ich das nicht längst begriffen. »Sie ist im Krankenhaus.«

Dann rückte er nach und nach mit der Geschichte heraus, gegen die wegzuhören nicht half.

»Sie hat sich selbst verletzt.«

Ich wartete, und immer noch kämpfte er mit jedem Wort, reihte fast tonlos Silbe an Silbe.

»Sie hat sich mit einem Messer ...«

Er unterbrach sich, als wäre allein die Vorstellung zu furchtbar, und beschwichtigte mich.

»Es geht ihr gut.«

»Was soll das heißen?«

»Sie hat sich geritzt.«

»Sie hat was?«

»Sie hat viel Blut verloren, aber sie ist in keinem kritischen Zustand.«

Allein dass er das hervorhob, bedeutete für mich das genaue Gegenteil. Luzie war offenbar in einem kritischen Zustand, egal, ob das die richtige medizinische Bezeichnung war oder nicht, und ich musste mir von diesem Milchgesicht sagen lassen, dass sie sich nur geritzt hatte und dass es ihr gutging. Ich wartete ein paar Augenblicke, und als er schließlich anfing, sich zu entschuldigen, fiel ich ihm ins Wort.

»Das nennst du auf sie achtgeben?«

Es war sinnlos, aber gleichzeitig war mir klar, dass man sich in einer solchen Situation noch so oft sagen konnte, es gebe keine Schuldigen, man fing sofort mit dem Suchen danach an, es war einem jeder recht, und in Ermangelung von anderen Opfern musste Mirko für mich herhalten.

»Warum glaubst du überhaupt, mir das so einfach erzählen zu können?« schrie ich ihn an. »Du hast mir hoch und heilig versprochen, ich kann dir vertrauen, dass du auf sie achtgibst.«

»Ich habe auf sie achtgegeben.«

»Du hast gar nichts!« schrie ich. »Hast du wirklich nicht begriffen, dass sie anders ist?«

Jetzt hatte ich es doch ausgesprochen.

»Sie ist ...«

Natürlich wusste ich, wie lächerlich das war, aber was ich da mit Mirko machte, nahmen sich alle anderen dann mit mir heraus. Sie brauchten es nicht zu äußern, doch ich fühlte mich von ihnen angesehen, als gäbe es keinen Zweifel, dass ich der Schuldige war. Es begann mit den Schwestern im Krankenhaus oder eigentlich schon am Empfang, die Blicke, nachdem ich dorthin gefahren war und das Auto einfach vor der Notfallchirurgie mitten auf der Straße hatte stehenlassen, der leicht mitleidige Unterton in den Stimmen, wenn ihnen klar wurde, wer ich war, dazu der unausgesprochene Vorwurf, und der Arzt, der mich beiseite zog, um ein Gespräch mit mir zu führen, verdeutlichte mir, dass es einerseits keinen Sinn habe, die Frage nach dem Warum zu stellen, und dass sie andererseits doch gestellt werden müsse, um eine Wiederholung in Zukunft zu vermeiden. Er war so jung, dass er entweder noch in Ausbildung war oder seine Ausbildung jedenfalls noch nicht lange abgeschlossen haben konnte, und sprach dennoch mit mir, als hätte er schon alle Erfahrungen gemacht oder als brauchte es keine Erfahrungen, um darüber zu sprechen, als genügte es, über die Konstellation Bescheid zu wissen, Vater und Tochter, dazu die fehlende Mutter, und es wäre alles gesagt.

Ich trat vorsichtig an Luzies Bett und war nicht darauf gefasst, wie fragil sie wirkte in ihrem Krankenhaushemd, beide Hände einbandagiert auf der Bettdecke, ihre Wangen wächsern, das Piercing in der Oberlippe entfernt, das Loch gerade noch wahrnehmbar. Mirko hatte bei meinem Eintreten wortlos das Zimmer verlassen, und ich hatte mich auf Zehenspitzen genähert, weil ich von der Tür aus sah, dass sie die Augen geschlossen hatte. Sie öffnete sie, als ich sie am Oberarm berührte, und richtete ihren Blick auf mich, den ich nicht zu interpretieren vermochte. Er kam mir unsicher und selbstbewusst aggressiv zugleich vor, und ich erhaschte ihn nur gerade eben, bevor sie sich zur Wand drehte und von mir abgewandt leise sagte, es tue ihr leid. Im nachhinein war sie vielleicht die einzige, die mir keine Schuld gab, und ich erinnerte mich später immer daran, wie froh ich war, dass sie auch in dieser Situation englisch mit mir sprach, und wie bereitwillig ich ihr auf englisch antwortete und dabei achtgab, dass ich ihr beim Sprechen nicht zu nahe kam, damit sie nicht den Alkohol in meinem Atem wahrnahm. Sie versicherte mir wieder und wieder: »I didn't mean to do it, Papa«, und ich hörte nicht auf, »It's ok« zu flüstern: »It's ok, Luzie, it's ok.«

Danach harrte ich mehr als zwei Stunden bei ihr aus, ohne dass sie noch etwas sagte und ohne dass ich etwas sagte, meine Hand auf ihrem Ellbogen, die sie nicht zurückwies, nicht das geringste Zucken. Ein paarmal wurde die Tür geöffnet, jemand warf einen Blick herein und zog sich gleich wieder zurück, und ich saß nur an ihrer Seite und schaute zu ihr hinunter. Sie war manchmal so dagelegen, wenn es Probleme in der Schule gegeben hatte und sie am Morgen nicht aus dem Bett gekommen war. Zwar hatte sie nie etwas gesagt, aber ich wusste, wie sehr sie gelitten hatte, als ihre beste Freundin sich von ihr abgesetzt hatte, und die Erinnerung schmerzte mich immer noch, wie ich in jener Zeit mittags manchmal vor dem Schulgebäude gewartet hatte und wie sie lange nach ihren Mitschülerinnen als letzte herausgekommen war, eine ewige Nachzüglerin, die sich längst auch von allen anderen nicht mehr gewollt fühlte und das in ihren Augen, in ihrem Gang, in ihrer ganzen Physiognomie vor sich hertrug. Ich hatte sie bei den ersten beiden Malen angesprochen, aber sie hatte mich weder gehört noch gesehen und war mit starrer Miene an mir vorbeigegangen, so dass ich ihr alle folgenden Male einfach in den Weg trat, sie in mich hineinlaufen ließ und die Arme um sie schloss. Das war natürlich kein Allheilmittel, aber wenn ich jetzt die Möglichkeit gehabt hätte, das zu tun, hätte ich es getan, und ich dachte eine Weile darüber nach, ob ich mich nicht zu ihr legen und mich zwischen sie und die Wand drängen sollte, als wäre dann alles gut.

Schon am Gehen, entdeckte ich auf einem Klemmbrett am Bett ihren ungeliebten Namen, in Blockschrift und mit blauer Tinte hingeschrieben, die Buchstaben in auffallend großem, wie schamhaftem Abstand voneinander. Ich hatte mich Riccarda gegenüber durchgesetzt, unsere Tochter sollte nach meiner Großmutter Aloisia heißen, und obwohl niemand das je beibehielt, obwohl sie für die meisten nicht einmal mehr Luise oder Loisa, sondern längst Luzie war, wie ich sie immer schon genannt hatte und wie sie sich der Einfachheit halber, aber wohl auch, um die Erinnerung an ihr früheres Leben abzulegen, in England konsequent selbst zu nennen begonnen hatte, stand es so in ihrem Geburts- und Taufregister, stand es in ihrem Pass und stand es jetzt offensichtlich auch in ihrer Krankenakte. Riccarda hatte gesagt, ich hätte Luzie als Kind mit diesem altertümlichen, ja, monströsen Namen nicht etwa liebevoll, sondern ironisch angesprochen und sie damit bereits vor ihren ersten Worten, ihren ersten Schritten für immer zu einer Fremden oder sogar Ausgestoßenen gemacht. Es konnte niemanden geben, der in unserer Zeit so hieß, also gab es sie nicht, und ich hätte den Auslöschungsprozess nur vervollständigt, indem ich ihr vor anderen den Namen schließlich ganz entzogen und von ihr nur mehr als von dem Kind gesprochen hätte. Zwar sah ich das anders, war diese Abstraktion, dieses Auf-den-Begriff-Bringen für mich nur ein hilfloser Versuch gewesen, meine Liebe und meine Zärtlichkeit auszudrücken, aber in der Situation, in der ich jetzt war, wogen meine Argumente wenig. Am Bett meiner Tochter, die gerade versucht hatte, sich die Pulsadern aufzuschneiden, hätte ich mit ihr auch alles richtig gemacht haben können, und es wäre doch nur falsch herausgekommen.

Von Mirko erfuhr ich ein paar Details, die mir aber auch nicht weiterhalfen. Er hatte auf dem Gang gewartet und gab mir mit hängenden Armen Auskunft, sein Gesicht grünlich bleich wie erbrochenes Milchmus, wie meine Großmutter gesagt hätte, der Schnurrbart nach wie vor wie aufgeklebt, eine einzige Parodie. Er war nur eine Stunde aus dem Haus gegangen, und bei seiner Rückkehr war Luzie mit blutenden Handgelenken im Bett gelegen. Kein Streit vorher, was ich ihm glaubte, nicht einmal eine Verstimmung, Pläne, am Abend ins Kino und danach noch etwas essen zu gehen, Pläne nicht nur für die kommenden Wochen und Monate, sondern für Jahre, ja, Pläne für ein ganzes Leben und, wenn Luzie überschwenglich wurde, nicht nur für eines. Er meinte, er könne natürlich etwas finden, wenn er etwas finden wolle, aber das könne man immer und bedeute nichts, und ließ eine Geschichte folgen, die mich stolz auf sie machte.

»Es hat sie gekränkt, dass ihr die Leute in meiner Gruppe nicht abgenommen haben, dass sie auf unserer Seite steht, weil sie Ihre Tochter ist«, sagte er. »Vielleicht sollte ich Ihnen das besser verschweigen, aber Sie werden es einordnen können.«

Ich wusste im ersten Augenblick nicht, dass er seine Aktivistengruppe meinte, die sich gegen den Transitverkehr einsetzte, aber es hätte genausogut jede andere Gruppe sein können, die meine politische Haltung als zweifelhaft empfand, wenn sie mir nicht überhaupt absprach, dass ich eine hatte. Es ging immer noch um meine Weigerung, Dubya zu verleumden, meine einmal brav gegebene Unterschrift auf ihrer Liste konnte das nicht aus der Welt schaffen, um von allen anderen Details wie meinem angeberischen englischen Sportwagen gar nicht zu reden, der für jeden denkenden Menschen ein Affront war, und Luzie sollte das ausbaden. Doch sie ließ sich davon nicht kopfscheu machen, wie Mirko es formulierte, und musste darum mit den Konsequenzen leben.

»Wenigstens die Hardliner in der Gruppe haben nicht verstanden, warum sie sich nicht klarer von Ihnen distanziert hat.«

Er zog ein banges Gesicht.

»Sie hat Sie im Gegenteil bei jeder Gelegenheit verteidigt«, sagte er dann und ließ sich nicht anmerken, ob er das richtig oder falsch fand.«Sie hat gesagt, Sie seien vielleicht naiv, in manchen Dingen nicht viel klüger als ein Dreizehnjähriger, aber alles andere als ein schlechter Mensch, und sie lasse nichts auf Sie kommen.«

Deshalb versuchte sich aber niemand das Leben zu nehmen, und das war es auch nicht, was mich wirklich aufhorchen ließ, sondern dass Mirko gleich darauf sagte, sie beide hätten erst vor kurzem über Kinder geredet, nicht ernsthaft, einfach nur so, und Luzie habe gesagt, sie habe keine Entscheidung je so definitiv getroffen wie die, dass sie sich unter keinen Umständen fortpflanzen werde. Nicht, dass ich das nicht hätte verstehen können, aber in seinen Worten klang es, als wollte sie mit jeder Zukunft am liebsten auch die Vergangenheit auslöschen. Denn Mirko sprach es so aus, dass es mich schauderte, die Kälte und Abweisung darin zu hören.

»Sie hat gesagt, es wäre schon besser gewesen, wenn sie nicht geboren wäre«, sagte er.»Warum sollte sie dann noch selber Kinder in die Welt setzen?«

Ich schluckte ein paarmal leer und schwieg. Die Frage, die ich nicht zu stellen wagte, war, ob Luzie, wenn sie sich gegen sie aussprach, Kinder überhaupt meinte oder nur Kinder, die *sie* in die Welt setzen konnte, Enkelkinder von mir, dem zweiten Jakob nach dem schon fehlgeleiteten und kinderlos gebliebenen ersten, meinem Onkel, Ableger einer problematischen Linie, die vielleicht auch wieder Komische wären, und ich war froh, dass in diesem Augenblick Friederike im Gang auftauchte und uns von unserem Gespräch erlöste. Mit fliegendem Pferdeschwanz eilte sie daher, von weitem schon auffallend in einem ihrer Männeranzüge, und hielt sich im Näherkommen eine Hand vor den Mund. Sie blieb so dicht vor mir stehen, dass Mirko reflexartig zwei Schritte zurückwich, und noch bevor sie etwas äußerte, liefen zwanghaft in meinem Kopf die Sätze ab, die sie zu mir gesagt hatte, nachdem wir zum ersten und letzten Mal nebeneinander wach geworden waren: »So also ist das mit dir. Verstehe, Jakob! So also ist das mit einem Frauenmörder.«

Es war absurd, aber ich konnte nichts dagegen tun, und es fehlte nicht viel, dass ich mich vor ihr zu rechtfertigen begonnen hätte. Denn ich hatte Luzie einmal wirklich fast umgebracht, aber das konnte Friederike nicht wissen. Sie war erst ein paar Monate alt gewesen, und ich hatte sie bei jeder Gelegenheit hoch in die Luft geworfen und wieder aufgefangen, und eines Tages war ich unter einem Torbogen gestanden, drauf und dran, sie wieder zu werfen, als mir im allerletzten Augenblick zu Bewusstsein kam, wo ich stand und was ich gerade im Begriff war, zu tun, und ich kaum zu den Steinblöcken einen knappen Meter über mir hinaufzublicken wagte und mich mit zitternden Armen und Beinen hinsetzen musste.

Friederike war in Luzies WG gewesen und hatte ein paar Sachen für sie mitgebracht, allem voran unter ihrem Arm den weißen Teddybären, den ich Luzie damals nach England geschickt hatte und dessen Kopf auf und ab baumelte, als gehörte er nicht zu einem leblosen

Spielzeugtier, sondern zu einem vor Schreck in Ohnmacht gefallenen Wesen, das sonst nicht die geringste Mühe hätte, ihn zu halten.

»O Gott!« sagte sie. »O Gott, Jakob, o Gott!«

Sie umarmte mich, und als sie sich entschuldigte, sie sei leider nicht dazu gekommen, sich bei Luzie für mich einzusetzen, merkte ich, dass sie umgekehrt dachte, sie müsse sich vor mir rechtfertigen.

»Ich kann dir nicht sagen, wie leid mir das tut.«

Dann bat sie mich, allein mit Luzie sprechen zu dürfen, und sie hatte schon die Tür zu ihrem Zimmer geöffnet, bevor ich etwas erwidern konnte. Ich stand mit Mirko auf dem Gang und wartete. Er sagte, ich solle ihm vertrauen, dass er meine Tochter nie schlecht behandelt habe, aber wenn er es hätte, würde er es jetzt zugeben, und wieder, wie bei seiner Feststellung, sie hätten keinen Streit gehabt, glaubte ich ihm. Dabei hörte ich ihm nur halb zu, und je mehr Zeit verging, um so mehr kam ich mir vor wie eine der Figuren in einem längst überholten Film, in dem es noch Ereignisse gab, von denen Männer ausgeschlossen waren. Sie blieben draußen, während drinnen ein Wunder geschah, und allein diese Situation erzeugte eine Nähe zwischen Mirko und mir, dass ich bloß zustimmend nickte, als er sagte, er gehe ein paar Minuten in den Hof hinunter. Ich schaute ihm nach, und als Friederike wieder herauskam, hätte es vielleicht nicht gerade eine Geburt sein können, der sie beigewohnt hatte, doch sie trat auf mich zu und meinte, ich müsse jetzt stark sein, sie werde mir ein paar Dinge erzählen, von denen mir danach sicher lieber wäre, ich hätte sie nie gehört.

So erfuhr ich, dass Luzie offenbar mehr trank, als ihr guttat, und so erfuhr ich auch das andere, das Friederike damit einleitete, dass sie zu bedenken gab, ich dürfe deswegen den Blick auf meine Tochter nicht verändern, sie sei fast noch ein Kind, und müsse versprechen, dass ich sie danach genauso liebte wie davor.

»Du darfst das nur nicht zu einer großen Sache aufblasen«, sagte sie. »Sie hat es drei-, viermal gemacht und längst wieder damit aufgehört, und am besten tust du, als hätte sie es nie getan.«

Das Trinken hätte mir vielleicht auffallen können, schon als sie noch bei mir gewohnt hatte. Bereits als Vierzehnjähriger hatte ich ihr manchmal ein halbes Glas eingeschenkt, stets mit dem Hinweis, dass es eine Ausnahme sei, aber zwei Jahre später hatte sie schon ganz selbstverständlich zum Abendessen Wein getrunken und oft auch am Nachmittag, wenn ich meine Flasche öffnete, einen Schluck mit mir genommen. Ich hatte kaum beanstandet, wenn sie am Freitag oder am Samstag über Nacht weggeblieben und morgens angeschlagen nach Hause gekommen war, solange sie mir versicherte, dass es beim Alkohol blieb. Es gab keinen Grund, irgend etwas davon zu romantisieren, aber ich war mit Säufern aufgewachsen in den Hotels meiner Eltern, und es war für mich keine ungewöhnliche Situation gewesen, dass ich mir den Frühstückstisch vor der Schule mit ein paar von der Nacht übriggebliebenen Trinkern teilte, die ihr erstes Katerbier tranken und ihr rohes Beef Tatar mit einem auf dem Fleischbatzen schwimmenden rohen Ei und grob geschnittenen, rohen Zwiebeln aßen. In der Verlegenheit eines Interviews hatte ich einmal gesagt, dass ich vielleicht Schauspieler geworden sei, weil mir der Unsinn ihrer betrunkenen Gespräche oft sinnvoller vorgekommen sei als das meiste andere, das ich im Dorf zu hören bekommen hätte, all die endlosen Geschichten, wer wen oder was kaufte und wer von wem gekauft worden war oder in Bälde gekauft werden würde, wenn er nicht achtgab. Ich hatte mir früh von ihnen abgeschaut, auf vermeintlich vernünftige Fragen vermeintlich unvernünftige Antworten zu geben, und war so einerseits der Mühle des Immergleichen, des hundertmal Gehörten und hundertmal Gesagten entkommen, andererseits als einer wahrgenommen worden, mit dem man kein ernstes Wort reden konnte, weil er alles ins Spielerische und Lächerliche zog. Vielleicht war ich deshalb im Umgang mit Luzie so ungenau und womöglich fahrlässig gewesen, weil das angeblich Normale vor dem angeblich nicht Normalen in meiner Kindheit immer so schlecht ausgesehen hatte und mir jede Abweichung von der Norm willkommen war, und sei es, dass ich eine vierzehnjährige, später fünfzehn- und sechzehnjährige Tochter hatte, die für ihr Alter ein bisschen viel oder genaugenommen viel zu viel trank.

Das andere war, dass Luzie sich ein paarmal von wildfremden Männern hatte abschleppen lassen, und als Friederike das mit diesen Worten aussprach, begriff ich es zuerst nicht in vollem Umfang und brauchte dann keine weiteren Details, um alles zu begreifen, auch wenn ich mich gegen dieses Begreifen wehrte und immer noch wehre. Es gab eine Bar auf dem Weg zur Grenze nach Italien mit ein paar Parkplätzen und einem vergessenen Baucontainer davor, die erst nach Mitternacht richtig in Betrieb kam, ein Schuppen hart am Rand zur Zwielichtigkeit, und allein mir Luzie darin vorzustellen reichte, dass ich alarmiert war. Ich benötigte Friederikes Erklärungen gar nicht, ich musste mir nur die Männer vor Augen führen, die dort verkehrten, um zu Luzie hineinlaufen und sie in den Arm nehmen und gleichzeitig jeden einzelnen von den Kerlen ausfindig machen zu wollen, mit denen sie angeblich mitgegangen war, und ihn damit zu konfrontieren, dass sie fast noch ein Kind ... dass sie anders ... dass sie meine Tochter ... und dass er seine Dreckfinger und seinen Drecks- ... Ich hätte schreien, ich hätte weinen, ich hätte das ganze Krankenhaus kurz und klein schlagen können und so lange rasen, bis mich ein paar Weißbekittelte zu Boden rangen und an Armen und Beinen fixierten oder mir am besten ein Pferde- oder Elefantenbetäubungsmittel in die Adern spritzten.

»Was heißt mitgegangen?«

Ich wusste es natürlich, aber ich fragte Friederike ein ums andere Mal, und sie weigerte sich jedesmal, deutlicher zu werden. Dann sah ich Mirko am Ende des Gangs wieder auftauchen, und als ich mich erkundigte, was mit ihm sei, sagte sie, ich solle ihn aus dem Spiel lassen, er wisse nichts und Luzie müsse selbst entscheiden, ob sie ihm irgendwann davon erzählen wolle. Dabei schaute sie in seine Richtung, ohne ihn anzublicken, während ein wehmütiger Zug in ihr Gesicht trat, und als er ein paar Meter von uns entfernt stehenblieb, um nicht zu stören, hätte ich gern die Möglichkeit gehabt, alles auf sich beruhen zu lassen, aber die hatte ich nicht.

»Sie ist mit Männern, mit denen sie davor kaum drei Worte gewechselt hat, in die Nacht hinaus?« sagte ich. »Ist es das, was du mir sagen willst? Zum Teufel, Friederike, dann sag es! Was für Männer?«

»Ach, Jakob!« sagte sie. »Männer eben.«

»Und was heißt in die Nacht hinaus?«

»Du weißt, was es heißt.«

»Ich weiß es nicht«, sagte ich. »Sie hat versucht, sich die Pulsadern aufzuschneiden, und du erzählst mir Geschichten. Sag mir lieber, wie lange du schon darüber informiert bist. Ich habe gedacht, du wärest auf meiner Seite.«

Als ich noch einmal zu Luzie hineinging, schlief sie. Sie hatte die Bettdecke bis zum Kinn gezogen, und ich hatte trotzdem das Bedürfnis, sie zuzudecken. Wenn ich ihr als Kind vorgesungen hatte und mir die Lieder ausgegangen waren, hatte ich manchmal zu den billigsten Schlagern gewechselt, um sie in den Schlaf zu singen, und mein Gehirn marterte mich jetzt mit der Erinnerung daran. »Schon der Gedanke, dass ich dich einmal verlieren könnte ...«, ging es mir durch den Kopf. »Dass ein anderer Mann dich einmal berühren könnte ...« Wie oft war ich in der Nacht zu ihr ins Zimmer getreten, wenn Riccarda verreist war, und hatte gelauscht, ob sie noch atmete. Sie hatte es lange »atnen« genannt, und ich war neben ihrem Bettchen gekniet und hatte mich zwischendurch immer wieder dabei ertappt, wie ich »Atne!« zu ihr gesagt hatte, als ginge es nicht ohne das Wort. Es war so einfach gewesen, sie zu behüten, und ihr Stimmchen mit vier, fünf, sechs Jahren: »Hast du einmal gelogen, Papa?«, »Hast du einmal gestohlen?«, »Hast du einmal ...?«, oder wie sie eines Tages aus dem Kindergarten heimgekommen war und Riccarda und mich »Ihr Sauen!« genannt hatte, wahrscheinlich gerade erst aufgeschnappt, um sich auszuprobieren, oder wie ihr noch lange nichts Besseres eingefallen war, als mich »Blöde Kuh!« zu nennen, wenn sie mich beschimpfen wollte. Sie hatte sich durch die Zehn Gebote arbeiten und sie wie in einem Abzählreim aufsagen können, doch irgendwann war die Frage weniger poetisch gewesen: »Bist du eigentlich jemals zu einer Prostituierten gegangen?«, und ich hatte erwidert: »Wie kommst du darauf, Luzie?«, und sie: »Nur so, Papa, nur so!« Die Gebete, die ich damals mit ihr gesprochen hatte, fielen mir nicht mehr ein, aber als sie noch ganz klein gewesen war, hatte ich meine Hände über ihren gefalteten Händen gefaltet und zu ihr gesagt, es gebe da noch jemanden, den man nicht sehen könne und der seine Hände über meinen falte, und das hätte ich jetzt am liebsten wieder versucht, aber ich wollte sie um nichts in der Welt wecken.

Riccarda war ganz Schweigen. Sie und Sascha kamen lange nach Mitternacht aus Berlin und saßen in meinem Wohnzimmer, und während ich mit ihm sprach, sah sie mich alle paar Augenblicke an, nur um gleich wieder demonstrativ den Blick von mir abwenden zu können, so erschien es mir wenigstens. Über die Jahre hatte sie es zur Perfektion darin gebracht, das Gespräch mit mir abzubrechen, wenn sie ihren Unmut zum Ausdruck bringen wollte, aber jetzt brauchte sie es nicht abzubrechen, weil sie gar nicht damit begann. Sie weinte ohne viel Tränen, tupfte sich jedoch in einem fort die Augen ab, Sascha legte seinen Arm um ihre Schultern, und was eine beschützende Geste sein sollte, war natürlich auch besitzergreifend. Er war unlängst erst am Deutschen Theater ins Ensemble aufgenommen worden und strahlte das in seinem ganzen Wesen aus, sprach mit mir beinahe gönnerhaft von Kollege zu Kollege. Ich hätte ihn gern gehasst, aber aus einer Pseudofairness, die ich mir auferlegt hatte, erlaubte ich mir das nicht. Er widerte mich an mit seiner Empfindsamkeit, ein Schauspieler, wie die Leute ihn sich vorstellten, ein richtiger Künstler, der seine Rolle in der Gesellschaft ernst nahm und aus jeder kleinen Bodenunebenheit einen Abgrund machte, weil er von wirklichen Abgründen keine Ahnung hatte, aber statt ihm das zu zeigen, lächelte ich ihn nur tapfer an, als würde ich es nicht sehen. Fast auf den Tag genau gleich alt wie ich, hätte man ihn wahrscheinlich zehn, wenn nicht fünfzehn Jahre jünger geschätzt, und wenn er sich mir bis dahin immer mit der größten Selbstverständlichkeit untergeordnet hatte, nahm er jetzt die kleinste Missstimmigkeit zum Anlass, seinen Raum zu veteidigen, und ging sogar so weit, in meinen eigenen vier Wänden die Rolle des Gastgebers zu beanspruchen, wenn er mir Wein nachschenkte und unter Riccardas zustimmendem Nicken pro forma ein paar Tröpfchen auch in ihr Glas und in seines goss. Er stellte die notwendigen Fragen, als hätte sie ihn auf der Fahrt präpariert, damit nicht sie selbst sie stellen musste und dennoch ihre Antworten bekam, und als sie sich aufmachten, hatte Sascha jede Gelegenheit genutzt zu beweisen, wie man mit einer solchen Situation verantwortungsvoll umging, während ich nur eine weitere Flasche Weißwein geleert hatte und Blicke von ihr auffing, als wäre ich ein einziger Schandfleck, um nicht zu sagen, der Abschaum der Menschheit. Ich bot ihnen mein Gästezimmer an, aber sie schliefen lieber im Hotel, und als sie schon an der Tür standen und Riccarda mich immer noch mit ihrer Missachtung strafte, trafen wir eine Verabredung, wer am nächsten Tag wann ins Krankenhaus gehen sollte, damit wir uns dort nicht begegneten, und ich schaute ihnen in der Gewissheit nach, dass ich sie in diesem Leben nie mehr oder jedenfalls sehr lange nicht mehr sehen würde.

Ich ging erst mittags wieder hin, und bevor ich überhaupt nur mit Luzie sprach, hatte ich mich zuerst mit Elmar Pflegerl auseinanderzusetzen. Denn als ich ihr Zimmer betrat, stand ein riesiger, cellophanverpackter Geschenkkorb samt einer Karte mit seinen Genesungswünschen auf ihrem Nachttisch, ein richtiges Ungetüm der Lieblosigkeit, und mich zu vergewissern, ob er wirklich von dem offensichtlich vollkommen durchgedrehten Biografen stammte und ihn zur Rede zu stellen war eins. Luzie telefonierte gerade, und ich nutzte die Gelegenheit, eilte auf den Gang hinaus und rief bei ihm an. Ich fragte ihn, was er sich einbilde, ich fragte ihn, woher er überhaupt wisse, dass Luzie im Krankenhaus sei, doch ich ließ ihn kein einziges Mal zu Wort kommen und drohte ihm diesmal nicht nur unterschwellig, sondern handfest, wenn er sich ihr noch einmal in irgendeiner Form nähere, würde ich ihm zeigen, warum ich nach wie vor die beste Besetzung für die zwielichtigsten Figuren sei. Am Ende legte er auf, aber ich zeterte noch weiter und stand wild gestikulierend da, bevor ich es merkte, mein Atem fliegend, meine Stirn erschreckend kalt.

Luzie erschien mir noch wächserner und noch zerbrechlicher als am Tag davor, als ich wieder eintrat. Sie hatte ihr Gespräch gerade beendet, saß hoch aufgerichtet im Bett, den Kopf auf zwei Kissen, und lächelte. Sie sagte: »Mama war hier«, und als ich nicht antwortete, hielt sie mir beide Handgelenke hin und meinte, es habe keinen Sinn, nach einem Grund zu suchen, was auch immer mir die Herren Doktoren erzählen würden, es sei alles nur Biochemie, als wollte sie mich damit trösten. Es war ihre Art, tapfer zu sein, auf die ich so stolz war, und ich erwiderte im gleichen kühlen Ton, ja, es sei Biochemie, aber es gebe da etwas, um diese Biochemie zu überwinden, man nenne es Liebe, und das sei vielleicht wieder nur Biochemie oder ein verdammter Algorithmus des Gehirns, aber doch auch etwas anderes. Dabei konnte ich nicht vermeiden, dass mir Tränen in die Augen traten.

»How are you, Luzie?«

Ich sagte es leise, und sie antwortete noch leiser.

»I'm ok, Papa.«

Bis dahin war ich nie auf die Idee gekommen, dass sie das Englischsprechen vielleicht nur für mich beibehielt, aber auf einmal dachte ich es und erschrak darüber. Selbst zu träge, zu bequem, zu feig und vielleicht auch nicht begabt genug, wirklich ein amerikanischer Schauspieler zu werden, wie ich es mir eine Zeitlang erträumt hatte, saß ich ausgerechnet in Innsbruck und hatte ihr die Last aufgebürdet, die Entheimatung, die mir nicht gelungen war, zu vervollständigen und ganz aus der Herkunft zu fliehen, aus der ich nur halb geflohen war. Ich erinnerte mich, wie glücklich mich jedes englische Wort aus ihrem Mund gemacht hatte, als sie aus dem Internat zurückgekehrt war, und selbst wenn ich es zuvor nie auf die Formel gebracht hatte, die mir jetzt einfiel, war etwas dran zu sagen, dass ich sie hundertmal lieber ausgewildert hätte, warum auch immer ich diesen Ausdruck plötzlich im Kopf hatte, als sie dort einzugliedern, wo wir herkamen, versprengte Abkömmlinge einer Hotel- und Skiliftbesitzerfamilie in den Bergen.

»I'm sure you will be fine, Luzie«, sagte ich. »A few days from now and you will ... I'm sure, Luzie ... You will ...«

Ich legte meine Hand auf ihre Stirn, und sie wehrte sich nicht, schaute mir nur darunter hervor in die Augen. In der Nacht hatte ich nicht eine Minute richtig geschlafen. Mir war die ganze Zeit durch den Kopf gegangen, was Friederike zu mir gesagt hatte, und ich hatte mich mit allen Mittel dagegen gesträubt, dass sich der Satz, Luzie habe sich von wildfremden Männern abschleppen lassen und sei mit ihnen in die Nacht hinausgegangen, in Bilder übersetzte, aber die Bilder waren überall, die Bilder waren an den Wänden, ob ich die Augen in der Dunkelheit weit aufriss oder ob ich sie geschlossen hielt, die Bilder waren in meinem Hirn. Auch hatte ich an Sagrario gedacht und mich an das Auf und Ab ihres Kopfes unter meinen Händen erinnert, ihr plötzliches Innehalten mitten in der Bewegung mit meinen in ihr Haar gekrallten Fingern, und die Bilder waren nicht mehr nur Bilder gewesen, sondern quälende Wirklichkeit. Danach hatte ich mich im Halbschlaf zum ersten Mal seit langem wieder als Theodore Durrant in der Maud-Allan-Verfilmung gesehen, mit weit von mir gestreckten, grotesk in der Luft herumrührenden, blutigen Händen, als wäre das mein wahres Ich, ein wiederkehrender Alptraum, dem ich entkommen zu sein geglaubt hatte und der nun mit um so größerer Macht in mich gefahren war. Ich hatte mich vor Schreck zuerst im Bett aufgesetzt und den Kopf hin- und hergeworfen wie ein scheuendes Pferd und war dann aufgesprungen und bis zum Morgengrauen in meinem Zimmer auf und ab gegangen. Da lag meine Tochter mit einbandagierten Handgelenken, und ich, ihr Vater, war das Monster, das sie vor alldem nicht nur nicht hatte bewahren können, sondern in ihr Elend vielleicht überhaupt erst hineingetrieben hatte. Ich wusste nicht, wann genau sie ihre Begegnungen mit diesen Dreckskerlen von sogenannten wildfremden Männern gehabt hatte, aber jetzt plagte mich auch noch die Frage, ob es womöglich schon gewesen war, als sie noch manchmal mitten in der Nacht zu mir ins Bett gekrochen war, sich auf ihrer Seite an den äußersten Rand gelegt hatte und, wenn ich schlief oder wenn sie glaubte, dass ich eingeschlafen war, mit ihren Zehen nach meinen Zehen zu tasten begann.

Riccarda hatte mich am Morgen noch angerufen und verkündet, es müsse alles anders werden, sie nehme das Kind zu sich, und sie hatte wirklich Kind gesagt, obwohl sie mir genau das immer vorgeworfen hatte, aber Luzie stellte jetzt gleich fest, sie wolle auf keinen Fall nach Berlin, sie liebe die Berge, sie bleibe bei mir. Ich hatte sie gefragt, ob eine andere Umgebung für sie eine Möglichkeit wäre, und sie hatte mich mit großen Augen angesehen und sich erkundigt, was ich mit »eine Möglichkeit« meinte. Darauf hatte ich lange nach dem richtigen Wort gesucht und war schließlich mit »ein Leben« gekommen, als wüsste ich, welches Leben ich ihr wünschen sollte und ob es die Art Leben, die ich ihr wünschen konnte, auf dieser Welt überhaupt irgendwo gab.

»Ein Leben, Papa?«

»Ja, Luzie.«

»Aber ich habe doch ein Leben, Papa«, sagte sie. »Du weißt, dass ich so etwas nicht ein zweites Mal tun würde. Das wäre wenig originell. Schließlich will ich niemanden langweilen, und ich verlange für meinen Pfusch auch keinen Applaus.«

Da war sie wieder, die steife Oberlippe, oder was man so nannte, der britische Humor, der nicht selten auf der Kippe stand und selbst dann noch zwanghaft zum Einsatz kam, wenn es längst für jeden Humor zu spät war. Ich sagte, dass ich alles tun würde, um ihr auf die Beine zu helfen, und noch bevor ich ausgesprochen hatte, erwiderte sie, ich spräche offensichtlich wieder einmal von Geld. Auch Riccarda hatte vor ihrer Abfahrt verlangt, ich müsse mir etwas einfallen lassen, und sich etwas einfallen zu lassen könne diesmal gewiss nicht bedeuten, was es sonst oft für mich bedeute, nämlich einen Scheck auszustellen und zuzusehen, wie andere Leute die Probleme lösten, die ich im schlimmsten Fall selbst verursacht hätte. Sie hatte mein geerbtes Geld immer verachtet, hatte insistiert, ob Großmutter oder nicht, es sei ergaunert, und wenn ich ihr zwar zugestimmt, aber dann argumentiert hatte, Geld sei nicht einfach nur Geld, Geld sei die höchste Konzentration der Möglichkeit, nein zu sagen, wenn ich zu bedenken gegeben hatte, allein mein Geld habe es mir gestattet, die dümmsten Rollen im Fernsehen auszuschlagen, und am Ende nicht von dem Spruch abzubringen gewesen war, allein mit meinem Geld hätte ich mir die perfidesten Kritiker wenigstens so weit vom Leib zu halten vermocht, dass sie mich nicht buchstäblich umbringen konnten, hatte sie gesagt, vielleicht wäre es mir besser bekommen, wenn ich es öfter mit einem Ja versucht und mich nicht immer auf mein Nein verlassen hätte, weil das Ja mit dem Leben zu tun habe und ein ewiges Nein bloß der Tod sei. Luzie war da etwas pragmatischer, aber als sie jetzt meinte, ich wolle ihr bestimmt etwas kaufen, erinnerte ich mich an all die Geschenke, die ich ihr nach England geschickt hatte und die sie zur Hälfte hatte weitergeben müssen, um davon nicht erdrückt zu werden, und war erleichtert, dass sie im nächsten Augenblick hinzufügte, *ihr* werde das nicht helfen, aber wenn es mir helfe, könne ich es gern tun.

»Du mit deinem ewigen Geld für alles und jeden, Papa«, sagte sie. »Ich weiß, dass du auch Daisy immer bezahlt hast. Du hast ihm hinter meinem Rücken Geld zugesteckt, damit er mich ausführen kann. Er hätte mich ohne dich nicht einmal ins Kino einladen können, geschweige denn sonst etwas.«

Daisy war der Geheimname ihres ersten Freundes gewesen. Sie hatte ihn in ihrem Tagebuch so genannt, damit ich keinen Verdacht schöpfte, falls ich darin herumschnüffelte, und dann war es zwischen uns die gängige Bezeichnung für ihn geblieben. Er hatte mein Geld mit gespielter Verachtung genommen, war manchmal sogar an der Schwelle stehengeblieben und hatte gewartet, wenn ich es ausnahmsweise vergessen hatte, einmal einen Hunderter, einmal sogar zwei oder drei, und war deshalb auch keineswegs konsterniert gewesen, als ich ihm zu guter Letzt die fünftausend Euro anbot, damit er aus Luzies Leben verschwand und sich nie mehr blicken ließ. Ich hatte keine Ahnung, wieso sie ausgerechnet jetzt auf ihn kam, aber für mich war es, als hätte sie meine Gedanken erraten, weil ich die ganze Zeit schon gedacht hatte, dass ich jedem der wildfremden Männer, mit denen sie in die Nacht hinausgegangen war, noch im nachhinein alles Geld der Welt in die Hände gedrückt hätte, wenn sie sich damit von ihr hätten abbringen lassen.

»Ich weiß auch, wofür du Daisy am Ende Geld gegeben hast«, sagte sie. »Was ist dir da nur eingefallen, Papa?«

Ich schwieg und war froh, dass sie keine Antwort von mir wollte, während sie in einer Weise an mir vorbeisah, die mich an die erschreckendsten Zeiten erinnerte, als ihr Blick mich noch ausgeklammert hatte wie einen toten, ganz und gar uninteressanten Gegenstand und ich nicht nur einmal mit einer Clownsnase und einem Karnevalshütchen grimassierend und klatschend in ihr

Blickfeld getreten war, um ihrem Gesichtchen ein Lachen zu entlocken.

»Er ist harmlos gewesen, Papa.«

»Ich weiß, Luzie.«

»Das bisschen, was wir geraucht haben ...«

»Ich weiß, Luzie.«

»Du hättest dir nicht die geringsten Gedanken darüber machen müssen. Was glaubst du, mit welchem Geld er das Zeug überhaupt gekauft hat? So blind kannst du doch nicht gewesen sein.«

Mich überkam plötzlich eine erstickende Angst, das alles könnte sich nur als Vorgeplänkel herausstellen, sie könnte mir jetzt selbst von den Männern erzählen, mit denen sie in die Nacht hinausgegangen war, und obwohl ich das längst alles wusste, wollte ich es um nichts von ihr hören und damit vor ihr nie mehr so tun können, als wüsste ich es nicht. Ich beugte mich über sie und fuhr ihr durch das Haar, und sie sah wieder zu mir auf, ein fragender, ängstlicher, aber auch ein ironischer Blick, als wären wir über solche Vater-Tochter-Zuwendungen immer schon erhaben gewesen, weil wir anders waren. Riccarda hatte einmal einer Freundin erzählt, wie abweisend Luzie als Kind lange gegen jede Berührung von mir geblieben war, und als diese Freundin ihr geraten hatte, da einmal genauer hinzuschauen, hatte ich augenblicklich verstanden, was sie damit meinte, und war noch am selben Abend zu ihr gegangen, hatte an ihrer Tür geklingelt und zu ihr gesagt, ich wisse ihre Sorge um mein Kind zu schätzen, aber wenn sie keine Ahnung habe, solle sie sich lieber heraushalten, und sie dann in Grund und Boden geschrien, was sie sich erlaube. Luzie hatte mich von sich geschoben, ja, Luzie hatte mich weggedrückt, wenn ich ihr zu nahe kam, aber es gab auch Fotos von uns, auf denen sie mich umarmte, als wäre es das Normalste für sie, Fotos, auf denen sie mich küsste, auf denen sie ihre Hand in meiner hatte, und ich musste mir von niemandem etwas unterstellen lassen. Sie jetzt so daliegen zu sehen machte mich vollkommen wehrlos, ich hatte sie mit in die Welt gesetzt und war damit verantwortlich für alles, was ihr passierte, ich hätte am liebsten Buße getan für das, was sie sich angetan hatte, auf einmal tatsächlich geradeso, als hätte nicht sie es getan, sondern ich, und ich kann mir nur so erklären, dass ich für das Gespräch, das wir dann führten, derart empfänglich war und nicht achtgab, bloß nicht auszuplaudern, was mir schon im nächsten Augenblick viel zu leicht von den Lippen ging.

Es fing damit an, dass sie mich bat, ihr noch einmal zu sagen, was das Schlimmste sei, das ich in meinem Leben getan hätte. Ich erinnerte mich genau daran, wie sie das zum ersten Mal hatte wissen wollen, nachdem sie das Manuskript des Biografen gelesen und mit mir darüber gesprochen hatte, aber die Situation jetzt war ganz anders, weil immer noch über uns schwebte, dass womöglich sie mir Dinge von sich erzählen würde, die ich von ihr nicht hören wollte, und weil ihr nochmaliges

Fragen vielleicht bedeutete, dass sie glaubte, ich würde ihr etwas verheimlichen. Einen Augenblick zögerte ich, war nahe dran, von Sagrario zu sprechen und von den paar schrecklichen Sekunden in der Limousine vor dem Club in Juárez, in denen sie in ihrer Auf-und-ab-Bewegung plötzlich innegehalten hatte, als würde ihr gerade bewusst, mit wem sie da im Auto saß und wozu ich fähig sein könnte. Dann hielt ich mich aber zurück, weil das die unabsehbarsten Folgen hätte haben können, und versuchte mich mit einer lauen Beschwichtigung herauszustehlen.

»Du weißt es doch, Luzie«, sagte ich. »Es hat nichts Schlimmeres in meinem Leben gegeben als den Unfall mit der Toten, bei dem ich Beifahrer gewesen bin.«

Im nächsten Augenblick korrigierte ich mich, jetzt endgültig ohne zwischen dem, was ich getan, und dem, was ich erlebt hatte, einen Unterschied zu machen.

»Jedenfalls bis gestern, Luzie.«

»Ach, Papa«, sagte sie. »Ich bin nicht gestorben. Erzähl mir lieber noch einmal davon. Sag mir alles, was du mir sagen kannst.«

»Aber wozu, Luzie?«

Darauf erwiderte sie, es sei ihr nicht mehr aus dem Kopf gegangen, seit ich davon gesprochen hätte, und sie verstehe immer noch nicht, wie ich so etwas habe zulassen können.

»Diese Tote ist ein Teil von dir«, sagte sie. »Meinst du nicht, dass du zu nachlässig damit umgehst?«

Ich hätte sie am liebsten nach dem Traum von dem Kind gefragt, das gleich dreimal überfahren wurde, und ob sie deswegen so besessen von der Geschichte sei, aber ich hatte Friederike versprochen, Luzie gegenüber auf keinen Fall zu erwähnen, dass ich davon wusste, und konnte nur über mich ergehen lassen, wie sie Frage auf Frage folgen ließ und mir nicht antwortete, wenn ich zwischendurch immer wieder wissen wollte, was ein solches Wissen für sie ändere.

»Sagst du mir, wo genau es geschehen ist?«
Ich wich zuerst aus und sagte es ihr dann.
»Weißt du den Namen der Frau?«
Ich sagte ja.
»Sagst du ihn mir?«
Ich sagte ihn ihr.
»Wie alt ist sie gewesen? Unscheinbar oder auffällig? Würdest du sie erkennen, wenn du ihr irgendwo begegnen würdest, Papa? Hast du ein Bild von ihr als Lebende gesehen, oder kennst du nur ihren Anblick als Tote? Ist sie dir als glücklicher Mensch erschienen, oder hast du darüber gar nicht nachgedacht und kannst mir stattdessen wenigstens die Haarfarbe sagen?«

Je mehr Luzie fragte, um so absurder wurde es, und je weniger ich mich dagegen wehrte, noch die sinnlosesten Fragen zu beantworten, um so sinnloser fragte sie weiter. Ich hatte das so oft schon bei ihr erlebt, diese Obsession, alles bis ins Letzte ausloten zu wollen, dass ich mich nicht wunderte, aber diesmal schien sie so gar kein

Ende zu finden, dass mich wieder die Angst packte, sie könnte sich in einer Schleife verfangen haben, aus der sie nie mehr herausfand. Ich malte mir für sie alles aus, als sprächen wir nicht über eine Frau, die einmal gelebt hatte, sondern über eine Figur in einem Film, die wir mit immer neuen Eigenschaften ausstatteten, für die wir dann wieder Alternativen hatten und, bevor wir uns jemals festlegten, Alternativen zu den Alternativen. Dabei hatte ich die Befürchtung, dass Luzie meinen Blick auffing, und schaute jetzt meinerseits an ihr vorbei, weil ich es mir nicht anders vorstellen konnte, als dass sich darin mehr und mehr das Entsetzen breitmachte, das ich empfand.

»Sie hat keine Möglichkeiten mehr«, sagte ich schließlich und erschrak, wie hart es klang. »Egal, was wir uns für sie ausdenken, das ist, was tot sein bedeutet.«

Es dauerte, bis Luzie sich beruhigte, und ich blieb noch über eine Stunde bei ihr. Sie sagte selbst, sie frage vielleicht ein bisschen viel, und entschuldigte sich, und dann wollte sie wissen, ob ich mir manchmal eine andere Tochter gewünscht hätte und, als ich nein sagte, ob ich mir *sie* anders gewünscht hätte und ob sie dann noch sie gewesen wäre oder was alles an ihr anders sein könnte, besser vielleicht, ohne dass sie damit nicht mehr sie wäre. Immerhin lachte sie jetzt, ein Lachen, das in ihrem gequälten Gesicht richtig aufsprang, und auch ich lachte und spielte unser altes Spiel, man könne natürlich nichts von ihr wegnehmen, wenn man nicht riskieren wolle, dass sie dann nicht mehr sie sei, aber man könne genausogut soviel wegnehmen, wie man nur möchte, wenn man davon ausgehe, dass das, was sie ausmache, unendlich sei, und davon müsse man ausgehen. Sie hatte ihre Decke halb von sich gestrampelt, und jetzt konnte ich sie endlich zudecken, wie ich es schon am Tag davor hatte tun wollen, schob und zog und drückte noch an dem Bettzeug herum, als schon längst nichts mehr zu tun war, hatte am Ende ihre Hände in meinen Händen, zwei Finger über ihren einbandagierten Handgelenken, und wartete, bis sie die Augen schloss und vor Erschöpfung einschlief.

Draußen auf dem Gang traf ich auf Mirko, der schon lange zuvor seinen Kopf kurz durch die Tür gesteckt und ihn sofort wieder zurückgezogen hatte, als er mich sah. Er trug sehr förmliche Kleidung, eine Anzughose und eine Jacke, war wieder bleich wie der Tod und hatte für seine Verhältnisse einen kraftlos verschwitzten Händedruck, gab alles in allem das Bild eines Delinquenten ab, der gerade überführt und im ungünstigsten Licht vor die Polizeikamera gestellt wurde, um seine schlechtesten Eigenschaften zutage treten zu lassen. Den Schnurrbart hatte er abrasiert, der Streifen darunter war deutlich noch heller als seine übrige Gesichtshaut, was ihn erstaunlicherweise älter machte, und ich musste achtgeben, dass ich sein Schuldbewusstsein, das er trotz seiner Beteuerung, er habe Luzie nie schlecht behandelt, offenbar nicht loswurde, und diese elende Sanftmütigkeit seiner Generation sowie seine fast schon paradoxe Friedfertigkeit eines Kindes aus einem Kriegsgebiet, das jeden Grund gehabt hätte, auf alles einzudreschen, bis kein Stein mehr auf dem anderen lag, nicht zum Anlass nahm, ihn an die Wand zu drücken und zu rütteln. Denn ob gerecht oder nicht, am liebsten hätte ich gesagt, er solle endlich erwachsen werden, ein Auge dafür haben, was um ihn herum passiere, und nicht fahrlässig blind sein, wenn er sich einerseits für alle Krisen der Welt interessiere und sich um jedes Fürzchen auf den Antipoden kümmere, andererseits aber nicht einmal mitbekomme, dass es im Leben seiner Freundin Probleme gäbe, die sie beinahe unter sich begrüben.

»Sie schläft«, sagte ich. »Stör sie jetzt lieber nicht.«

Er nickte und machte eine halbe Verbeugung vor mir, die mich nur noch mehr gegen ihn aufbrachte. Es gab Situationen, in denen Höflichkeit wie Hohn daherkam, und die jetzt war eine solche Situation. Dann sagte ich zu ihm, er solle sich zusammennehmen, niemand werfe ihm etwas vor, er sei nicht schuld, als hätte ich ganz vergessen, dass ich ihm am Tag davor das genaue Gegenteil hatte sagen wollen, und er schaute nur noch schuldbewusster drein.

Als ich kurz darauf das Krankenhaus verließ und in der fast herbstlich kühlen Luft im Freien stand, vermochte ich selbst das Elend nicht mehr abzuwehren. Es war plötzlich ein nackt aus der Zeit ragender Tag, an dem mir alle Menschen zu nah waren, und ich bildete mir ein, ich hätte genau erklären können, wie ich an diesen Punkt in meinem Leben gekommen war, und mit großer Klarheit packte mich die Gewissheit, dass mein Weg von hier nirgendwohin mehr führte. Ich konnte stehenbleiben, ich konnte nach links oder rechts gehen, und es lief auf das gleiche hinaus. Der Satz, der sich in meinem Kopf festgesetzt hatte, überlagerte alles andere und erdrückte mich mit seinem Gewicht: »Meine Tochter hat versucht, sich das Leben zu nehmen.« War ich in der Theatergruppe in Missoula noch imstande gewesen, mich dem Regime des ungarischen Immigranten zu beugen, der dort nach guter Moskauer Tradition unterrichtete, hatte ich mich in der Schauspielschule in Graz unbeliebt damit gemacht, dass ich, wo ich nur konnte, gegen die alten Kamellen der Stanislawski-Methode angegangen war. Es hatte Mitstudenten gegeben, die immerzu Empfindungen gehabt hatten, ja, in einem fort von ihren Empfindungen überwältigt wurden und die Bühne gar nicht betreten konnten, ohne zu stampfen, zu stolpern oder zu stürzen, nicht sprechen, ohne zu toben und zu schreien, und ich hatte darauf bestanden, alles ohne die geringste Empfindung spielen zu können, solange der Text entsprechend gehaltvoll war, weil es ja nicht um meine Empfindungen ging, sondern um die Empfindungen, die ich beim Publikum hervorrief. Man hatte mich mit dem Spruch zitiert, ich könne jede Figur in jedem Stück darstellen und dabei an den Zahnarzt oder an meine Steuererklärung denken und brauchte keine frühkindlichen Erlebnisse oder anderes unsinniges Zeugs, das ich wachrief, um mich in meine Rolle einzufühlen, und von daher war der einmal erhobene und stets von neuem wiederholte Vorwurf meiner Kälte gekommen. Ich hatte mich damit gebrüstet, jeden Satz sagen zu können, ohne auch nur daran zu denken, was er bedeute, und jetzt war ich umgekehrt überwältigt von der Bedeutung eines Satzes, von dem ich nicht wusste, wie ich ihn aussprechen sollte, ohne die Fassung zu verlieren: »Meine Tochter ...« Jedes einzelne Wort war ein sinnvolles Wort, und zusammengesetzt ergaben sie auch einen sinnvollen Satz, aber das erklärte nicht, warum es eine Welt geben sollte, in der ein solcher Satz ein wahrer Satz sein konnte und nicht ganz und gar sinnlos war: »Meine Tochter hat versucht, sich das Leben zu nehmen.«

Ich weiß nicht, wie lange ich mich am Eingang vor dem Krankenhaus aufhielt. Die Besucher kamen und gingen, und mir fiel erst nach einer Weile auf, dass ich auf jeden, der sich mir näherte, mit einem kaum merklichen Kopfschütteln reagierte. Da war ich schon ein paarmal erkannt worden, einer hatte mich gegrüßt, eine andere gefragt, ob ich es wirklich sei, und ich hatte keine bessere Verteidigung als dieses vorauseilende, hilflose Nein, mit dem ich mich am liebsten zum Verschwinden gebracht hätte. Mein Auto war am Vortag vor der Notfallchirurgie abgeschleppt worden, ich hatte es noch nicht wieder zurück, und als ich mich endlich auf den

Weg machte, schlich ich wie einer dahin, der sich unentwegt an einer unsichtbaren Wand entlangdrückt. In einem Roman hatte ich einmal über eine Figur gelesen, dass sie immer, eine Sekunde bevor ein Ausdruck darauf trat, ihr Gesicht spürte, und genauso kam ich mir jetzt vor, im Versuch, den Ausdruck, der sich jeweils ankündigte, nicht auf mein Gesicht treten zu lassen. Sonst hätte ich im einen Augenblick ausgesehen wie das ewige Monster, im nächsten wie der traurigste Mensch auf der Welt, und beides galt es zu vermeiden.

ACHTES KAPITEL

Zwei Tage nach dem Unfall suchte ich mit Stephen die Unfallstelle und das Diner in der Nähe auf, das ich mir als Orientierungspunkt gemerkt hatte und das mit der Tankstelle, dem Motel und dem aus allen Richtungen weithin sichtbaren, rotierenden roten Stern in der Einöde nicht nur nicht zu verfehlen war, sondern ein Anziehungspunkt, an dem buchstäblich niemand vorbei konnte. Es war eine Unvorsichtigkeit ohnegleichen, schließlich konnte der Mann, der in der Unfallnacht neben mir gehalten und danach wahrscheinlich die Leiche entdeckt hatte, noch in der Gegend sein, mich erkennen, wenn wir zufällig auf ihn stießen, und sich fragen, was ich hier machte, und er brauchte nicht einmal zwei und zwei zusammenzuzählen, um die richtigen Schlüsse zu ziehen. Doch am Ende war die Unruhe stärker gewesen als jegliche Bedenken, und wir mussten ohnehin allein schon dorthin fahren, um Xenia bei Sinnen zu halten, wir mussten irgend etwas in Gang setzen oder wenigstens vor ihr den Eindruck erwecken, es läge in unserer Macht, das zu tun. Sie hatte Stephen in der Nacht noch eingeweiht, und was wir den anderen beim Frühstück dann vorspielten, war ein Schmierentheater, so dass ich mir am Ende nicht vorstellen konnte, dass uns nur ein einziger Mensch glaubte, und eher der Ansicht war, sie spielten alle einfach mit. Der eifersüchtige Stephen war bedauerlich schlecht darin, seine Eifersucht auf mich zu mimen, und übertrieb seine Wut, dass ich ihm seine Verlobte entführt hatte, mit jedem einzelnen Satz, fehlte nur ein Stampfen und Toben, ein wildes Augenrollen oder dass er mich in eine Schlägerei um sie verwickelt hätte. Er sprach das Wort »Marfa« jeweils so deutlich aus, dass in einer Aufführung noch dem unbedarftesten Zuschauer aufgegangen wäre, dass damit etwas nicht stimmte, und sah sich dabei um, als wollte er von jedem einzelnen ein Kopfnicken, dass er ihn gehört und auch verstanden habe.

Enrique Brausen, der die Nacht mit Alma in Juárez verbracht hatte und erst am späten Morgen zu uns ins Hotel kam, bremste ihn schließlich, indem er sich an mich wandte und fragte, wo in Marfa wir denn gegessen hätten. Zum Glück hatte ich mich vorbereitet. Ich hatte mich nach unserer Rückkehr kundig gemacht und konnte ihm prompt antworten, aber als er erwähnte, dass man in dem von mir genannten Restaurant jeden Tag frischen Fisch aus dem Golf bekomme und dass es ein guter Ort für ein romantisches Dinner sei, war das nur ein zynischer Hinweis darauf, dass er offensichtlich wieder mit Casey Beck gesprochen hatte und mir kein Wort abnahm.

»Sie hätten die Austern versuchen müssen«, sagte er dann auch noch anzüglich und lächelte mit der bitteren Kennermiene und dem ganzen Kummer des ewigen Schwerenöters. »Bei einer Frau machen Sie damit nie etwas falsch. Das ist in Paris so, und das ist in Texas nicht anders. Entweder Sie sind ein Mann von Welt, oder Sie geben es lieber gleich auf.«

Er bot sich an, das Auto reparieren zu lassen, und ich fürchtete schon, er wolle es über die Grenze bringen, aber als hätte er meine Befürchtung bemerkt, sagte er, er habe in El Paso seine Leute, die ein Händchen dafür hätten. Dann stand er kurz auf, um zu telefonieren, und eine halbe Stunde später wurde es von zwei studentenhaft anmutenden jungen Männern in dunkelbraunen Overalls abgeholt. Als sie es am Abend wieder zurückbrachten, war der zersplitterte Scheinwerfer ersetzt und das vom zweiten Aufprall vor dem Hotel stärker in Mitleidenschaft gezogene Blech glatt geklopft und lackiert oder das Teil überhaupt ausgetauscht. Der Wagen war gewaschen und auf Hochglanz poliert, und sie verkündeten stolz, sie hätten sich zusätzlich erlaubt, eine Innenraumreinigung vorzunehmen, und könnten schwören, dass man kein Stäubchen und kein Fitzelchen mehr irgendwo finde, was nichts weiter bedeutete, als dass sie alle Spuren beseitigt hatten.

Wie nicht anders zu erwarten, wurde es auf dem Set ein quälender Nachmittag. Enrique Brausen hatte es geschafft, für Alma zwei zusätzliche größere Szenen herauszuschlagen, in denen sie in ihrer Schönheit richtig zur Geltung käme, wie er ganz in der schmierigen Prahlerei eines Zuhälters sagte, und Xenia spielte ihren dafür zusammengestrichenen Part mit eisiger Kälte. Unter anderen Umständen hätte sie es kaum hingenommen, hätte protestiert oder gar nicht erst angefangen, aber so war alles an ihr Gleichgültigkeit und Verachtung. Sie ließ sich geduldig den Cut an der Stirn wegschminken, den sie sich geholt hatte, als ich gegen die Umfriedungsmauer des Parkplatzes vor dem Hotel gefahren war, sie hielt brav still, wann immer die Maskenbildnerin hinter ihr herstürmte, um ein letztes Mal daran herumzutupfen, und sooft sie »Drecksmexe« sagen konnte, machte sie jetzt deutlich, dass sie nicht die Figur im Film, sondern Alma selbst meinte. Wie sie ausrief: »Warum ziehst du diese Drecksmexe mir vor? Liebst du sie, Stephen? Was hat diese Drecksmexe, was ich nicht habe?«, musste sieben Mal wiederholt werden, weil sie es nicht in der Qual auszudrücken vermochte, die das Drehbuch verlangte, aber dann brachte sie es schließlich doch so hervor, dass der Schmerz sie überwältigte, und es gelang ihr gerade noch zu Ende zu sprechen, bevor sie in Tränen ausbrach.

Sie fasste sich gleich wieder, aber es gab einen Augenblick, in dem sie fast auch noch William ins Vertrauen gezogen hätte, der zufällig zur Stelle war und nicht aufhörte zu fragen, was denn los sei. Ein wenig unbedacht hatten sie sich auf die Couch vor Xenias Trailer gesetzt, und kaum hatte sie angefangen zu erklären, es gehe nicht um den Film, es gehe auch nicht um ihre Beziehung, da stürmte Stephen herbei, als hätte er genau so etwas geahnt, und fiel ihr ins Wort. Er hatte sich bis dahin bemüht, behutsam mit ihr umzugehen, aber weil es ausgerechnet wieder William war, der sie auch noch in den Arm genommen hatte, ließ er seinem Ärger freien Lauf.

»Vielleicht ist es angebracht, dass du dich verziehst«, wandte er sich zuerst an ihn. »Du weißt, wie ungemütlich ich werden kann.«

Ich stand in der Nähe und sah, wie er die Hand nach ihm ausstreckte und gleich wieder zurückzog, als genügte die Andeutung, dass er ihn gar nicht wirklich anfassen musste.

»Wieder einmal ein wahrer Gentleman, was sonst? Immer zur Stelle, wenn eine Lady dich braucht, und wahrscheinlich auch, wenn sie dich nicht braucht. Kannst du dir vorstellen, dass manchmal andere Qualitäten gefragt sind, als blöd herumzustehen und verständnisvoll zu lächeln?«

Jetzt gab er ihm doch einen Stoß.

»Warum glaubst du das machen zu können?«

William setzte zu einer Erklärung an, aber Stephen zog ihn an seiner Jacke hoch und schubste ihn ein paar Meter vor sich her, dass er fast zu Fall gekommen wäre und sich mit erhobenen Armen entfernte.

»Schon gut«, sagte er. »Ich gehe ja.«

Er war bereits am Ende des eingezäunten Bereichs angelangt, als er stehenblieb, wie wenn er noch etwas hinzufügen wollte, doch Stephen wedelte mit ausgestrecktem Zeigefinger in der Luft hin und her.

»Spar dir die Worte«, rief er ihm nach. »Ich will von deinen Verdruckstheiten nichts hören, aber wenn ich dich noch einmal hier sehe, müssen wir ein ernstes Gespräch führen.«

Dann drehte er sich zu Xenia um.

»Hast du vor, es jedem zu erzählen?« schrie er sie ohne die geringste Zurückhaltung an, und man konnte es weithin hören. »Am besten weihst du auch noch den elenden Journalisten ein, der sich hier im Hotel herumdrückt. Was ist in dich gefahren, Xenia? Ich habe dir gesagt, keine Silbe zu niemandem, oder du kannst mich vergessen.«

Er erwirkte, dass wir am Tag darauf freibekamen, obwohl wir laut Drehplan jede Minute brauchten und der Regisseur die Hände rang, und die Fahrt mit Stephen im Auto auf dem Weg zur Unfallstelle verdeutlichte mir, dass es Situationen gab, in denen ich nicht mehr sein Freund war. Unausgesprochen machte er sich Vorwürfe, weil er Xenia ja erst dazu gebracht hatte, sich in ihren Wagen zu setzen und loszurasen, aber dunkel und unklar galten die Vorwürfe auch mir. Auf jeden Fall empfand ich seinen Körper neben mir als peinigend nah und versuchte den Abstand zu ihm zu vergrößern, indem ich ganz auf meine Seite rückte und meinen Kopf aus dem Fenster hielt.

Stephen hatte am Abend davor lange mit Casey Beck geredet. Obwohl er sich nicht dazu äußerte, vermutete ich, dass es dabei auch um unseren Ausflug nach

Juárez gegangen war, und weil wir jetzt beide Kontakt zu dem Journalisten gehabt hatten und mutmaßlich beide über die Hintergründe mit den dort allem Anschein nach wahllos umgebrachten und wie Müll deponierten Frauen aufgeklärt waren, saßen wir nebeneinander wie zwei Gangster auf der Flucht. Ich wusste, dass ich ihn damit besser nicht belästigte, aber einen Augenblick hatte ich auf der Zunge, ihn zu fragen, wie das andere Mädchen geheißen habe, um es nicht seines zu nennen, weil ich wieder an Sagrario dachte und an die Schönheit und Traurigkeit und Unwahrscheinlichkeit ihres Namens, doch dann verkniff ich es mir. Stattdessen beschränkte ich mich darauf, manchmal zu Stephen hinüberzuschielen, und während er meinen Blick nicht erwiderte, sah ich, dass er tatsächlich, wie von Xenia angekündigt, ein blaues oder vielmehr in den verschiedensten Tönen violett und grünlich schillerndes Auge hatte und paradoxerweise weniger wie ein Geschlagener als wie ein Schläger aussah.

Wir überquerten die Grenze nach New Mexico in drückendem Schweigen, sprachen kaum das Allernotwendigste und kauften beim ersten Halt eine Zeitung, und auf ihr war vorn die Unfallstelle abgebildet, direkt neben einem Hinweis auf einen kleinen Bericht, in dem von einem mysteriösen Todesfall die Rede war. Die Tote war allem Anschein nach wirklich die Frau des Ranchers gewesen, von dem der zufällig auftauchende Unbekannte in der Nacht gesprochen hatte, aber es wurde nicht gesagt, wie sie ums Leben gekommen sei. Sie war weiter im Norden aufgewachsen, dem Namen des Ortes nach zu schließen in einem anderen Nirgendwo, hatte erst vor sechs Jahren hierher geheiratet, und man erfuhr in der lieblos unzusammenhängenden Weise solcher Instant-Nachrufe, die jedes noch so ernst geführte Leben zu einem Aberwitz verbogen, nur Belanglosigkeiten. Außer ihrem Mann hinterließ sie die beiden Kinder, und die Polizei hielt offensichtlich sämtliche Informationen zurück, gab bloß bekannt, dass in alle Richtungen ermittelt werde.

Stephen saß am Steuer, und als ich ihm das Ganze vorlas, meinte er aufgekratzt lachend, dass sich das nicht nach einem Autounfall mit Fahrerflucht anhöre, sondern nach etwas anderem.

»Wenn ich die Umstände nicht kennen würde, würde ich am ehesten darauf tippen, dass ihr Mann sie ums Eck gebracht und es dann irgendwie so arrangiert hat, dass möglichst kein Verdacht auf ihn fällt«, sagte er. »Du weißt, was ich von Zeitungsschreibern halte, aber wer auch immer das verfasst hat, hat es perfekt hingekriegt, dass man als erstes an einen Mordfall denkt.«

Vielleicht war das seine Art, mit seinem Unbehagen umzugehen, aber auch wenn der kleine Bericht zwischen den Zeilen voller Andeutungen zu sein schien, hätte ich nie gedacht, dass Stephen damit auf einer zweiten Ebene, auf der Ebene der Realität hinter der Realität, die für das Verständnis eines Falles oft wichtiger ist als die Realität selbst, mitten ins Zentrum traf. Denn wenn alle Puzzleteile zusammengesetzt waren und man einen nüchternen Blick auf den Vorfall warf, hatte natürlich eine Frau eine Frau überfahren, aber beide Frauen waren auf der Flucht vor ihren Männern an den Punkt gelangt, wo sich ihre Wege kreuzten. Wie Xenia nach ihrem Streit mit Stephen aus dem Versorgungstrailer gestürmt war, hatte ich selbst gesehen, und wir fanden schnell heraus, dass die Frau am Straßenrand sich davor schon regelmäßig vor ihrem gewalttätigen Mann in Sicherheit zu bringen versucht hatte. Wahrscheinlich war sie auch in der Nacht des Unglücks aus dem Haus gelaufen und in ihr Auto gestiegen, um in das nächste Dorf oder zu einer Freundin zu fahren, und hatte dann genau an dem Ort und zu der Zeit, zu der Xenia und ich dort vorbeikommen sollten, eine Panne gehabt. Das erklärte nicht nur ihre Anwesenheit mitten in der Nacht im Ödland der Wüste, sondern wohl auch, warum sie unter ihrem Parka nur Unterwäsche getragen hatte und an den Füßen die Flip-Flops. Sie hatte keine Gelegenheit mehr gehabt, sich richtig anzuziehen, und es war eine entsetzliche Vorstellung, dass sie gerade in dem Augenblick, als sie die Hoffnung aufgegeben hatte, dem Schlimmsten entronnen zu sein, weil sich Fremde näherten, die ihr helfen würden, auf die Straße hinausgetreten und von unserem Auto erfasst worden war.

Als wir die Unfallstelle erreichten, stand dort bereits ein kindsgroßes Holzkreuz, Längs- und Querbalken roh, weiß angepinselt und mit einem rostigen Drahtgeflecht notdürftig zusammengehalten. Davor lag eine Handvoll dürrer, in der Hitze längst verdursteter Blumensträuße, als würden sie nicht erst einen Tag, sondern schon viele Tage daliegen, eher verbleicht als verrottet, und auf einem Schild war unmissverständlich »Mörder« zu lesen. Ich war in der Wüste oder in der Prärie schon öfter auf solche Erinnerungsorte gestoßen, an denen jemand sein Leben verloren hatte, Markierungen von Plätzen, an denen Flüchtlinge auf ihrem Weg von Mexiko nicht mehr weiter gekommen waren, Reste eines windverblasenen Friedhofs aus der Zeit der Indianerkriege oder sonst eines Unglücks mit längst ausgelöschten Namen, aber wenn sie alle etwas Anklagendes gehabt hatten in ihrer Ausgesetztheit, alle auch ein stummer Schrei nach Rache gewesen waren, und wenn es Rache an einem höheren Wesen wäre, das so etwas zuließ, traf mich an diesem Ort die Wucht der Vergeblichkeit nur noch mehr. Es mochte damit zu tun haben, dass gerade Mittag war und mich der Eindruck überfiel, dass die Geräusche, die ich in der Unfallnacht so eindringlich wahrgenommen hatte, plötzlich aussetzten, aber mehr noch war es die Weite, der in alle Richtungen freie Blick, der mich denken ließ, wie schnell und unauffällig ein Menschenleben zu Ende gehen konnte, wenn alle anderen weit weg waren und niemand sich aufgefordert fühlte, darauf achtzugeben, geschweige denn, etwas dagegen zu tun.

Ich wusste nicht, was ich anderes erwartet hatte, aber ich bat Stephen nach einem eiligen Blick, möglichst schnell weiterzufahren, einerseits, weil ich an dem Ort wirklich von niemandem angetroffen werden wollte, andererseits aber noch mehr, weil mich mit der Stimmung dieses Fleckens ein Schrecken und eine Sehnsucht erfassten, vor denen ich in meinem Leben genauso floh, wie ich ihnen aus unerklärlichen Gründen nachjagte. Natürlich hätte ich hinter das Buschwerk am Straßenrand schauen können, um mich zu vergewissern, dass die Tote nicht mehr dort lag, wo ich sie hingezogen hatte, aber ich wagte nicht einmal, das Auto zu verlassen. Wir standen noch da, als in der Ferne ein ganzer Konvoi von Abschleppwagen erschien, fünf oder sechs Pick-ups, die Unfall- oder Schrottautos huckepack genommen hatten und wohl zum Reparieren oder Zerlegen und Weiterverwenden der Teile nach Mexiko brachten. Obwohl das in der Gegend ein fast alltäglicher Anblick war, erinnerte mich ihr Auftauchen genau hier daran, dass diese Nebenstrecke doch befahren war und wir allen Grund hatten, uns davonzumachen, als sie gleich darauf in einer dichten Staubwolke an uns vorbeidonnerten.

Das Diner war wenig besucht, nur ein Tisch besetzt und an der Theke zwei Männer, die so taten, als würden sie unser Eintreten nicht bemerken, ohne jedoch verhehlen zu können, welche Anstrengung sie das kostete. Wir stellten uns zu ihnen, und es dauerte keine fünf Minuten, bis wir zuerst Worte über den Unfall aufschnappten, auch wenn er nicht als solcher bezeichnet wurde, und uns gleich sogar in ein Gespräch darüber verwickeln ließen. Sie waren beide nicht mehr ganz jung, beide in Flanellhemden, mit Schildkappen und furchigen Gesichtern von irgendeiner Arbeit im Freien, und aßen auf diese ritualisierte Art ihre Hamburger, bei der eine Hand unter dem Tisch bleibt, als käme das wirklich daher, dass sie immer in Griffweite des Revolvers sein sollte, wie die Legende es wollte. Zwischen ihren Sätzen machten sie lange Pausen und erweckten den Eindruck, sie würden sich gar nicht mit dem Gesagten beschäftigen, setzten dann aber jeweils am genau richtigen Punkt fort. Wenn es nach ihnen gegangen wäre, hätte es ein halbes Dutzend Arten gegeben, an der Stelle ums Leben zu kommen, an der die Frau ihr Schicksal ereilt hatte, bloß keinen Unfall. So nah an der Grenze waren in der nur dem Anschein nach menschenleeren Wüste so viele zwielichtige Figuren unterwegs, die etwas zu verbergen hatten, dass sie nur einer von ihnen mit ihrer zufälligen Anwesenheit ins Gehege geraten sein musste.

Der Barmann hinter der Theke hörte ihnen eine Weile auf diese Art zu, als würde er nichts mitbekommen, aber auf das kleinste Signal von ihnen seinen Modus ändern und ihnen zu verstehen geben, dass er die ganze Zeit schon gelauscht hatte und, wenn sie wollten, sich im selben Augenblick in ihr Gespräch einschalten konnte. Er hatte ein paar lange Haarsträhnen traurig nach hinten gekämmt oder vielmehr an seinen trotzdem oder erst recht kahl wirkenden Schädel gepappt. Mit seiner grauen, ins Fahle changierenden Gesichtshaut, seinem gestärkten weißen Hemd und seiner schwarzen Hose wirkte er, als gäbe es ihn nur in Schwarzweiß und man müsste irgendwo an einem Knopf drehen, um ihn in Farbe zu haben.

»Vielleicht ist die Sache nicht so kompliziert, wie ihr sie macht«, sagte er schließlich. »Es braucht keine Drogenkuriere, keine selbsternannten Grenzwächter oder Flüchtlinge oder was euch sonst vorschweben mag, damit hier jemand umkommt. Was zählt ein Mensch in der Wüste? Im Grunde genommen braucht es gar nichts, und die unwahrscheinliche Ausnahme ist nicht der Tod, sondern das Leben.«

Die beiden waren offensichtlich nicht aus der Gegend, weil er ihnen danach gleich verriet, dass die Frau immer wieder hier im Diner gewesen sei, eine Art unfreiwilliger Stammgast, wie er sagte, und mit einer Geschichte aufwartete, die Stephens Spekulationen nach dem Lesen des kleinen Berichts in der Zeitung bekräftigte.

»Meistens ist es samstags gewesen. Da ist ihr Mann in der Regel von seiner Montagearbeit zurückgekommen. Weil seine Ranch nicht genug einbringt, hat er sich an den Wochenenden auf Baustellen verdingt und war oft schon betrunken, wenn er am Nachmittag hier erschienen ist. Man hat fast die Uhr danach stellen können. Ein oder zwei Stunden nachdem er nach Hause gegangen ist, ist dann sie aufgetaucht und hat sich in ihre Ecke gesetzt und ein Bier und einen Whiskey bestellt. Manchmal hat sie die beiden Kinder dabeigehabt, und sie haben zu dritt ausgeharrt wie in einem Wartesaal.«

Der jüngere der beiden Männer sah den Barmann erstaunt an und fragte ihn mehr, um das Gespräch nicht abbrechen zu lassen, als dass es ihn wirklich interessierte, ob er sich je mit ihr unterhalten habe.

»Sie hat mit niemandem gesprochen«, war die Antwort. »Sie ist nur dagesessen wie eine der Frauen, die einmal eine falsche Entscheidung getroffen haben und jetzt für die richtige keine Kraft mehr finden. Sie war bei Gott nicht die einzige, deren Träume sich nicht erfüllt haben, aber sie hat ein Unglücksgesicht gehabt wie nach einer viel größeren Katastrophe, als nur ein einziger Mann sie ihr bereiten kann. Da dürften schon andere vorher nicht gerade zimperlich zu Werke gegangen sein. Dabei ist sie noch jung gewesen, kaum dreißig oder jedenfalls nur knapp darüber.«

»Und ihr Mann?«

»Na, der ist von hier.«

Der Barmann schien zu überlegen.

»Im Grunde genommen kein unangenehmer Bursche«, sagte er. »Aber manchmal sind zwei Leute einfach nicht für ein gemeinsames Leben geschaffen und sollten die Finger voneinander lassen. Was sage ich? Nicht manchmal, sondern meistens.«

Er war vorsichtig, nicht noch mehr auszuplaudern,

doch seine Andeutungen reichten, dass Stephen sich einmischte.

»Wollen Sie damit sagen, Sie glauben …?«

»Ich will gar nichts sagen.«

Der Barmann war jetzt auf der Hut.

»Ich will damit nur sagen, wie erstaunlich es ist, dass es so viele Menschen auf der Welt gibt und dass sich dann doch immer wieder ausgerechnet genau die zwei finden, die hundertprozentig nicht zueinander passen, als wäre das ein unumstößliches Naturgesetz. Die Liebe ist eine Behelfseinrichtung, damit die Leute sich mit ihren Gerüchen und Ausdünstungen wenigstens so lange ertragen, bis sich ein paar von ihnen fortgepflanzt haben und die Art erhalten bleibt, bevor sie sich die Schädel einschlagen. Wenn Sie mich fragen, ist das auch das ganze Geheimnis, und Sie brauchen über Mann und Frau nicht mehr zu wissen.«

Er begann mit einem Geschirrtuch die schon saubere Theke noch sauberer zu wischen, als wollte er aus der Wirklichkeit in ein Filmklischee fliehen, und es gab nichts weiter zu sagen, als Stephen sagte, es könne doch auch nur ein Unfall gewesen sein, und die Geschichte genauso erzählte, wie sie sich zugetragen hatte. Ich wusste nicht, was er sich dabei dachte, aber wahrscheinlich war es ein Reflex, den Mann zu verteidigen, der so offensichtlich im falschen Verdacht stand, seine Frau umgebracht zu haben, und ich konnte mir Stephens Verhalten nur damit erklären, dass er sich instinktiv gegen welche Anschuldigungen auch immer selbst zu verteidigen versuchte. Was er da preisgab, war sogenanntes Täterwissen, und es brauchte nur an die falschen Ohren zu gelangen, um uns in Schwierigkeiten zu stürzen, aus denen wir nur mehr schwer herausfinden würden. Die beiden Männer hatten ihn in den Blick genommen, als wäre ihnen klar, dass er dabei war, sich um Kopf und Kragen zu reden, aber dann meinte der eine bloß, wieder der jüngere, wenn es sich wirklich so abgespielt haben sollte, wäre es noch schlimmer als Mord.

»Ein Verbrechen aus Leidenschaft kann ich vielleicht noch verstehen«, sagte er. »Aber wie feig muss jemand sein, der nach einem Unfall eine Tote am Straßenrand liegen lässt?«

Jetzt mischte sich auch der andere ein.

»Wenn sie überhaupt tot war.«

»Genau«, bekräftigte der erste. »Wenn …«

»Welches Schwein kümmert sich nicht um eine Schwerverletzte? Mir dürfte so einer nicht in die Finger geraten. Ich wüsste, was ich mit ihm zu machen hätte. Wollt ihr es hören?«

Es konnte nicht sein, aber sosehr ich meinen Blick von dem Mann wegzulenken versuchte, so wenig wurde ich das Gefühl los, dass er den seinen im selben Augenblick auf mich richtete.

»Vielleicht würde ich ihn nicht umbringen, obwohl er genau das verdient hätte«, sagte er. »Aber ich würde ihn der Polizei übergeben, und davor würde ich ihn mit der größten Sorgfalt grün und blau schlagen und nicht aufhören, bevor er um sein Leben wimmert.«

Ich konnte nicht anders, als Stephen anzurempeln, damit er endlich merkte, in welche Lage er uns gebracht hatte, und ich hatte ihn soweit, dass wir aufbrachen, als er den Barmann noch nach dem Namen der Frau fragte, der zuerst nicht damit herausrücken wollte.

»Warum interessieren Sie sich dafür?«

Er sah Stephen mit einem Blick an, der in jedem Film eine Großaufnahme der Augen verdient hätte.

»Für einen nur zufällig hier Durchkommenden sind Sie ganz schön neugierig«, sagte er nach einer deutlichen Pause, aber ohne jede Betonung. »Finden Sie nicht?«

Dann gab er ihn aber doch preis, und seither weiß ich, dass die Frau Calisa Cole hieß. An dem Kreuz an der Unfallstelle hatte der Name gefehlt, ein schöner, fast zu schöner Name, wie von einem Westernschriftsteller für seine Saloondame erfunden, aber er war echt, der Name einer Toten, die vor zwei Tagen noch am Leben gewesen war. Vielleicht hatte es ein Schild gegeben, und es war vom Wind weggeblasen worden, aber vielleicht auch nicht, und niemand hatte sich die Mühe gemacht, oder er hatte es nicht über sich gebracht, einen Buchstaben an den anderen zu fügen, weil ihm schon alles im Hals steckenblieb, wenn er Calisa Cole nur zu sagen versuchte.

Ich machte Stephen auf der Rückfahrt keine Vorhaltungen, aber es konnte ihm nicht entgehen, dass ich noch wortkarger war als auf der Hinfahrt, und als er erneut von dem Unfall anfing und die Tote jetzt selbst bei ihrem Namen nannte, bat ich ihn, das seinzulassen, weil es für meine Ohren distanzlos und aufdringlich klang.

»Ich wundere mich einfach, wer so heißen kann«, sagte er schließlich. »War sie schwarz?«

Ich verstand nicht, wieso er fragte, und es war jetzt nach der furchtbaren Ausfälligkeit William gegenüber, wo er sogar von einem Stall voller Negerinnen gesprochen hatte, schon das zweite Mal, dass er in dieser Sache auf abstoßende Weise auffällig agierte.

»Warum sollte sie schwarz gewesen sein?«

»Na ja«, sagte er. »Wer heißt Calisa Cole?«

»Sie war weiß wie ...«

Mir fiel kein passender Vergleich ein, aber ich hätte am liebsten gesagt: »Sie war weiß wie Scheiße«, weil ich eine solche Frage von Stephen nicht erwartet hätte.

»Ich muss es wissen«, sagte ich stattdessen nur. »Ich habe ihr lange genug ins Gesicht gesehen. Das Wort dafür ist ›leichenblass‹, wenn du verstehst, was ich meine. Außerdem ändert es nichts an unserem Problem. Eine Tote ist eine Tote, nehme ich an, egal, welches Leben und welche Hautfarbe sie gehabt hat.«

Der Himmel hing tief, fast so, als könnte es jeden Augenblick zu schneien beginnen, obwohl es viel zu warm dafür war. Einmal kam uns ein Polizeiwagen mit einem schon weit in der Ferne in allen Farben auf seinem Dach tanzenden Lichtergeflacker im diesigen Grau des Nachmittags entgegen, dann wieder überholte uns eine ganze

Rotte, drei, nein, vier Wagen mit jaulenden Sirenen, aber sie interessierten sich nicht für uns und bogen schließlich in scharfem Winkel vor uns ab, wie nur sich selbst spielerisch jagend. Auch als wir unser Hotel in El Paso erreichten, stand dort ein Polizeiwagen vor der Tür, aber da löste sich unsere Beklemmung sofort, als wir hörten, dass der Sheriff nicht etwa wegen des Unfalls gekommen war, sondern mit dem Regisseur über die Abstimmung der Hubschrauberflüge reden wollte, damit es nicht noch einmal wie vor zwei Tagen passierte, dass wir unsere Film-Hubschrauber in der Luft hatten, während vielleicht echte einen Einsatz an der Grenze flogen, bei dem es um Leben und Tod ging.

Er war ein schmalschultriger Mann mit einem maskenhaft starren Gesicht, und als wir eintraten, stand er mit dem Regisseur und Walter Mandelli an der Theke in der Lobby, eine Hand an der Hüfte, an der seine Pistole hing. Ich hatte nicht nur einmal erlebt, dass Stephen irgendwo erkannt wurde, aber so etwas wie die Glückseligkeit dieses Gesetzeshüters bei seinem Anblick hatte ich noch nie gesehen. Es gab eine tiefe Verbindung zwischen Schauspielern, die einen Sheriff spielten, und richtigen Sheriffs, und Stephen war für eine solche Begegnung geradezu prädestiniert, weil er in zwei Filmen einen gespielt hatte, und noch dazu das ewige Klischee des einsamen Mannes, der von seiner Frau verlassen worden war, weil er den Annehmlichkeiten des Lebens nichts abgewinnen konnte, sich hinter einer sturen Rechtschaffenheit verpanzerte und zu allem Überfluss stolz darauf war, wenn er damit aus der Welt herausfiel.

»Stephen O'Shea!«

Der Sheriff löste sich von der Theke und ging mit halb erwartungsvollen und doch halb auch zögernden Schritten auf ihn zu, ein lauerndes Schlurfen, als hätte er einen Knie- oder Hüftschaden oder beides, und nein, in sein Gesicht trat keine Bewegung, ein Riss der Freude ging plötzlich mitten hindurch.

»Was für ein Tag! Zuerst der große Walter Mandelli und jetzt Stephen O'Shea! Sie sind mein persönlicher Held!«

Er drehte sich noch einmal zur Theke, wo Walter Mandelli, eine Hand auf seinem Hängebauch, ein kümmerliches Lächeln aufgesetzt hatte, und verhaspelte sich in einem Exzess der Bewunderung.

»Der große Walter Mandelli, der sein Leben lang mehr John Wayne war als John Wayne selbst«, sagte er. »Und wenn nicht er ... Ich kann es nicht glauben! Stephen O'Shea! Am liebsten würde ich Sie beißen zum Beweis, dass Sie echt sind.«

Er bremste sich gerade noch vor einer Umarmung, erwähnte die beiden Filme, in denen er Stephen gesehen hatte, und war im nächsten Augenblick schon mit Anmerkungen zur Stelle, was darin den Polizeidienst traf und was ihn eher verfehlte.

»Sagen Sie noch, mich hat's erwischt, wenn einer von Ihnen sich eine Kugel einfängt?« sagte er schließlich. »Ich habe das immer über alles geliebt, den Griff an Brust oder Bauch und diesen gleichlautenden Satz. Sie wissen, dass solche Dinge unweigerlich Eingang in unseren Alltag nehmen. Die jungen Kollegen fangen an, das zu imitieren, und Sie werden heute kaum mehr einen finden, der es nicht sagt, wenn er getroffen ist.«

Wahrscheinlich hätte er ewig so fortfahren können. Dann wollte er doch wissen, wo wir herkämen, und Stephen war umsichtig genug, zu sagen, wir seien in White Sands gewesen und hätten uns dort den Nationalpark angesehen, aber weil der in New Mexico lag, nach hiesigen Maßstäben nicht weit von der Unfallstelle entfernt, hatten sie kurz darauf nur mehr ein Thema. Denn obwohl die Fahndung nicht in seinen Einsatzbereich fiel, wusste der Sheriff über sie Bescheid und gab sich zuversichtlich. Er sagte, wer auch immer für die Sache verantwortlich sei, man werde ihn sicher schnell schnappen, und Stephen stimmte ihm zu. Dabei verstieg er sich zu einer Jovialität, die mich versteckt die Hände ringen ließ.

»So mysteriös, wie die Presse tut, dürfte der Todesfall keineswegs sein«, sagte er, als wäre er wirklich ein Kollege und würde von gleich zu gleich sprechen. »Sie wissen bestimmt mehr.«

Der Sheriff hielt sich bedeckt, aber später stellte sich heraus, dass auch Casey Beck, aus welchen Quellen immer, von der Sache erfahren hatte, wahrscheinlich direkt von der Polizei. Er wusste sogar, dass die Tote unter ihrem Parka fast nackt gewesen war, und das trieb ihn am Abend nach dem sechsten Whiskey Sour zu wilden Phantastereien. Seine Falten verziehend, als würde ihm Schatten auf Schatten über die Stirn huschen, prostete er in die Runde und sagte, er habe immer schon gefürchtet, dass der ganze Dreck mit den Morden, die in Mexiko geschahen, irgendwann auch über die Grenze schwappen könnte, und nach seinem Gefühl sei es jetzt womöglich geschehen.

»Warum stellt sich eine Frau mit Flip-Flops und nichts als einem BH und einem Höschen unter ihrem Parka mitten in die Wüste?«

Er war schon betrunken, und was er sagte, war Humbug und warf eher ein trübes Licht auf ihn selbst, als dass es etwas erhellte.

»Wenn es nicht mitten in der Wüste gewesen wäre, hätte sie eine Prostituierte sein können. Andererseits, warum nicht? Sie könnte genausogut auch auf dem Mond stehen, und irgendein Idiot fände dorthin, und wenn er dafür Raketenphysik studieren müsste.«

Es war schwer zu beurteilen, ob ihm das angst machte oder ob es ihn erregte, aber vermutlich wohl beides. Der erste wäre er nicht gewesen, der sich vom Objekt seiner Recherchen verschlingen ließ und nicht mehr mit Sicherheit sagen konnte, ob er nur Teil der Lösung war oder vielleicht darüber hinaus Teil des Problems. Er hatte den Tag wie die meisten Tage davor in Juárez verbracht und musste niederschmetternde Erfahrungen mit der Gleichgültigkeit der Behörden gemacht haben, und seine Verzweiflung darüber war am Ende nicht mehr von Zynismus zu unterscheiden. Wieder trug er eines seiner kurzärmeligen Hemden und dazu eine Krawatte, ein Aufzug, in dem er den unausbleiblichen Missionaren glich, die ebenfalls Tag für Tag über die Grenze gingen, um dort den Ärmsten vom Himmelreich und vom ewigen Seelenheil zu predigen, und irgendwie hatte er es geschafft, sogar ihren Duktus aufzunehmen.

»Es ist wie Sodom und Gomorra«, sagte er und verhedderte sich mit seiner Zunge in den Worten. »Sofern es nicht wieder bloß die Falschen treffen würde, müsste man ihnen eine Sintflut wünschen.«

Dabei schaute er mit einem glasigen Blick auf seine Uhr, als wollte er prüfen, ob es für solche Worte nicht noch zu früh war, und legte dann um so deutlicher nach.

»Wenn nur der Unrat weggeschwemmt würde!«

Im Hotel war für eine knappe Woche eine Gruppe von »Heiligen der Letzten Tage« eingemietet gewesen, fast noch Jugendliche, Männer mit bartlosen Jungengesichtern, die bis ins Alter aussahen, als könnten sie kein Wässerchen trüben, und er war beim Abendessen mit ihnen zusammengesessen. Auf mich wirkten sie, als würden sie nicht einmal auf dem Sterbebett auf den Gedanken kommen, dass es womöglich keine schlechte Idee gewesen wäre, die eine oder andere Sünde zu begehen, wenn einem zuletzt nichts blieb als der Tod, und das färbte auch auf ihn ab. Mir war er noch nie so hoffnungslos unschuldig erschienen wie in diesem Augenblick, und obwohl ich mich nach unserem ersten Gespräch nicht gerade um seine Gesellschaft bewarb, blieb ich neben ihm an der Theke stehen, weil er eine unsägliche Verlorenheit ausstrahlte, und lauschte seinem Sermon, der in diesen biblischen Verwünschungen gipfelte und schließlich in pure Resignation abfiel.

»Ich kann nicht sehen, welcher Schaden es wäre, wenn hier bald alles zu Ende ginge«, sagte er fatalistisch und anscheinend ebenso erleichtert wie niedergeschlagen von der Erkenntnis. »Meine Welt ist das schon lange nicht mehr.«

Bis es mir gelang, mich von ihm loszureißen, dauerte es, und es war bereits zehn Uhr am Abend, als ich nach Xenia schaute. Sie hatte sich bei unserer Rückkehr in ihrem Zimmer aufgehalten, mit einem Schild am Türknauf, dass sie nicht gestört werden wolle, und es stellte sich heraus, dass sie sich nach einem Streit mit Alma, bei dem sich beide alles genannt hatten, schon mittags dorthin zurückgezogen hatte und seither nicht mehr daraus hervorgekommen war. Stephen hatte schließlich bei ihr geklopft, und da war sie in einem solchen Zustand gewesen, dass er ihr drohte, einen Arzt kommen zu lassen, wenn sie sich nicht beruhige. Offensichtlich hatte sie die Geschichte mit dem Unfall erst jetzt richtig eingeholt, als hätte sie am Tag davor wie unter Schock sämtliche an sie gestellten Anforderungen gerade noch bestanden, um im ersten stillen Augenblick zusammenzubrechen.

Als ich bei ihr eintrat, lag sie wie eine Kranke im Bett, das Haar strähnig, ihr Gesicht gelblich bleich, eine gespenstische Grundierung für den jetzt ungeschminkten, blutroten Schnitt auf ihrer Stirn, und Stephen saß mit seinem blauen Auge daneben und hielt ihre Hand. Sie sah in ihrer Verletzlichkeit bestürzend jung aus und blickte mich an, als könnte ich immer noch etwas hervorzaubern, das alles ungeschehen machen würde. Ich schloss die Tür hinter mir und blieb eine Weile stehen, ohne weiter in den Raum vorzudringen, weil es nichts zu sagen gab und ich jedes Wort fürchtete.

»Es war ein Unfall«, sagte sie schließlich, als wäre ich in ein Gespräch geplatzt, das sie nur kurz unterbrochen hatte und jetzt fortführte. »Mehr ist es immer noch nicht. Ein Unfall! Wir haben falsch reagiert, das ist alles.«

Stephen hatte ihr ausgeredet, doch zur Polizei zu gehen, aber bei meinem Erscheinen fing sie von neuem damit an. Er suchte meinen Blick, und ich merkte, dass es ihm nur mit Mühe gelang, Ruhe zu bewahren. Denn offensichtlich hatte er alles bereits ein halbes Dutzend Mal mit ihr durchgesprochen und wollte es nicht noch einmal tun.

»Schön wäre es«, sagte er mit zusammengebissenen Zähnen. »Und was ist mit dem Alkohol? Denk bitte nur daran! Du willst doch nicht behaupten, dass du nüchtern warst, Xenia?«

Sie lachte, und es klang seltsam entspannt.

»Nüchtern?« sagte sie. »Wer soll davon etwas wissen? Sei doch nicht ein solches Ekel, Stephen! Willst du mich etwa verraten?«

»Sie werden herumfragen und auf die Tankstelle stoßen, in der ihr die zwei Sixpacks Bier gekauft habt«, sagte er. »Sie werden das Lokal finden, in dem ihr zum Essen wart, und sich genüsslich erzählen lassen, dass ihr eine ganze Flasche Wein geleert habt. Ihr habt Fahrerflucht begangen. Willst du zehn Jahre hinter Gitter? Der Unbekannte, der in der Nacht an der Unfallstelle aufgetaucht ist, wird mit Freude aussagen, dass ihr mit ausgeschaltetem Licht davongerast seid. Das wird jeden Richter überzeugen, dass ihr zur Vertuschung einer Straftat gleich zum Begehen einer neuen bereit wart. Was, wenn euch jemand entgegengekommen wäre? Ihr hättet einfach einen weiteren Unfall in Kauf genommen. Tut mir leid, aber das sind die Tatsachen.«

Eine Weile kaute er an seiner Unterlippe herum, als müsste er überlegen ob er etwas Wesentliches vergessen hatte.

»Man wird euch nachweisen, dass ihr noch einmal umgedreht habt und ein zweites Mal an der Unfallstelle vorbeigekommen seid und dadurch auch die Tote ein zweites Mal im Stich gelassen habt«, sagte er dann. »Ich weiß nicht, ob es mit zehn Jahren getan ist, aber zehn Jahre Knast reichen auf jeden Fall dafür, dass ihr um dreißig Jahre gealtert wieder herauskommt.«

Er sah sie jetzt an.

»Willst du das, Xenia?«

»Ich will gar nichts, Stephen«, sagte sie, ihre Stimme flatternd, die Worte wie durchlöchert, als würden einzelne Silben oder Buchstaben fehlen. »Ich will sterben.«

»Hör auf mit dem Unsinn!«

»Ich will nicht mehr leben.«

»Hör auf, Xenia!« sagte er. »Du kannst es nicht ungeschehen machen. Wenn du dich freiwillig zugrunde richten willst, ist niemandem geholfen. Außerdem könntest du berücksichtigen, dass ich dich liebe und dass du damit nicht nur dein Leben zerstörst.«

Ich hatte nach ihrer Gefasstheit am Tag davor einen solchen Einbruch nicht erwartet und sah zum ersten Mal im ganzen Ausmaß das Problem, das ich mir aufgebürdet hatte. Aus einem Impuls, ob richtig oder falsch, war ich sofort gewillt gewesen, sie zu decken, aber längst war ich abhängig davon, dass auch sie mich deckte. Ich trat die paar Schritte vor, bis ich am Fußende des Bettes stand, und sagte, wie immer sie sich entscheide, sie müsse die Entscheidung ja nicht jetzt treffen, ein oder zwei Tage zu überlegen änderte nichts. Sie schien sich unter meinem Blick zusammenkauern zu wollen, und ich fragte mich, ob sie auch dachte, was mir selbst plötzlich durch den Kopf ging. Von mir hatte sie nichts zu fürchten, aber wäre es ein Film, müsste sie sich jetzt bedroht fühlen, weil ich selbst mich von ihr und ihrer Wankelmütigkeit bedroht fühlte und auf die Idee kommen könnte, sie beiseite zu schaffen, um nicht von einem etwaigen Geständnis ihrerseits mit ins Unheil gerissen zu werden.

Sie hatte mit mir über das weitere Vorgehen reden wollen, aber jetzt entschuldigte sie sich nur, und seit meinem Eintreten waren keine zehn Minuten vergangen, als ich schon wieder draußen war und die Stufen zur Lobby hinunterstieg und dort erneut auf Casey Beck traf. Vielleicht wäre ich ihm diesmal ja aus dem Weg gegangen, wenn ich in einer anderen Verfassung gewesen wäre, aber so war ich selbst in einer Lage, in der ich nach Halt suchte, und fiel genau deshalb auf seine Haltlosigkeit herein. Er winkte mich tatsächlich zu sich, ein nur angedeutetes Winken mit zwei Fingern, als hätte er Handhabe über mich, und ich trottete brav zu ihm hin und lauschte weiter seinen Klagen, bis er von einem Augenblick auf den anderen auf Xenia zu sprechen kam.

»Ich höre, es geht ihr nicht gut«, sagte er, auf einmal viel zu nah und ohne auch nur zu versuchen, die Distanz zu wahren. »Es scheint eine sehr ernste Sache zu sein.«

Er musterte mich, aber ich vermochte nicht einzuschätzen, ob das eine Anspielung war oder ob er sich nur aufs Geratewohl vortastete und herausfinden wollte, was ich sagen würde. Ich konnte nicht vergessen, wie seltsam er sich verhalten hatte, als Xenia und ich in der Unfallnacht nach Hause zurückgekehrt waren. Auf dem Parkplatz vor dem Hotel hatte er agiert, als hätte er einen Verdacht, und während ich fürchtete, er werde daran anknüpfen, war er in Wirklichkeit ganz irgendwo anders und fing an von Xenia zu schwärmen. Unter seiner Stoppelfrisur schien die Kopfhaut durch, und ich dachte, dass er in ein paar Jahren, wenn ihm die Haare ausfielen, aussehen würde wie ein messingglänzender Türknauf.

»Sie ist eine wunderbare Schauspielerin«, sagte er. »Man muss sie nur ein einziges Mal erlebt haben, um sie nie wieder zu vergessen.«

Da konnte ich ihm nicht widersprechen, aber dann verschärfte er sein Kompliment ins vage Künstlerische hinein und schwächte es damit sofort wieder ab.

»Sind Sie auch der Meinung, dass das Große in der Kunst nicht ohne Fragilität im Leben zu haben ist?«

Ich war nicht der Meinung, und wenn ich einer solchen Meinung gewesen wäre, hätte ich sie für mich behalten, weil ich mit meiner eigenen Fragilität nicht hausieren gehen wollte, aber ich wusste, dass dieser Mythos sich anhaltender Beliebtheit erfreute. Es gab kaum eine junge Schauspielerin, die sich mit ihrer ersten Rolle nicht vor Hingabe an den äußersten Rand ihrer Existenz spielte und als Folge gleich eine Horde von nicht mehr ganz jungen Verehrern im Nacken hatte, traurigen Träumern aus dem Feuilleton, die eigentlich Kritiker sein sollten, aber sofort den Unterschied zwischen Kunst und Leben aufkündigten und sie nur mehr retten wollten. Dabei hatte sie vielleicht gar keine derartigen Erfahrungen gemacht, selbst wenn sie eine Drogenabhängige oder eine Stricherin spielte und damit solche Phantasien erst weckte, und brauchte von niemandem gerettet zu werden, und schon gar nicht von diesen vorgestrigen Stoffeln, die ihre sabbernde Sentimentalität mit Besorgnis verwechselten und natürlich nur die allerersten waren, denen sie besser aus dem Weg ging, wenn sie nicht wirklich unter die Räder geraten wollte.

»Was heißt Fragilität?«

Ich sagte das mehr zu mir selbst als zu ihm, aber es musste so hart geklungen haben, dass es ihn augenblicklich zum Verstummen brachte. Er bestellte einen neuen Whiskey Sour und unterhielt sich eine Weile mit dem Kellner hinter der Theke, und ich war froh, nicht mehr auf ihn eingehen zu müssen. Solche Gespräche waren für mich auch tagsüber eine Qual, der Respekt vor den Künsten stellte sich bei den meisten Leuten als schlichte Dummheit heraus, man konnte ihnen nur mit der größten Respektlosigkeit begegnen, und von ihm mitten in der Nacht in diesen Schlamassel hineingezogen zu werden ließ mich an seinem Verstand zweifeln. Trotzdem blieb ich neben ihm stehen, und wahrscheinlich war es nur, weil ich immer noch dastand und er danach wieder niemand anderen fand, der ihn beachtete, dass er mir die Geschichte von dem Mädchen erzählte, das in seiner Kindheit verschwunden sei.

»Sie müssen mir versprechen, dass Sie mich nicht für einen Freak halten«, fing er an, als hätte ich ihn nach einer Erklärung gefragt, die er niemandem geben musste. »Dann verrate ich Ihnen ein Geheimnis.«

Offenbar war er in Wisconsin aufgewachsen, und sie war ein Nachbarskind gewesen, ein paar Straßen weiter. Er hatte sie da und dort gesehen, kannte sie aber nicht, ein großes, dürres, sommersprossiges, für ihn unerreichbares Wesen mit flachsblonden Zöpfen, kaum älter als er, das in seiner hellblauen Latzhose nachmittagelang auf einem Fahrrad herumgekurvt war. Einmal war sie vor dem Küchenfenster stehengeblieben, hinter dem er sich gerade etwas aus dem Kühlschrank geholt hatte, und er hatte ihr zugewinkt, aber sie hatte es nicht bemerkt oder jedenfalls nicht darauf reagiert. Zu Winterbeginn war sie eines Tages nicht von der Schule nach Hause gekommen, und man hatte Suchtrupps aufgestellt, die drei Tage lang jeden Winkel durchkämmt hätten. In der ländlichen Gegend hatte im Umkreis von zwanzig Kilometern jeder verfügbare Mann daran teilgenommen, und sein Vater, der natürlich auch dabeigewesen war, hatte nach Einbruch der Dunkelheit immer fünf oder sechs von den Männern mit nach Hause gebracht, damit sie sich aufwärmen konnten und etwas zu essen und zu trinken bekamen. Sie waren laut eingetreten, hatten ihre Parkas abgelegt, ihre Stiefel ausgezogen und in die Diele gestellt und sich dann im Wohnzimmer breitgemacht, und er erinnerte sich an die dampfende Feuchtigkeit, die sie hereingetragen hätten, an ihre bärtigen Gesichter und ihre robuste Unverwüstlichkeit unter aller Mitgenommenheit.

Es war eine traurige Geschichte, aber worauf Casey

Beck hinauswollte, merkte ich erst, als er sagte, er habe lange gebraucht, um zu begreifen, warum die Stimmug darüber hinaus so unheimlich gewesen sei. Denn seine Mutter, die sonst kaum getrunken habe, habe diesen abendlichen Überfällen mit Bangen entgegengesehen und den ganzen Tag heimlich einen Schluck Whiskey nach dem anderen genommen, bis sie es endgültig nicht mehr geschafft habe, sich mit sich selbst zur Deckung zu bringen. Er meinte, ihr Verhalten sei ihm damals schon merkwürdig vorgekommen, doch als Kind hätte er unmöglich verstehen können, wie weit alles gereicht habe.

»Wie hätte ich mir auch vorstellen sollen, dass sie von dem Gedanken besessen war, dass einer der Männer, denen sie gerade einen Imbiss auftischte, mit dem Verschwinden des Mädchens zu tun haben könnte?« sagte er, und in seinem Gesicht lag der Schmerz jetzt offen zutage. »Dabei auch meinen Vater mit in Betracht ziehen zu müssen war noch einmal eine ganz andere Sache.«

Ich ließ ihn allein mit seinen Grübeleien, ging noch hinaus und konnte selbst wieder nicht anders, als an Sagrario zu denken. In all den Tagen in El Paso hatte ich nicht nur von Alma und Enrique Brausen, sondern an allen möglichen Orten und von allen möglichen Leuten spanische Wendungen gehört, einzelne Wörter, ganze Sätze, und mein Wunsch, die Sprache zu lernen, war immer stärker geworden. Ohne sagen zu können, warum, dachte ich, dass sie viel tiefer zurück in die Zeit reichte als etwa Deutsch oder Englisch. Ich brauchte nur etwas aufzuschnappen, musste es gar nicht verstehen und hatte eine mir selbst unerklärliche Sehnsucht nach dem Wissen und der Erfahrung, die darin mitschwangen, als würde mir etwas von mir erzählt, das mir sonst für immer verborgen bliebe. Auf der Tanzfläche im Catedral, gegen den Lärm anschreiend, hatte ich Sagrario genau die gleichen Fragen gestellt, die sich Verliebte, die aus einer jeweils anderen Sprache kamen, auf der ganzen Welt stellten. Wir waren keine Verliebten, natürlich nicht, und ich hatte es aus einer dummen Verlegenheit getan. Ich hatte mich nach spanischen Schimpfworten und nach obszönen Ausdrücken bei ihr erkundigt, ich hatte sie gebeten, bis zehn zu zählen, und anderen Unsinn, der nur bewies, wie falsch ich die Situation da noch einschätzte. Dann hatte ich sie gefragt, was »Ich liebe dich« auf spanisch heiße, und sie hatte gesagt: »Te quiero mucho«, ich hatte sie gefragt, was »Ich vermisse dich« heiße, und sie hatte gesagt: »Te extraño mucho«, und das war mir wie der schönste Ausdruck überhaupt erschienen, in egal welcher Sprache. Sie hatte beide Male »mucho« dazugesagt, und dann hatte sie abgewinkt, und ich hatte verstanden, dass sie genug hatte von dem Spiel, und sie hatte einen Satz hinzugefügt, den ich halb überhört hatte und den ich nie hätte überhören dürfen, aber überhaupt erst im nachhinein in seinem wahrscheinlichsten Wortlaut zu rekonstruieren vermochte: »Hay mucha desesperación en mi vida«, und da hatte sie mich zum ersten Mal Güero genannt.

Keine Viertelstunde, die paar Häuserblocks hinunter, und ich war an der Grenze. Der Strom von Leuten, die tagsüber hinüberwechselten, hatte nachgelassen, und es waren jetzt nur noch einzelne, die den schlecht beleuchteten Durchgang nahmen. Es war zu dieser Zeit, nach Mitternacht, wie der Eintritt in ein übel beleumundetes Etablissement, den niemand, der nicht etwas Zwielichtiges suchte, freiwillig wählte, und die paar letzten Gestalten hatten in der zunehmenden Kälte, die in dieser Jahreszeit immer noch verlässlich auf die Tageshitze folgte, tatsächlich etwas Verhuschtes. Ich trottete ungehindert hinein, musste nicht einmal meinen Pass vorweisen und stand kurz darauf auf dem Scheitelpunkt der Brücke im Niemandsland, unter der sich der Rio Grande meiner Kinderbücher, den ich mir allein schon wegen seines Namens immer als einen zweiten Mississippi vorgestellt hatte, als trauriges Rinnsal ausnahm. Erst vor wenigen Tagen hatte mir in einer Bar ein sentimentaler Nachmittagstrinker gesagt, die Leute diesseits der Grenze seien von Washington gleich weit weg wie die jenseits der Grenze von Mexico City und hätten miteinander allemal mehr zu tun als mit den Herrschaften aus den zugehörigen Hauptstädten, aber was er daraus schloss, hatte sich in einem unzusammenhängenden Assoziationswirrwarr verloren, und auch die Prämissen stimmten nur halb. Es ging nicht darum, wie man war oder wer man war, es ging um die Papiere, entweder man hatte die richtigen oder die falschen oder gar keine, und mir wurde schlagartig klar, dass die erste Forderung an mich wäre, meinen Pass wegzuwerfen, wenn ich eine Erfahrung machen wollte, die vielleicht einer mexikanischen Erfahrung nahekam, ja, dass ich meinen österreichischen Ausweis in Stücke zerfetzen und so von einem Augenblick auf den anderen vor dem Gesetz nackt das Land betreten müsste, um auch nur eine Ahnung davon zu bekommen, wie anders alles war, wenn man nicht von Anfang an Glück hatte im Leben.

NEUNTES KAPITEL

So, wie ich Luzie kannte, war von vornherein klar, dass sie auch nach El Paso fahren würde, als sie schließlich sagte, ich könne doch etwas für sie tun, ich könne ihr eine Reise nach Amerika zahlen, und wenn ich zudem für Mirko aufkommen würde, um so besser, Geld spiele für mich ja keine Rolle oder bloß die, dass ich mich gern damit brüstete, dass es keine spiele, und am liebsten Freund und Feind mit meinem dicken Portemonnaie beschämte. Sie war fünf Wochen aus dem Krankenhaus, und ich hätte ihr jeden Wunsch erfüllt. Alles war gut, solange sie nur nicht untätig herumsaß und über den Sinn des Lebens nachdachte, weil der entschieden die Eigenheit hatte, sich mit dem Nachdenken zu verflüchtigen oder sich gegen sich selbst zu richten. Ich sagte sofort ja, sie solle reisen, wohin sie wolle, versicherte ihr, für ihre Auslagen geradezustehen, und die kleine Bitterkeit, dass jetzt Mirko sie begleiten würde und nicht ich, war ein kindisches Aufbegehren, das ich als solches durchschaute, ebenso unnötig wie lächerlich. Sie hatte keine genauen Vorstellungen über eine Route, wusste nur, dass sie im Westen ihren Ausgangs- oder ihren Endpunkt haben sollte, wie wir es ursprünglich für meinen Geburtstag geplant hatten, und erwähnte El Paso nicht einmal, aber ich hatte es im selben Augenblick im Kopf. Ich konnte mir nur zu gut vorstellen, dass sie schließlich dort landen würde oder dass es vielleicht von Anfang an ihr Ziel war, und obwohl ich sie auch darin unterstützte, ließ sich nicht leugnen, dass mich das mit Unruhe erfüllte.

Ich hatte sie nach dem Krankenhaus wieder bei mir aufnehmen wollen, aber für Luzie kam das nicht in Frage, und als Friederike ihr anbot, ein paar Wochen zu ihr zu ziehen, damit sie nicht in ihre WG musste, war das die beste Lösung, weil es auch Mirko entlastete und ihn nicht in die Zwangssituation brachte, dass beim kleinsten zukünftigen Vorfall doch noch alles auf ihn zurückfiele. In dieser Zeit sah ich sie nur zweimal, und beide Male trat sie mir mit äußerster Reserviertheit entgegen. Nicht, dass sie mir Vorwürfe machte, immer noch nicht, dafür war nach wie vor Riccarda zuständig, aber sie behandelte mich wie einen, der nichts verstand und nichts verstehen konnte, und weil sie nicht zu mir kommen wollte, trafen wir uns jeweils in einem Restaurant. Beim ersten Mal faltete und entfaltete sie ihre Papierserviette so lange, bis ich sie schließlich bat, das seinzulassen, und riss sie dann in winzige Stücke, während sie mir starr in die Augen blickte. Beim zweiten Mal spielte sie mit dem Blumengesteck herum und reagierte verstimmt, als ich sie fragte, ob sie sich daran erinnere, wie sie einmal im Kindergarten kaum davon abzuhalten gewesen sei, eine Tulpe aufzuessen, sagte nur, es habe sich um keine Tulpe gehandelt, sondern um eine Rose, und das sei wohl ein Unterschied. Sie winkte ab, als ich ein paar Worte auf englisch an sie richtete, und machte klar, dass sie über die Schnippelei nicht sprechen wollte, ihr Ausdruck von Anfang an, um es erst gar nicht als Selbstmordversuch zu qualifizieren. Dabei wirkte sie so stark, wie ich sie vorher nie wahrgenommen hatte, bis ins Äußere hinein auf Friederikes Einfluss zurückzuführen, auf den ersten Blick erkennbar an dem übergroßen Männeranzug, mit dem sie von ihr ausgestattet worden war, dem Pferdeschwanz, den sie jetzt trug, und selbst ihr Piercing schien weniger für eine Verirrung zu stehen als für einen Weg.

Friederike rief mich alle paar Tage an, und außer dass Luzie Nacht für Nacht zu ihr kam und sie bat, bei ihr schlafen zu dürfen, schien nichts außergewöhnlich zu sein. Das hatte sie schon bei Riccarda viel zu lange getan, und wenn ich mir deren Vorwürfe immer stillschweigend angehört hatte, was ich alles falsch mit unserer Tochter machte, war mein unausgesprochener Vorwurf gegen sie gewesen, nie dafür gesorgt zu haben, dass Luzie irgendwann in ihrem eigenen Bett blieb, was sie dann tatsächlich erst in England lernte. Auch Riccarda hatte nichts dagegen, dass Luzie bei Friederike untergekommen war, die sie konsequent die Professorin nannte und zu der sie sogar Kontakt aufnahm, um sie alles mögliche zu fragen und am Ende merkwürdigerweise ausgerechnet, ob sie mit mir schlafe.

Ich wunderte mich über Friederikes Begeisterung, als

sie mir anvertraute, Luzie habe angefangen zu schreiben, aber auch da zählte nur, ob es ihr half oder nicht, und ich nahm alles, was sonst noch dabei eine Rolle spielen mochte, gern hin.

»Du hast eine so begabte Tochter, Jakob«, sagte sie mit einer Überschwenglichkeit, die nur daher rühren konnte, dass sie als Professorin vom Fach war und immer noch an Dinge glaubte, an die zu glauben ich mir längst nicht mehr erlaubte. »Vielleicht wird sie einmal Schriftstellerin.«

Sie hätte wissen können, dass ich das nicht als Auszeichnung empfand, im Gegenteil, für mich war es eher Fluch als Segen.

»Ich bin schon zufrieden, wenn sie gesund wird.«

»Gesund, Jakob?«

Jetzt tat sie so, als hätte sie mich falsch verstanden.

»Du solltest dich hören! Hast nicht du immer behauptet, dass sie anders ist? Also vergiss, was du gesagt hast!«

»Aber Schriftstellerin«, sagte ich. »Wozu? Vielleicht ist sie gar nicht anders, und darin besteht der Trugschluss. Alle Welt schreibt, und es kommt nicht viel dabei heraus außer Ängstlichkeit und Kleinheit und immer noch einer Stimme, die nur deshalb laut wird, weil sie nicht weiß, dass andere vor ihr schon das gleiche und meistens viel besser gesagt haben und dabei in der Regel auch noch elegant und leise gewesen sind. Würdest du ihr ein solches Leben wünschen, wenn sie deine Tochter wäre?«

Wir sprachen ausnahmslos am Telefon, und als wir uns dann doch einmal sahen, standen uns unsere Körper noch mehr im Weg als sonst oft, nur daß uns die Ausflucht nicht mehr blieb, übereinander herzufallen und das Problem vielleicht so wenigstens für eine halbe Stunde aus der Welt zu schaffen. Was auch immer das genau mit Luzie zu tun hatte, jedenfalls brauchte ich nur Friederikes Arm zu berühren, und sie schob meine Hand weg, und wenn sie willentlich oder unwillentlich mich anstreifte, zuckte ich genauso zurück. Es war eine quälende Erfahrung, ihr beim Abschied Aug in Aug gegenüberzustehen und nicht mehr zu wissen, was richtig und was falsch war, und ehe eine ganz und gar verkorkste Situation herauskommen konnte, drückte ich ihr einen Kuss auf die Wange und rannte buchstäblich davon.

Im Theater war die Sommerpause zu Ende, und ausgerechnet bei den Proben zu dem Stück, in dem ich seit langem meinen ersten Auftritt im Landestheater haben sollte, kam es zu meinem letzten, verhängnisvollen Zusammentreffen mit Elmar Pflegerl. Es war mir gelungen, nicht an ihn zu denken, und als dann doch irgendwann das fehlende Kapitel mit dem Titel »Die dritte Frau« in meinem Briefkasten lag, kümmerte ich mich auch darum zuerst nicht, weil ich trotz seiner Drohung, sich um eine Autorisierung nicht zu scheren, darauf vertraute, dass kein Buch erscheinen würde und er schreiben konnte, was er wollte. Ich hatte eines Tages in den beiden anderen Biografien aus seiner Hand herumgeblättert, der des Herzchirurgen und der des Haubenkochs, der zudem an einer Himalaja-Expedition teilgenommen und den Mount Everest bestiegen hatte, und spätestens da jeglichen Respekt vor Elmar Pflegerl verloren, selbst was sein Handwerk betraf. Denn in beiden Büchern fanden sich wortwörtlich dieselben Formulierungen, die er auch meinem Leben aufgedrückt hatte, und so konnte man beispielsweise über uns alle drei leer und nichtssagend lesen: »Mit fünfundvierzig Jahren war er noch kein alter Mann, aber das Alter kündigte sich an, und er stand vor Entscheidungen, die ihn in die eine oder in die andere Richtung führen würden, ohne dass er die Möglichkeit hatte zu erkennen, was am Ende das klügste war ...«

»Die dritte Frau« nun sollte von Riccarda handeln, aber als ich das Kapitel eines Nachts mit ins Bett nahm und überflog, sah ich schnell, dass das nur ein Vorwand war und es vielmehr um Alma ging, um die Alma im Film und um Alma del Campo in der Realität, und dass von Riccarda kaum die Rede war oder nur soweit, dass niemand verstand, wie sich eine Frau wie sie, eine Therapeutin mit psychiatrischer Praxis, der ich nichts vormachen konnte, je auf mich hatte einlassen können. Elmar Pflegerl hatte sein Prinzip ganz einfach umgekehrt und nicht wie über meine ersten beiden Frauen geschrieben, bei denen die zugehörigen Frauenmorde im Film, insgesamt drei, weil ich allein als Theodore Durrant schon zwei zu Buche stehen hatte, bestenfalls im Hintergrund gestanden waren. Stattdessen hatte er diesmal den Frauenmord, also Nummer vier, ins Zentrum gestellt und, Kunst und Leben auf äußerst fragwürdige Weise vermischend, mit einem nicht anders als pornografisch zu nennenden Blick über die Ermordung von Alma in dem Film spekuliert, den wir in El Paso gedreht hatten.

Denn darauf war das Drehbuch schließlich hinausgelaufen. Wir hatten tagelang mit dem Regisseur diskutiert, ob er wirklich auf ein so brutales Ende abziele, und eine Weile war nicht klar gewesen, ob ich den Mord begehen sollte oder William, der sich auch nicht von Stephen herausfordern ließ, als der nicht aufhörte, ihn zu fragen, ob er überhaupt Mumm genug für eine solche Tat habe, und sei es nur im Film. Weil sich keiner von uns beiden darum riss, entschied doch tatsächlich eine Münze, es traf mich, und als ob ich mich bei Alma eigens dafür entschuldigen wollte, verabredete ich mich mit ihr für den Tag, bevor wir uns an die Szene machten.

»Du eierst herum, als müssten wir uns vor der Kamera küssen oder miteinander ins Bett gehen und Sex haben«, sagte sie, als ich sie auf ein Glas einlud. »Es sollte dir nicht schwerfallen, mir ohne weitere Erklärung die Hände um den Hals zu legen und so zu tun, als würdest du zudrücken.«

Sie hatte mich in dem Maud-Allan-Film als Theodore Durrant gesehen und mir in Montana das zweideutige Kompliment gemacht, ich sei als Frauenmörder erschreckend gut gewesen, und das schwang jetzt mit.

»Wir brauchen ja nicht zu besprechen, ob du mich wirklich umbringst, nehme ich an. Bei einem Kuss wäre das anders, um von Sex nicht zu reden. Nicht, dass das die Szene zwingend besser machen würde, aber du könntest mich wirklich küssen und vielleicht sogar wirklich mit mir ins Bett gehen.«

Jetzt amüsierte sie sich offensichtlich.

»Die alten Haudegen, mit denen ich in die Verlegenheit geraten bin, so etwas zu tun, haben immer den Anstand gehabt, vorher ein paar großzügige Spritzer Mundspray in Anwendung zu bringen. Sie haben sich zuerst selbst eingesprüht und dann ›Mund auf‹ gesagt und mir meine Dosis verabreicht. Offensichtlich machen alle das so, die etwas auf sich halten, aber das wird für einen Mord nicht nötig sein.«

»Vermutlich nicht«, sagte ich. »Ich werde zusehen, dir nicht zu nahe zu kommen, und dich mit ausgestreckten Armen erwürgen.«

»Dann ist ja alles geklärt.«

»Ja«, sagte ich. »Du wirst es genießen.«

Sie entschuldigte sich, sie habe Kopfschmerzen, kaum dass wir uns getroffen hatten, als wollte sie damit nur noch einmal demonstrieren, dass es im Grunde genommen nichts zu bereden gab, doch die Szene am nächsten Tag zu drehen war eine der schaurigsten Aufgaben, die ich überhaupt je in einem Film gehabt hatte. Davor sah man mich entschlossenen Schrittes nach Juárez hinübergehen, dann gab es einen Schnitt auf das Gesicht von

Alma, ein herzzerreißendes Close-up, weil man wusste, dass sie gleich sterben würde, man hörte mein Klopfen, und schon war ich im Bild, wie ich die Tür aufdrückte. Die beiden Kinder, das Mädchen und der Junge, saßen im Nebenzimmer vor dem Fernseher, und es war zum Lärm einer ausgedehnten Wildwestschießerei, zu dem ich mein Geschäft verrichtete.

Ich hatte weder meine beiden Morde als Theodore Durrant noch den anderen Frauenmord, den ich in einem Film verübt hatte, einen Schuss aus allernächster Nähe, nah an mich herangelassen, aber Alma blickte mich nach Vorgabe des Drehbuchs auf eine Weise schicksalsergeben an, dass ich mehrmals wieder von ihr abließ, als ich die Hände schon um ihren Hals gelegt hatte, und der Regisseur schließlich ungeduldig wurde.

»Was soll diese elende Ziererei?« fuhr er mich an. »Wir haben nicht den ganzen Tag Zeit. Muss ich dir zeigen, wie man es macht? Bist du eine verdammte Jungfrau, oder was? Als ob das dein erstes Mal wäre.«

Er schob mich beiseite, legte Alma selbst die Hände um den Hals und drückte zu, sein schulterlanges, schwarzes Haar vor dem Gesicht, dass man den Ausdruck darauf nicht sehen konnte.

»Das kann doch nicht so schwer sein.«

Er drückte noch einmal, laut atmend jetzt.

»Oder willst du es zuerst an einem Tier versuchen?« schrie er. »Willst du ein Känguruh würgen? Dann haben wir morgen ein paar Dutzend Demonstranten auf dem

Gelände, die uns einen Terror machen, dass wir den Film vergessen können. Du brauchst mich nicht zu belehren, dass es in Österreich keine Känguruhs gibt, aber kannst du mir trotzdem sagen, woher wir eines nehmen sollen, und noch dazu eines, das sich von einem wie dir würgen lässt?«

In diesem Moment mischte sich auch Enrique Brausen ein, der alles beobachtet hatte, zuerst scheinbar uninteressiert, dann immer neugieriger, dann allmählich genervt. Ich hatte mich die ganze Zeit schon gefragt, ob er von Sagrario wusste, wie ich ihr in der Limousine vor dem Club in Juárez meine Finger ins Haar gekrallt hatte, und fragte mich jetzt wieder, aber er ließ sich nichts anmerken. Er sprach betont ruhig, sah mich dabei an, ohne Alma je wirklich aus dem Blick zu lassen, und wirkte mit der buntgesprenkelten Fliege, die er an dem Tag zu seinem üblichen cremefarbenen Anzug trug, als wäre ihre Ermordung im Film ein zu feierndes Ereignis für ihn.

»Vielleicht macht es Sie lockerer, wenn ich Ihnen sage, dass sie schon ganz andere Sachen überlebt hat«, sagte er zu mir und deutete auf sie. »Jedenfalls kann ich Ihnen versichern, dass sie nicht aus Papier ist.«

Damit wandte er sich ihr zu.

»Das bist du doch nicht, Alma, stimmt's?«

Sie tat nur so, als würde sie ihn ansehen, sah aber durch ihn hindurch, dass ich im einen Augenblick noch sicher war, dass sie mit ihm schlief, mir aber im nächsten bereits dachte, dass das unmöglich sein konnte.

»Du weißt, dass ich das nicht bin, Enrique«, sagte sie in der Art einer Sprachschülerin, die gelernt hat, in der Antwort brav die Frage aufzugreifen. »Ich brauche dir nicht zu sagen, dass ich Zimperlichkeiten nicht mag, und wenn dieser Gringo Probleme hat, mich zu erwürgen, muss es eben ein anderer tun, oder wir stehen morgen noch hier.«

Ich erzähle das so ausführlich, weil es ganz im Gegensatz zu dem stand, was Elmar Pflegerl in seinem Kapitel »Die dritte Frau« daraus machte, nachdem er sich den Film angesehen hatte. Denn er schrieb, man habe die Lust in meinem Gesicht wahrnehmen können, und wenn ich zuerst noch dachte, er spreche von der Lust der Figur, die ich spielte, oder von meiner gespielten Lust, wurde mir schnell klar, zu welchen Andeutungen und nicht nur Andeutungen, sondern zu welchen Behauptungen er sich verstieg. Sein Raunen davor, sein feiges Fragen, ob ich womöglich in Alma verliebt gewesen sei: »War er der schönen Mexikanerin verfallen und träumte gar von einem Leben an ihrer Seite, während zu Hause seine Frau und seine fünfjährige Tochter nichtsahnend auf ihn warteten?«, wurde durch das sofort folgende Dementi nur noch scheußlicher: »Wir können es nicht wissen. Eine wilde Leidenschaft hat schon so manchen aus der Bahn geworfen. Wir können nur unsere Vermutungen anstellen.« Am Ende planierte das den Weg für die zwischen den Zeilen unübersehbare Unterstellung, dass es mir offenbar Freude bereitet habe, Alma auf dem Set nach Herzenslust den Hals zudrücken zu können, bis sie keine Luft mehr bekam, mit dem bodenlosen Schluss: »Man wünscht sich, ein Schauspieler mit seinem Können hätte da schon die Feinfühligkeit an den Tag gelegt, mit der er Jahre später eine Rolle ablehnen sollte, in der dann John Malkovich einen perversen, sich unter dem nicht weniger perversen Applaus der Wiener Intelligenzija als Schriftsteller gerierenden Frauenmörder darstellte, der in Wirklichkeit ein psychopathischer Würger war und seine Opfer am liebsten mit ihren Büstenhaltern oder Strumpfhosen erdrosselte.« Es war ebenso unanständig wie unappetitlich, was er sich herausnahm, aber ich hätte mich sicher nicht in eine Auseinandersetzung mit ihm hineinziehen lassen, hätte mir nicht die Hände an ihm schmutzig gemacht, wenn er nicht auch noch die Chuzpe gehabt hätte, bei mir im Landestheater aufzukreuzen und an einem der ersten Probentage, als wäre es das Selbstverständlichste auf der Welt, in einer der hinteren Reihen zu sitzen und mir dabei zuzusehen, wie ich mich mit meinem Text abmühte.

Ich hatte keine Ahnung, wie er hereingekommen war, aber als das Licht anging, sah ich ihn dort, und die Sache noch viel schlimmer machte, dass sich für den Tag auch Luzie angekündigt hatte und ich sie jetzt, in ein flüsterndes Gespräch vertieft, neben ihm entdeckte. Das Stück verlangte von mir, dass ich in der Schlussszene in einem hautfarbenen Strampelanzug auftrat, und ich konnte von Glück reden, dass der Regisseur nicht dem

Wahn erlegen war, in jeder Inszenierung mindestens einen wirklich Nackten mit baumelndem Glied über die Bühne stolpern zu lassen, wie es auf das biedersinnigste längst an so vielen Häusern gehandhabt wurde, sonst wäre ich in dieser Situation ohne einen Fetzen auf dem Leib vor ihnen gestanden. Es reichte auch so, um mich in meinem lächerlichen Aufzug zum Narren zu machen, und als Elmar Pflegerl zudem anfing zu applaudieren, drei oder vier Klatscher nur, und sich gar keine Mühe geben musste, dass das als müde herüberkam, schwankte ich bloß einen Augenblick, ob ich mich nicht besser zurückziehen sollte, und bewegte mich schon auf ihn und Luzie zu.

»Brillant, Herr Doktor!« sagte er, als ich ihn fast erreicht hatte und, um meine Wut zu steigern, den Gang verließ und mich Hals über Kopf über die letzten Sitzreihen arbeitete. »Eine feine Leistung!«

Ich ließ ihn gar nicht ausreden, bat Luzie, mich zu entschuldigen, ich hätte mit dem Herrn ein paar Dinge zu regeln, und packte ihn am Revers, riss ihn regelrecht hoch und näherte mich seinem Gesicht bis auf Millimeterabstand.

»Was erlauben Sie sich?«

»Aber Herr Doktor!«

»Wer hat Sie überhaupt hereingelassen?« sagte ich. »Sie haben hier nichts verloren. Ich werde Ihnen gleich vorführen, was eine feine Leistung ist! Sie sind ein widerlicher Intrigant.«

»Wir können über alles reden, Herr Doktor.«

Das war, als ich ihm den ersten Stoß versetzte.

»Mit dem Reden ist es vorbei, und hören Sie endlich auf, mich Herr Doktor zu nennen, oder ich zeige Ihnen, in welchem Fach ich meinen Titel habe.«

Ich schubste ihn, dass er rücklings über die Lehne seines Sessels fiel, und bevor er noch etwas sagen konnte, hatte ich mich auf ihn geworfen und schlug auf ihn ein. Ich hörte Luzie schreien, ich spürte, wie sie an meinem Kostüm zerrte, aber ich ließ nicht von ihm ab, und am Ende stimmte wohl auch, was in den Zeitungen stand, nämlich dass ich ihn zuletzt an der Gurgel gepackt und hin- und hergerissen hatte. Es gab da schon kaum mehr Proben, bei denen ich nicht vorher zwei Gläser Weißwein trank, und ich hatte selbstverständlich kein Mundspray verwendet und atmete ihm stoßweise den Alkohol ins Gesicht, während ich ihn unaufhörlich fragte, was sein Problem sei, und dann in einem fort denselben Satz wiederholte, wobei ich mich leider so weit gehenließ, ihn auch noch zu duzen: »Ich werde dir deine unautorisierte Biografie schon autorisieren, du kleiner Scheißer!« Zwei Techniker zerrten mich schließlich von ihm herunter, irgend jemand machte ein Foto, und es war dieses Bild, das in die Presse kam, ich in meinem hautfarbenen Strampelanzug mit verrutschtem Gesicht zwischen den beiden Männern in grauen Arbeitskitteln, die auf mich einredeten. Erst als ich mich langsam beruhigte, hörte ich, dass Luzie weinte. Sie hatte sich wieder auf ihren Platz gesetzt, nachdem sie aufgesprungen war, und sah mich jetzt mit der gleichen Befremdung an wie damals als Kind, als ich zum ersten Mal vor ihr auf der Bühne erschienen war und sie mich dann einen Komischen genannt hatte.

Elmar Pflegerl hatte eine Nasenbeinfraktur und zwei lockere Schneidezähne, und es wurde gar nicht erst der Versuch unternommen, weder von mir noch vom Theater, den Vorgang zu bagatellisieren, es war, was es war, ein tätlicher Angriff, eine Körperverletzung. Die Sache würde vor Gericht kommen, und ich würde nichts bestreiten, nicht einmal etwas zu beschönigen versuchen, ja, aus einem grotesken Stolz heraus würde ich auch noch hervorheben, dass ich es vorsätzlich getan hatte und keineswegs bereute, so sicher war ich, einen Weg zu finden, mit den Folgen umzugehen, und während das noch dauerte, nahm alles andere sofort seinen Lauf. Ich trat am selben Tag von der Rolle in dem Stück zurück, zwei geplante Engagements in Filmen wurden in den Wochen darauf ausgesetzt, und ich verlor auch die beiden Werbeverträge, auf die ich nichts gab, aber mit denen ich mir seit Jahren ein kleines Zubrot verdiente, den einen für eine Skifirma, den anderen für lokale Milchprodukte. Dass Friederike mir mitteilte, die Kommission, die demnächst zur Beschlussfassung wegen meines Ehrendoktorats zusammentreten wollte, habe nun Bedenken angemeldet, war da schon nur mehr eine Befreiung, und als hätte ich mit dem Verlag, in dem meine Biografie ursprünglich hätte erscheinen sollen, von meiner Seite nicht bereits alle Verbindungen aufgelöst gehabt, kam auch von dort noch ein Schreiben, dass man sich in Zukunft keine vertrauensvolle Zusammenarbeit mehr vorstellen könne, eine Wendung, die mir Freudentränen in die Augen trieb.

Ich hatte immer schon einen Teil meines Selbstbewusstseins aus dem Wissen um das Schwarzgeld meiner Großmutter gezogen, und ich gestehe, wenn ich in diesen Tagen nicht gewusst hätte, welche Beträge immer noch in den Schließfächern lagen, wäre ich nicht so ruhig geblieben. Weil ich der Anonymität der Konten nicht traute und Angst hatte, dass das Finanzamt mir auf die Schliche kommen könnte, hatte ich meine letzten Sparbücher längst zu Bargeld gemacht und verfügte jetzt, verteilt auf mehrere Orte, zu etwa gleichen Tranchen über drei Währungen, Dollar, Euro und Schweizer Franken, sowie als augenzwinkerndes Zugeständnis an das Schlimmste eine kleinere Summe, von der ich ein paar Monate hätte sparsam leben können, auch in Yuan. Es musste schon die Welt untergehen, wenn die alle von einem Tag auf den anderen nichts mehr wert sein sollten, und ich konnte damit leben, dass das Geld, das meine Großmutter für meinen Onkel Jakob gehortet und von dem ich immer gedacht hatte, es könnte eines Tages, wenn nicht für ihn, so doch für Luzie sein, von mir selbst, dem zweiten Jakob, jetzt mehr als je gebraucht wurde, um über die Runden zu kommen.

Ich hatte zu wenige Freunde, als dass ich hätte einschätzen können, ob ich geächtet wurde, als in den Tagen nach dem Vorfall niemand anrief, aber ein Kollateralnutzen, wenn man so wollte, war, dass ich Ingrid plötzlich am Telefon hatte, die mich sarkastisch daran erinnerte, dass wir einmal verheiratet gewesen waren, weil ich sie nicht erwartet hatte und nicht sofort erkannte. Wir sprachen selten miteinander, manchmal vergingen zwei oder drei Jahre, ohne dass wir etwas voneinander hörten, aber dann empfand doch entweder ich oder sie die Notwendigkeit, sich zu vergewissern, dass der andere noch da war. Sie war seit kurzem Partnerin einer Kanzlei in Wien und nicht auf Straf-, sondern auf Wirtschaftsrecht spezialisiert, sagte aber gleich nach der Begrüßung, es sehe ganz danach aus, als könnte ich eine gute Anwältin brauchen. Offenbar hatte sie in der Zeitung von der Geschichte gelesen und sprach jetzt auf mich ein, als würde sie an meinem Geisteszustand zweifeln.

»Was ist los mit dir, Jakob?« sagte sie. »Sag bloß, du hast dem Kerl einen Kopfstoß verpasst.«

Ich fragte sie, wie sie darauf komme, und sie sagte, das sei seit ein paar Jahren ein Standard unter Verrückten.

»Meine Kolleginnen erzählen mir, dass immer häufiger Männer das als die Art ihres Abgangs wählen, nachdem es ihnen dieser Fußballer vorgemacht hat. Wie heißt er noch? Er hat einen Gegenspieler mit einem Kopfstoß zu Boden gestreckt.«

Sie wusste natürlich, wie er hieß, aber ich ließ ihr den Spaß, so zu tun, als wüsste sie es nicht, und sagte es ihr.

»Richtig«, sagte sie. »Offenbar ist das für manche die bevorzugte Methode geworden, sich selbst in Rente zu schicken. Damit beanspruchen sie ein letztes Mal die Entscheidungshoheit für sich, bevor sie ihnen ganz entzogen wird. Sie versuchen so, ihrer anstehenden Verabschiedung zu entgehen, und beschleunigen sie natürlich nur.«

Ich antwortete nicht, als sie fragte, ob ich wegen des bevorstehenden Geburtstags so durcheinander sei, und sah zu, das Gespräch möglichst schnell zu beenden, weil ich sonst in Rührseligkeit verfallen wäre, aber das Gleiche wollte auch Luzie wissen, als sie eine ganze Woche nach dem Vorfall im Theater endlich bereit war, wieder mit mir zu sprechen. Wenn ich an der Sache etwas bereute, dann nur, dass sie alles hatte mitansehen müssen. Welche Tochter mochte ihrem Vater dabei zuschauen, wie er auf einen anderen Mann einprügelte? Es hatte an dem Tag eine Weile gedauert, bis ihr Weinen verstummt war und sie sich aus ihrem Sitz erhoben hatte, und dann war sie es gewesen, die dem aus der Nase blutenden Elmar Pflegerl ein Taschentuch hinhielt, während sie mich in meinem hautfarbenen Strampelanzug, von den beiden Technikern festgehalten, keines Blickes würdigte. Ich versuchte danach regelmäßig, bei ihr anzurufen, und sie ging zwar ans Telefon, was ich wahrscheinlich Friederike zu verdanken hatte, und ließ mich reden, sagte selbst aber kein Wort, ehe sie schließlich doch antwortete.

»Schämst du dich wenigstens dafür, Papa?«

Ich sagte ja.

»Das bist doch nicht du, der so etwas tut.«

»Nein, Luzie«, sagte ich. »Das bin nicht ich.«

Sie fragte mich nach dem Grund, und ich wich ihr so lange aus, bis sie von sich aus sagte, es sei doch nicht so schlimm, sechzig zu werden, als hätte sie damit die Lösung für alles gefunden.

»Das behauptet auch niemand«, sagte ich und bemühte mich vergeblich, es möglichst leicht klingen zu lassen. »Aber ich wäre schon gern mit dir durch Amerika gefahren, und jetzt fährst du mit Mirko.«

Vier Wochen nach dieser Unterhaltung, die ich im nachhinein gern anders geführt hätte, bereits Mitte November, brachen sie auf. Es war das Falscheste, was man tun konnte, in seinem Kind Schuldgefühle zu erzeugen, aber Luzie ging zum Glück einfach darüber hinweg. Sie richtete mir einen Skype-Account ein, über den wir in Verbindung bleiben wollten, und um ihn zu testen, sprachen wir in den Tagen vor ihrer Abreise soviel, wie wir es lange nicht mehr getan hatten. Dann brachte ich sie zum Flughafen nach München, und sie saß neben mir wie noch vor zwei oder drei Jahren, wenn sie verkündet hatte, es wäre gut, wieder einmal eine andere Sprache zu hören, und wir für ein paar Stunden über den Brenner gefahren waren, manchmal bis Verona. Jetzt hatte sie eine Packung Zigaretten gekauft und bat mich, eine zu rauchen. Ich hatte längst damit aufgehört, aber als sie sagte, es erinnere sie daran, wie ich es oft heimlich getan hätte, wenn ich auf unseren Rückfahrten geglaubt hätte, sie schlafe, sie sich aber nur schlafend gestellt habe, zündete ich mir eine an und paffte das Auto voll. Sie sog mit geschlossenen Augen den Geruch ein und meinte, es seien die schönsten Momente für sie gewesen, sooft ich sie bei unserer Ankunft zu Hause, gewöhnlich lange nach Einbruch der Dunkelheit, mit den Worten, wir seien da, sanft geweckt hätte. Solche Anwandlungen plötzlicher Sentimentalität waren außerordentlich für sie, und ich schwieg und ließ sie reden, bis sie verstummte und mit diesem nur scheinbar leeren Blick in die Landschaft schaute, als würde sie alles zum ersten Mal sehen oder als wäre die Schönheit nur für sie da und jeder andere müsste sich seine eigene Welt suchen.

Mirko, der eigentlich hätte mit uns kommen sollen, war vorausgefahren, und ich war froh, dass ich diese eineinhalb Stunden mit Luzie allein hatte. Sie sagte, er habe noch einen Freund in München besucht, aber ich hatte keinen Zweifel, dass er mir auswich. Wir hatten uns seit ihrem Krankenhausaufenthalt nicht mehr gesehen, und er verspürte sicher genausowenig Verlangen, an ein mögliches Versagen erinnert zu werden, wie ich. Deshalb begleitete ich Luzie auch nicht in die Abflughalle, sondern entließ sie vor dem Eingang und wurde dann überrumpelt, ja, erstarrte unter der Wucht, mit der sie sich mir an den Hals warf, als ich ausstieg, um mich von ihr zu verabschieden.

Ihr Flug ging nach Denver, und am Ende blieben sie eine knappe Woche in El Paso, aber wenn es nur dort selbst gewesen wäre und nicht auch in Juárez, der Zwillingsstadt am anderen Ufer des Rio Grande, hätte ich nichts dagegen gehabt, wie ich auch längst akzeptierte, dass Mirko inzwischen wahrscheinlich eingeweiht sein musste, aus welchem Grund sie sich überhaupt in der Gegend herumtrieben. Den ersten Tag ließen sie müßig verstreichen, und auch am zweiten und am dritten Tag brauchte ich mir noch keine Sorgen zu machen, jedenfalls nicht um Luzie. Da hatten sie nicht mehr vor, als das Diner aufzusuchen, in dem Stephen und ich damals zwei Tage nach dem Unfall haltgemacht hatten, um zu schauen, ob wir nicht etwas über die Hintergründe in Erfahrung bringen könnten. Ich hatte Luzie beschrieben, wo es lag, und sie hatte es mit dem immer noch weithin sichtbaren, wenn auch nicht mehr rotierenden roten Stern, der jetzt angeblich durch die Leuchtschrift LONE STAR ergänzt war, nach einer kleinen Irrfahrt gefunden, ihren Angaben nach nicht anders, als es seinerzeit gewesen war, mehr eine Imbissbude als ein Restaurant samt Motel und Tankstelle. Sie hörten sich um und fanden jemanden, der sich nicht nur an das Unglück fünfzehn Jahre zuvor erinnerte, sondern der auch einen anderen kannte, der angeblich wusste, wo die Stelle sein musste, an der es geschehen war, und sich auf ihr Drängen bereit erklärte, in seinem Pick-up vorauszufahren und sie ihnen zu zeigen. Der Ort war durch nichts markiert, bloß am Straßenrand das immer noch dort wuchernde Buschwerk in der endlosen Ebene, und Luzie, die nicht daran gedacht hatte, Blumen mitzubringen, band ihren Schal in die Zweige. Dann kniete sie sich hin und sprach ein Gebet, wie ich es selbst vor so vielen Jahren am selben Fleck getan hatte.

Die Tatsachen, die sie bei diesem Ausflug in Erfahrung brachte, waren schnell erzählt, angefangen damit, dass die Ranch, auf der die bei dem Unfall zu Tode gekommene Frau mit ihrer Familie gelebt hatte, nicht mehr existierte. Die beiden Kinder waren bald danach in staatliche Fürsorge genommen worden, und der Mann hatte sich noch eine Weile in der Gegend aufgehalten, bevor er Grund und Boden verkaufte und wegzog, angeblich an die Küste südlich von Houston. Eine Gasgesellschaft war die Käuferin gewesen, man hatte sogar Probebohrungen gemacht, die aber zu nicht viel führten, und jetzt strahlten die halb verfallenen Gebäude eine Verlassenheit aus, als wären sie bereits vor einem halben Jahrhundert oder noch länger von allen Menschen aufgegeben worden, das kärgliche Haupthaus und die paar darum herum gruppierten Ställe mitten unter dem unnützen Krempel, den die Gasleute bei ihrem Aufbruch von einem Tag auf den anderen hinterlassen hatten.

Ich erfuhr das alles von Luzie, als ich nach ihrer Rückkehr von der Unfallstelle über Skype mit ihr sprach, während ich mit meinem Zeigefinger unaufhörlich ihr Gesicht auf dem Bildschirm meines Computers nachzeichnete, aber ich hörte nur halb hin, weil sie davor gesagt hatte, dass sie am nächsten Tag nach Juárez hinüber wolle. Natürlich hatte ich das kommen sehen, unterschwellig aber doch gehofft, sie würde es nicht tun, und ihre Ankündigung alarmierte mich. In der Zeitung von rivalisierenden Drogenkartellen zu lesen, die sich auf dem wichtigsten Umschlagplatz für den nordamerikanischen Markt blutige Kämpfe lieferten, war etwas anderes, als mitansehen zu müssen, wie sich die eigene Tochter genau dorthin auf den Weg machte. Niemandem, der die Nachrichten auch nur einigermaßen aufmerksam verfolgte, konnte entgehen, dass Juárez seit zwei oder drei Jahren als gefährlichste Stadt der Welt galt, und weil Luzie sich immer auf alles akribisch vorbereitete, war sie beim Googeln sicher auch auf diesen zweifelhaften Superlativ gestoßen, und ich musste ihr gar nichts erklären.

»Wir gehen bei Tageslicht hinüber und sind vor Einbruch der Dunkelheit wieder zurück«, sagte sie. »Am falschen Ort zur falschen Zeit kann man überall sein, und wir sind sowieso nur ein paar Stunden dort. Was soll schon groß passieren, Papa? Ich kann auf mich aufpassen, und Mirko ist bei mir.«

Ich hatte mich vorher vergewissert, dass er nicht mit ihr im Zimmer war, und konnte und wollte mein Lachen nicht zurückhalten, als sie sagte, ich solle ihn bloß nicht unterschätzen.

»Wenn es sein muss, kann er sich wehren.«

Es hätte nur gefehlt, dass sie mit seiner bosnischen Herkunft gekommen wäre, die aus dem zurückhaltenden, ja, schüchternen Kopfmenschen, der er war, plötzlich einen Kämpfer machen sollte, der keinem Krawall aus dem Weg ging, und ich widersprach ihr.

»Ich habe ihn bisher nicht so erlebt.«

In meinen Augen wäre jeder andere ein besserer Begleiter für sie gewesen als er, und ich hatte keinen Grund, ihr das zu verschweigen.

»Willst du mir sagen, du traust ihm wirklich zu, auch nur einen Finger zu rühren, wenn du in Schwierigkeiten gerätst?« sagte ich deshalb. »Hast du eine Vorstellung davon, was für Figuren dort unterwegs sind? Die kidnappen am helllichten Tag Leute und bringen schon einmal jemanden um, allein um sich damit Respekt zu verschaffen. Glaubst du, dass sich solche Kaliber ausgerechnet von einem wie Mirko beeindrucken lassen?«

Ich hatte nicht gedacht, dass sie das so sehr herausfordern würde, aber sie erwiderte gereizt, sie wisse genau, was ich damit zum Ausdruck bringen wolle, doch das bedeute nur, dass ich endlich einmal mein Männerbild überprüfen und genau schauen sollte, ob es nicht von gestern oder vorgestern sei.

»Als ob ich nicht begriffen hätte, dass du Mirko nicht ernst nimmst und ihn belächelst mit seinen Verkehrsgegnern und den Artikeln, die er für sein Wochenblatt in Wien schreibt«, sagte sie. »Du hast nicht allein Probleme mit dem, was er tut, sondern mit allem, wofür er steht. Wenn du dir bloß einmal selbst zuhören würdest, wie du das Wort ›Aktivistengruppe‹ aussprichst! Du kannst dir nur vorstellen, Dummheit mit Dummheit zu begegnen, Gewalt mit Gewalt, und es will dir nicht in den Kopf, dass es vielleicht auch mit Liebenswürdigkeit und Intelligenz geht.«

Das war eine starke Aussage angesichts der Situation in Juárez, aber die Verbindung brach ab, bevor ich etwas erwidern konnte, und als sie dann zweimal hinübergingen, saß ich da und wartete darauf, dass sie wieder zurückkamen und Luzie im Hotel Skype anmachte und mit mir sprach. Das erste Mal war sie zunächst gefasst, aber dann stürzte es aus ihr hervor, und sie erzählte von den pinkfarbenen Kreuzen überall an Laternenpfählen, von denen jedes für eine ermordete oder verschwundene Frau stand. Darunter lagen manchmal verwelkte Blumensträuße, von Wind und Wetter aufgelöste Teddybären oder anderes Kinderspielzeug, und Luzie hatte sich ein paar von den Namen aufgeschrieben, die auf Schildern standen, und sah mich in ihrem Hotelzimmer vor der Kamera mit einem gehetzten Blick an, als ich wissen wollte, welche.

»Du willst, dass ich sie dir nenne?«

Widerstrebend und allem Anschein nach verwundert, warum ich mich überhaupt dafür interessierte, suchte sie in ihren Hosentaschen nach dem Heft, in das sie ihre Notizen gemacht hatte.

»Sie könnten genausogut aus dem Telefonbuch sein«, sagte sie. »Am Ende gibt es wahrscheinlich kaum einen Namen, der nicht dabei ist.«

Casey Becks Prophezeiung, fünfzehn Jahre davor getroffen, hatte sich mehr als nur bewahrheitet, es war eine wahre Epidemie geworden mit Hunderten von ermordeten Frauen, und während Luzie sie aufzuzählen begann, mehr als drei Dutzend, musste ich achtgeben, nicht erleichtert aufzuatmen, wenn sie wieder eine genannt hatte und einen Augenblick stockte. Am liebsten hätte ich sie gefragt: »Keine, die Sagrario heißt?«, aber zum Glück gelang es mir, mich zurückzuhalten, während sie mehr und mehr in einen litaneihaften Ton verfiel. Ihre Stimme wurde dabei immer leiser, und wenn sie zuerst noch aufsah, als suchte sie meinen Blick, saß sie zuletzt mit eingezogenen Schultern über ihr Heft gebeugt und hörte nicht auf, sich zu räuspern.

Das zweite Mal war für mich buchstäblich die Hölle, weil ich sie zum vereinbarten Zeitpunkt, um drei Uhr am Morgen bei mir, um sieben Uhr am Abend bei ihr, auf Skype nicht erreichte. Ich versuchte es wieder und wieder, obwohl sie offensichtlich nicht online war, schickte ihr im Abstand von wenigen Minuten E-Mails und rief dann auch in ihrem Hotel in El Paso an, wo ich nur erfuhr, dass sie in aller Früh mit Mirko ausgegangen und bislang nicht zurückgekommen sei. Da, wo ich war, war es noch lange nicht hell, ich hatte mir eigens den Wecker gestellt, und jetzt schaute ich auf meinem Computer dabei zu, wie sich auf der Weltkarte der Schatten der Nacht kaum merklich nach Westen verschob und längst auch El Paso und Juárez erreicht hatte. Es war dunkel dort, und mit der sich ausbreitenden Dunkelheit wurde mir vollends bewusst, dass ich gar nichts tun konnte, bloß warten. Ich hatte zu dieser Stunde noch nie mit dem Trinken begonnen, ging aber zielstrebig zum Kühlschrank, holte eine Flasche Weißwein aus dem Eisfach, öffnete sie und hatte zwei volle Gläser getrunken, als ich das nächste Mal auf die Uhr schaute und sah, dass seit meinem letzten Blick darauf gerade zwanzig Minuten vergangen waren.

Bei mir war es fast sechs Uhr am Morgen, als Luzie sich schließlich doch meldete, und ich hatte kein Auge zugetan, war nur in meinem Sessel vor dem Computer gesessen und hatte von Zeit zu Zeit überprüft, ob ich über Skype erreichbar blieb. Ich hatte eine zweite Flasche geöffnet und geleert, war dabei, die dritte zu öffnen, und wollte auf den Anruf zuerst nicht reagieren, weil ich Angst hatte, dass ich nicht würde verbergen können, in welchem Zustand ich war. Dann schob ich Glas und Flasche beiseite, probierte mit ein paar grimassierenden Mundbewegungen, ob ich überhaupt ein Wort hervorbekommen würde, und klickte doch auf Annehmen.

Es hatte bei ihrer Rückkehr an der Grenze einen Vorfall gegeben, und sie waren deswegen aufgehalten worden. Luzie konnte nicht genau sagen, was es gewesen war, aber man hatte sie in einem fensterlosen Raum verhört und immer wieder gefragt, zu welchem Zweck sie sich auf die mexikanische Seite begeben hätten, und ihre Antwort, sie seien einfach so hinübergegangen, als das Verrückteste hingestellt, was ihnen einfallen konnte. Dann hatte man sie mir nichts, dir nichts gehen lassen, und der Grund war nur, dass in der Reihe der Interviewer oder Verhörleute oder wie man sie sonst nennen wollte, die sie nacheinander befragt hatten, einer plötzlich Mirkos Pass in die Hand genommen und freudig erregt gesagt hatte, dem Namen nach müsse er Jugoslawe sein.

Luzie lachte, als sie erzählte, wie er sich als ehemaliger Landsmann vorgestellt und Mirko sofort in ein Gespräch verwickelt habe, von wo genau er komme, um dann zu seinen Kollegen zu sagen, er lege die Hand dafür ins Feuer, dass man sie durchlassen könne.

»Du hättest ihn hören sollen, wie er gesagt hat, ein Jugoslawe schmuggelt keine Drogen. Ihr könnt glauben, was ihr wollt, aber ein Jugoslawe ist ein Ehrenmann. Am Ende hat er so oft ›ein Jugoslawe‹ gesagt, dass es niemand mehr hat hören können und wahrscheinlich alle froh gewesen sind, uns loszuweden.«

Ich wusste nicht, ob sie das mit Liebenswürdigkeit und Intelligenz gemeint hatte, aber ich war so erleichtert, sie vor mir auf dem Bildschirm meines Computers zu sehen, dass ich lange kein Wort hervorbrachte und nur voller Bewunderung dieses vor sich hin sprudelnde Wesen betrachtete, das meine Tochter war und offenbar keinen Augenblick gedacht hatte, dass es in Gefahr sein könnte oder dass ich mir womöglich Gedanken darüber machte. Sie war wieder allein im Zimmer, und ihr Gesicht war gebräunt von den Tagen im Freien, ihre Augen erschienen mir heller und klarer, als ich sie in Erinnerung hatte, und so fokussiert, dass ich mich über die Tausende von Kilometern viel direkter angesehen fühlte, als sie es jemals aus nächster Nähe getan hatte. Sie sagte, sie habe neue Namen, und fragte mich, ob ich sie hören wolle, aber ich schüttelte den Kopf. Dabei war es nur ihre Verlegenheit, weil ich so verschlossen blieb, und aus Verlegenheit sprach sie dann auch weiter.

»Es ist eine dabei, die Luz geheißen hat.«

Sie erwähnte das natürlich, weil ich sie selbst in vertrauten Augenblicken so genannt hatte, ohne das »ie« und manchmal auch ohne das »z«, aber darauf wollte ich jetzt nicht eingehen.

»Vermutlich ist es ein häufiger Name«, sagte ich stattdessen nur, als ich ihr Zögern wahrnahm, und hatte das Gefühl, dass meine Zunge immer eine Spur zu weit links oder rechts, zu weit vorn oder hinten am Gaumen anschlug. »Es heißt Licht.«

»Ich weiß, was es heißt.«

Sie stöhnte ungeduldig.

»Weißt du, was Sonne heißt?«

Ich sagte es.

»Auch ein Mädchenname, wenn ich mich nicht täusche«, sagte sie. »Genauso wie Mond oder Stern. Weißt du, wie die heißen? Stell dir vor, wie es ist, wenn man mit diesem Glänzen und Strahlen in die Welt geschickt wird.«

Sie machte das schiefe Gesicht, das sie immer zog, wenn sie dachte, sie habe einen allzu gefälligen Gedanken zum Ausdruck gebracht, den sie nicht mehr zurücknehmen konnte, und schlug sofort die Gegenrichtung ein.

»Weißt du, was Dunkelheit heißt?«

Ich wusste es nicht, und sie sagte es mir, und es klang geheimnisvoller und finsterer und gleichzeitig anziehender und schöner und gefährlicher als auf deutsch, und als wäre sie nie in Juárez gewesen, war sie in ihrem Spiel und sagte mir, was dies und das auf spanisch heiße, ohne zu einem Ende zu kommen. Das Gefährlichste, was sie je erlebt hatte, war plötzlich wieder, wie ich sie als noch nicht Zweijährige, kaum dass sie gehen konnte, im Flur unserer Berliner Wohnung auf das hüfthohe Bücherregal gestellt und darauf hatte auf und ab trippeln lassen, ihre Hand in meiner Hand, und ihr Stimmchen: »Vorsichtig, Papa!«, auf meine Frage »Wie müssen wir sein?«, und meine Bekräftigung: »Wir müssen sehr, sehr vorsichtig sein, Luzie!« Plötzlich sprachen wir wieder, als gäbe es keinen anderen Abgrund oder als könnte ich sie immer noch auffangen, über zwei halbe Kontinente und ein Meer hinweg, wenn sie fiele, und es wurde schon hell, bei mir gleich acht Uhr, bei ihr fast Mitternacht, als wir aufhörten und uns verabschiedeten.

Mir wurde erst am Tag darauf, als sie El Paso verließen und die Grenze entlang weiter nach Westen fuhren, richtig bewusst, dass Luzie mich wegen des Unfalls, bei dem ich Beifahrer gewesen war, gar nicht mehr zur Rede gestellt hatte. Ich hatte mit neuen Vorwürfen gerechnet, aber sie hatte den Eindruck erweckt, als wäre für sie damit Genüge getan, dass sie den Ort aufgesucht hatte, und es brauchte nichts weiter für sie. Vielleicht wäre es anders gekommen, wenn sie den Mann der verunglückten Frau dort angetroffen hätte und mit ihm hätte reden können oder wenn die Ranch noch in Betrieb gewesen wäre, aber so wirkte es wie ein Programmpunkt ihrer Reise, den sie hinter sich gebracht hatte, und ich war fast ein bisschen enttäuscht und ertappte mich bei der Vorstellung, dass ich gewillt gewesen wäre, jede Buße anzunehmen, die sie mir auferlegt hätte.

Ich hatte mir in den vergangenen Monaten zu sehr den Kopf zerbrochen, ob sie Mirko von dem Unfall erzählt hatte, und schwankte jetzt, wo ich mir nichts mehr schönreden konnte und nicht allein annehmen musste, sondern sicher war, dass sie es getan hatte, zwischen der Befürchtung, er könnte daraus eine Geschichte für sein Wochenblatt in Wien machen, und etwas ganz anderem, ja, Gegensätzlichem. Es war zuviel gesagt, dass ich es mir wünschte, aber ich hätte damit umgehen können, und ich hätte die Ironie gemocht und ihm die Genugtuung gern gelassen, den blasierten Vater seiner Freundin zur Strecke zu bringen, nach heutigen Vorgaben der Moral veredelt dadurch, dass es sich bei ihm um ein Migrantenkind und einen Flüchtling aus einem Kriegsgebiet handelte und bei mir um einen alten, weißen Mann, der vor Sattheit nur verblödet sein konnte. In seinem Milieu wäre es sicher eine Großtat, zu beweisen, was man immer schon gewusst hatte, nämlich dass einer, der einen englischen Sportwagen fuhr und zu Hause Seidenhemden mit goldenen Manschettenknöpfen samt Initialen und Wildlederslipper trug, also der Klassenfeind par excellence, Dreck am Stecken haben musste, ein ewiges quod erat demonstrandum. Ich hätte ihm den Triumph vergönnt, ganz abgesehen davon, dass es seiner Karriere dienen würde, sich als Kopfjäger zu empfehlen, der mit den Mächtigen und Reichen keine Gnade kannte, zu denen ich zwar nicht gehörte, als denen zugehörig ich aber für die Stimmigkeit des Ganzen sicher wahrgenommen wurde, und wenn meine rituelle Schlachtung für Luzie einen reinigenden Effekt hätte, könnte es auch für mich eine Läuterung bedeuten. Nach meinem Wissen war die Tat in New Mexico verjährt, es sei denn, es fände sich ein Anwalt, der ein Kapitalverbrechen darin sah und einen Mord daraus machte, und ich brauchte keine Strafe zu fürchten, aber wenn es sein musste, würde ich die Strafe der Entehrung und die Scham auf mich nehmen und für den Rest meines Lebens in Sack und Asche gehen.

Die Philosophen haben sich Gedanken darüber gemacht, was der Name einer Person bedeutet, und wenn man genauer darüber nachdenkt, ist man zuerst tatsächlich viel zu lange damit beschäftigt, sich einen Namen zu machen und, sobald man sich einen gemacht hat, fast genauso lange mit der absurden Angst, ihn wieder zu verlieren, oder vielleicht auch mit dem vergeblichen Versuch, ihn loszuwerden. Dabei reichte es vollauf, dass man der war, zu dem sie nach der Geburt oder meinetwegen auch bei der Taufe gesagt hatten: »Du bist dieser hier.« Das war die Bedeutung des Namens: »Dieser hier bist du«, noch bevor man Anlass hatte, Erwartungen oder Befürchtungen zu hegen oder gar auf etwas stolz zu sein oder es zu bereuen, und dazu fiel mir eine Zeile aus einem Gebet ein, die ich bei den Dreharbeiten in El Paso aufgeschnappt hatte. Damit wandten sich die gefährlichsten Burschen diesseits und jenseits der Grenze an den Tod, den sie als Santa Muerte verehrten: »Bewahre uns vor allem Übel und vor jeder Erinnerung«, während sie gleichzeitig ihre aggressive Selbstbehauptung gegenüber anderen mit dem Satz »Sag ihnen, wer du bist« zum Ausdruck brachten, der viel mehr umfasste als Worte und in manchen Situationen genauso gefährlich gemeint war, wie er klang.

Ich konnte niemandem sagen, wer ich war, und wenn in Zukunft jemand danach fragte, gab es vielleicht eine Handvoll definierender Sätze, die mich angeblich ausmachten und die von Jahr zu Jahr weniger werden würden, bis ich dem Vergessen anheimfiele. War ich ein alternder Mann, der zuviel Weißwein trank und sich Sorgen um seine Tochter machte, weil er selbst nie gelernt hatte, wie leben ging, und sich deshalb nicht vorzustellen vermochte, wie sie es je erlernen sollte? War ich der Schauspieler, der sich herausgenommen hatte, eine Rolle abzulehnen, um die John Malkovich sich dann gerissen hatte, nur weil ich nicht einen schriftstellernden österreichischen Würger spielen wollte, oder doch eher derjenige, der gleich in seinem allerersten Film Theodore Durrant gespielt hatte, den Bruder von Maud Allan, einen irren Frauenmörder, was Folgen für meine ganze Laufbahn haben sollte, weil man mich damit identifizierte und ich ständig Angebote bekam, die schrecklichsten Gestalten zu spielen? War ich der Verrückte, der seinem Biografen an die Kehle gegangen war? War ich eine ebenso tragische wie lächerliche Figur, bei der sich am Ende Kunst und Leben nicht mehr unterscheiden ließen? Oder war ich, wenigstens insgeheim für mich, nur ein Scheißkerl aus dem reichen Norden, der sich von einem Mädchen aus dem armen Süden die Hose hatte aufknöpfen lassen, um es wie alle um seine Träume von einem anderen Leben zu betrügen, und der sich zu seiner eigenen Beschämung auch noch mit zunehmendem Alter immer öfter bei der verlogen sentimentalen Vorstellung ertappte, wie ein Leben mit ihr ausgesehen hätte, wenn ich nicht in Wirklichkeit sogar der war, der sie mit anderen so weit getrieben hatte, dass sie sich am Ende …? Sie wäre jetzt Anfang dreißig gewesen, wenn sie noch lebte … War ich der? Oder war ich ein anderer? War ich das ewige Kind, das nicht aufhörte, von der ersten Schlittenfahrt mit seiner Mutter zu träumen, nicht mehr als fünfzig Meter zwischen den Hotels seiner Eltern, aus der es längst ein kilometerlanges Sausen und Gleiten einen tief verschneiten Hang hinunter machte, eingemummt in der Kälte und eng an ihre Brust gedrückt? Ich war das alles und war das alles auch nicht, aber wenn Mirko wirklich etwas über den Unfall in der Wüste von New Mexico veröffentlichen würde, wäre das meiste ausgelöscht, und ich wäre für die Welt, soweit sie sich überhaupt für mich interessierte, auf ewige Zeiten nur mehr der Feigling, der eine Tote einfach im Nirgendwo liegen gelassen oder, noch schlimmer, einer Sterbenden am Straßenrand nicht geholfen hatte.

ZEHNTES KAPITEL

Die Drehtage nach dem Unfall waren entsetzlich, weil ich es nicht erwarten konnte, aus der Gegend und aus dem Land zu verschwinden, und mir gleichzeitig klar war, dass ich den Anschein von Normalität aufrechterhalten musste. Tun konnte ich ohnehin nichts, als zu warten und zuzuschauen, wie sich die Dinge entwickelten, und meine einzige Strategie war, Stephen und Xenia möglichst auszuweichen, was einerseits kaum gelang und andererseits nur ein schwacher Versuch war, nicht daran zu denken, was da über uns schwebte und dass jederzeit ein Polizeiwagen auftauchen, ein Sheriff aussteigen und die richtigen Fragen stellen könnte. Umgekehrt suchten auch sie nicht meine Nähe, im Gegenteil, aber sie steckten die ganze Zeit zusammen und hatten plötzlich wieder einen Umgang miteinander wie in den ersten Tagen in El Paso, von Streit keine Spur mehr, man sah sie Schulter an Schulter bei einem Glas Wein, man sah sie Händchen haltend, man sah sie auf gemeinsamen Spaziergängen. Xenia stand nach ihrem Zusammenbruch wieder vor der Kamera, als wäre nie etwas vorgefallen, ihre Figur gewann durch die Abwesenheit und Kälte, die sie ausstrahlte, und Stephen, der davor zu lässig gewesen sein mochte, schien in jeder seiner Szenen mit verhaltener Wut aufzutreten. Blieb noch ich und blieben die Ungeduld und Unzufriedenheit des Regisseurs, wann immer ich einen Einsatz hatte, seine Klagen, wo ich meinen Kopf hätte, woran ich schon wieder dächte und ob es mir wirklich so schwerfalle, mich in einen Grenzer hineinzuversetzen, ich würde ihn wie einen weltfremden Träumer spielen, ein bisschen mehr Sinistrität, ein bisschen mehr Härte, ja, vielleicht sogar Bösartigkeit könnten nicht schaden.

Hatte ich mich eine Weile damit abgefunden, haderte ich jetzt in einer für mich ganz unüblichen Abwehr mit der Rolle, und unser Missverständnis gipfelte wieder einmal darin, dass er mich provozierte, er könne nicht glauben, dass er ausgerechnet einem Österreicher Nachhilfe in diesen Dingen erteilen müsse.

»Ich habe im Geschichtsunterricht in der Schule nicht wirklich aufgepasst«, sagte er. »Aber bei allem Respekt vor dem Einfallsreichtum der Brüder südlich der Grenze habt ihr doch weltweit unübertroffene und tatsächlich unübertreffbare Standards darin gesetzt, was es bedeutet, ein richtiger Gewalttäter zu sein.«

Er wartete, bis ich pflichtschuldig lachte und sagte, das seien wohl zwei ganz unterschiedliche Dinge, aber wenn er es so sehen wolle, würde ich mich damit abfinden.

»Wie sollte ich es anders sehen?«

Sein Blick war plötzlich ganz hart.

»Du musst ja nicht übertreiben«, sagte er dann. »Aber wenn man dich im Gelände sieht, denkt man an einen Angsthasen, der dort nichts verloren hat und in seiner Freizeit im schlimmsten Fall vielleicht sogar Gedichte schreibt.«

Wir drehten kleine Sequenzen, die das Milieu beleuchten sollten und von denen viele später gar nicht in den Film aufgenommen wurden, aber sie zeigten den Alltag eines Grenzers in seiner ganzen Trostlosigkeit und Brutalität. Weil der Regisseur Anhänger einer falschen Authentizität war, musste alles möglichst echt erlebt sein. Also schoss ich mit William in einer Szene am Schießstand nicht nur auf Frauenfiguren mit schwarzen Zielscheibenringen auf Vulva und Brüsten, sondern wurde in der nächsten mit der Erklärung, dass es in der Ausbildung tatsächlich so gehandhabt werde, mit einem aggressiven Pfefferspray eingesprüht, das auf der Haut brannte und die Augen verätzte, und gleich darauf in einen Schutzanzug gesteckt und von drei Kerlen verprügelt, um zu testen, wie ich mich bei einem Angriff verhalten würde. Wir filmten, wie wir mitten in der Nacht mit gezogenen Pistolen einen in der Wüste Umherirrenden anhielten, der ein T-Shirt mit der Aufschrift JESÚS CRISTO TE AMA trug und sich als harmloser, übergeschnappter Prediger herausstellte, aber als nächstes war es ein Toter, den wir fanden, und wir taten das, was man nach amerikanischen Stereotypen in einem solchen Fall tut, wir knieten uns neben ihn in den Sand und übergaben uns. Dann war ein Lager von überraschten Flüchtlingen an der Reihe, die bei unserem Herannahen alles zurückließen, und wir mussten es in genau der gleichen Weise verwüsten, wie es unsere Kollegen in der Realität getan hätten, was bedeutete, dass wir vor laufender Kamera Wasserflaschen ausleerten, dass wir Rucksäcke mit Vorräten und Kleidung umstülpten, dass wir auf der Suche nach Drogen die Teddybären von Kindern mit unseren Händen zerfetzten und dabei nicht das geringste Mitleid erkennen ließen. Am Ende schoben wir diese letzten Habseligkeiten zu einem Haufen zusammen, nahmen in einem Dreieck Aufstellung, Stephen, William und ich, knöpften unsere Hosen auf und pinkelten auf das Ganze, bevor wir es zu allem Überfluss auch noch mit Benzin tränkten und anzündeten.

Von allen grauenhaften Szenen war die grauenhafteste aber diejenige, in der wir die Vorgänge in einem sogenannten Schattenhaus überprüfen sollten, einem angeblich leerstehenden Bauwerk. Über Funk kam die Nachricht, dass dort zwei Frauen festgehalten wurden, und in der Straße am Rand von El Paso mit lauter kaum unterscheidbaren Fertigteilhäusern, wo nur ein paar Schritte weiter die Wüste begann, stürmten wir zuerst zweimal das falsche Gebäude. In beiden saß eine Familie wie aus den fünfziger Jahren beim Mittagessen am Tisch, Vater, Mutter und zwei streng gescheitelte Kinder wie aus der Retorte, die uns alle nur anstarrten, ohne etwas zu sagen. Das dritte Haus war genau gleich eingerichtet wie die anderen, aber es war verlassen, und als wir eindrangen, schlug uns aus der verstopften und bis an den Rand der Schüssel gefüllten Toilette ein Gestank nach Fäkalien und Urin entgegen. Der Boden im Wohnzimmer war übersät mit leeren Kartons und Scherben von zerschlagenem Geschirr, und dazwischen fanden sich neben Hunderten von Zigarettenkippen halb zerfetzte Pornohefte und Spritzen. Unter dem Fenster an zwei offensichtlich eigens angebrachten Metallhalterungen hingen noch Handschellen, und die rötlich braunen Flecken und Schlieren an der Wand dahinter stammten von Blut.

Das Haus, ein Musterbeispiel für die überkomplette Arbeitsweise des Regisseurs, war nach den peniblen Angaben des Beraters für die Aufnahmen vorbereitet worden, der sich in den Tagen davor nur wenig auf dem Set hatte sehen lassen. Es hieß kryptisch, er habe in einer dringenden Angelegenheit weggemusst, und als er wieder zu uns stieß, erweckte er den Eindruck, als wollte er seine Abwesenheit durch die aufdringlichste Dauerpräsenz kompensieren. Seine Kringellocken hatte er sich glätten lassen, und er schien sein nervöses Lid unter Kontrolle zu haben, war jedoch von dem neuen Tick besetzt, sich beim Sprechen wegzudrehen und einem sein Profil zuzukehren, was ihn wenig vertrauenserweckend erscheinen ließ. In seiner Zeit als aktiver Grenzer hatte er mit einem Schattenhaus genau das erlebt, was wir jetzt nachspielten, nur nicht die Verwechslung mit den beiden Häusern davor, die war eine Reminiszenz des Regisseurs, eine bittere Erinnerung an seine Jugend in El Paso in einer streng katholischen, halb mexikanischen Familie.

Xenia war an dem Tag zum Glück nicht dabei, weil sie es nicht ausgehalten hätte, wie der Berater wieder in seinen Jargon verfiel und ein weiteres Mal von zwei Körpern sprach, die in dem Haus festgehalten worden seien.

»Wenn ich mich richtig erinnere, sind es Frauen aus Guatemala gewesen, und ihre Entführer haben versucht, von ihren Familien zu Hause Lösegeld zu erpressen«, sagte er. »Wir sind leider zu spät gekommen und haben sie nicht mehr gefunden.«

Sein nervöses Lid zuckte nur kurz.

»Jedenfalls nicht lebend.«

Er fuhr sich in einer Weise über die Stirn, wie andere auf der ganzen Welt sich über ihre Kehlen fuhren, um anzuzeigen, dass jemand todgeweiht oder schon tot war.

»Gefunden haben sie später am selben Tag die Leichenspürhunde. Die Körper sind im Keller des Hauses nur notdürftig eingemauert gewesen. Wenn man genau hingeschaut hat, hat man ihre Formen an den Bodenunebenheiten erkennen können.«

Wir drehten auch das, drehten, wie die beiden Hunde ihre Führer an den Leinen durch das ganze Haus zerrten und sich im Keller wie tollwütig gebärdeten, anschlugen und an dem grobkörnigen, noch feucht wirkenden Beton zu kratzen begannen, und der Berater sagte die ganze

Zeit: »Genauso war es«, oder er sagte: »So war es nicht«, und sagte, wie es stattdessen angeblich gewesen sei, bis der Regisseur ihn bat, endlich den Mund zu halten.

»Wir können uns das vorstellen«, sagte er. »Zwei eingemauerte Leichen. Dazu braucht man kein Genie zu sein. Sag uns lieber, was sie angehabt haben.«

»Sie sind nackt gewesen.«

»Damit kommen wir der Sache schon näher.«

»Sie sind vergewaltigt und gefoltert worden.«

»Verdammte Scheiße!«

Der Regisseur war den ganzen Tag schon nicht bester Laune gewesen und ließ seine wachsende Wut jetzt am Berater aus.

»Als würdest du uns damit etwas Neues sagen«, fuhr er ihn an. »Wozu hat man dich überhaupt engagiert? Wir drehen die Szene im Wohnzimmer noch einmal und legen ihre Kleider unter die Handschellen. Dann sieht es von Anfang an bedrohlicher aus. Muss man dir immer alles aus der Nase ziehen?«

Wir arbeiteten die letzten Tage unter Zeitdruck, und so diszipliniert wir uns gaben, war unübersehbar, dass manches nur hingehudelt wurde. Alma hatte keine Einsätze mehr und war mit Enrique Brausen bereits abgereist, und geblieben war bloß das ewige Reden, ob wirklich noch die Ölleute aus Dallas und Houston die Geldgeber waren und nicht längst er, El Alemán, im Hintergrund alles übernommen hatte. Sosehr er selbst damit gespielt haben mochte, hatte es keinen Grund gegeben, seine Seriosität anzuzweifeln, solange er greifbar gewesen war, aber mit seiner Abwesenheit nahmen sofort wieder die Gerüchte überhand, woher er sein Vermögen wohl hatte und wie er so viel Einfluss erlangt haben konnte. Hinter vorgehaltener Hand wurde gesagt, dass er sich ausbedungen habe, den Schnitt des Films zu überwachen, damit seine Geliebte nicht zu kurz komme, die Alma ja ohne Zweifel sei, und auf dem Set vertrat jetzt der Berater auftrumpfend ihre Interessen und wurde vielsagend ihr *prestanombre* genannt, was Strohmann oder Schattenmann bedeutete, aber so ausgesprochen wurde, dass es die wildesten Phantasien in Gang setzte.

Ich verbrachte die Abende mit William, der mir bei einer Gelegenheit anvertraute, wenn er das Geld von seiner Rolle nicht so dringend brauchte, hätte er schon vor Tagen die Flucht ergriffen, weil er sich von Stephen nicht länger schikanieren lassen wolle. Er war nicht der erste, der dem Drehbuch gegenüber Skepsis äußerte, in den vergangenen Tagen waren immer wieder Stimmen laut geworden, es gab eigentlich niemanden auf dem Set, den nicht manchmal der Verdacht beschlich, dass wir uns mit dem Projekt verrannten, aber so deutlich wie er war noch keiner geworden. Ich hatte ihm eine Vorlage geliefert, indem ich gesagt hatte, wir benötigten schon viel Glück, wenn wir am Ende nicht auf einem Fehlschlag in Westernmanier sitzenbleiben wollten, auf den kein Mensch warte, und er nahm das zum Anlass, grundsätzlich zu werden.

»Wir tun gut daran, uns nicht zu fragen, wofür der ganze Aufwand sein soll«, sagte er. »Da stehen wir tagelang in der Landschaft herum, und als Höhepunkt fällt uns nicht mehr ein, als eine Frau umbringen zu lassen.«

Er sah sich um, als hätte er keine Orientierung.

»Dieser Mord geschieht nur für das Publikum.«

Damit drehte er sich schließlich doch in die Richtung, wo kaum zwei Kilometer entfernt die Grenze war, und machte eine resignierte Handbewegung.

»Wenn du wenigstens einen Weg gefunden hättest, Alma zu verschonen. Vielleicht hättest du den Auftrag nur zum Schein annehmen und sie laufen lassen können. Dann wärest du über die Grenze zurückgegangen und hättest gesagt, es sei alles erledigt.«

Jetzt sah er mich an.

»Wäre das nicht die bessere Geschichte?«

Ich spürte seinen Blick auf mir, und obwohl ich ihn nicht erwiderte, konnte ich nicht verhindern, dass ich nickte.

»Sicher hätte ich sie genausogut laufen lassen können, und sie wäre noch am Leben«, sagte ich, als hätte ich den Mord wirklich begangen und nicht nur im Film. »Sie hätte Jahre und Jahre gehabt.«

Dann schaute ich selbst Richtung Grenze.

»Es wäre definitiv die bessere Geschichte.«

Wir trennten uns an diesem Abend betreten, und etwas von der Stimmung blieb von da an zwischen uns.

Er hatte das Gespräch auch auf Stephen und Xenia zu bringen versucht, aber ich war nicht darauf eingegangen, und bei unserem Aufbruch nahm er einen neuen Anlauf, nannte ihn einen widerwärtigen Grobian, sie ein Mädchen, das viel zu fein für ihn sei. Dann kam er dennoch zu dem Schluss, es habe alles seine Richtigkeit, solange es uns nur gelinge, unseren Mord im Film zu halten, und ließ mich mit der Auflösung ein paar Sekunden warten.

»Ich verstehe nicht, wie sie es neben einem solchen Kerl nur einen Tag aushält«, sagte er dann. »Sie braucht bloß ein Wort zu sagen, und ich schieße ihn über den Haufen.«

Natürlich traf ich Xenia im Hotel, wo sich Begegnungen nicht vermeiden ließen, aber ich saß erst an dem Tag, bevor Casey Beck abreiste, wieder an einem Tisch mit ihr. Zwar gehörte er nicht zum Filmteam, doch seine Anwesenheit an den Abenden hatte etwas so Selbstverständliches bekommen, dass sein Abschied wie der vorgezogene Abgang von uns allen war. Er lud ein paar von uns auf ein Glas ein, und so kam die alte Runde zusammen, neben Xenia auch Stephen, William und ich, und ich hatte das Gefühl, dass er ständig zwischen mir und ihr hin- und herschaute, als wäre er endgültig kurz davor zu begreifen, was uns verband, weil sie ostentativ an mir vorbeisah und kein Wort an mich richtete und selbst meine Ironie, mit der ich sie einmal als die zukünftige Mrs O'Shea ansprach und sie fragte, ob ich ihr von der Bar etwas mitbringen könne, nicht verfing. Ihre Wunde auf der Stirn war verheilt, aber noch deutlich zu sehen, und wann immer sein Blick darauf ruhte, wartete ich nur, dass er etwas sagte, das Xenia und mich in die Bredouille bringen würde.

Er hatte auch den Sheriff eingeladen, auf den Stephen und ich nach unserer Rückkehr von der Unfallstelle in der Hotellobby gestoßen waren, und als er Xenia in dessen Gegenwart fragte, ob es ihr wieder bessergehe, dachte ich tatsächlich einen Augenblick, es stehe alles auf der Kippe und sie könnte unser Geheimnis preisgeben.

»So schlimm war es nicht«, sagte sie stattdessen jedoch nur. »Ich habe ein paar anstrengende Tage gehabt, aber zum Glück sind die vorbei. Wenn wir schreckliche Szenen drehen, vergesse ich manchmal, dass sie Teil eines Films sind. Für mich ist dann alles Realität.«

Er erwiderte nickend, er könne sich vorstellen, dass das nur schwer auseinanderzuhalten sei und dass genau diese Unentschiedenheit am Ende manchmal wohl auch die Qualität eines Films ausmache.

»Schließlich drehen Sie kein Märchen.«

»Nein«, sagte sie. »Alles andere als das. Aber Sie müssen bei jeder Szene überlegen, ob es die Gewalt braucht oder nicht. Wenn Sie zu viel davon haben, kann es sein, dass Ihnen am Ende vorgeworfen wird, dass Sie sich daran berauschen. Haben Sie zu wenig, verharmlosen Sie vielleicht alles.«

»Ich weiß«, sagte er. »Ich überlege bei einem Artikel manchmal einen ganzen Tag, ob ich die genauen Umstände eines Mordes erwähnen soll oder nicht.«

»Die genauen Umstände?«

Jetzt sah sie ihn an wie ertappt, aber er achtete nicht darauf, weil er seinen Blick auf den Sheriff gerichtet hatte, als erwartete er Hilfe von ihm.

»Ich meine, wie ein Täter vorgegangen ist«, sagte er. »Muss die Öffentlichkeit das wissen, oder reicht die Tatsache selbst? Ist es etwas anderes, wenn er eine Frau stranguliert, als wenn er sie ersticht? Ist es brutaler, wenn er sie irgendwo am Straßenrand liegen lässt oder wenn er sie notdürftig verscharrt? Soll ich darüber schreiben, wenn er sie bis zur Unkenntlichkeit verstümmelt hat, oder soll ich Rücksicht nehmen und es verschweigen, und Rücksicht worauf? Auf die Würde der Toten oder nur auf die feinen Nerven meiner Leser?«

Es war der Sheriff, der ihn schließlich bremste.

»Wenn Sie bloß Rücksicht auf die Lady nehmen würden …«, sagte er. »Das wäre schon ein Anfang.«

Damit wandte er sich an Xenia.

»Sie sind ja ganz blass geworden.«

Das war vielleicht der kritischste Augenblick, aber Xenia sah ihm nur direkt ins Gesicht, und er richtete sich in seinem Sessel auf, straffte seine Brust und klopfte sich ein paarmal gegen die ausgebeulte linke Seite unter der Achsel, wo er wohl versteckt eine Pistole trug, weil er auch in Zivil nicht ohne Waffe aus dem Haus ging.

»Selbstverständlich verstehe ich die Bedenken«, sagte er dann, bevor es noch brenzliger werden konnte. »Wahrscheinlich habe ich mehr Mordopfer vor Augen gehabt als alle anderen hier zusammen. Man gewöhnt sich nie daran, aber es geht nicht so sehr darum, wie sie zugerichtet sind. Das Schreckliche ist, was man in ihren Gesichtern erkennen kann. Ist jemand hinterrücks umgebracht worden, ohne etwas zu ahnen, oder hat er den Tod kommen sehen? Niemand will sterben oder jedenfalls nicht ermordet werden, und ich schwöre Ihnen, wenn sich die Panik der letzten Augenblicke in einer Miene konserviert …«

Ich konnte ihm nicht sagen, dass auf dem Antlitz der Toten nach dem Unfall nichts davon zu sehen gewesen war und dass es auf mich eher außerirdisch und selig gewirkt hatte, aber als Stephen mich am letzten Tag zum Flughafen brachte, genügten die schockhafte Wahrnehmung der Wüste und ihrer Leere und mein paradoxes Verlangen danach, dass ich wieder daran dachte. Wir hatten am Abend davor eigentlich noch eine kleine Abschiedsfeier geplant gehabt, doch dann war die Atmosphäre auf dem Set so schlecht gewesen, dass alle genug voneinander hatten und wir auseinandergingen wie Leute, die ihre gegenseitigen Animositäten viel zu lange schon in Schach gehalten hatten und jetzt fürchten mussten, dass jeden Augenblick offener Streit ausbrach. Der Regisseur hatte wegen der lächerlichsten Kleinigkeiten herumgebrüllt, und als er sich darauf hinausreden wollte, das sei nur für das Gelingen des Ganzen, mochte keiner mehr es hören, und wir ließen ihn mit seinem auf offenem Feuer gebratenen Lamm und der eigens aus San Antonio gekommenen Violinistin einfach sitzen.

Es war wieder einer dieser Tage, an denen das Jahr mitten im Frühling schon über seinen Zenit zu sein schien, und als wir schweigend aus El Paso hinausfuhren, lag ein Flimmern und Flirren in der Luft, das eher von der Hitze herrührte als von dem aufgewirbelten Staub, der uns an so vielen anderen Tagen zu schaffen gemacht hatte. Zwei Grenzerautos kamen uns im Abstand von nur ein paar hundert Metern entgegen, und während ich dachte, wie froh ich war, all das hinter mir lassen zu können, ging es doch nicht ohne den Stich im Herzen, womöglich nie wieder hierher zurückzukehren. Der Reflex war eine plötzliche Sehnsucht, für immer zu bleiben und ein Leben unter diesem weiten Himmel zu führen, in dieser Landschaft mit ihrem in hundert Filmen beschworenen Pathos, und wenn es nur ein Pathos aus furchtbarster Einsamkeit und himmelschreiender Verzweiflung war.

Wir standen schon auf dem Parkplatz vor dem Eingang zur Abflughalle, als Stephen meinte, er glaube, die Geschichte sei ausgestanden, er könne sich nicht vorstellen, dass noch Indizien auftauchen würden, die auf Xenia und mich als Unfallverursacher deuteten, aber bald nach meiner Rückkehr nach Hause rief sie mich dennoch plötzlich alle paar Tage an, manchmal mitten in der Nacht, sie hatte gewöhnlich getrunken und steigerte sich in die wüstesten Szenarien hinein. Jeder, der nur ein paar Kriminalfilme gesehen hatte, hätte ihr sagen können, am Telefon darüber zu sprechen sei die größte Dummheit, die wir im Augenblick begehen konnten, und ich brachte sie wenigstens soweit, dass sie sich aller konkreten Hinweise enthielt. Dabei fragte sie mich hundertmal, ob ich sicher niemandem etwas erzählen würde, und am Ende weinte sie immer. Sie war mit Stephen noch einen Tag in El Paso geblieben und dann nach Montana gefahren, aber er hatte gleich wieder von dort weggemusst, und wahrscheinlich war der Grund für ihre neuerliche Unsicherheit, dass sie allein auf der Ranch war und mit ihrem Alleinsein nicht umgehen konnte.

Zu Hause war das für mich auch deshalb ein Problem, weil ich Riccarda nicht einweihen wollte, ihr aber die häufigen Anrufe zu den unmöglichsten Zeiten irgendwann nicht mehr zu verheimlichen vermochte. Ich brauchte gar nicht erst zu versuchen, ihr weiszumachen, es sei wegen der Arbeit, also konnte es nur eine banale Geschichte sein, ich musste eine Affäre gehabt haben, wenn ich keine andere Erklärung dafür hatte, warum mich eine Frau aus Amerika in einem fort so dringend kontaktierte. Schließlich verlangte sie, dass ich für eine Weile in ein Hotel zog, vier Wochen zuerst, dann noch einmal vier, und am Ende wurde es so selbstverständlich, dass es zu einem Dauerzustand hätte werden können, finanziert, auch das, mit dem Schwarzgeld meiner Großmutter, und war vielleicht ein Anfang von dem, was uns Jahre später auseinanderbringen sollte, weil ich auf den Geschmack kam, wie man so sagt, und zum ersten Mal seit langem Tage und Wochen nur für mich verbrachte und richtiggehend süchtig danach wurde.

Von Xenia und Stephen hörte ich danach über Monate nichts mehr. Die Einladung zur Hochzeit sagte ich ab, seit dem Unfall war einfach noch zu wenig Zeit vergangen, und zum nächsten Kontakt kam es erst wieder ein paar Wochen nachdem der Film in Amerika in den Kinos angelaufen war. Der Start hatte sich mehrfach verzögert, zuerst, weil es weiter um Fragen der Finanzierung ging, dann, weil der Regisseur gesundheitliche Probleme hatte, schließlich gab es Streit um den Schnitt, und auf Betreiben von Enrique Brausen wurde zweimal neu nachjustiert, so dass alle Vorzeichen denkbar ungünstig waren und zumindest ich mich nicht wunderte, als es ein Flop wurde.

Der Misserfolg an den Kassen war das eine, etwas anderes war, dass die Kritiker in den einflussreichen Zeitungen kaum ein gutes Haar an dem Film ließen und insgesamt den Vorwurf erhoben, dass der Regisseur, mochte er auch aus der Gegend stammen, die Realität in El Paso Mitte der neunziger Jahre auf allen Ebenen, die interessant gewesen wären, entweder gar nicht verstanden oder für zu leicht genommen habe. Man erfahre viel zu wenig von der verschärften Dynamik an der

Grenze, die seit Einsetzen des Freihandelsabkommens mit Kanada und Mexiko zum Alltag geworden sei, hieß es, viel zu wenig von den Machtkämpfen der Drogenkartelle, die zu der Zeit einem bösen Höhepunkt entgegensteuerten, von den Folgen der zum ersten Mal in größerem Umfang errichteten Grenzzäune, die Flüchtlinge auf gefährliche Ausweichrouten zwangen, um erst gar nicht zu reden von dem Milieu der Grenzer voller gewaltbereiter Waffennarren und Veteranen, von der Ausbeutung der Arbeiterinnen in den Montagefabriken in Juárez, oft noch halben Kindern, und von der Serie von scheußlichen Frauenmorden dort, und wie das alles miteinander zusammenhänge. Dafür gefalle sich der Film darin, vor einem Hintergrund, vor dem sich eine grundsätzliche Geschichte über Gerechtigkeit und Ungerechtigkeit auf der Welt hätte erzählen lassen, ein triviales Eifersuchtstableau zu entfalten, und weil damit das meiste, was in Wirklichkeit von Belang hätte sein können, zur Kulisse verkomme, sei das ganze Unterfangen eine Lappalie und als Lappalie ein Skandal.

Ich glaube, Stephen nahm die verheerenden Kritiken bloß als Vorwand, um sich endlich wieder bei mir zu melden. Entsprechend winkte er ab, er wolle sich gar nicht damit beschäftigen, und sagte, wenn das so weitergehe, habe man auch in Amerika bald deutsche Verhältnisse und ein Film gelte nur als ernsthafter Film, sofern man möglichst das Knirschen und Ächzen des Getriebes zeige, mit dem er in Gang gehalten werde, und ihn mit so vielen aktuellen Themen belade, dass er als Problemfilm durchgehe, was man dann nicht als Gemurkse sehe, sondern als Ausdruck höchster Kunst. Das war das einzige, wozu er sich hinreißen ließ, und dann meinte er, Xenia komme weniger gut mit der Ablehnung zurecht, sie habe im Augenblick eigentlich etwas ganz anderes gebraucht, und überraschte mich mit der Eröffnung, sie sei wegen des Unfalls seit drei Monaten in Behandlung.

»Sie trifft einen Therapeuten und erzählt ihm von eurer Sache«, sagte er. »Um sich nicht in Bedrängnis zu bringen, verdreht sie alles angeblich so weit, dass weder Ort noch Zeit stimmt, noch ist in dieser Version sie selbst am Steuer gesessen. Sie verlegt das Ganze nach Europa. Der Fahrer ist ein Schauspielkollege, sie Beifahrerin, und richtig bleibt nur, dass es eine Tote gegeben hat und sie sich deswegen Vorwürfe macht, und dazu natürlich die Fahrerflucht.«

Die Details rüttelten mich auf, aber wenigstens würde in dieser Konstellation und bei einem Unfall, der sich in einem anderen Land ereignet hatte, niemand nähere Nachforschungen anstellen, und wenn sie sich daran hielt, musste sie es mit sich selbst abmachen.

»Solange sie nicht wirklich etwas ausplaudert, kann sie reden, soviel sie will«, sagte ich. »Es fragt sich nur, ob ihr das hilft.«

Ich hörte, wie Stephen laut aufstöhnte.

»Offen gesagt habe ich auch keine Ahnung, wie die Behandlung bei ihr anschlagen soll, wenn sie sich in grundlegenden Dingen nicht an die Wahrheit hält«, sagte er. »Manchmal kommt es mir vor, als bildete sie sich ernsthaft ein, sie sei nicht selbst gefahren, sobald sie es nur treuherzig genug vorbringt. Sie sieht ihren Therapeuten einmal in der Woche, und wenn sie von einer Sitzung zurückkehrt, scheint sie jeweils ein neues Bausteinchen für ihre Geschichte zu haben. Wie auch immer die das machen, ich male mir aus, er fragt sie und sie erinnert sich, und wenn sie die Rolle erst einmal angenommen hat, ist sie Schauspielerin genug, sie auch zu glauben.«

Bis dahin hatte ich keinen Augenblick darüber nachgedacht, wie wenig Beweise, im Grunde genommen gar keine, es zum Unfallhergang gab, und als ich jetzt dachte, Xenia könnte im Zweifelsfall tatsächlich behaupten, ich sei am Steuer gesessen, erschien mir das einerseits als reine Absurdität, weil ich sie so nicht einschätzte, andererseits plötzlich aber doch als Möglichkeit.

»Es kann nicht sein, dass sie das auch nur einen Augenblick wirklich annimmt«, sagte ich und konnte meine Aufregung nicht mehr unterdrücken. »Muss ich mich fürchten?«

»Nicht im geringsten!«

»Was soll dann der Unsinn?«

»Das ist nur ihr momentaner Spleen«, sagte er. »Wenn es darauf ankommt, wird sie die Dinge schon auseinanderhalten. Außerdem gibt es keine Verbindung zu dir. Sie hat dich ganz aus dem Spiel gelassen und nicht erwähnt, wer der Schauspielkollege gewesen sein soll.«

Ich erkundigte mich, ob Xenia in der Nähe sei, und bat ihn, sie ans Telefon zu holen, als er ja sagte, aber mit ihr verlor ich dann kein Wort darüber. Sie damit zu konfrontieren, ob sie schon noch wisse, wie sich alles in Wirklichkeit zugetragen habe, erschien mir lächerlich, und sie war ohnehin überdreht, sagte, wie sehr sie sich freue, mich zu hören, und wie oft sie an die Drehtage in Texas denke, dass ich mich erst mühsam zum Problem hätte vorarbeiten müssen. So, wie sie tat, schien es andererseits nie eines gegeben zu haben oder jedenfalls keines, das sie bedrückte, und selbst die Verrisse des Films konnten ihr ganz gegen Stephens Behauptung allem Anschein nach wenig anhaben.

»Für mich gibt es Schlimmeres im Leben«, sagte sie, und auch das war nur ein Spruch und keine Anspielung. »Es bedeutet mir nichts. Soll ich deswegen weinen? Dazu müsste ich naiver sein, als ich bin.«

Das nächste Mal hatte ich mit Xenia und Stephen erst im Sommer darauf zu tun, und es war wieder im Zusammenhang mit dem Film. In Deutschland hatte sich kein Verleih gefunden, aber beim Filmfest in Köln sollte es im Rahmen eines Schwerpunkts zum Thema »Grenzen« zu einer Aufführung kommen, und die beiden hatten sich dafür angesagt, mich dann aber im letzten Augenblick wissen lassen, sie würden doch zu Hause bleiben. Xenia drehte da längst schon mit dem kanadischen Regisseur, mit dem sie später eine Affäre haben sollte, verbrachte viel Zeit in Toronto und war von einem Tag auf den anderen nicht mehr abkömmlich, und Stephen wollte ohne sie nicht reisen.

»Ihr geht es gut«, sagte er am Telefon. »Der Therapeut ist zum Glück passé, und sie scheint die Geschichte überwunden zu haben. Jedenfalls spricht sie nicht mehr von dem Unfall. Sie hat ihre Art, damit umzugehen.«

Dann folgte aber wieder etwas, das mich aufhorchen ließ und mich von neuem in den Schlamassel hineinzog, dass ich dachte, ich würde ihm niemals entkommen.

»Sie hat für die beiden Kinder der verunglückten Frau ein Konto eingerichtet. Offenbar leben sie ja nicht mehr bei ihrem Vater, und ein Detektiv forscht gerade aus, wo sie untergebracht sind. Dann bleibt nur die Aufgabe zu lösen, wie das Geld an sie gelangen soll, ohne dass sich die Spuren zu ihr zurückverfolgen lassen.«

»Die Leute werden Fragen stellen.«

»Vermutlich werden sie das«, sagte er. »Aber niemand wird je herausfinden, dass die Zuwendungen von ihr stammen. Sie kann sie sich leisten, ohne dadurch in Bedrängnis zu kommen. Am liebsten würde sie die beiden adoptieren, was natürlich nicht geht.«

Mit Xenia sprach ich bei dieser Gelegenheit nicht, aber sie rief mich nach dem Festival an, als ich gerade mitten in meiner Auseinandersetzung mit dem Kritiker war, der mir in der Zeitung nicht nur völlige Talentlosigkeit vorgeworfen hatte, sondern zudem behauptete, ich würde in einer Weise in meiner Rolle als Grenzer aufgehen und ihn mit einem Testosteronüberschuss und einer buchstäblich an allen Gliedern sichtbaren Erektion spielen, dass es einem Angstschauer über den Rücken jage. Ich hatte schon viel erlebt, aber wie er sich über mich ausließ und mir zu verstehen gab, dass einer wie ich in der Branche nichts verloren hätte, hatte eine neue Qualität. Er schrieb, ich hätte die Figur so breitbeinig und schwanzbetont und mit einer solchen Lust am Tragen der Waffe angelegt, dass man nicht umhinkomme, Rückschlüsse auf mich und meinen Geisteszustand zu ziehen, um von den politischen Implikationen gar nicht zu reden. Ich war so leichtfertig gewesen, ihm bei einem Glas Wein nach der Premiere von meiner Begegnung mit Dubya erzählt und mich auf sein Drängen nicht von ihm distanziert zu haben, und das war die erste Quittung, die ich dafür bekam, nur ein kleiner Vorgeschmack auf das, was Jahre später mit viel größerer Wucht über mich hereinbrechen sollte. Er bezeichnete mich als einen dieser heimischen Schauspieler, die schlechte Parodien von zweit- und drittklassigen amerikanischen Darstellern seien, was in meinem Fall besonders tragisch wirke, weil es mir in dreißig Jahren auf der Bühne nicht gelungen sei, meine Herkunft zu überwinden, und ich immer noch daherkäme wie der Dorfkasper aus dem Bauerntheater, für den Deutsch eine Fremdsprache bleibe und der die Schauspielerei mit dem schmierigen Charmieren eines Skilehrers verwechsle. Dann folgte noch ein Schlag gegen meine Familie, und wenn ich ihm alles andere schon nicht verzeihen konnte, verzieh ich ihm den Hotel- und Skiliftbesitzersohn am allerwenigsten, von dem er in der Vergangenheit schon viele Filme *nicht* gesehen habe und sich in Zukunft mit Sicherheit keinen mehr anschauen werde.

Natürlich wusste ich, dass es sinnlos war, darauf zu reagieren, aber in diesem Fall hatte ich reagiert, und Xenia hatte Wind davon bekommen und war deswegen jetzt am Telefon. Ich hatte ein Interview dazu benutzt, zu sagen, ich würde den Kritiker am liebsten zum Duell fordern. Er nannte sich selbst einen Linken, war aber in Wirklichkeit bloß ein glattgewichster Opportunist, der wusste, wie man Karriere machte, sein Fähnchen nach jedem Lüftchen hängte, seine Meinung bereits dreimal gewechselt hatte, bevor man soweit war, sich eine zu bilden, und sich genausogut einen Rechten hätte nennen können, wenn nur der Zeitgeist anders gewesen wäre. Das war für mich so offensichtlich, dass ich mir die Umstände unseres Aufeinandertreffens im ersten Morgengrauen auf einer Lichtung derart genüsslich ausmalte, dass es für einen kleinen Skandal reichte, und Xenia kostete jedes Detail aus und agierte wie ein Kind, das die Geschichte schon kannte und doch nie genug kriegen konnte, sie wieder und wieder und in immer neuen Ausschmückungen zu hören.

»Falls Frauen dafür überhaupt zugelassen sind, möchte ich deine Sekundantin sein«, sagte sie schließlich. »Ich würde hinter dir stehen und dich auffangen, wenn du fällst. Du könntest in meinen Armen dein Leben aushauchen. Es wäre ein Tod erster Klasse.«

Dann meinte sie, es gebe noch eine andere Möglichkeit, an die ich längst schon hätte denken können, wenn mir alles zuviel werde.

»Was hältst du davon, ganz zu uns zu kommen?«

Ich verstand sie zuerst nicht, aber sie sagte, wenn ich mich entscheiden müsste, in einer Welt zugrunde zu gehen, die in ihrer Großartigkeit keinen Platz für mich habe, oder in eine vielleicht weniger großartige, dafür jedoch freiere aufzubrechen, sollte mir die Wahl nicht schwerfallen.

»Schließlich gibt es hier immer noch Orte, wo du in jede Richtung ein paar Tage gehen kannst, ohne auf irgend jemanden zu stoßen, der sich für das Maß aller Dinge hält und meint, dich belehren zu müssen.«

Wir sprachen wieder nicht über den Unfall, und gerade dass sie sich für solche Abstrusitäten interessierte, stärkte mein Vertrauen, dass ich von ihr, zumindest im Augenblick, nichts zu fürchten hatte. Sie erzählte, dass der Film in Mexiko begeistert aufgenommen worden sei, und auch wenn das nicht ohne Eifersucht auf Alma ging, die damit zwar weiter auf ihren Durchbruch im englischsprachigen Raum warten müsse, aber wenigstens ihren Triumph zu Hause habe, war doch Genugtuung aus ihrer Stimme zu hören. Dann wiederholte sie ihren Verdacht, dass das ganze Unternehmen ohnehin nur ein Vehikel gewesen sei, Alma über ihr angestammtes Publikum hinaus bekannt zu machen, womit er sein eigentliches Ziel dann wohl doch verfehlt habe, und bei der Erwähnung von Enrique Brausen beschlich mich sofort ein unangenehmes Gefühl. Sie sprach den Namen aus, als könnte er unmöglich echt sein, und als sie meinte, es gebe immerhin noch Weltgegenden, in denen man es als Bedrohung empfinde, wenn einer sich El Alemán nenne, war die alte Ungewissheit über sein Tun und Treiben augenblicklich wieder da.

»Es würde mich nicht wundern, wenn er dafür gesorgt hätte, dass Alma von der Kritik mit Samthandschuhen angefasst worden ist«, sagte sie. »Immerhin ist es offensichtlich, dass sie mit ihrer Rolle in jeder einzelnen Sekunde überfordert war. Nimm nur die Szene, in der du sie erwürgst. Sie hat ihrem eigenen Tod entgegengeschmachtet, und die größte Zeitung des Landes entblödet sich nicht, von der göttlichen Alma del Campo zu schwärmen.«

Sie schnaubte vor Verachtung.

»Glaubst du, das kann jemand ernsthaft über sie und ihren Auftritt schreiben, wenn er nicht eine Faust im Nacken hat?«

Ich versuchte ihr zu widersprechen, aber sie schnitt mir das Wort ab und schien einen Augenblick nicht zu wissen, gegen wen sie ihre Wut richten sollte.

»Als ob ausgerechnet du das beurteilen könntest«, sagte sie. »Du warst doch bis über beide Ohren in sie verliebt.«

Ich konnte mir nicht vorstellen, dass Enrique Brausen etwas gesteuert hatte, aber nach dem Gespräch mit Xenia bekam ich ihn lange nicht mehr aus dem Kopf. Sosehr ich mich dagegen gewehrt hatte, in ihm jemand anders als einen Geschäftsmann zu sehen, so sehr hatte doch auch ich stets den Eindruck gehabt, er könne jederzeit, wenn er nur wollte, im Hintergrund die Fäden ziehen, und hatte mich dann doch wieder gegen das Klischee gewehrt, ein mexikanischer Geschäftsmann sei nicht einfach nur ein Geschäftsmann, sondern müsse mindestens auch noch ein Krimineller und Drogenbaron sein, der eine ganze Armee von Helfern und Helfershelfern hinter sich habe, die zu allem bereit wären. Auf jeden Fall blieb dieses Unbehagen neben den jeweils neuesten Entwicklungen in Xenias Leben und der damit verbundenen Frage, ob sich für sie die Umstände so grundlegend änderten, dass sie vielleicht mit jemandem über den Unfall sprechen wollte und Dinge verursachte, die ich nicht im Griff hätte, und das einmal deutlichere, dann wieder in den Hintergrund tretende Empfinden, da noch etwas an mir hängen zu haben, bestimmte die folgenden Jahre, manchmal fast als eine Art Garantie, dass Enrique Brausen plötzlich am Telefon sein könnte und sagen, es gebe da noch eine offene Rechnung zwischen uns, die zu begleichen wäre.

Xenia hatte dann zwei sehr erfolgreiche Filme hintereinander, einmal als Börsenmaklerin im New York der achtziger Jahre, einmal als Schlittenhundführerin in Alaska, die ihren Mann ohne ersichtlichen Grund ermordet und an seine geliebten Huskys verfüttert, und in beiden Rollen bescheinigte ihr die Kritik unter einer Oberfläche der Kälte einen existentiellen Hitzeglutkern, der einen in Bann zog. Für mich hatte sie eine Gelassenheit in ihrem Spiel erreicht, in der Kunst und Leben so ineinandergreifen, dass einem das eine wechselweise als die höchste Ausdrucksform des anderen erscheint. Beide Figuren waren Frauenfiguren in Männerdomänen, sogenannte starke Frauen, und mehr brauchte es nicht, um ihr in der öffentlichen Wahrnehmung auch selbst genau diese Rolle zuzuschreiben. Sie hatte ihre dunklen Phasen, wie Stephen es nannte, Zeiten, in denen sie die Ranch in Montana über Wochen nicht verlassen wollte, und sie hatte ihre Alkoholeskapaden, war dreimal auf Entzug und fing nur wenige Wochen danach wieder mit dem Trinken an, wurde einmal halb erfroren auf einer Parkbank gefunden, ging ein anderes Mal auf einen Polizisten los und steuerte schließlich ihren Jeep in den Wald, stieg jedoch unverletzt aus dem kaum mehr wiedererkennbaren Wrack.

Die Ehe hielt knappe drei Jahre, ich weiß nicht, ob die Affäre mit dem kanadischen Regisseur der Grund für die Trennung war, aber Xenia lebte fortan in Toronto, und obwohl ich weniger Nachrichten von ihr hatte, weil auch Stephen nichts weiter wusste, war das vielleicht die unsicherste Phase. Ich konnte mir an einem Tag einreden, dass sie einem neuen Mann die Geschichte von dem

Unfall selbstverständlich erzählen würde, und war am nächsten Tag vom Gegenteil überzeugt, aber wie auch immer ich es drehen und wenden mochte, die Sache verfolgte mich bis in den Schlaf, und wenn es eine Zeit gab, in der ich ernsthaft überlegte, selbst den ersten Schritt zu tun und mich an die Behörden zu wenden, dann war es diese. Ich hätte nur zur Polizei gehen müssen und wäre von einem Augenblick auf den anderen von aller Unsicherheit befreit gewesen, aber dann stellte ich fest, dass die sich auch so auflöste. Denn mit jedem Tag, an dem nichts geschah, wurde dieser eine Ausfall in meinem Leben mehr und mehr zu einer Normalität, bis es gar nichts Besonderes zu sein schien, Beifahrer bei einem Unfall gewesen zu sein, bei dem eine Frau umgekommen war. Da brauchte es schon Luzies Fragen und ihr Nachhaken viele Jahre später, um das Vergangene wieder aufzuwirbeln und mir klar zu machen, dass ich mich an das Schlimmste in meinem Leben ganz einfach gewöhnt hatte und dass es vielleicht nicht einmal das Schlimmste gewesen war, weil ich dadurch auch wieder an Sagrario dachte und die schreckliche Situation vor dem Club in Juárez, in der ich meine Hände in ihrem Haar gehabt hatte und sie von einem Augenblick auf den anderen erstarrt war.

Ich erinnere mich noch an den Moment der Angst bei der ersten Wiedereinreise in Denver. Es war nicht lange nachdem Riccarda mich verlassen hatte, und nur meiner Aufgelöstheit geschuldet, ich wäre sonst wahrscheinlich auf lange Zeit hinaus nicht auf die Idee gekommen, das Land so schnell wieder zu betreten, und dennoch waren es immerhin mehr als fünf Jahre, die ich Stephen nicht mehr gesehen hatte. Die Sicherheitskontrollen waren seither auf eine Weise verschärft worden, dass ich mich von dem Einwanderungsbeamten durchschaut fühlte, als er mich aufforderte, zuerst den Daumen, dann die Finger der einen Hand und dann in der gleichen Reihenfolge die der anderen auf den Scanner zu legen, mich fotografierte und fragte, was der Grund meiner Reise sei.

Während ich mich verhaspelte, sah ich vor mir, wie ich die Leiche der verunglückten Frau in der Wüste von New Mexico hinter das Gebüsch am Straßenrand gezogen hatte, und natürlich gab es keinen Zweifel, dass ich dabei eine Vielzahl von Spuren hinterlassen haben musste. Dass ich ihre Finger mit Xenias Desinfektionsmittel abgewischt hatte, war nicht mehr als eine Übersprungshandlung gewesen, weil ich sie an ihren Lippen, ihren Händen, ihrem Parka, ihrem BH und womöglich sogar an ihrem Slip berührt hatte und überall auf ihrem Körper und auf ihrer Kleidung Hautabschilferungen von mir gefunden worden sein dürften. Es genügte meine DNA-Probe und eine entsprechende Datenbank, mit der sie abgeglichen werden konnte, und schon wäre ich mit einer lächerlichen Restunsicherheit von vielleicht eins zu hundert oder zweihundert Billionen überführt, und der Beamte brauchte mich nicht aus schierem Vorurteil anzustarren wie einen Ganoven, sondern er hätte sein Urteil und seinen Beweis, dass ich genau das war, was er sich von Anfang an von mir gedacht hatte.

Die Fahrt durch Colorado und das winterstarre Wyoming nach Montana gehört zum Erhabensten, was ich je erlebt hatte, und als ich Helena schließlich erreichte, wäre ich an Stephens Ranch am liebsten vorbeigefahren. Es war Anfang Dezember, die Temperaturen weit unter null, und der erste richtige Blizzard der Saison hatte die Prärie mit einer Schneeschicht bedeckt, die sich, vom Wind festgepresst, in dem diesigen und gleichzeitig sanften Licht Welle um Welle in alle Richtungen bis zum Horizont erstreckte. Wohin auch immer man sah, der Blick verlor sich in mindestens einem Dutzend Schattierungen von Weiß, gelblich hier, bläulich dort, die am Abend alle in ein einziges Schwarz flossen. Die Pflüge kamen mit dem Räumen nicht nach, und auf der Fahrbahn lag über viele Kilometer Schnee, weshalb es manchmal kaum schneller als im Schritttempo voranging und bei den weiten Entfernungen unmöglich schien, dass überhaupt jemand noch ein Ziel haben konnte. Ich war erst knapp eine Stunde unterwegs, als ich auf einen Truck stieß, der in den Straßengraben gerutscht war, und das wiederholte sich dann, mehrere Polizeiwagen mit flackernden Lichtern standen jeweils an der Stelle, ohne dass es so aussah, als ob etwas getan würde oder auch nur geschähe, im Gegenteil, es hätte von Mal zu Mal ein Bild für die Ewigkeit sein können.

Zweimal nahm ich ein Zimmer in einem Motel, und beide Male brauchte ich den Fernseher bloß anzumachen und hatte augenblicklich Dubya auf dem Bildschirm. Ich schaute ihm eine Weile bei ausgeschaltetem Ton beim Reden und Gestikulieren zu und war nicht mehr gerührt, sondern abgestoßen von seinem gehetzten Ausdruck. Drei Monate war es jetzt her, und er hatte immer noch sein Elfter-September-Gesicht und würde es wahrscheinlich zeit seines Lebens nie wieder verlieren. Das Überforderte seiner ganzen Existenz war unübersehbar, und er wirkte, als wollte er sich verkriechen, und preschte genau deswegen weiter und weiter vor, wie ich es von ihm schon kannte und wie es für mich längst ein Symbol dafür geworden war, dass die Welt nicht mehr die alte sein konnte. Es war sein erstes Jahr in Washington, und der mächtigste Mann auf dem Erdball schien nur darauf zu warten, dass hinter ihm zwei schwarzgekleidete Herren in Zylindern auftauchten, ihn abführten, in eine Kiesgrube brachten, ihn sich dort hinknien hießen und ihn mit einer auf seiner Schläfe aufgesetzten Pistole erschossen, ohne dass er je begriffen hätte, was er verbrochen hatte, aber er wusste, dass es etwas war, das zum Himmel schrie und sein Blut verlangte.

Stephen erwähnte Xenia nur bei der Begrüßung und sprach dann weder über sie noch über den Unfall. Das einzige, was auf der Ranch an sie erinnerte, war ausgerechnet ein Filmplakat, das uns alle zeigte, sie, ihn, Alma und mich, und auch William war darauf abgebildet. Über unseren Köpfen prangte der Titel SOUTH OF THE BORDER, und es hing vielleicht bloß deshalb überhaupt noch in der Gästetoilette, weil er diese selbst nie betrat und es schlichtweg nicht wusste. Denn sonst waren alle Spuren von Xenia beseitigt, und es gab auch keine andere Frau im Haus und keine Zeichen, dass es eine andere Frau in seinem ganzen Leben geben könnte.

»Du musst mit mir allein vorliebnehmen«, sagte er, als ich einen Tag später als geplant ankam. »Wie du weißt, ist mir meine Mrs O'Shea abhanden gekommen.«

Er versuchte ein Lachen, das zu einem Knurren verkam, und machte eine wegwischende Handbewegung vor seinem Gesicht.

»Ich habe schon gedacht, du wärest bei der Einreise festgenommen worden. Was ist los mit dir? Du hättest wenigstens anrufen können.«

Er hatte mir vor meinem Aufbruch am Telefon verkündet, es sei der erste Winter seit seiner Kindheit, den er ganz in Montana verbringen werde, und ich spielte jetzt darauf an.

»Du hast mir gesagt, du willst dich einschneien lassen«, sagte ich. »Ich wollte dich nicht unnötig stören.«

»Aber wenn sie dich wirklich festgenommen hätten?«

»In dem Fall hätte ich natürlich angerufen«, sagte ich.

»Dann wärest du jetzt auf dem Weg nach Denver, um die Kaution zu hinterlegen und mich herauszuholen.«

Er verbarg nicht, wie sehr ihn das erheiterte.

»Bist du dir sicher?«

Dann lachte er richtig, und ich erwiderte sein Lachen. »Ich bin mir ganz sicher.«

Darauf schwiegen wir, und an all den Tagen, die ich bei ihm verbrachte, ertappte ich ihn immer wieder dabei, wie er mich in einem Augenblick, in dem ich scheinbar nicht achtgab, zu taxieren versuchte, aber auch ich sah ihn daraufhin an, wie es um ihn stand. Es war kurz vor meinem fünfzigsten Geburtstag, seiner war ein paar Monate später, und wir waren noch zu jung dafür, uns gegenseitig auf die eigene Sterblichkeit abzutasten, doch ein Element davon hatte es, wenn auch ein wohlwollendes und nicht das triumphierende und schadenfrohe, das den wirklich Alten nachgesagt wird, die den anderen nicht früh genug in der Grube sehen können. Er hatte seit unseren Tagen in El Paso ganze drei Filme gedreht und kokettierte damit, dass er keine Angebote mehr bekam, aber die Wahrheit war wohl eher, dass er sich nicht darum riss. Wir machten weite Wanderungen auf Schneeschuhen, in die knöchellangen Pelzmäntel gehüllt, die er zu diesem Zweck auf der Ranch verwahrte, und mussten mit unseren Biberfellmützen auf dem Kopf einen ebenso lächerlichen wie vielleicht bedrohlichen Anblick abgeben, nur dass uns niemand so sah und wir auf dem weiten Gelände, das sein Eigentum war, auch keine Jäger zu fürchten hatten, die uns ins Visier nehmen konnten. Er bestand auf der Verkleidung, und als ich begriff, dass es nicht nur wegen der Kälte war, lehnte ich mich zuerst dagegen auf, fügte mich aber schnell, stapfte am Anfang trotzig, dann immer mutiger hinter ihm her und gewann der Vorstellung, wir könnten zwei Exemplare einer aussterbenden Tierart sein, immer mehr ab, wenn er auf einer Anhöhe stehenblieb und wartete, bis ich den Blick in die Ferne in mich aufgesogen hatte. Mich zu einem Ausritt auf den inzwischen geräumten Wegen überreden zu wollen, gab er schnell auf, aber er ritt bei Einbruch der Dunkelheit, wenn wir zurückkehrten, oft selbst noch aus, damit sein Pferd Bewegung bekam, immer noch der Wallach namens Clouds, und tauchte eine halbe oder dreiviertel Stunde später mit geröteten Wangen aus einer anderen Richtung wieder auf.

Im Kaminzimmer brannte zu jeder Tageszeit ein Feuer. Dort trug uns am Abend ein Bediensteter das Essen auf, und wir saßen danach noch in den Fauteuils und redeten, als ginge es beim Reden nur darum, Schweigen herzustellen, Stille. Dabei entspannte er sich um so mehr, je mehr er merkte, dass ich keine Fragen an ihn richten würde, mir ging es nicht anders, und so verblasen das auch klingen mochte, am Ende war ein solches Einvernehmen zwischen uns, dass jede Frage möglich gewesen wäre, aber keine mehr notwendig war. Ich blieb acht Tage auf der Ranch, und als ich am neunten Tag aufbrach, war es nur eine knappe Woche bis zum 21. Dezember, es schneite wieder, und Stephen montierte einen Pflug vor einen seiner Pick-ups und bahnte mir den Weg nach Helena, wo ich mich von ihm verabschiedete.

Nenn es nicht den Hauptteil,
und nenn es nicht
Der Tod und das Mädchen

WARUM ALLES ANDERS IST I & II

WARUM ALLES ANDERS IST I

Zahlen und Werte

Es gibt Dinge, von denen ich nie gedacht hätte, dass ich sie jemandem erzählen würde, und wenn ich sie hier doch niederschreibe, so nur, um die voranstehende Geschichte, die vielleicht eine Biografie ersetzen kann, wahrhaftiger zu machen. Jeder muss damit umgehen, wie er es am besten vermag, aber ich habe die Krankheitsberichte selbst von geschätzten Kollegen meistens nur beklemmend gefunden. Da ist einer ein wirklich großer Schauspieler, da gehört er jahre- oder sogar jahrzehntelang zum Ensemble eines der renommiertesten Häuser, da hat er ein Dutzend Rollen in geliebten Filmen gespielt, und auf einmal vertraut er sich der Boulevardpresse an, oder er hat viel zu lange schon ein Verhältnis mit ihr gepflegt, so dass sie so tun kann, als hätte er sich ihr anvertraut und dürfte jetzt hineingepackt zwischen Werbung für Staubsauger, Billigfleisch, Intimwäsche und vielleicht sogar Dildos oder irgendwelchen Stöpseln für den Hintern mit einem Foto, das ihn tatterig und mit schütterem Haar zeigt, vor aller Welt seinen gerade diagnostizierten Krebs, den erlittenen Schlaganfall oder Herzinfarkt beklagen. Dann wird ihm bescheinigt, dass er ein Titan auf seinem Gebiet sei, ein Kämpfer und selbstverständlich auf dem Weg der Besserung, und wenn seine Prominenz dafür ausreicht, bekommt er später noch einen oder zwei kleine Berichte, manchmal schon ein bisschen ungeduldig, dass er überhaupt noch am Leben ist, und irgendwann stirbt er und bleibt bis dahin nur mehr der Fall, zu dem er sich selbst gemacht hat. Manche schreiben ein ganzes Buch darüber, und nicht, dass das nicht jedem unbenommen sei, wenn es ihm hilft, nicht, dass die Verlage damit nicht vielleicht sogar Kasse machen, wie man so sagt, aber es ist doch fast immer ein Trauerspiel, und man würde den Leuten am liebsten noch im nachhinein raten, es seinzulassen und nicht den Fehler zu begehen, das Sterben oder gar den Tod zum wichtigsten Teil ihres Lebens zu machen, nur weil sie sonst nichts erlebt haben.

Ich muss vorausschicken, mit welchem Unbehagen es mich erfüllt, wenn ich erzählen will, dass ich seit über zweieinhalb Jahren alle drei Monate zu einer Ärztin ging und niemandem etwas davon verriet, nicht einmal Luzie. Die Termine hatte ich mir mit rotem Stift im Kalender eingetragen und sie dann, weil mir das zu alarmistisch erschien, grün überschrieben. Sie hatte ihre Praxis in einer Altbauwohnung am Ostrand der Stadt, und ich legte Wert darauf, mich wie für ein Rendezvous zu kleiden, wenn ich zu ihr musste, will sagen, wie für ein regelrechtes Stelldichein in einer Zeit vor meiner

Geburt, Anzug, Krawatte, Manschettenknöpfe, geradeso, als könnte ich dem Tod damit ein Schnippchen schlagen, und natürlich auch ihr. Ich war schon davor jährlich einmal zu ihr oder einer ihrer Kolleginnen gegangen, und der Befund war stets der gleiche gewesen: »Dass Ihre Zahl immer schlechter wird, muss ich Ihnen nicht sagen, aber angesichts Ihrer Zahl sind die Werte gut«, bis das eines Tages nicht mehr galt. Als Zahl bezeichnete sie mein Alter, und die Werte waren die Werte, aber sie schlugen plötzlich nach oben aus und mussten fortan in kürzerem Abstand überprüft werden.

Die Nachricht oder eigentlich auch nur die Erinnerung daran, dass ich sterben würde, hätte mir niemand besser überbringen können als sie. Denn noch während die Ärztin sagte, es sei etwas mit den Werten, sah sie mich auf eine Weise an, dass mir sofort klar war, sie hatte alle nur möglichen Reaktionen, die es darauf gab, schon hundertmal gesehen, und ich musste mich erst gar nicht bemühen, mit einer unmöglichen originell zu sein. Dass etwas nicht stimmen konnte, war mir schon klar gewesen, weil sie diesmal die Untersuchungsergebnisse nicht am Telefon durchgeben wollte, sondern mich bat, noch einmal in die Praxis zu kommen. Ungläubigkeit, Tränen in den Augen, ein Zusammenbruch, Flucht ins Sentimentale, Wut, aber Wut auf wen, trotzige Stärke, und selbst wenn das eine bloß gespielt wäre, um das andere zu überdecken, es würde ihr ohne Zweifel nicht entgehen.

»Machen Sie nicht so ein Gesicht«, sagte sie, als ich

nichts erwiderte, und ich wusste nur, dass ich ein Gesicht *gemacht* hatte, aber ich wusste nicht, welches. »Es könnte Sie viel schlimmer treffen.«

Dann kam der Spruch, von dem ich mich seither fragte, ob sie ihn nur zu mir gesagt hatte oder ob sie auf ihre etwas ruppige Art alle damit aufzuheitern versuchte, denen sie die Mitteilung machen musste, dass eine andere Uhr in Gang gesetzt worden war.

»Sie könnten eine um dreißig Jahre jüngere Geliebte haben. Das wäre eine Katastrophe, von der Sie sich wirklich nicht mehr erholen würden. Sie würde Sie früher ins Grab bringen als jede Krankheit.«

Damit erhob sie sich hinter ihrem Schreibtisch und nahm mich genauer in den Blick, ein Blick, vor dem ich unter keinen Umständen bestehen konnte.

»Sie brauchen nicht zu lachen«, sagte sie, obwohl ich gar nicht gelacht hatte. »So etwas gibt es alle Tage. Wenn ich die Orang-Utans mit ihren Püppchen nur sehe, könnte ich im Strahl kotzen. Sie haben keine Ahnung, wie sehr mir das zuwider ist. Ich könnte zur Mörderin werden. Manchmal muss ich nur ihre Nasenspitzen anschauen, um ihre Werte zu kennen, aber dann ist es doch jedesmal die gleiche Erfahrung, dass sich selbst die Todgeweihten für unsterblich halten.«

Sie sah mich an, als hätte ich ihr widersprochen.

»Glauben Sie mir etwa nicht? Kahlköpfige Kerle mit Sackärschen und Bäuchen, die ihnen bis zu den Knien hängen. Denken Sie, das stört die?«

Ich konnte gar nicht anders, als meinen Bauch einzuziehen und schuldbewusst an mir hinunterzuschielen, während sie sich in Rage redete.

»Ich meine nicht Sie«, sagte sie und schien erst jetzt mein lichtes Haar wahrzunehmen. »Oder bin ich da in ein Fettnäpfchen getreten?«

Einen Moment wurde ihr Blick eisig und starr.

»Natürlich nicht. Sie sind ein feiner Herr! Sie sind alte Schule! Sie haben so etwas nicht nötig! Entschuldigen Sie.«

Den Nachnamen hatte sie von ihrem Mann, Frau Dr. Maier, und so, wie sie sich weiter erregte, gab es vielleicht eine Geschichte dahinter. Sie kam aus Novi Sad und hatte ihren Akzent fast verloren, pflegte die Relikte aber und vertauschte gern absichtlich ein paar Wörter in einem Satz: »Bin gar keine Russin, stamm' aus der Vojvodina, echt deutsch, wo die Frauen sind am schönsten.« Wie immer ganz in Weiß, weiße Jeans, weißes Polohemd, weiße Segelschuhe, hatte sie ihr Haar im Nacken zusammengebunden, blondes Haar, nicht gefärbt, und ihr Alter kam mir unbestimmbarer denn je vor. Konnte man auf diese zähe Art ausgemergelt und muskulös zugleich sein, wie sie es war? Sie spielte Tennis und war eine starke Raucherin, auf ihrem Schreibtisch, und das war ungewöhnlich für die Zeit, stand manchmal ein Aschenbecher mit ausgedrückten Kippen, den sie wegzuräumen vergessen hatte und eher geschäftsmäßig als verschämt in einer Schublade verschwinden ließ, und dem Gesicht nach, mit den tiefen Furchen um Nase und Kinn, hätte man ihr auch ein paar Jahre harte Drogen zugetraut. Sie hatte ein Haus am Gardasee, wo sie fast jeden Freitag hinfuhr, und ich stellte mir zwanghaft vor, dass dort ein Liebhaber auf sie wartete, der mit ihr umging wie mit einem Mädchen vor dem ersten Mal und sie als einziger bei ihrem Vornamen nennen und Adriana zu ihr sagen durfte, was allein schon ein Glück für ihn sein musste. Ich hatte sie einmal in einer meiner Aufführungen gesehen, in einem eng geschnittenen Hosenanzug, in einer der vorderen Reihen, und seither hatte ich das Gefühl, ich wüsste etwas von ihr, das nichts mit der Ärztin in der Praxis zu tun hatte, und empfand eine um so größere Zärtlichkeit für sie, je wuchtiger sie sich ausdrückte. Sie hatte sich auch sonst immer eine halbe Stunde zum Plaudern genommen, und als sie jetzt noch einmal von den Werten sprach, war jedes Wort halb schon von der Schwere befreit.

»Sie können ganz gelassen bleiben«, sagte sie. »Wir unternehmen zunächst einmal nichts. Am besten warten wir und beobachten, wie sich alles entwickelt, bevor wir Sie aufschneiden. Schließlich sind die Werte auch nur Zahlen und können sich wieder ändern.«

Ich hatte noch keine Silbe gesagt, aber ich hatte sofort an Stephen gedacht und daran, wie er bei meinem letzten Aufenthalt in Montana seinen Wallach erschossen hatte. Der Tierarzt hatte entschieden, es sei allmählich an der Zeit, ihn abzutun, aber statt ihn einschläfern zu lassen, hatte mein Freund ihn auf die Weide hinausgeführt und mit einem Schuss aus seiner Winchester niedergestreckt. Die Frage, ob das legal war, hatte sich ihm nicht gestellt, es war ein Dienst, den er für Clouds tun musste, sonst nichts. Ich war mit ihm gekommen, ein paar Schritte zurückgeblieben und hatte beobachtet, wie zwei gegenläufige Bewegungen durch den Körper des Pferdes gegangen waren und wie es einen Augenblick so ausgesehen hatte, als würde es sich ein allerletztes Mal aufbäumen oder als würde es nach links und rechts gleichzeitig ausbrechen, während es schon in den Knien einknickte, und seither wusste ich, wie ich sterben wollte. Es war ein windiger Tag gewesen, mit schnell wechselnden Wolken am Himmel und wild über die Graslandschaft fliegenden Schatten, und während ich mich daran erinnerte, wie Stephen sich neben den Kopf des Tieres gekniet hatte, versuchte ich in Worte zu fassen, was mich jetzt bewegte.

»Muss ich mir eine Pistole besorgen?« sagte ich schließlich. »Ich will nicht wie ein Mensch sterben, ich will wie ein Tier ...«

Dann schaffte ich gerade noch einen Satz, der es nicht besser machte und von dem ich selbst gar nicht gewusst hatte, dass er in mir steckte und offenbar bei erster Gelegenheit heraus musste.

»Ich will ungetröstet sterben.«

Die Korrektur flüsterte ich nur mehr.

»Untröstlich, Frau Doktor!«

»Ach, kommen Sie!« sagte sie. »Seien Sie nicht so förmlich. ›Frau Doktor!‹ Sie tun ja so, als hätten Sie Angst, mir zu nahe zu treten.«

Sie gab sich ein wenig angeekelt.

»Wenn Sie sich nur einen Augenblick selbst zuhörten! Sie sind mir ein Pathetiker. Als würde Sie jemand danach fragen, ob Sie getröstet oder ungetröstet sterben wollen. Sie wissen ganz genau, dass Sie alles von mir haben können, nur nicht mein Mitleid. Außerdem kann es nicht so schlecht um Sie stehen, wenn Sie sich darüber Gedanken machen.«

Jetzt schüttelte sie den Kopf.

»Und eine Pistole?« sagte sie dann. »Was wollen Sie mit einer Pistole? Damit hinterlassen Sie doch nur eine Riesensauerei. Es gibt andere Wege.«

Seither war eine neue Vertrautheit zwischen uns, und ich hatte sie längst gefragt, wie *sie* es machen würde, und sie hatte mir geantwortet, und ich kannte jetzt einen Weg, der keine Riesensauerei war, und meine Gänge zu der Ärztin waren unbelastet, ja, ich freute mich darauf. Die Termine waren immer um elf Uhr am Vormittag, und ich hatte Zeit zu bummeln, bevor ich auf das Haus mit dem einschüchternden, zu beiden Seiten von Säulenfiguren flankierten Treppenaufgang zuging und die Praxis betrat, in der es vielleicht ein paar Sonnenaufgänge und Sonnenuntergänge zuviel an den Wänden gab, aber eine angenehm wattierte Ruhe herrschte. Im Empfangsraum hätte auch ein etwas esoterisch angehauchtes Reisebüro beginnen können, und im Wartezimmer saß immer ein Leidgeplagter, der mir zunickte, als würde er, je nachdem, Hoffnung daraus schöpfen, dass es um mich schlimmer oder ähnlich schlimm oder weniger schlimm stand als um ihn, es müsse ihn nur jemand darüber informieren. Ich gab meinen Urin und mein Blut ab und legte mich im Behandlungsraum auf die Pritsche, zerrte mein Hemd hoch, meine Hose hinunter und sah zu, wie die Ärztin mit dem Ultraschallkopf über meine Bauchdecke fuhr und auf dem Computer die Bilder betrachtete. Danach bat sie mich, mich zur Seite zu drehen, die Knie anzuziehen, zwängte und schob mir zuerst den behandschuhten und eingegelten Finger und dann die Sonde in den Anus, und ob es stimmte oder nicht, ich hatte den Eindruck, wir führten in dieser Situation alle drei Monate genau das gleiche Gespräch. Ich hatte ihr von meinen langen Fahrten im amerikanischen Westen vorgeschwärmt, und sie fand jedesmal einen Weg, darauf zurückzukommen, und wenn ihr kein anderer Übergang einfiel, sagte sie einfach: »Erzählen Sie mir von der Prärie«, und sie hätte genausogut eine Therapeutin oder eine Domina sein können, und vielleicht war das ja auch der Sinn der Übung.

Ich fragte mich dann immer, ob sie etwas in ihrem Computer stehen hatte, ob neben meinem Namen ein Vermerk war, der sie von Mal zu Mal darauf aufmerksam machte, wie neben anderen Namen vielleicht stand: »Schwadroniert gern von seiner Kindheit«, »Erinnert sich am liebsten an seine Jahre als Baggerfahrer«, »Keine Fragen stellen, verbissener Schweiger«, und es war mir peinlich, mit so einfachen Mitteln durchschaut zu sein, ich erzählte aber trotzdem. Sie saß dann auf ihrem Hocker neben der Pritsche, reichte mir ein Stück Papier zum Abwischen des Gels und beugte sich schon wieder über die Tastatur, hackte mit spitzen Zeigefingern auf sie ein. Dabei blickte ich auf ihren Rücken, unsicher, ob sie mir richtig zuhörte, und wenn ich mich später zu erinnern versuchte, was ich gesagt hatte, zerfiel das Gesagte in der Erinnerung, und übrig blieb nur ein Dialog, den ich so nie mit ihr geführt haben konnte, der aber in meiner Phantasie immer mehr Platz einnahm.

»Soll ich Ihnen erzählen, wie der Himmel dort ist?«

Die Ärztin nickte.

»Soll ich Ihnen das Licht beschreiben?«

Wieder nickte sie nur, und ich sagte, es sei ein Licht, in dem alles kräftiger und vergänglicher zugleich erscheine, ein dickes, sämiges Licht, das einen umhülle und am Abend Schatten werfe bis in die Unendlichkeit.

»Stellen Sie sich vor, Sie kommen auf eine Anhöhe und sehen am Horizont weit unter sich blau schimmernd die Berge«, sagte ich. »Sie fahren darauf zu, und die längste Zeit scheint sich nichts an der Perspektive zu ändern.«

»Sie meinen, oben ist unten, und unten ist oben?«

»Ja« sagte ich. »Es kann den Anschein erwecken. Soll ich Ihnen vom Wind erzählen, der das Gras in langen

Wellen bewegt? Sie müssen ihn sich warm vorstellen, ein unaufhörliches Wehen.«

»Das heißt, Sie reden vom Sommer?«

»Nein«, sagte ich. »Es muss Herbst sein, nicht mehr früh, Ende Oktober, Anfang November. Sie müssen das Auto irgendwo auf offener Strecke stehenlassen, ein Stück in die Landschaft hineingehen und sich dort auf den Boden legen. Dann streicht der Wind über Sie hinweg, und Sie spüren die Wärme.«

»Sagen Sie mir, wo?«

»Es gibt in Minnesota eine Stelle …«

»In Minnesota?«

»Ja«, sagte ich. »Es gibt dort eine Stelle, nicht weit von der Grenze zu North Dakota, wo ich einmal spät im Jahr viele Stunden lang so im Gras gelegen bin. Drei Tage danach war sie unter dem ersten Schnee begraben, mindestens einen halben Meter. Ich bin eigens noch einmal hingefahren und habe nur mehr ungefähr sagen können, wo es gewesen sein muss.«

Meine Vorstellungen waren eindeutig, und was auch immer ich ihr sonst sagte, sie erklärten sich von allein. Zum Abschied schüttelte sie mir die Hand, und wenn das Wort einmal richtig verwendet war, dann bei ihr, denn sie schüttelte wirklich, ein kräftiges Auf und Ab, und sah mir dabei in die Augen. Manchmal blieb ich draußen eine Weile auf der Treppe stehen, und jedesmal flammte kurz der Wunsch in mir auf, zu ihr zurückzugehen und sie um eine Zigarette zu bitten, aber ich tat es kein einziges Mal. Ich hatte mich immer über die Wahrnehmung von Schriftstellern gewundert, die ihren Blick einfach nach außen richteten, wenn ihnen gar nichts mehr einfiel, die Kamera auf Weitwinkel stellten und ihrer inneren Leere mit einer Beschreibungswut begegneten, die mir stets beliebig erschienen war, aber an allen Tagen, an denen ich meine Termine hatte, kurz vor Mittag, auf den Stufen vor der Praxis von Frau Dr. Maier, war ich auf genau diesen Modus zurückgeworfen, und ich hätte endlos aufzählen können, was vor meinen Augen geschah. Bei den paar Hörbüchern, die ich eingelesen hatte, hatte ich diese Stellen immer mit routinierter Gelangweiltheit abgetan, aber jetzt erschienen mir die Dinge so wenig selbstverständlich, dass es schon eine aufregende Aussage war, ihre Existenz zu behaupten oder ihnen Namen zu geben, wie für ein Kind, das sich erst in der Welt zu bewegen lernt.

Solange Luzie noch in der Schule gewesen war, hatte ich gewartet, bis ihr Unterricht zu Ende war, aber seither brauchte ich nicht mehr zu warten und rief sie direkt an. Ich fragte sie, wie es ihr ging, und sie wollte jedesmal wissen, warum ich mich bei ihr meldete, und meine Antwort war stets: »Einfach so«, oder dass ich Sehnsucht gehabt hätte, sie zu hören. Danach erkundigte sie sich, wo ich sei und was ich mit dem Tag noch vorhätte, und ich wusste es nicht, konnte das aber vor ihr nicht eingestehen und erfand etwas, und das war dann das, was ich vorhatte. Ich sagte, dass ich noch auf einen Sprung im

Theater vorbeischauen oder dass ich einen Freund treffen würde, und obwohl ich ohne sie gar nicht auf die Idee gekommen wäre, das zu tun, tat ich es, weil ich es zu ihr gesagt hatte und weil ich ihr Vater war und vorausgehen musste, und wusste so wieder, wie man einen Fuß vor den anderen setzt.

WARUM ALLES ANDERS IST II

Maja Felder

Zu den Dingen, von denen ich nie geglaubt hätte, dass ich jemals über sie sprechen würde, gehört auch meine Geschichte mit Maja, die mir, je länger sie zurückliegt, um so ausgedachter und um so unverdienter erscheint. Ich weiß, »Dinge«, ich weiß, »Geschichte«, beides keine adäquaten Ausdrücke, und erst recht nicht »meine Geschichte«, weil das ja bedeuten würde, dass ich sie unter Kontrolle gehabt hätte, aber irgendwo und irgendwie muss ich ja beginnen, wenn ich nicht im trüben fischen oder mich in wolkigem Pathos verlieren will. Denn ein anderer Anfang wäre, dass ich vom ersten Augenblick an das Ende im Kopf hatte, es ebenso fürchtete, wie ich es herbeisehnte, damit ich es nicht mehr zu fürchten hätte, weil ich wusste, dass mein Leben danach nicht mehr dasselbe wäre, oder noch schlimmer, dass es nicht *mein* Leben wäre oder dass ich danach endgültig nicht mehr wüsste, wie leben.

Die Unglaublichkeit des Ganzen begann damit, dass ich schon eine andere Frau gleichen Namens kannte, als ich Maja kennenlernte, und mit gleichen Namens meine ich Vorname und Nachname gleich. Sie war die Tochter einer Freundin, mit der ich vor Riccarda ein paar Monate zusammengelebt hatte, und wenn man nur nach dem Kalender ging und die entsprechenden Rechnungen anstellte, fehlten ganze vier Monate, dass sie auch meine Tochter hätte sein können. Was sich wie die todbringende Verstrickung in einer griechischen Tragödie anhört, war purer Zufall, und doch war damit nicht nur von Anfang an ein unsichtbares Band zwischen uns, sondern auch eine Verschiebung ins Phantastische, ins Fiktive und alle Vernunft und Logik Sprengende, als ich Maja vorgestellt wurde und ihr sofort davon erzählte.

»Du bist die zweite Maja Felder in meinem Leben«, sagte ich ein wenig unbeholfen und unsicher, ob ich sie nicht besser gesiezt hätte, um vor ihr nicht wie einer dieser wurschtigen Schauspieler aus einer anderen Zeit zu erscheinen, die in ihrer ganzen Verschlurftheit etwas unangenehm Paschahaftes hatten. »Ich kenne schon eine, die so heißt.«

Es war bei der Vorbesprechung zu einem Film fürs Fernsehen, zu dem ich mich gegen meine Prinzipien hatte überreden lassen. Ich sollte in einer Folge einer Serie einen Kommissar spielen, der aushilfsweise für einen kranken Kollegen einsprang, und sie war dessen Assistentin, alles nicht der Rede wert, aber plötzlich stand sie vor mir, grüne Augen, groß und weit auseinanderstehend, im richtigen Licht raubtierhaft gelblich und wie abgestimmt auf ihr Haar. Sie sah mich an, und in ihrem

Blick war eine Konzentriertheit, als würde ihr Hirn gerade die Datenbank ihrer Erfahrungen rastern, und zu keinem Ergebnis kommen, wie der Satz einzuschätzen war. Mit ihrer Brille hatte sie ein Kindergesicht, neugierig, fragend und auf himmelschreiende Weise offen, so dass ich mir vorstellen konnte, welche Projektionen sie auf sich zog.

»Den gleichen Namen oder denselben«, sagte sie spitzfindig. »Ich hoffe, du weißt, dass das ein Unterschied ist. Noch eine Maja Felder also. Du scheinst in einer wunderbaren Welt zu leben. Wie ist die andere denn? Genauso klug und schön wie ich? Offen gesagt kann ich mir das nicht vorstellen und du dir hoffentlich auch nicht. Du machst mir jetzt besser schnell ein Kompliment. Sonst muss ich annehmen, du willst mir sagen, dass es noch eine wie mich gibt, und wir haben ein Problem.«

Ich hatte diese Direktheit nicht erwartet und lachte.

»Natürlich nicht!« sagte ich. »Wie soll das gehen? So viel Klugheit, so viel Schönheit! Wer würde wagen, so etwas zu behaupten?«

»Also bin ich das Original, und sie ist die Kopie.«

»Ich kenne sie schon länger als dich.«

»Aber das hat doch keine Bedeutung«, sagte sie. »Willst du mich mit solchen Banalitäten langweilen? Du kannst ja versuchen, mich kennenzulernen, aber mach bloß nicht den Fehler zu glauben, dass das einfach ist. Was soll ich dir von mir erzählen?«

Ich lachte wieder und tat zum ersten Mal das, was ich dann immer tat, wenn sie mich in Erstaunen versetze, und das war mehr oder weniger die Norm, ich sprach sie mit vollem Namen an.

»Langsam, langsam, Maja Felder«, sagte ich und merkte im selben Augenblick, dass mein Versuch, ihrer Schlagfertigkeit auf gleicher Ebene zu begegnen, scheitern musste. »Wer sagt, dass die Originale immer besser sind als die Kopien?«

Dann sagte ich ihr, wie ich zu meinem Namen gekommen war, und erzählte ihr die Geschichte meines Onkels Jakob, der sich ein Leben lang vor allen versteckt hatte.

»Ich bin selbst ein Zweiter.«

Sie sah mich an, als würde sie nicht verstehen, warum ich einen solchen Aufwand trieb, die Dinge noch weiter zu verkomplizieren, wenn sie schon kompliziert genug waren, und lachte gequält.

»Der ewige Zweite also?«

»Vielleicht auch der.«

»Ein ewiger Verlierer?«

»Kann schon sein.«

»Und auch noch stolz darauf?«

Ich schwieg und sah zu, wie sie lächelte, aufhörte zu lächeln und sofort wieder anfing, als hätte sie so viele Varianten zu Gebote, dass sie nicht gleich die passende fand.

»Meinetwegen«, sagte sie dann. »Aber wenn du daraus den Schluss ziehst, dass wir füreinander bestimmt sind, solltest du wissen, dass ich mit Verlierern nur Geduld aufbringe, wenn sie mit Charme und Stil von der Bildfläche verschwinden, und keine Gnade für die ewigen Jammerer unter ihnen habe, zu denen neunundneunzig von hundert gehören.«

Wir hatten bloß drei Drehtage zusammen, und sosehr ich mir Mühe gab, nicht zu spielen, als hinge alles allein von ihrem Urteil ab, so sehr tat ich es, und so sehr merkte sie es auch. Ich wusste nicht, woher der Ausdruck plötzlich kam, ich hatte ihn nie verwendet, aber sie war so jung, dass alles, was ich vor ihren Augen anstellte, mich im Handumdrehen in einen Hagestolz oder etwas verwandelte, das mit einem noch abgestorbeneren Wort belegt war, und sie wäre dann ein Springinsfeld gewesen. Sie verfolgte meine Auftritte mit spöttischer Geduld, und vor ihr hatte ich an diesem Punkt meiner Karriere paradoxerweise die Rolle des Anfängers, der sich bewähren musste, obwohl sie selbst gerade erst die Schauspielschule abgeschlossen hatte. Einmal vor einem Take, bei dem ich sie jovial darauf ansprechen sollte, dass sie für einen Frischling im Polizeidienst ganz schön viel Erfahrung habe, sagte sie flüsternd, wenn es mir nicht gelinge, diesen schwachsinnigen Satz vom Drehbuch weg in einen weniger schwachsinnigen abzuändern oder ihn wenigstens so zu unterlaufen, dass man mir den Selbstekel über die eigene Verschmocktheit anmerke, spreche sie nie mehr ein Wort mit mir. Dabei fixierte sie mich mit ihrem Blick, bis ich das Gefühl hatte, den Boden unter meinen Füßen zu verlieren, und nur mehr von diesem Blick gehalten wurde.

Vier Monate später spielte Maja die Salome in Salzburg, und ich fuhr hin. Das Stück wird heutzutage wenig aufgeführt, und ich wartete gespannt, was sie aus der Regieanweisung »Salome tanzt den Tanz der sieben Schleier« machen würde, und war erleichtert, dass es keine nackten Brüste zu sehen gab und dass stattdessen ein Paravent aufgestellt wurde und dahinter ein überlebensgroßes Schattentheater stattfand, reine Geometrie. Die Maud Allan in meinem ersten Film, immerhin eine der großen Salome-Tänzerinnen ihrer Zeit, war in ihrer Interpretation der Figur viel freizügiger gewesen, und ich hatte immer noch ihr Bild im Kopf, ein Gehänge von Perlenketten und Schnüren um Brüste und Bauch, Perlen im Haar, eine richtige Perlenverpanzerung vor der Scham zu einem durchsichtigen Stoff, der den Blick auf die Schenkel freigab, und weit ausladende, beschwörende Bewegungen um das vor ihr auf dem Boden liegende Haupt des Propheten, das sie für den Tanz gefordert hatte. Ich hatte das ganz und gar grässlich gefunden, ein alptraumhaftes Gewoge, wogegen Maja selbst die Salome gegen das Klischee der ewigen Verführerin spielte und ihr damit vielleicht nicht etwas Reines und Unschuldiges gab, aber sie wenigstens so fremd machte, dass es erträglich war.

Am Tag danach sah ich sie noch einmal in dem Stück und ein weiteres Mal in der Woche darauf. Ich saß immer am selben Platz, dritte Reihe ganz außen, und bei diesem letzten Mal kam sie nach dem Applaus direkt von der Bühne zu mir herunter. Dort hockte sie sich in ihrem tunikaartigen, weißen Kleid vor mich hin, das Gesicht bleich geschminkt, die Wimpern getuscht, die Augen brennend von der Aufregung des Spielens.

»Was machst du schon wieder hier?« sagte sie. »Ich habe dich die beiden letzten Male auch gesehen. Wartest du etwa darauf, dass ich mich irgendwann vielleicht doch noch ausziehe? Das kannst du vergessen.«

Sie hatte etwas von einer Hohepriesterin, die eine Weihehandlung im Tempel vollzieht, als sie nur drei Stunden später einen Joint baute und mich wieder mit diesem Blick fixierte, der jeden Hintergrund auslöschte, als gäbe es außer ihr nichts auf der Welt. Man musste um ein bisschen Gras nicht gleich einen Kult machen, ich hatte das Getue darum nie gemocht, aber jetzt spielte ich mit und war schon soweit, dass ich zu ihr sagte, sie könne mir jedes Gift injizieren und ich würde den Tod aus ihrer Hand willig und sehnsüchtig empfangen. Sie hatte mich zu einem Fest mitgenommen, zu dem sie eingeladen war, und irgendwo in anderen Räumen oder auch im selben Raum mussten andere Leute sein, aber andere Leute interessierten mich längst nicht mehr, von mir aus hätten sie auch gar nicht existieren können. Wie verlangsamt strich sie eines dieser überlangen Streichhölzer an, gab sich Feuer und wedelte es hin und her, ohne dass die Flamme erstickte, während sie den ersten Zug nahm.

Wir sprachen nicht und rauchten, und dann wandte sie sich zu mir und flüsterte, sie vermisse mich, und ich wusste, dass ich verloren war, aber ich wusste noch nicht, dass das genau die Empfindung werden würde, die ich in ihrer Anwesenheit fortan immer haben sollte. Ich vermisste sie, wenn sie bei mir war, und was da in mir abbrannte, merkte ich daran, dass ich, noch während die Dinge geschahen, Sehnsucht nach ihnen entwickelte, als wären sie längst vorbei und lägen unerreichbar in der Vergangenheit, ein rasender Taumel der Zeit. Das einzige, was ich dagegen hätte tun können, wäre mich totstellen gewesen, sonst war ich auf ewig allem gleichzeitig voraus und hinkte ihm hinterher, und vermutlich wusste sie das, so, wie sie mich ansah.

»Warum bist du bloß so elendiglich alt, Jakob?« sagte sie und sprach zum ersten Mal meinen Namen aus. »Das ist nicht nur ein Verbrechen. Es ist eine Grausamkeit und eine Sünde. Du solltest dafür bestraft werden.«

Die Frage stellte sie auch nach unserer ersten Nacht. Sie saß auf mir, ihre Brüste bleich im Morgenlicht, bleich und rund und spitz, und das Gesicht das Gesicht eines Clowns mit ihrer steilen Nase und dem immer wie zu einem Lächeln geschwungenen Mund. Davor hatte sie sich auf meinen Fuß gesetzt und, ihre Augen weit offen, mit einer Unbefangenheit daran auf und ab bewegt, dass ich sie betrachtet haben musste wie eine Außerirdische, oder vielleicht lag es an mir, und ich war der Außerirdische, der die Welt nicht verstand. Aus irgendeinem

Grund hatte sie ihre Brille auf, und das machte sie noch nackter, als sie war, auf schmerzhafte Weise dargeboten. Auf dem Rücken liegend konnte ich ihren Blick förmlich auf der Haut spüren, wie er über meinen Körper strich und dort ohne Zweifel für immer eine Spur hinterließ. Ich richtete mich auf den Ellbogen auf und versuchte zu sehen, was sie sah, meine Brust, meinen Bauch, meine Arme, den Ansatz der Beine, alles erst sanft angefasst vom Alter, alles noch vor jeder wirklichen Verheerung der Zeit, aber was ich nicht sehen konnte und was nur sie sah, war das, was sie im Theater einen verdammten Charakterkopf nannten, was aber in Wirklichkeit der Weißweinschädel eines Gerade-noch-nicht-Säufers und bald schon alten Mannes war, mit meinen Tränensäcken und Falten, dem grauen Bart und meinem rapide sich lichtenden Haar. Am liebsten hätte ich ihn unter einem Kissen versteckt, aber ich wagte nicht, mich zu rühren, wagte kaum, sie anzublicken, und legte schließlich meinen Arm über die Augen, halb wie um nicht von ihrer Jugend geblendet oder vielmehr erschlagen zu werden, halb wie ein Kind, das nicht entdeckt werden will, und gleichzeitig wie eines, das sich für sein eigenes Aussehen schämt.

»So übel machst du dich gar nicht«, sagte sie. »Wenn du auf dich achtgibst, hast du noch ein paar Jahre, aber ein bisschen Sport würde dir sicher nicht schaden.«

Damit schlug sie mir spielerisch ins Gesicht. Ich hatte den Schlag nicht kommen sehen, und es war auch kein richtiger Schlag, doch den zweiten, der ein Schlag war, sah ich, weil ich den Arm wieder weggenommen hatte. Er klatschte auf meine Wange und trieb mir Tränen in die Augen.

»Warum bist du bloß so alt?«

Sie schlug mich noch einmal in gestellter Verzweiflung, aber dahinter kam der Ernst durch, und dann sagte sie etwas, das selbst für sie, die immer für eine Überraschung gut war, jeden Rahmen sprengte.

»Ich ficke dich, bis du sechzig bist.«

Das hatte ich davon, dass ich am Vorabend ihre Generation die Pornogeneration genannt hatte. Ich hatte gesagt: »Du gehst nicht gerade akademisch vor, Maja Felder«, als sie ihre Hand in meinen Schritt gelegt hatte, und sie: »Wäre es dir lieber, wenn ich dich wie einen Pflegefall behandeln und nur ein bisschen mit dir kuscheln würde?«, und das wirkte noch nach. Sie agierte jetzt, als wollte sie sich dafür rächen, und kostete ihre Frivolität aus.

»Wenn du sechzig bist, bin ich dreißig«, sagte sie. »Ich habe genau zwei Monate nach dir Geburtstag. Das ist die Frist, falls du nicht vorher schon schlappmachst, Jakob. Ich fürchte, danach musst du schauen, wie du ohne mich zurechtkommst.«

Das war Maja, und es war beileibe nicht das einzige, was sie sagte, um die Illusion, die Jahre zwischen uns würden keine Rolle spielen, zerschellen zu lassen, noch bevor ich sie haben konnte. Sie sagte: »Dein Glück und dein Pech sind, dass du nichts zu verlieren hast außer mir«, sie sagte: »Ich scheine eine Schwäche für einsame, ältere Männer zu haben«, sie sagte: »Du kannst dich glücklich schätzen, so jemanden wie mich überhaupt noch zu bekommen«, aber sie sagte auch: »Ich muss vor dir sterben, sonst sterbe ich«, sie sagte: »Bleib immer bei mir«, und sie sagte: »Ich liebe dich.« Das sagte sie wie gegen ihren Willen, geradeso, als wäre sie selbst überrascht davon und könnte es nur kopfschüttelnd feststellen, und wenn ich das hinschreibe, kommt es mir im nachhinein vor, als sammelte ich Beweismaterial zu meiner Verteidigung in einem Prozess, den ich gegen mich selbst führe und in dem ich nur unterliegen kann. Das bestimmte auch meine Reaktion.

»Du liebst mich, Maja Felder?«

Ich zog das Wort so sehr in die Länge, wie ich konnte.

»Was willst du damit sagen?« sagte ich dann. »Und wenn du es wirklich sagen willst, sag mir, warum.«

Ich sah sie gleich durchdringend an, wie sonst sie mich ansah, wenn sie auf eine Antwort wartete, und hätte alles darum gegeben, meine Augen im Blick haben zu können.

»Hast du vergessen, wie elendiglich alt ich bin?«

Dann schwadronierte ich wieder von ihrer Generation und sagte, ich hätte gedacht, so etwas zu sagen, sei für sie vollkommen tabu. Wir saßen in einem Restaurant, und im nächsten Moment wurde sie so still, wie nur sie still werden konnte. Das war eine ihrer Eigenheiten, dieses Stillwerden, als würde sie nicht bloß sich selbst zum Schweigen bringen, sondern auch der Welt rundum jeden Laut entziehen, genauso wie bei ihren schwebenden Schritten, mit denen sie sich einem näherte und die ganze Umgebung in ein Beben und Zittern zu versetzen schien, worauf man Sekunde für Sekunde die Zeit spüren konnte, wie sie verging. Ich wandte meinen Blick von ihr ab und stieß mein Glas um, schaute untätig zu, wie der Wein das Tischtuch tränkte, und dann begann ich sie mit allem zu bewerfen, was ich in die Hände bekam, warf ihr den Korken an den Kopf, die Serviette, drohte mit dem Besteck und saß ihr schließlich leer gestikulierend gegenüber.

»Du bist verrückt, Maja Felder«, sagte ich. »Wenn du es zurücknehmen willst, nimm es zurück, und wir sprechen nie wieder davon.«

Das war auch der Abend, an dem sie in ihrer Wohnung lange am offenen Fenster stand und in den Regen hinausschaute. Gerade hatte sie noch zuerst nur mein Hemd und dann Hemd und Hose von mir angezogen und hatte mich auf eine Weise imitiert, dass ich wissen wollte, ob ich wirklich der Hochstapler war, als den sie mich darstellte. Ich hatte sie beobachtet und allein von ihren Schulterblättern den Blick nicht abzuwenden vermocht, in die man mit der ganzen Hand hineinfassen konnte. Danach war sie, bloß mit dem kürzesten T-Shirt bekleidet, vor mir auf und ab gegangen und hatte lachend ihre Posen für mich gemacht, einen Duckface, die

Lippen geschürzt, die Wangen eingezogen, die Stellung eines Pin-up-Girls mit weit hinausgestrecktem Hintern, das Gestakse eines Models. Sie hatte mich jedesmal gefragt: »Wie findest du mich?«, und ich hatte verträumt die Augen geschlossen und wieder geöffnet, ohne etwas zu erwidern, und lag jetzt auf dem Bett und sah ihr zu, wie sie eine Zigarette anzündete und rauchte. Meine Anwesenheit schien sie vergessen zu haben, und als sie später ihre Gitarre hervorholte und sang, bemühte ich mich, keinen Laut von mir zu geben. Sie hatte eine helle Mädchenstimme, und ihr Profil mit der wie nachträglich aufgesetzten Nase, die zu einem anderen Gesicht hätte gehören können, war wie ausgeschnitten vor dem Nachthimmel, das Bild einer orthodoxen Ikone. Ich war seit meiner Kindheit nie mehr so andächtig gewesen, das war das Wort, und als sie danach vor dem Kleiderständer Schatten boxte, ihr Geschlecht nackt und verletzlich, war es, als wollte sie die Dämonen wieder verscheuchen, die sie mit ihrem Singen heraufbeschworen hatte, oder noch schlimmer, die Engel, die viel gefährlicher waren. Dann setzte sie sich zu mir ans Bett, nahm meinen Kopf in ihren Schoß und sagte, wie es längst ihre Art war, ich müsse sie schon sehr lieben oder labil sein wie ein Lauch, noch viel älter, als ich eingestehe, oder alles zusammen, die ganze Malaise, wenn es so wenig brauche, mich um den Verstand zu bringen.

»Hast du geweint?«

Ich sagte nein.

»Und wenn ich es gesehen habe?«

Sie zeigte lachend mit dem Finger auf mich.

»Vielleicht hast du auch nur einen kleinen Schwächeanfall gehabt, wie Männer deines Alters sie nun einmal haben«, sagte sie dann. »Solange es kein ausgewachsener Herzinfarkt ist ... Ich würde dir nicht verzeihen, wenn du mir Scherereien bereitest und ich einen Krankenwagen rufen müsste. Also reiß dich ein bisschen zusammen.«

Jetzt versuchte auch ich zu lachen, aber es gelang mir nicht recht, und sie strich mir mit der Hand über die Stirn. Dann fing sie noch einmal an vor sich hin zu summen, und diesmal konnte ich nicht mehr so leicht sagen, dass ich nicht weinte oder zumindest nicht gern geweint hätte und sicher jederzeit hätte weinen können. Ich drehte meinen Kopf in ihrem Schoß, presste ihn zwischen ihre Schenkel und war mir der kahlen Stelle auf meinem Hinterkopf mit den verschorften und aufgekratzten Pusteln bewusst. Wie um sie nicht sehen zu müssen, ließ sie sich im selben Augenblick zurücksinken und rieb sich so heftig an meinem Gesicht, als wollte sie mir mit ihrer Scham die Nase brechen. Dann blieben wir in dieser Stellung liegen, bis ich frühmorgens aufbrach. Sie kam barfuß mit auf die Straße hinunter, immer noch nur in ihrem T-Shirt und einer übergestreiften Trainingshose, und als ich mich an der Kreuzung, bevor ich aus ihrem Blick verschwand, nach ihr umdrehte, regnete es noch immer, und sie schob im Licht einer Laterne ihr Leibchen hoch und stand mit nackten Brüsten da.

»Geh nicht fort!« rief sie über die ganze Länge der Straße, unbekümmert, ob jemand sie hören oder sehen konnte. »Du machst den Fehler deines Lebens.«

Doch ich lief fast ... Ich hatte den Satz in einer Erzählung gelesen und ihn nie wieder vergessen, weil ich augenblicklich gewusst hatte, dass er irgendwann auch für mich gelten würde ... Ich lief fast, wild und mit einer Freude, die mich seit Jahren einzuholen versucht hatte, und die mich jetzt erreichte.

Wir hatten fünf Monate zusammen, oder genauer, in diesen fünf Monaten zehn oder zwölf Mal eine oder zwei oder drei Nächte. Ich wollte genausowenig der alte Mann an der Seite eines jungen Mädchens sein wie sie das junge Mädchen an der Seite eines alten Mannes, kein schönes Bild, aus welcher Perspektive man es auch betrachten mochte, und alles, was zwischen uns war, geschah hinter verschlossenen und zweimal zugesperrten Türen. So strikt ich meine Vorkehrungen traf, dass niemand auch nur auf die Idee kam, wir könnten etwas miteinander haben, entwickelte sie bis auf dieses eine Mal auf der Straße, wo sie hinter mir hergerufen hatte, eine regelrechte Paranoia. Denn wenn ich die Unachtsamkeit beging und sie in der Öffentlichkeit berührte, und sei es nur ihre Fingerspitze mit meiner Fingerspitze, kaum dass sie es spürte, fuhr sie mich wild an. Selbst wenn weitum kein Mensch war, fühlte sie sich beobachtet, so dass ich mit ihr regelmäßig im unwegsamsten Gelände landete und mich fragte, was ich dort tat. Dann wieder waren wir unter Leuten, und sie bestand auf einem Sicherheitsabstand, als wäre ich ansteckend, und schenkte die Aufmerksamkeit, die sie mir entzog, dem Nächstbesten, der gerade da war und nicht wusste, wie ihm geschah. Wenn ich keinen Streit wollte, musste ich hinnehmen, dass ein Taxifahrer im Augenblick ebenso interessanter war als ich wie jeder zufällig getroffene Bekannte, und es kam natürlich vor, dass mich einer für ihren Vater oder sogar Großvater hielt, ein anderer für einen halben Kinderschänder und alle bestenfalls für eine Schwundstufe von Mann, der neben ihr nichts verloren hatte und, je nachdem, Mitleid oder Abscheu verdiente.

Dafür klammerte sie sich in den Nächten an mich wie ein Kind, ich spürte ihre Brüste an meinem Rücken, ich spürte ihren Bauch, ihre Beine, und in der Früh fand ich mich ganz am Rand des Bettes, und sie war fieberheiß, klebte immer noch an mir, hatte mich umschlungen, beide Hände auf meinem Herzen, und atmete ihren wütenden Atem in meinen Nacken. An anderen Morgen lag sie bis zum Kinn zugedeckt auf dem Rücken, und wenn nur ihr Kindergesicht unter den schweren Decken hervorragte, die sie für den Winter gekauft hatte, die Nase wie ein Pfeil in die Luft gerichtet, und ich ihre geschlossenen Augen sah, als hätte sie ihr jemand zugedrückt, erfasste mich jedesmal der gleiche Schreck, und ich war in der ersten Sekunde nicht sicher, ob nicht ich es gewesen war, und hätte sie am liebsten bei den Schultern gepackt und gerüttelt. Wenn sich unsere Körper einmal nicht berührten, machte sie Laute wie ein zu früh von seiner Mutter entwöhntes Hündchen, bis ich ihr meine Hand auf die Hüfte legte und sie augenblicklich weiterschlief, oder es gelang ihr trotzdem nicht, und sie steckte sich die Stöpsel in die Ohren und hörte die Bücher, die sie schon als Kind gehört hatte. Manchmal fuhr sie zitternd aus dem Schlaf hoch, richtete sich auf, schaute sich in der Dunkelheit um, als wäre mit uns noch jemand im Raum, und betrachtete mich eine Weile, als wüsste sie nicht, wer ich war, oder als hätte sie jemand anders erwartet, wenn ich das Licht anknipste. Dann schmiegte sie sich wieder an mich oder legte sich mit ihrem Kopf zu meinen Füßen und hielt sich dort fest, und es konnte Minuten dauern, bis ihr Zittern aufhörte.

Ich wusste fast nichts über sie, und sie erzählte von sich aus kaum etwas, außer dass sie in Wien wenig behütet in behüteten Verhältnissen aufgewachsen sei, wie sie sich ausdrückte, und als sie eines Tages sagte: »Du musst heute sehr grob mit mir sein«, wusste ich noch weniger. Sie war allein unterwegs gewesen und hatte einen ehemaligen Freund getroffen, und etwas an der Begegnung schien so schief für sie gegangen zu sein, dass sie vollkommen zerstört zurückkehrte und nicht aufhörte mit ihrem fatalistischen Reden. Sie sagte nicht, was geschehen war, sie sagte nicht einmal, was für ein Freund, sie sagte nur: »Ich bin ein Nichts und ein Niemand«, sie sagte: »Du solltest mich dementsprechend behandeln«, und in dem Augenblick sagte sie auch: »Mit so einer wie mir hätten sie nicht lange gefackelt«, und hatte auf mein Drängen die furchtbare Erklärung: »So eine wie ich wäre ins Gas gekommen.« Als sie danach mit hängenden Armen vor mir stand und sagte: »Worauf wartest du?«, und unmittelbar darauf: »Nimm mich, verdammt!«, zerriss etwas in mir, nicht so sehr wegen des Tons, sondern wegen des Ausdrucks, den ich nicht mit ihr zusammenbrachte und nicht mit ihr zusammenbringen wollte und der sich gleichzeitig in meinem Kopf verhakte.

Am Ende presste sie mich selbst mit aller Kraft an beiden Schultern ins Bett, wie sie es auch sonst immer getan hatte, wenn sie sich auf mir bewegte und mit Lauten, die am ehesten einem drohenden, immer drängenderen Knurren glichen, etwas in sich niederzudrücken versuchte, bis es sich nicht mehr niederdrücken ließ und sie über meiner Brust zusammenbrach.

»Sag es!« sagte sie. »Sag, dass du mich liebst!«

Ich sagte es ihr, und die Traurigkeit kam jetzt nicht von mir, sondern von ihr und überflutete mich.

»Ich liebe dich«, sagte ich. »Ich habe dich vom ersten Augenblick an geliebt. Doch es hilft nichts. Es ist nur eine andere Art des Unglücks.«

Sie beugte sich zu mir und küsste mich.

»Wie noch nie einer nie eine?«

»Ja«, sagte ich. »Wie noch keiner je ... Nicht einmal in Amerika und nicht einmal in den Filmen. Wie einer wie ich nur eine wie dich.«

Sie küsste mich wieder.

»Sag, dass du meine Maja bist!«

Das war eines unserer Rituale. Ich hatte einmal zu ihr gesagt, sooft sie sage, sie sei meine Maja, nehme mir das den Atem und gebe mir ihn doppelt zurück und ich wolle sofort umgekehrt ihre Maja für sie sein, und das war seither unser Spiel. Sie musste mich nur bitten, und ich bestätigte es ihr, und wir hatten längst Rede und Gegenrede entwickelt, die bis auf die letzte Silbe gleich blieben.

»Du weißt, wie sehr ich deine Maja bin.«

»Und vor meiner Zeit?«

»Ich bin es schon vor deiner Zeit gewesen.«

»Und nach deiner Zeit?«

»Ich werde es auch nach meiner Zeit sein.«

»Du wirst noch im Grab Sehnsucht nach mir haben?«

»Ich habe sie schon gehabt, als du nicht einmal auf der Welt warst, Maja Felder«, sagte ich. »Wie sollte ich sie da als Toter nicht haben?«

Zwei Tage später war es vorbei. Sosehr ich das Ende gefürchtet und gleichzeitig herbeigesehnt hatte, so wenig hatte ich es kommen sehen oder auch nur erwartet, jedenfalls so. Als sie mich anrief, um es mir zu sagen, hatte ich gerade sie anrufen wollen, um ihr einen Vorschlag zu machen, der so weit in die Zukunft hineinreichte, wie ich es bisher nie gewagt hatte, und kam mir allein schon deswegen wie der größte Narr vor. Sie hätte es vom Blatt ablesen können, so, wie es klang, auf eine Weise aufgeräumt, die ich von ihr nicht kannte, und ich hielt mich ganz am gelegentlichen Zittern ihrer Stimme fest.

»Tu mir bitte den Gefallen und stell keine Fragen«, sagte sie. »Du willst sicher den Grund wissen, aber es gibt keinen. Es ist nicht wegen der Jahre zwischen uns, oder nicht nur. Ich kann einfach nicht mehr.«

Ich hätte gern etwas Sinnvolles erwidert, aber es gab nichts Sinnvolles, und ich machte nur Worte.

»Schon ok, Maja Felder«, sagte ich. »Wir haben gewusst, dass es so kommen würde. Eher früher als später. Schließlich sind wir beide nicht ganz dumm.«

Das entlockte ihr ein Lachen, und sie schluckte.

»Ich bin es vielleicht schon.«

Sie setzte an, noch etwas zu sagen, schwieg aber, und mir wurde im selben Augenblick klar, dass ich immer nur auf ihrer Seite sein konnte, selbst wenn es zuletzt gegen mich ging.

»Dann bin ich es ganz sicher auch«, sagte ich, und das war alles, was ich sagen konnte. »Wie sollte ich es nicht sein?«

Von da an hörte ich nichts weiter von ihr und meldete mich selbst auch nicht bei ihr. Es war Herbst, und ich irrte mit dem anhaltenden Gefühl durch meine Tage, Staub und Splitter würden in Zeitlupe unaufhörlich auf mich herunterrieseln und ich wartete auf den Knall der Explosion, die sich irgendwann ereignet haben musste, oder hatte vielleicht auch nur mein Gehör verloren. Ihre Stimme fehlte mir am Morgen nach dem Wachwerden und am Abend vor dem Einschlafen. Sie hatte mich immer angerufen, wenn wir nicht zusammen waren, und ohne ihr »Bist du wach?« wusste ich nicht, wie ich wach werden, ohne ihr »Schläfst du?« nicht, wie ich einschlafen sollte, so dass ich lange weder jemals richtig wach war noch jemals richtig schlief. Ich wartete auf ihre Anrufe, die nicht kamen, steckte das Telefon unter das Kissen, legte den Kopf darauf und schrak mitten in der Nacht von einem eingebildeten Klingeln hoch.

Der erste Sinn, der beeinträchtigt wurde, war aber das Sehen. Denn ich wagte nicht mehr in den Spiegel zu schauen, weil ich Angst hatte vor dem Monster, das mir entgegenblicken würde. Es war nicht wegen meines Äußeren, nicht wegen der vielbeschworenen fehlenden Haare und den lächerlichen Kerben eines ganzen Lebens in meinem Gesicht, sondern wegen der Rolle, zu der ich fortan verdammt war und vor der Maja mich eine Weile bewahrt hatte. In ihrer Gegenwart hatte ich ein Niemand sein können, verwundbar nur mehr von ihr, unverwundbar von allen anderen, und jetzt blieb mir vielleicht nichts weiter, als mich an eine erbärmliche Ernsthaftigkeit und eine noch erbärmlichere Ehrwürdigkeit zu klammern wie alle, die keine Wahl hatten, und am Ende ein engstirniger alter Selbstdarsteller zu werden und das auch noch als Lebensleistung zu inszenieren. Dabei bestand der größte Betrug des Alters in seiner vermeintlichen Würde, weil sie nur dazu diente, die Leute, die daran glaubten, schon zu Lebzeiten unter einem Grabstein zu erdrücken und sie um alles Lebendige der letzten Jahre zu betrügen.

Wir hatten uns seit über sechs Monaten nicht mehr gesehen, als Maja mit der Salome ein Gastspiel in München hatte und ich mich entschied hinzufahren. Ich hatte zwei deutsche Tageszeitungen abonniert, die eine zum Lesen, die andere zum Durchblättern, und weil Maja in der Woche darauf eine Premiere in Hamburg hatte, nahmen das beide zum Anlass, ein Porträt von ihr zu bringen, und waren sich einig in ihrer Einschätzung, schon lange kein solches Talent mehr auf der Bühne erlebt zu haben, unverfälscht, unverfroren und roh. Sie sagten ihr einmütig eine große Zukunft voraus, und ich konnte mich lange nicht von den viertelseitigen Fotos losreißen, mit denen sie ihre Artikel begleiteten. Auf dem einen schaute mir Maja mit der gleichen Ungeschütztheit entgegen, mit der sie sich an dem Tag Tausenden von Zeitungslesern präsentierte, und es war eines dieser wie von innen leuchtenden Gesichter, in seiner Frische eine ganz eigene Kategorie neben so vielen anderen, die sich leicht einordnen ließen und von denen man bereits beim ersten Anblick dachte, man hätte sie schon hundertmal vor Augen gehabt. Als müsste die große Erkenntnis bei ihr erst noch einsetzen, schien sie zu schwanken zwischen Noch-nicht-Wissen und Staunen, was ihr alles möglich war. Das andere war ein Halbprofil, und der Fotograf hatte es geschafft, ihr etwas verträumt Abwesendes zu geben, was ganz und gar nicht ihrem Wesen entsprach.

Maja saß, ihre Hände aufeinandergelegt, vor einer Säule, hatte den Kopf leicht gehoben, und ich konnte mir vorstellen, wie sie in der Situation ihren Unmut kaum zu unterdrücken vermocht hatte und am liebsten auf der Stelle aufgesprungen und davongelaufen wäre.

Dabei war meine Distanz zu ihr schon so groß, dass ich noch einmal erschrak, obwohl ich geglaubt hatte, jeglichen Schreck hinter mir zu haben, und auf der Fahrt merkte ich, wie die Vorfreude mehr und mehr einem anderen Gefühl Platz machte, für das ich zuerst kein Wort hatte, und als ich es hatte, war es längst eine erstickende Scheu. Ich hatte zwei Stunden mit meiner Garderobe gebraucht, bis endlich alles passte, aber das änderte nichts an dem Blick, mit dem ich mich jetzt selber wahrnahm. Hatte es mit den Fotos von Maja in den Zeitungen zu tun? Jedenfalls konnte ich mir nicht mehr vorstellen, dass ich derjenige sein sollte, der sie einmal in den Armen gehalten hatte, und als ich ankam, erschien ich mir wie ein Überbleibsel aus einer anderen Zeit und wie in der falschen Welt und wäre am liebsten sofort umgekehrt. Ich hatte wie die drei Mal in Salzburg ein Ticket für die dritte Reihe ganz außen gekauft und gehofft, sie würde dort hinschauen und sich freuen, wenn sie mich sah, aber recht bedacht wirkte das auf mich wie eine einzige Aufdringlichkeit, und ich wusste, dass ich das Parkett gar nicht erst betreten durfte.

In der Straße, die auf das Theater zuführte, waren an den Laternenpfählen Plakate befestigt, die ihr Bild zeigten, und vor der Fassade hing vom Giebel bis zum Boden ein Transparent mit ihrem Konterfei, von dem sie aus der Höhe auf das ankommende Publikum herunterschaute. Zu sagen, sie sah aus wie eine Göttin, war ein Klischee, aber alles andere wäre blasphemisch gewesen und auch nicht besser. Sie hatte das tunikaartige, weiße Kleid aus der Salzburger Aufführung an und saß auf einer Art Thron, als würde sie über die Herbeiströmenden zu Gericht sitzen und die Guten von den Schlechten scheiden oder vielmehr diejenigen, die noch in Frage kamen, von denen, die das nicht mehr taten.

Eine Weile stand ich in der Schlange der Wartenden und blickte zu ihr hinauf, und als ich mich umschaute, sah ich, dass viele in meinem Alter oder noch älter waren und unter dem Bild insgesamt einen tristen, grauen Eindruck machten. Sie hatten ihre Blicke auch auf sie gerichtet, und während ich mich wieder erinnerte, wie Maja einmal darüber geredet hatte, wie sehr man als Schauspielerin dem Begehren von Fremden ausgesetzt sei, nur geschützt durch das Künstliche der Situation, dachte ich, dass ich jetzt selbst einer dieser Fremden war, der sich nicht einmal mehr erlaubte, sie zu begehren. Ich war bereits auf dem Rückzug, als ich Fetzen aus dem Gespräch von zwei Frauen aufschnappte, die sich beäugten, als müssten sie sich gegenseitig in Schach halten, um nicht schreiend aus der Reihe auszubrechen und sich in einen Fauxpas zu retten. Sie waren beide in ihren späten Fünfzigern, und als die eine die andere fragte, was für eine Art Mann sie sich zu Maja vorstellen könne, sagte die, vorstellen könne sie sich vieles, von der großen Liebe bis zum klebrigsten Sugardaddy, der ihr den Arsch pudere, aber wenn sie dieses Wunderwesen ansehe, hoffe sie, dass es kein Mann sei, sondern eine Frau. Die grobe Formulierung war wahrscheinlich gewollt zweideutig, doch ich hatte ohnehin schon meinen Kragen aufgestellt wie ein Verbrecher und blickte mich um, als suchte ich nach dem nächsten Unterschlupf, in dem ich mich vor aller Welt verstecken könnte, selbst wenn ich noch ein paar Monate hatte, bevor ich sechzig war und mich wohl endgültig ins Verschwinden einrichten musste.

Ende

EIN KIND IM WINTER

Die Feier in meinem Heimatdorf hätte ich natürlich mit allen Mitteln verhindern müssen, und ich war nur selber schuld, dass ich mich am Ende doch einverstanden erklärt hatte. Es sollte einen kleinen Festakt vor der Kirche geben und am Abend ein Essen in meiner eigenen Hütte, dem Haus im Skigebiet, das ich von meiner Großmutter geerbt und seither verpachtet hatte und das man für den Anlass mieten wollte, eine geschlossene Gesellschaft mit Überraschungsgästen. Ich hatte mich zuerst dagegen gesträubt und mich dann doch breitschlagen lassen, sei es aus Sentimentalität, sei es aus einer perversen Konsequenz, das Schlimme, das ich für diesen Geburtstag ohnehin fürchtete, von vornherein mit dem Allerschlimmsten zu übertreffen und so gleichzeitig zu unterlaufen, eine Katharsis oder wie man es nennen mochte, ein reinigender Gang durch die Hölle, nach dem mir jedenfalls auf dieser Welt nichts mehr passieren konnte.

Ich war seit nahezu zehn Jahren nicht mehr dort gewesen, und das hatte mit zwei Ereignissen zu tun, einerseits mit dem Streit, den ich mit meinem Bruder bei einem Abendessen bald nach dem Begräbnis unserer Eltern gehabt hatte, andererseits mit einem Interview nicht lange danach, bei dem mir einem Journalisten gegenüber der Satz herausgerutscht war, meine Leute seien alle Faschisten. Zwar hatte ich ihn gebeten, mich nicht damit zu zitieren, aber so war es dann in der Zeitung gestanden, und zu meiner größten Scham über die Aussage, die nur allzuoft so inflationär eingesetzt wurde, dass es fast jeden treffen konnte, war der Schaden gekommen, dass man mich fortan für einen Nestbeschmutzer der übelsten Sorte hielt. In dem Gespräch hatte ich auch über die furchtbare Ich-kaufe-dich-Mentalität geredet, in der ich aufgewachsen war, die damit verbundene Stigmatisierung, die nichts anderes als eine Du-bist-nichts-wert-Zuschreibung bedeutete, und hatte die mythenumrankte Anekdote erzählt, wie mein Großvater, ein bettelarmer Bergbauer, der in Wahrheit als Schmuggler schon ein kleines Vermögen zusammengetragen hatte, zu seinem ersten Hotel gekommen war, Grundstock für die anderen Hotels, die Skilifte und was er sonst später noch alles erwarb. Er hatte es beim Kartenspiel gewonnen, und ich war als Kind immer stolz auf seine Gerissenheit gewesen, obwohl es keinen Grund gab, stolz darauf zu sein, wenn man die Geschichte zu Ende hörte. Denn der vormalige Besitzer, ein Mann mit vier Kindern, für den Spielschulden natürlich Ehrenschulden waren und auf der Stelle erstattet werden mussten, war nach dem schmachvollen Verlust noch in derselben Nacht in den Wald gegangen und hatte das einzige getan, was ihm zu tun blieb, er hatte unter einem Baum zwei Kerzen und ein Kreuz aufgestellt und sich darüber erhängt.

Dass es mir bei dem Interview überhaupt eingefallen war, ein solches Verdikt auszusprechen, hatte natürlich mit dem Zusammenstoß mit meinem Bruder zu tun gehabt, aber ich hätte mich seither am liebsten tausendmal dafür entschuldigt. Wir hatten uns darüber gestritten, ob es ein Unfall war, bei dem unsere Eltern ums Leben gekommen waren, oder ob unser Vater auf der Passstraße zur Grenze, die er eigentlich blind kannte, an einer Serpentine absichtlich geradeaus gefahren war, weil ihm nach einer Steuerprüfung eine Haftstrafe drohte, und natürlich war es auch um das Erbe gegangen. Ich hatte zu meinem Bruder gesagt, er solle mir eine Summe nennen und ich sei aus dem Spiel, einen Betrag nach seinem Gutdünken, und er hatte erwidert, was für eine Summe, die Hinterlassenschaft bestehe aus Schulden und Schulden, was ich überhaupt wolle, die Hotels und Skilifte seien bei den Banken verpfändet, auf allem der Kuckuck, man könne sie abwracken, die Summe, die er mir nennen müsse, sei null, und am Ende stritten wir uns sogar darüber, wer das Essen zahle. Er bot sich an, ich bot mich an, und nach einem zähen Hin und Her wegen umgerechnet hundertfünfzig Euro oder wieviel es war hatte mein Bruder plötzlich einen Barhocker in der Hand, schwang ihn drohend über seinem Kopf und schrie: »Du zahlst gar nichts!«, schrie als der Jüngere, der trotzdem das Sagen hatte: »Eh' du warst, war ich!«, wie es die Betrunkenen im Dorf schrien, wenn sie ihr Recht forderten, ein Satz immer in schneidendem Hochdeutsch mitten im wüstesten Dialekt, schrie: »Ich zahle, und du hältst dein Maul und gehst scheißen!«

Ich hatte seither nicht mit ihm gesprochen, und auch mit meiner Schwester nicht, die in allem loyal zu ihm stand, und obwohl ich weder ihn noch sie aufsuchen wollte, war es für sie doch ein Schock, als ich schon am Abend vor der Feier mit Luzie ankam und sie die Straßenseite wechselte, kaum dass sie mich bei unserem ersten Gang durch das Dorf sah. Ihr Blick war unmissverständlich, Entsetzen und Ablehnung, ja, offene Wut und genau die traurige Verhärtung, der fast keine Frau in der Gegend entkam, wenn sie überleben wollte und in ihrem Kampf ums Überleben innerlich krepierte. Ich brauchte gar nicht erst zu versuchen, hinter ihr herzueilen, sie würde mir Vorwürfe machen, die weniger mit dem Interview zu tun hatten als mit der Tatsache, dass ich weggegangen war und nicht nur alle im Stich gelassen hatte, sondern als Schauspieler auch noch den feinen Max hervorkehrte. Deshalb blieb ich augenblicklich stehen und schaute ihr nach, bis sie hinter der nächsten Ecke verschwand. Sie war zweimal verheiratet gewesen, zuerst mit einem Polizisten, der sie unter seiner Knute gehabt hatte, danach mit einem windigen Geschäftsmann aus Deutschland, der mit einem Millionenbetrag durchgebrannt war und sie sitzenlassen hatte, und wieder allein auf der Welt, hatte sie von Männern genug und wollte nichts von mir wissen.

Ich war froh, dass Luzie mit mir gekommen war und jetzt neben mir stehenblieb und nach meiner Hand griff. Sie hatte mir die ganze Zeit zugeredet, die Einladung anzunehmen, und einer der Gründe, es zu guter Letzt zu tun, war tatsächlich gewesen, dass sie eingewilligt hatte, sie werde mich begleiten, schließlich wolle sie selbst endlich begreifen, warum ich ihr immer vorenthalten hätte, woher ich stammte, so schlimm könne es nicht sein. An die beiden Male, die sie mit mir als Kind im Dorf gewesen war, erinnerte sie sich nicht, aber sie erinnerte sich natürlich daran, wie sehr ich es von Mal zu Mal ausgeschlossen hatte, wenn sie mich gefragt hatte, warum wir eigentlich nie mehr dorthin führen, ich täte ja geradeso, als ob sie beim geringsten Kontakt Schaden für ihr Leben nehmen würde, der nie wiedergutzumachen wäre. Sie hatte gesagt, sie wolle sich das selbst einmal anschauen, und vielleicht könne sie bei der Gelegenheit endlich auch meinen Onkel Jakob kennenlernen, wenn ich schon eine solche Panik hätte, dass sie nach ihm geraten sei. Ich war von ihrer Hellsichtigkeit so überrumpelt gewesen, dass ich nichts erwidert hatte, und auch jetzt versetzte mich in Erstaunen, was sie aus der fehlgeschlagenen Begegnung mit meiner Schwester machte.

»Was erwartest du dir, Papa?« sagte sie. »Du stößt sie alle nach Belieben vor den Kopf, und sie sollen dich mit einem roten Teppich empfangen.«

Wir standen in der einbrechenden Dunkelheit auf der Straße, und ich war auf ein grundsätzliches Gespräch nicht gefasst, aber sie sagte dann etwas, das mich mitten ins Herz traf.

»Du weißt manchmal so wenig über dich, dass es erschreckend ist, wie du damit überhaupt hast so alt werden können.«

Ich lachte und versuchte es ins Halbernste zu ziehen.

»Dann klär mich doch auf, Luzie.«

»Ahnst du wirklich nicht, wovon ich spreche?«

Ich sagte nein, es sei denn, sie wolle mir sagen, was ich alles falsch im Leben gemacht hätte und da gäbe es einiges, aber sie ließ sich von meinem Sarkasmus nicht aus der Bahn werfen.

»Fällt dir nicht auf, dass du die Leute hier in einem fort verurteilst?« sagte sie. »Sie können dir nichts recht machen. Es ist, als würdest du dich für sie schämen. Du verzeihst dir nicht, einer von ihnen zu sein, weil du glaubst, dass dich draußen in der Welt deshalb alle für einen Barbaren halten.«

»Ich schäme mich nicht, Luzie.«

»Doch, Papa, du schämst dich für sie. Gleichzeitig bist du aber auch stolz darauf, von hier zu kommen und genau von diesen Leuten abzustammen. Du musst nur einen Abend mit deinen Kollegen im Theater zusammen sein, um sie augenblicklich daran zu erinnern, wie wenig du mit ihnen zu tun hast. Dann kannst du nicht genug Anekdoten von deinem Großvater mit seinen Hotels und Skiliften erzählen, um ihnen zu zeigen, dass dir ihre Welt im Grunde genommen egal ist. Sie sollen wissen, dass du, vor die Wahl gestellt, lieber ein Hinterwäldler bist als ein Feingeist oder gar ein sogenannter Künstler, und indirekt geht es immer um Geld.«

Sie schien einen Augenblick zu zögern, als wäre sie nicht sicher, ob sie es nicht besser gutsein lassen solle, kam dann aber um so entschiedener zum Ende.

»Ohne dein Geld hättest du Angst, ein Niemand zu sein«, sagte sie auf eine Weise selbstbewusst, als wäre sie immer schon jemand ganz anders gewesen, als ich mir zusammengereimt hatte, und gäbe sich fortan keine Mühe mehr, das zu verbergen. »Du machst dich lustig über die Leute hier, wenn sie zum Ausgehen ein paar Hunderter locker in die Hemdtasche stecken, um zu zeigen, wer sie sind, und bist selbst im Grunde nicht anders. Du lässt immer alle sofort wissen, dass du in jeder Lebenslage zahlen kannst und dass dir deshalb keiner blöd zu kommen braucht, Papa. Das scheint dir das wichtigste zu sein, und es ist so leicht durchschaubar, dass es weh tut.«

Ich widersprach ihr nicht, weil ich wusste, dass sie in vielem recht hatte. Sie hatte meine Hand losgelassen, und wir gingen die Hauptstraße entlang, zwischen den Hotels durch, die gerade erst für die Saison geöffnet hatten und deshalb nur spärlich beleuchtet waren. In ein paar Tagen würde der Rummel losgehen, es wäre vier Monate lang ein einziger Karneval, und sosehr mich das abstieß, sosehr ich überzeugt war, dass nur die unangenehmsten Leute hier zusammenkamen, um sich gegenseitig auf die Füße zu treten, so sehr mochte ich den Irrsinn, dass ich mit den drei Stützen für die Hauptbahn ins Skigebiet hinauf oder vielmehr mit der Vermietung der paar Quadratmeter Weidegrund, auf denen sie standen, in meinem Leben mehr Geld gemacht hatte als mit der Arbeit als Schauspieler. Dazu kam die Verpachtung meiner Hütte, bei der ich mich keinen Illusionen hingab, dass es ein feines Geschäft wäre, im Gegenteil, wenn nicht andere schon das Wort »Ballermann« für sich in Anspruch genommen hätten, hätte man es dafür erfinden müssen. Luzie hatte einen wunden Punkt getroffen, der gleichzeitig Teil meines Selbstverständnisses war, und das Finanzielle bedeutete da noch das wenigste. Ich hätte vielleicht gar nie im Theater auftreten können, wenn ich nicht diesen aberwitzigen Rückhalt gehabt hätte, ja, ich konnte wahrscheinlich überhaupt nur ein Teil der Kultur sein, solange ich das Bewusstsein hatte, dass ich es in Wirklichkeit nicht war oder jedenfalls nicht sein musste, ein Hochstapler und Betrüger, der sich dort nur eingeschlichen hatte, und neben meiner Tochter aussschreitend empfand ich plötzlich eine paradoxe Dankbarkeit für alles. Sie schwieg jetzt, aber sie sah mich von Zeit zu Zeit an, wie um zu überprüfen, ob ich ihr die klaren Worte übelnahm. Seit sie von ihrer Reise nach Amerika zurück war, gab sie sich zugänglicher, geradeso, als hätte sie einen Entschluss gefasst, es trotz all meiner Fehler mit mir auszuhalten, und das hatte uns immerhin hierhergebracht. Ich tat, als merkte ich nicht, wie sie mich musterte, und wenn sie einen Augenblick auf etwas anderes aufmerksam wurde, nutzte ich die Gelegenheit und schaute sie an. Sie hatte sich für unseren Ausflug einen Skioverall und Moonboots angezogen, aber der Schnee, auf den wir beide gehofft hatten, war bisher ausgeblieben und würde auch morgen nicht fallen.

Weil Luzie müde war, begleitete ich sie zu unserem Hotel und ging dann in die Bar, die mein Cousin betrieb, mit dem ich in meiner Schulzeit tagaus, tagein zusammengesteckt war. Es gab sie noch, aber für die regulären Besucher war es zu früh, und er stand allein hinter der Theke, als ich dort eintrat. Er hatte ein abgeschlossenes Mathematikstudium, dann aber entschieden, dass ein Angestelltenleben nichts für ihn sei und er sich lieber seine eigene Art und Weise suche, für andere den Idioten zu spielen. Die Bar hatte manchmal nur drei Monate geöffnet, weil er danach für das Jahr keine Einnahmen mehr brauchte und sich ganz seinen beiden Rennpferden zuwandte, die er sich als Hobby hielt, oder irgendwo auf der Welt in den Bergen unterwegs war.

»Du?« sagte er. »Soll ich es eine Freude nennen?«

Ich nahm Platz, und er zapfte mir wortlos ein Bier, und als es schon den Anschein hatte, dass das alles war, was er sagen wollte, sprach er mich doch darauf an, als wären seither nicht zehn Jahre vergangen.

»Wir sind also in deinen Augen alle Faschisten?«

Damit nahm er sich selbst ein Glas und stieß mit mir an, während ich nach den richtigen Worten suchte. Er war der einzige, dem gegenüber ich mich schuldig fühlte, nicht weil ich das damals gesagt hatte, sondern überhaupt. Ich hatte in keiner anderen Lebensphase mit jemandem so viel Zeit verbracht wie früher mit ihm, er war der Klügere und Begabtere gewesen und trotzdem hier geblieben, vielleicht war es das oder die Tatsache, dass ich ihm beim Indianerspielen einmal einen zugespitzten Holzpfeil ins Gesicht geschossen und sein Auge bloß um Millimeter verfehlt hatte. Das Blut war nur so hervorgespritzt, und seither stand dieses Entsetzen zwischen uns und, weil es gut ausgegangen war, für mich auch dieser immer neue Freispruch, diese ewige Erleichterung.

»Vergiss es«, sagte ich. »Du kannst dir denken, dass es nicht so gemeint war. Willst du mir das nach all den Jahren noch vorwerfen? Ich habe nie gewollt, dass es in der Zeitung steht.«

»Nicht so gemeint?«

Er zögerte ostentativ.

»Ich soll es vergessen?«

Zuerst dachte ich, er wolle mich imitieren, aber dann schien er sich nicht zwischen einem harten und einem sanften Ton entscheiden zu können und schwankte von Satz zu Satz hin und her. Dabei nahm er mich kopfschüttelnd in den Blick. Er hatte noch sein volles Haupthaar und schien mich mit meinem halb kahlen Schädel zu bemitleiden, der nur ein Beweis dafür sein konnte, dass ich meine eigenen Probleme hatte.

»Was kann daran nicht so gemeint sein? Alle Faschisten! Vielleicht stimmt es ja auch. Aber dann solltest du nicht so herumdrucksen! Ich habe seit zehn Jahren immer wieder Gäste hier, die es irgendwo aufgeschnappt haben und mich danach fragen, und du willst mir weismachen, dass es nicht so gemeint war?«

»Sie fragen ernsthaft?«

»Ja«, sagte er. »Sie wollen wissen, wie du darauf kommst. Du scheinst sonst eher nicht solche Skrupel zu haben, wenn es um den richtigen Umgang geht. Soviel schlimmer als die Kanaillen, mit denen du dich manchmal zusammentust, sind wir auch nicht.«

Ich fragte ihn nicht, worauf er damit anspielte, aber ich vermutete, es sei meine Geschichte mit Dubya, und als ich später im Bett lag, gingen mir seine Worte durch den Kopf, dass der große Anlass am nächsten Tag ein ziemlich einsames Ereignis werden könnte, weil viele Leute mir nachtrügen, was ich gesagt hätte. Zwar hatte es im Gemeinderat eine knappe Entscheidung für mich gegeben, aber wenn man sich umhörte, fanden die meisten es falsch, dass ich auch noch ausgezeichnet werden sollte, und beim Gedanken daran wollte ich nur alles schnell hinter mich bringen und überlegte sogar, ob ich mich nicht doch noch am besten im Schutz der Dunkelheit davonstahl. Erst vor drei Wochen hatte ich im Atlas nachgeschaut, wo genau die Datumsgrenze verlief und mir zum Spaß ausgemalt, rechtzeitig dorthin zu fliegen, um so viele Stunden wie nur möglich zu gewinnen, bevor ich ein Jahr älter wäre, nach Samoa, auf die Fidschi-Inseln oder auf die Aleuten, sofern es überhaupt Flüge zu diesen Destinationen gab, und jetzt wäre es mir am liebsten gewesen, wenn der ganze Tag gestrichen würde. Es müsste irgendwo entlang des hundertachtzigsten Längengrads eine Möglichkeit geben, zwischen Heute und Morgen verlorenzugehen, dachte ich, und mit diesem beruhigenden Gedanken schlief ich ein.

Der Festakt begann um elf Uhr am Vormittag, und ich erfuhr erst zwei Stunden davor, was als Höhepunkt geplant war. Es sollte eine Überraschung werden, aber der Besitzer unseres Hotels plauderte es aus, als ich mit Luzie beim Frühstück saß. Er kam zu uns und erkundigte sich gewunden nach unserem Befinden. Dann meinte er zuerst, dass es ein Problem gebe, was er mit dem merkwürdigen Füllsel »und Zeug und Plunder« ergänzte, das er dann nach jedem zweiten oder dritten Satz gebrauchte, und rückte zaghaft, als wäre es seine eigene Schuld, damit heraus, dass in der Nacht nur wenige Kilometer vor dem Dorf eine Mure abgegangen sei, ein Felssturz, und die Straße verschüttet habe. Er sagte, der Bus mit den Ehrengästen aus Innsbruck werde nicht mehr rechtzeitig ankommen, aber für irgendwann am Nachmittag erwartet, und dabei verwendete er mehrfach die Bezeichnung »Siebzehnsitzer«, so dass ich allein schon deshalb ein einziges Fiasko erwartete.

»Ich bin sicher, es wird auch so eine Riesensache werden«, sagte er und rieb sich die Hände, als würde es auch für ihn etwas abwerfen. »Eine solche Ehre wird den meisten erst nach ihrem Tod zuteil. Wer bekommt schon eine Statue zu Lebzeiten! Die haben sich da etwas Schönes einfallen lassen.«

Er war bereits wieder verschwunden, hatte dienstbeflissen seinen Abgang gemacht, als ich immer noch nicht glauben konnte, dass ich ihn richtig verstanden hatte.

»Hat er wirklich von einer Statue gesprochen?«

Luzie nickte und sah mich gleichzeitig mit einem halb belustigten, halb besorgten Ausdruck an. Sie hatte bis nach Mitternacht ferngesehen, war erst spät aus ihrem Zimmer gekommen und immer noch müde, aber wie delikat die Ankündigung war, entging ihr nicht. Jedenfalls rollte sie allen Ernstes die Augen, während ich mich nach wie vor gegen das Begreifen wehrte.

»Sie wollen eine Statue von mir einweihen?«

»Das ist, was er gesagt hat«, sagte sie und konnte ein Lachen nicht mehr unterdrücken. »Ich fürchte, da musst du durch, Papa.«

»Wollen die sich über mich lustig machen?«

»Ich glaube nicht«, sagte sie. »Sie sind eher stolz auf dich. Vielleicht mögen dich manche sogar, und so, wie du sie darstellst, denken sie sicher auch an das Geschäft. Immerhin können sie in Zukunft damit werben, das Heimatdorf des großen Schauspielers zu sein, der so blöd gewesen ist, eine Rolle auszuschlagen, die dann John Malkovich angenommen hat.«

»Aber eine Statue, Luzie?«

Ich bekam plötzlich keine Luft mehr.

»Das kann nur ein Jux sein.«

Wir wechselten noch eine Weile Argumente, ohne dass mich das wirklich beruhigte, und dann fand ich mich mit ihr stocksteif in der Dezemberkälte vor der Kirche wieder und sah zu, wie vor einem Publikum von vielleicht fünfzig Schaulustigen an der Friedhofsmauer tatsächlich meine eigene Statue enthüllt wurde. Ich hatte mich dort in meiner Schulzeit selbst schon verewigt, indem ich während einer langen Predigt mit einem Taschenmesser meine Initialen ins Chorgestühl geschnitten hatte, die immer noch zu sehen waren, und jetzt durfte ich auch in dieser neuen Gestalt auf ein Nachleben hoffen. Das Tuch wurde weggezogen, und ich stand meinem Doppelgänger gegenüber, eine Figur in einem grotesken Maßstab, der mich gerade um die paar Prozent verkleinerte, vielleicht zehn zu neun oder zehn zu neun Komma fünf, dass sie als Originalgröße durchging. Ich blinzelte nicht, sie blinzelte nicht, aber ich erkannte sofort, dass sie bei aller sonstigen Ähnlichkeit etwas mit den Augen hatte, und fragte Luzie, die neben mir stand, ob sie auch sehen konnte, was ich sah.

»Da stimmt doch etwas nicht«, sagte ich flüsternd, während ich sie mit dem Ellbogen anstieß. »Habe ich dir nicht gesagt, die wollen sich über mich lustig machen?«

Aus Kostengründen war die Statue in China angefertigt worden, und man konnte darüber hinwegsehen oder nicht, sie hatte eindeutig etwas mit den Augen, die Lidspalten so schmal, als hätte daran jemand noch eigens herummanipuliert, um es unmissverständlich sichtbar zu machen. Wäre mir das nicht selbst sofort aufgefallen, ich hätte es aus den Bemerkungen geschlossen, die rundum laut wurden, und noch während der Bürgermeister, der eine mit Fremdwörtern nur so gespickte Festrede hielt, vor sich hin orgelte: »Wir ehren heute einen großen Tiroler und Kosmopoliten«, und wie leid es ihm tue, dass der Bus mit den Ehrengästen aus Innsbruck aufgehalten worden sei, und dabei auch »Siebzehnsitzer« sagte, hörte ich den Unmut, zuerst nur leise, aber dann immer deutlicher, und sah die ausgestreckten Zeigefinger. Es gab längst Stimmen, die ihn drängten, selbst genauer hinzuschauen, doch er redete sich damit heraus, dass er um das Problem wisse, und versuchte sie zu beschwichtigen.

»Ich verstehe nicht, warum ihr so pingelig seid«, sagte er. »Wenn ihr mich fragt, sieht er in Bronze besser aus als in Wirklichkeit.«

Er hatte gleich im Anschluss noch einen Termin und versprach: »Wir werden es kurz und schmerzlos machen.« Dabei schaute er gutgelaunt in die Runde. Ich kannte auch ihn schon seit meiner Jugend, und als ich ihn vor Beginn der Veranstaltung gefragt hatte, wie es ihm gehe, war die Antwort »Sensationell!« gewesen, die das früher bei allen so beliebte »Gewaltig!« und das noch frühere »Spektakulär!« abgelöst hatte, und auch jetzt war er um die richtigen Worte nicht verlegen.

»Man hat mich erst vor wenigen Tagen darüber informiert. Solange man das Gesicht erkennt, geht die Welt doch nicht unter, und es ist alles paletti! Vielleicht können wir das ja auch noch reparieren.«

Ich sagte, wahrscheinlich wäre es einfacher, wenn ich mir umgekehrt selbst die Augen machen ließe, eine kleine kosmetische Operation, dass sie zu der Statue passten, und hatte die Lacher auf meiner Seite. Dann hielt ich meine eigene Rede, ein paar Dankesworte, und schüttelte Hände, und weil es so kalt war, begann sich die kleine Menge gleich darauf zu zerstreuen. Der Bürgermeister verbeugte sich eine Spur zu tief, bevor er ging, und als ich schließlich allein mit Luzie dastand, trat mein Cousin zu uns, der sich im Hintergrund gehalten hatte, und meinte, es ließe sich endlos diskutieren, ob das Ganze Unvermögen oder Absicht sei, aber es hätte alles auch viel schlimmer kommen können, was man als Erfolg werten müsse.

»Natürlich haben sie dich mit dieser elenden Mao-Statue verschaukelt«, sagte er. »Aber du bist nicht der einzige, dem das passiert ist.«

Im nächsten Augenblick behauptete er, dass derartige Eskapaden längst Mode seien und dass in den Dörfern rundum nicht nur jeder Feuerwehrhauptmann und jeder Tourismusdirektor einen solchen schaurigen Zwilling von sich selbst im Garten stehen habe, sondern tatsächlich jeder Saufkopf, der irgendwann in seinem Leben irgendeine offizielle Funktion innegehabt habe, und sie hätten alle diesen komischen asiatischen Einschlag. Das konnte bloß ein Scherz sein, doch er behielt den Ernst bei und sagte, bei manchen habe man den Eindruck, die Abweichung komme ihnen bestens zupass, weil sie sich mit ihrem untrüglichen Gespür dafür, was im Anmarsch sei, wieder einmal als erste auf die neuen Zeiten einstellten. Dann zog er den Schluss, wofür auch immer sie sich entschieden, es ändere nichts an meiner Einschätzung, und noch bevor er es aussprach, wusste ich, worauf er hinauswollte.

»Für dich bleiben sie trotzdem alle Faschisten.«

Er deutete auf die Statue, sah aber mich an.

»Du darfst dich von dieser Unsäglichkeit nicht unterkriegen lassen«, sagte er. »Zwar hat sie unverkennbar deine Züge, aber weißt du, wem sie wirklich gleicht?«

Ich nutzte die Gelegenheit, sie endlich genauer zu betrachten, und nahm erst jetzt das Schild mit meinem Namen wahr, und es war nicht der Name, mit dem ich in die Welt aufgebrochen war, sondern der unaussprechliche mit den vier aufeinanderfolgenden Konsonanten, den ich abgelegt hatte und mit dem sie mich so wieder heimholten und zu einem der Ihren machten.

»Nein«, sagte ich. »Wem soll sie gleichen?«

»Siehst du es denn nicht?«

Ich schüttelte den Kopf.

»Sie ist deinem Onkel Jakob wie aus dem Gesicht geschnitten. Dieselben hängenden Augenlider, derselbe Schlafzimmerblick. Sogar die Haare sind, mit Verlaub, seine Haare und nicht deine.«

Ich sah es beim besten Willen nicht, aber sei's drum,

mein Cousin bewirkte damit nur, dass Luzie noch einmal deutlicher den Wunsch äußerte, meinen Onkel Jakob kennenzulernen. Ich hatte gleich nach unserer Ankunft nach ihm gefragt, aber niemand hatte mir etwas Genaues sagen können, und wir hatten ihn bis dahin nicht zu Gesicht bekommen. Offenbar war er wieder einmal seit Wochen untergetaucht, wahrscheinlich in einem der Verstecke, die er sich in den Kellern eingerichtet hatte, und natürlich fand keiner etwas dabei, weil er auch früher oft wie vom Erdboden verschluckt gewesen war, wenn er allen aus dem Weg gehen wollte. Wahrscheinlich würden wir ihn leicht finden, wenn wir die Hotels meiner Eltern, die längst meinem Bruder gehörten, eines nach dem anderen abklapperten und uns nach ihm erkundigten, aber weil ich da unmöglich mitkonnte, stellte ich Luzie frei, es allein zu tun.

»Du kannst alles von mir verlangen, solange ich meinem Bruder nicht unter die Augen treten muss«, sagte ich. »Sie werden dich nicht auffressen, wenn du ihnen sagst, wer du bist, aber erwarte dir bloß keine Freundlichkeiten.«

Es hätte mich gewundert, wenn sie nicht augenblicklich losgezogen wäre, um nach ihm zu suchen. Ich blieb allein vor der Kirche zurück und versuchte mich an die letzten Male zu erinnern, die ich meinen Onkel Jakob gesehen hatte. Denn auf einmal wurde mir klar, wie sehr ich in den zehn Jahren, in denen ich meinen Leuten im Dorf aus dem Weg gegangen war, auch ihn vernachlässigt und damit das Vermächtnis meiner Großmutter, nach ihrem Tod auf ihn zu schauen, in den Wind geschlagen hatte. Wir hatten als Kinder nur hinter ihm herrufen müssen: »Jetzt kommen sie und holen dich!«, und er hatte sich tagelang nicht blicken lassen, ohne dass einer von uns gewusst hatte, woher der Spruch kam, und dass ich es inzwischen wusste oder jedenfalls zu wissen glaubte, seit ich die ganze Geschichte seiner Verschickung kannte, und jedes einzelne Mal bereute, das ich mitgerufen hatte, half nicht, es war zu spät und konnte nie wiedergutgemacht werden. Allein schon deshalb hätte ich allen Grund gehabt, mich um ihn zu kümmern. Zwar hatte ich ihm manchmal ein paar Hunderter in die Hand gedrückt, solange wir uns noch gesehen hatten, aber währenddessen war das auch für ihn gedachte Schwarzgeld meiner Großmutter auf Sparbüchern und in Schließfächern gelegen und hatte mir zusammen mit den drei Stützen für die Hauptbahn ins Skigebiet hinauf und meiner Hütte ein Leben ermöglicht, das ich allein mit meinen Einnahmen als Schauspieler nie hätte führen können, ein Dasein, wenn man nüchtern darauf blickte und alle Rechnungen anstellte, auf seine Kosten. Bei meiner Rede hatte ich einen Augenblick gedacht, ich hätte ihn in der hintersten Reihe entdeckt, aber natürlich war das nur eine Täuschung, war es Wunschdenken gewesen, und jetzt fror ich nicht nur vor Kälte, sondern aus Scham und wusste, dass ich lange dafür büßen würde, überhaupt hierhergekommen zu sein.

ENDE

Es war noch immer früh am Tag, nicht lange nach Mittag, das Licht müde, als würde es sich von einem schleichenden Siechtum nie wieder erholen, die Temperatur weit unter null, und es war außer mir niemand mehr auf der Straße. Ich ging in den Friedhof hinein, zum Grab meiner Eltern, und dann stand ich wieder vor der Statue und starrte sie so lange an, bis ich hätte schwören können, dass sie am Ende doch blinzelte. Irritiert sah ich mich noch einmal um, ob mich wirklich niemand sehen konnte, und streckte spielerisch den Arm vor, ich salutierte und ging stramm in Habtachtstellung, und plötzlich lachte ich laut los, weil ich den pubertären Drang fast nicht zu beherrschen vermochte, meine Hose aufzuknöpfen und, noch bevor es sonst jemand tun konnte, lang und anhaltend gegen sie zu pinkeln.

In meinem Zimmer bangte ich danach Luzies Rückkehr entgegen, und es war spät am Nachmittag, bereits dunkel an diesem kürzesten Tag des Jahres, als sie wieder vor mir stand. Sie hatte gar nicht lange suchen müssen, war bereits im ersten Hotel auf meinen Onkel Jakob gestoßen und wirkte jetzt ganz aufgeregt, ihre Wangen gerötet. Man hatte ihn für sie gerufen, als sie sich vorgestellt hatte, und sie hatte die Stunden seither mit ihm verbracht, war mit ihm in der Lobby an der Theke gesessen und hatte ihm zugeschaut, wie er sich ein Glas nach dem anderen von seinem Zeug zusammenrühren ließ, wie er es nannte, Wein, Himbeersirup und so viele Stück Würfelzucker, wie noch hineinpassten.

»Er hat mich wenigstens zehnmal nach meinem Namen gefragt und dann jedesmal wissen wollen, ob ich wirklich deine Tochter bin«, sagte sie. »Dann hat er immer gesagt, dass du es als Schauspieler nur zu etwas gebracht hast, weil du schon früh so schlau gewesen bist, dich nach ihm zu nennen und dir alles, was es dafür braucht, von ihm abzukupfern.«

Ich kannte den Text in- und auswendig.

»Hat er gesagt, solche wie uns zwei habe es vor uns nie gegeben und werde man nach uns in alle Ewigkeit vergeblich suchen?«

»Ja«, sagte sie. »Und wo auch immer man auf der Welt hingehe, man werde niemanden finden, der vom gleichen Schlag sei wie ihr.«

Ich konnte ihn mir vorstellen, leicht zusammengekrümmt auf seinem Barhocker, bald achtzig, in einer viel zu weiten Hose und einem viel zu weiten Hemd, die Haare bis über die Schultern, dicht und immer noch erst von ein paar grauen Strähnen durchzogen. Ich sah ihn vor mir, wie er sich freute und wie er seine Freude zu verbergen versuchte, als dürfte er sich nicht freuen, und seine Scham über die Freude, seine Verschmitztheit, seine ängstliche Zutraulichkeit, eine Hand vor dem zahnlosen Mund, das Gesicht halb abgewandt: »Wie heißt du?« Er konnte noch nach Stunden ungläubig über etwas sein, das vollkommen klar war, und dann mitten in einem Gespräch ein kopfschüttelndes »Unmöglich!« oder »Das gibt es nicht!« einflechten und damit alles meinen bis hin zu dem ewigen Staunen darüber, dass eine junge Frau sich für ihn interessierte.

Luzie war von der Begegnung richtiggehend beseelt, und ich wunderte mich nicht, dass sie am Ende sagte, wenn in all den Jahren, die sie und ich zusammegelebt hätten, meine ganze Angst gewesen sei, sie könne werden wie mein Onkel Jakob, hätte ich mir das immer sparen können.

»Er ist ein wunderbarer Mann«, sagte sie. »Hast nicht du selbst immer gesagt, es ist besser, Unsinn zu reden, wie er es gern tut, als sich dem Stumpfsinn der Normalität zu ergeben.«

»Aber Luzie«, sagte ich. »Das mag zwar schön klingen, aber irgendwie muss man sein Leben hinbekommen.«

»Und das hat er nicht?«

»Er versteckt sich manchmal wochenlang in den Kellern. Nennst du das hinbekommen? Er ist in seinem ganzen Erwachsenenleben nie länger als einen Tag aus dem Dorf weggewesen.«

»Aber er ist bald achtzig und hat ein gutes Gesicht«, sagte sie. »Schau dir die anderen in seinem Alter an. Sehen die glücklicher aus? Ich glaube nicht.«

Dann konnte sie es nicht lassen, mich zu provozieren.

»Hast du dir einmal überlegt, dass dein Onkel Jakob sein Leben vielleicht besser hinbekommt als du?«

Dazu hätte es einiges zu bemerken gegeben, aber ich wich dem Gespräch aus. Ich wollte nicht, dass sie mich wieder nach meinen Freunden fragte oder gar sagte, wenn ich ein Problem suchte, solle ich bei mir selbst anfangen, wie sie es in letzter Zeit immer öfter getan hatte. Die Ehrengäste aus Innsbruck waren soeben mit dem »Siebzehnsitzer« angekommen, weil man die Straße geräumt und wieder freigegeben hatte, und ich hatte vor ihr nicht zu verbergen vermocht, dass ich ihnen aus dem Weg ging, es reichte, wenn ich sie beim Abendessen sehen musste. Sie hatte sich am Nachmittag nach ihnen erkundigt und mich lange angeschaut, als ich zugegeben hatte, dass ich nicht wisse, wer sie seien, wahrscheinlich Kollegen. Dann hatte ich »Freunde« gesagt, aber es hatte nur wie ein Synonym für etwas ganz anderes geklungen, weil sie immer noch nicht ihren Blick von mir abgewandt hatte. Sie war nicht einmal überrascht gewesen, geradeso, als würde ihr etwas über mich klar, das sie längst schon hätte wissen müssen, und das schwang auch jetzt wieder mit.

»Vielleicht hast du deine eigenen Keller, in denen du dich versteckst«, sagte sie. »Es kann nicht schaden, wenn du ein bisschen Licht und ein bisschen Luft hineinlässt.«

Das war befremdlich, nicht nur wegen des Jargons, sondern weil es von meiner Tochter kam, die mit mir sprach, als wäre nicht sie mein Kind, sondern ich ihres, und ich zog mich zurück. Hatte sie wirklich das Wort »Gemeinschaftsunfähigkeit« verwendet, dieses scheußliche Ungetüm, und mich damit gemeint, oder bildete ich mir das bloß ein? Bis zum Abendessen war Zeit, und ich las ein paar Seiten in der Bibel. Ich hatte wieder einmal begonnen, sie von Anfang bis Ende zu studieren, war aber noch nicht weit gekommen und schob sie auch jetzt nicht nur gelangweilt, sondern unwillig darüber beiseite, dass ich immer noch alle paar Jahre meinte, darin nach einem Geheimnis suchen zu müssen, das mir bislang verborgen geblieben war, das es in Wirklichkeit aber wahrscheinlich schlichtweg nicht gab. Dann legte ich meinen Anzug bereit, wählte eine Krawatte und ein Hemd, die goldenen Manschettenknöpfe mit meinen Initialen und überprüfte noch einmal, ob meine Schuhe glattgeputzt waren. Ich rasierte mich so gründlich, wie ich es zu tun gelernt hatte, seit sich mein Alter nicht mehr verleugnen ließ, und es war eine einzige Lust, jede Falte auseinanderzuziehen, die Haut zu spannen und mit der Klinge darüberzufahren, als würde ich dadurch nicht allein die Bartstoppeln entfernen, sondern einen Schmutzfilm und könnte Schicht um Schicht einen anderen Menschen freilegen. Ich ließ mir ein Bad ein und goss so viel Badeschaum in das Wasser, dass er halbmeterhoch aufquoll und ich darin wie in einer Wolke versank. Danach stand ich lange vor dem Spiegel und kämmte meine Haare von links nach rechts und von rechts nach links, und wäre es nicht ein so pathetisches Unterfangen gewesen, das gerade in diesem Augenblick zu tun, hätte ich mir die paar Federn, die mir geblieben waren, endlich weggeschnitten und wäre der Wirklichkeit, wie ich es schon lange vorgehabt hatte, ratzekahl entgegengetreten.

EIN KIND IM WINTER

Der Sessellift, der zu meiner Hütte hinaufführte, war schon seit Jahren außer Betrieb, und dass ich überhaupt mit ihm fahren konnte, hatte damit zu tun, dass er mir gehörte und dass die Zuständigen in der Gemeinde alle Augen zudrückten, um mir diesen Wunsch zu erfüllen. Er hätte keiner technischen Überprüfung standgehalten und längst überholt gehört, aber ich hatte mich dagegen gewehrt und aus einer Mischung aus Sentimentalität und Sturköpfigkeit Angebote immer ausgeschlagen, ihn zu verkaufen, damit man an seiner Stelle eine moderne Bahn errichten könne. Ich hatte dafür gekämpft, dass auch die anderen, die zum Abendessen eingeladen waren, ihn benutzen konnten, aber man hatte nur für mich die Ausnahme gemacht, und sie mussten alle brav die Straße nehmen, was auch für Luzie galt. Die Sessel waren längst vom Seil genommen und eingelagert gewesen, und man hatte jetzt nur einen einzelnen für mich eingehängt, und nach ein paar vergeblichen Versuchen, den Motor zu starten, sprang das Dieselaggregat knatternd und stinkend an, und ich ließ mich in den Sitz plumpsen und wurde sanft schaukelnd davongetragen.

Ich verband die schönsten Kindheitserinnerungen damit, wie der Lift eigens für mich eingeschaltet worden war und ich, in eine Decke gewickelt, zu meiner Großmutter geschickt wurde, die sich vor Weihnachten immer zwei oder drei Wochen in ihr Haus begeben hatte, um eine Weile für sich zu sein, bevor der Betrieb in den Hotels begann. Wenn es dann auch noch geschneit hatte und ich wohlig verpackt in meinem Sessel über die Baumwipfel glitt und schließlich mit dem sich entfernenden Motorgeräusch jeder Laut erstarb, nur das Rattern des Seils an den Stützen übrigblieb, hatte mich eine feine Erregung durchrieselt, als würde es nicht bloß draußen, sondern in mir drinnen schneien. Der erste Schnee in jedem Jahr hatte mich buchstäblich in die Knie sinken lassen, und wenn ich zurückblickte, gab es diese paradoxe Vervielfältigung, als hätte ich den ersten Schnee nicht nur ein paar Dutzend Mal, sondern hundertfach, tausendfach erlebt. Vielleicht war das die reinste Empfindung, die ich in meinem ganzen Leben je gehabt hatte, und vielleicht war ich deswegen nie etwas anderes als ein Kind im Winter gewesen, das Wärme nur aushielt, wenn es davor lange genug in der Kälte sein konnte. Wann immer ich das jemandem zu erzählen versucht hatte, hatte ich damit Abwehr ausgelöst, aber es nicht auszusprechen hätte bedeutet, zu verleugnen, wer ich war.

Es war jetzt noch klammer geworden, als es tagsüber schon gewesen war, und der Wind trieb den Sessel aus der Senkrechten und strich mit einem hellen Pfeifen über das Seil. Der Himmel war sternenklar, und der Mond war aufgegangen, eine Sichel, die spitz über dem Bergrücken auf der anderen Talseite klebte, aber es war doch kein richtiges Licht, weil der Schnee fehlte. Ich schloss die Augen, und sofort packte mich der Schwindel, packte mich die Schwerelosigkeit des Schwebens.

EIN KIND IM WINTER

Es gab weiter oben eine Stelle, an der wir als Kinder immer aus dem Sessel gesprungen waren, wenn genug Schnee gelegen war und er sich in der Senke darunter zu einem weichen Puffer angesammelt hatte. Dort waren es viele Meter bis zum Grund, und der Sturz im freien Fall war in Wirklichkeit ein Flug gewesen, abgebremst durch ein fast endloses Einsinken, bis einem die pulvrige Kälte ins Gesicht staubte und einen aus dem Traum weckte. Wir hatten es ungespitzt in den Boden fahren genannt, hatten es oft zweimal oder dreimal hintereinander gemacht, bevor wir zurückgepfiffen wurden, waren in einen Zustand flackernder Euphorie geraten, und obwohl jetzt nicht daran zu denken war, weil es in diesem Jahr noch nicht ein einziges Mal ernsthaft geschneit hatte und man nur auf den hartgefrorenen Weideboden geschlagen wäre, dachte ich, wenn ich trotzdem ... Dann dachte ich, ein Versuch ... und dachte, wenn ich Glück hätte ... Ich dachte, dass ich kurz vor Mitternacht geboren war und dass ich bis dahin noch fast vier Stunden hatte.

*... ich lief fast, wild und mit einer Freude,
die mich seit Jahren einzuholen versucht hatte,
und die mich jetzt erreichte ...*

Juan Carlos Onetti, Das Gesicht des Unglücks,
sowie zwei weitere Sätze aus dieser Erzählung

INHALT

Erster Teil
SAG IHNEN, WER DU BIST
9

Zweiter Teil
DU BIST DIESER HIER
189

Nenn es nicht den Hauptteil,
und nenn es nicht
Der Tod und das Mädchen
WARUM ALLES ANDERS IST I & II
377

Ende
EIN KIND IM WINTER
417

»Abbas Khider schreibt mit einer einzigartigen Mischung aus Gedankentiefe, genauer Beobachtung und Leichtigkeit.«

ARD ttt

128 Seiten. Gebunden

Said Al-Wahid hat seinen Reisepass überall dabei, auch wenn er nur in den Supermarkt geht. Als seine Mutter im Sterben liegt, reist er zum ersten Mal seit Jahren in das Land seiner Herkunft. Je näher er seiner Familie kommt, desto tiefer gehen die Erinnerungen zurück, an das Ankommen in Deutschland, an die monatelange Flucht und schließlich an die Kindheit im Irak. Welche Erinnerungen fehlen, welche sind erfunden und welche verfälscht? Said weiß es nicht. Eine Lebensgeschichte von enormer Wucht. In diesem poetischen Roman liegt der Klang eines ganzen Lebens.

HANSER
hanser-literaturverlage.de